KB139310

ADONIS

아도니스

ADONIS
아도니스

vol.12 <완결>

초판 1쇄 인쇄일 | 2019년 08월 20일
초판 1쇄 발행일 | 2019년 08월 26일

지은이 | 남혜인
펴낸이 | 박성면
펴낸곳 | (주)동아

출판등록 | 제406-2007-000071호

주소 | 경기도 파주시 문발로 115, 세종출판벤처타운 201-A호
전화 | (031)8071-5201
팩스 | (031)8071-5204
E-mail | bear6370@hanmail.net
홈페이지 | http://blog.naver.com/lion6370

정가 | 11,800원

ISBN 979-11-6302-224-4(04810)
ISBN 979-11-5511-397-4(SET)

ETERNAL BLISS
ADONIS
아도니스

Part 02 - II
vol. **12**

남혜인 장편소설

동아

35. 암흑과 광휘 편

35. 암흑과 광휘 편

일 년의 공백이 생겼다.

격동의 시기에 누워만 있었던 일 년은 큰 이질감을 유발했다. 현재의 세상은 이아나가 알던 세상과 눈에 띄게 달라져 있었다.

하늘과 땅이 뒤집힌 것 같았다.

지형이 뒤죽박죽이 되고, 세계의 기운이 바뀌었다. 생활 방식이나 상식도 당연히 바뀌었다. 이아나가 아는 대부분의 개념이 헛것이 된 것이다.

따라서 이아나에게는 할 일이 산처럼 쌓여 있었다. 자신의 몸 상태를 살펴야 했고, 달라진 세상에 적응하여 새로운 지식을 습득해야 했으며, 나라를 정비하는 데 힘을 보태되 바하무트 황족과의 전투를 준비해야 했다.

제일 먼저, 이아나는 생환에 대해서는 누구에게도 알리지 않고 출입이 통제되는 개인 수련장에 틀어박혔다. 몸 상태를 파악한 다음엔 세상을 둘러보러 갈 것이다.

　깨어났다고 동네방네 알리고 다녀도 모자랄 판에 이러는 이유가 뭔고 하니…….

　아르하드가 말하길, 일 년 전 빈사 상태의 이아나를 발견했던 사람들은 티는 내지 않아도 깊은 우울증을 앓으며 미래를 불안해하고 있었다. 참변을 소식으로만 전해 들은 국민들도 마찬가지였다.

　이아나는 최강의 기사로서 이그나이츠의 정신적 지주였다. 아르하드가 어려운 느낌의 상징적 지도자라면 이아나는 실제로 뒤따라야 할, 최선두의 깃발 같은 존재였다. 또한 그 어떤 적 앞에서도 무너지지 않을 무적의 수호신이었다.

　오랜 세월 인간들의 대륙에 군림하며 전쟁을 진두지휘했던 바하무트 제국. 오지로 숨어들었던 이종족들을 납치하고 죽이고 이용하고 괴롭혔던 잔인한 바하무트 황족.

　이아나와 아르하드가 있기에 그런 바하무트를 물리칠 수 있다는 용기를 가지고 싸워 왔다. 전쟁이 길어져도 결국엔 이길 수 있다는 자신감을 가지고 최선을 다해 싸웠다.

　그런데 이아나는 바하무트 황족에게 패배했다. 예상치 못한 상황에서 기습당했다고 해도 졌다는 건 부정할 수 없는 진실이었고, 혼수상태에 빠진 이아나의 공백기 동안 바하무트 황제는 감당하기 어려운 괴물이 되어 갔다.

　국민들이 길을 잃고 헤매는 건 당연한 수순이었다. 그들은 아르하드의 지휘하에 격변의 시대에 적응하며 국가를 정상화하고 바하무트로부터 국가를 지키면서도, 가슴 한편에 불안감과 좌절감을 품고 있었다. 발목부터 찰랑찰랑 차오르던 두려움은 검은 바다가 되어 목젖까지 집어삼켰다.

이아나는 언제 깨어날까?

그때까지 바하무트를 상대로 이그나이츠를 지킬 수 있을까?

아니. 이아나가 깨어난다 하더라도 저 괴물 바하무트를 이길 수 있을까?

이아나의 강함에 대한 견고한 맹신에 작은 불신이 생겨났다. 심지어는 이아나가 깨어나지 못하는 게 아니라 이미 죽은 거 아니냐는 소문도 세간에 돌고 있었다. 아르하드가 잠들어 있을 뿐이라고 소문을 일축했지만 불안감은 점점 커져만 갔다.

이아나는 그런 상황을 인지했기에 생환을 섣불리 알리지 않기로 결정했다. 상황 파악이 최우선인데, 생환부터 알리면 세상이 시끄러워질 테니 몸을 신중히 가다듬는 것도 세상을 조용히 둘러보는 것도 무리였다.

최근 강해지는 데 집중하고 있다는 바하무트 황족의 귀에도 당연히 소식이 흘러 들어갈 테고, 준비가 안 된 상태에서 놈들과 싸워야 할 수도 있었다. 절대 사양이었다.

'차근차근 하자.'

하나씩, 하나씩. 신중하게, 천천히.

그러다 보면 완벽한 상태로 적에게 도달할 수 있을 터.

이아나는 맑은 눈빛으로 개인 수련장의 풍경을 감상했다.

혼돈의 기류가 암흑처럼 세상을 뒤덮고 있음에도 아르하드가 지키고 있던 이곳만큼은 봄이 광휘처럼 찾아와 있었다. 나뭇가지에 주렁주렁 매달린 잎사귀들과 땅에서 자라나는 어린 풀들이 녹음의 빛으로 이아나의 적안을 푸르게 적셨다.

이아나는 땅에 정자세로 앉았다.

그러자 흙이 허벅지를 간지럽히고, 공기 속 습기가 이아나의 뺨에 들러붙었다. 태양의 열기가 타오르는 적발 위로 진득하게 내려앉고 어디선가 불어온 바람이 머리카락을 흩트려 놓았다.

간절함이 전해져 왔다.

정령들이 그녀를 부르고 있었다.

"이따가 불러 줄게."

이아나가 다정히 말하자 주위를 맴돌던 자연이 잠잠해졌다.

"후우."

이아나는 고르게 호흡하며 내부로 침잠해 들어갔다.

신체 상태는 양호했다. 축났던 몸은 아르하드의 곁에서 푹 쉬고 일어났더니 멀쩡해졌다.

이아나는 이제 자신의 영혼을 살피기 시작했다. 새로 생긴 자신의 '권능'에 대해 알아봐야 했다. 사건 당시, 극한에 이른 의지가 '권능'의 형태로 빚어졌다. 이미 그것이 무엇인지 본능적으로 알고 있었지만 제대로 확인할 필요가 있었다.

후우우우우웅…….

이아나는 심장에 잔뜩 쌓인 신력을 약간 끌어올렸다. 심장이 기분 좋게 뛰었다.

이아나는 멀리 떨어져 있는 나무에서도 높은 곳에 위치한 나뭇가지를 쳐다보았다.

'벤다.'

오른쪽 위에서 왼쪽 아래로.

서걱. 투둑.

나뭇가지가 땅으로 떨어져 내렸다. 단면을 보니 생각한 방향과 각도 그대로 그어졌다. 손가락 하나 까딱하지 않고 그저 바라보며 벤다고 생각했을 뿐인데도 아주 깨끗하게 잘렸다.

쏴아아아.

바람이 불어와 나뭇잎들이 허공에 흩날렸다.

이아나는 그 잎들을 응시하며 복잡한 궤적을 생각했다.

파스스스스.

나뭇잎들이 이아나가 생각한 궤적대로 산산조각 나 바닥을 뒹굴었다. 이아나의 의지에 따라 베인 것이다.

심장 속 신력이 티도 안 나게 약간 줄어들었다. 최초로 권능을 발현한 이아나의 심장은 흥분하여 팔딱팔딱 뛰었다.

이아나의 권능은 '베기'.

로베르슈타인이 최강의 신으로서 균형의 사명을 강하게 느꼈을 때 심판의 권능을 얻은 것처럼, 이아나가 아르하드를 지키기 위해 베기를 강하게 원했기에 베기가 권능으로 구현되었다.

베기는 이아나의 '거리' 내에 '존재'하는 '어떤 것'을 벨 수 있는 권능이다.

여기서 말하는 거리란 이아나의 검이 닿을 수 있는 공격 거리, 즉 검의 범위다. 대상은 거리 내에 존재하는 것이라면 어떤 것이든 상관없었다. 그곳에 진리가 존재한다면 진리조차 벨 수 있었다. 단지 의지만으로 말이다.

단순하고 직관적이면서도 위압적인 권능이다. 이아나의 거리 안 공간은 '절대 공간'이라 해도 과언이 아니었다.

하지만 한계도 분명히 존재했다.

첫 번째 한계, 이아나의 베기 권능은 대상을 죽이는 게 아니라 말 그대로 베기에 충실하여 한순간 틈을 만드는 것이다.

'물질적 요소'에 한해서는 매우 위압적이다. 생물은 심장을 뚫리거나 목을 베이면 죽으니까.

하지만 영혼과 같은 '영적인 요소'나 균형과 같은 '진리'에는 잠깐의 충격밖에 줄 수 없었다. 그것들은 쪼갠다고 해서 없어지는 게 아니었다. 영혼은 몇 조각으로 나눠진 상태에서도 존재할 수 있으며 다시 하나가 될 수 있고, 진리의 경우에도 한순간 틈이 벌어지더라도 금방 원상 복구되기 때문이었다. 천칭계에서 그랬던 것처럼 말이다.

두 번째 한계, 강적을 대상으로는 치러야 할 대가가 너무 커서 원하는 대로 발휘할 수 없다.

작은 것을 벨 때는 괜찮았다. 심장은 기분 좋게 뛰고, 줄어든 신력은 티도 나지 않는 수준이었다. 하지만 상식적으로 벨 수 없는 것을 벨 때나 저항력이 아주 강한 개체를 벨 때는 리스크가 컸다. 예를 들어 최상위 진리, 천칭을 베기 위해서는 매우 단단한 심장과 천문학적인 양의 신력이 필요했다.

'하지만 로베르슈타인의 심장은 이제 내게 없어.'

이아나의 심장은 신의 것만큼 튼튼하지 않다. 신력도 이제 무한하지 않다. 권능으로 천칭을 베고자 한다면 그냥 목숨을 통째로 바쳐야 했다.

테일런 헬칸 바하무트를 상대로도 마찬가지다.

천칭은 위대하지만 의지가 없다. 하지만 테일런은 강적인 데다 이아나의 권능에 저항할 수 있는 매우 강한 자아까지 갖추고 있었다. 권능은 시전자의 자아보다 강하거나 비슷한 자아를 가진 대상에게는 통하지 않는 특성이 있었다. 그러니 테일런을 상대로 권능을 발현하는 건 천칭보다 더 어려울지도 모른다.

냉정하게 권능의 단점을 꼼꼼히 따져 본 이아나는 이제 권능의 장점을 살펴보았다.

단점이 많아도 쓸 만한 권능이다. 검 없이 의지만으로도 발휘할 수 있어 적의 허를 찌를 수 있었고, 천칭의 균형에 구애받지 않는 이아나만의 힘이었으므로 신력 소모량과 심장에 걸리는 부담을 제외하면 별다른 제약이 없었다.

'베기 권능은, 내가 추구하는 지향점을 최대한 구현한 거야.'

권능 분석을 마친 이아나는 결론을 내렸다.

'하지만 내가 닿고자 했던 궁극 그 자체는 아니야.'

신력을 소모하지도, 심장에 부담을 주지도 않으면서 강력한 의지와 생각만으로 대상을 벨 수 있는 단계. 제약과 한계 없이 검으로 이 세상 모든 것을 베는 경지.

이것이 이아나가 지향하는 진정한 궁극이자 절대였다.

'권능은 내가 궁극으로 향하는 과정에 불과해. 그리고 난 이미 진정한 궁극을 경험한 적 있어.'

이아나는 아르하드를 살리기 위해 천칭을 베었을 때를 떠올렸다. 심장은 망가지지 않았고, 신력은 소모되지 않았다. 체력과 정신력이 바닥난 상태에서 제 한계를 초월한 경지를 펼친 탓에 몸과 영혼이 버티지 못했을 뿐이다.

또한, 기억이 잘 안 나지만 천칭계에 갇혀 시간 가는 줄 모르고 검을 휘두르다가 마지막엔 천칭을 베었다. 최후의 순간만큼은 선명하게 떠올랐다.

이아나는 이 두 번의 베기에서 권능을 사용하지 않았다.

'그건 오로지 내 [검]이었어.'

누구도 도와주지 않는 극한의 상황에 몰린 이아나가 펼친 기적의 경지였다. 권능은 그 경험을 심장에 기록한 것에 불과했다.

'닿았다.'

희열이 찰랑거리며 목구멍 끝까지 차올랐다.

제정신이 아닌 상태에서 이룩한 업적이라 깨어난 지금은 어떻게 했는지 기억이 잘 안 나지만 그 경지를 한 번 맛본 이상 다시 도달하기까지 오래 걸리지는 않으리라 직감했다. 그리고 그곳에 닿는다면 세상에서 두려울 것이 없을 것이다.

'권능은 참고만 하고, 진짜 필요할 때만 쓰자.'

정리를 마친 이아나가 엉덩이를 툭툭 털며 일어났다.

이제 변한 세상을 둘러보러 갈 차례였다.

아르하드는 이아나가 몸을 완전히 정비하고, 세상에 적응을 마칠 때까지 시간을 벌어 주기로 했다. 귀중한 시간이니 허투루 낭비할 수 없었다.

우웅…….

이아나는 로브를 끝까지 눌러쓰고 습관처럼 반지의 마법을 시전하려 했다. 테일런이 마나의 지배권을 나눠 가졌기 때문일까? 마나가 한순간 말을 듣지 않고 저항했다.

하지만 이아나가 누구인가. 아르하드가 열렬하게 사랑하는 사람 아닌가. 얼마 지나지 않아 마나는 반항을 포기하고 이아나의 뜻을 따라 주었다. 눈에 띄는 붉은 외양이 평범한 갈색으로 깔끔하게 변했다.

이아나는 산을 내려가기 전에 정령들을 불렀다.

[이아나!]

불려 나온 정령들이 팔 다리 머리 등등에 들러붙더니 격렬하게 반가워했다.

[보고 싶었어!]

[우린 네가 돌아올 줄 알았어!]

[네가 깨어났을 때부터 불러 주기만을 기다리고 있었어!]

토우는 부스러지기를 반복했고 이니스는 눈에서 눈물을 뚝뚝 흘렸으며 시웨아는 날개를 퍼드덕거렸고 카고마인은 꼬리를 미친 듯이 살랑거렸다.

[흐아아아아!]

[이아나다! 진짜 이아나야!]

이아나도 무척 반가웠고, 미안했으며, 고마웠다.

이아나는 정령들을 주섬주섬 모아 품에 안아 주었다.

"나도 다시 너희를 만날 수 있어서 기뻐."

팔에 힘을 꼭 주었다.

"걱정시켜서 미안해. 너희에게 너무 고마워."

이렇게 가슴이 벅찰 정도로 순수하게 좋아해 주는 정령들을 보고 있으면 뭉클해진다. 이아나는 그런 기분을 느끼게 해 주는 정령들이 좋았다. 아니, 이유를 다 떠나 이 순수한 정령들이 그냥 좋았다.

"너희를 정말로 좋아해."

정령들이 깜짝 놀랐다. 이아나가 이렇게 직접적으로 마음을 말한 건 처음이었다. 좋아한다는 말과 함께 따뜻한 진심이 전해져 오자 정령들은 흐물흐물 녹았다.

이아나는 정령들을 꼭 껴안은 채 생각했다.

다행이다. 세상이 변해서.

정말로 다행이다.

아르하드와 해후를 한 후, 쉬면서 이것저것 생각을 많이 했었다. 생각의 대상 중에는 정령들도 있었다.

이제 신력을 무한히 생산할 수 없으니 정령들을 잘 부르지 못하겠구나 싶었다.

그러자 슬퍼졌다. 아프고 괴로웠다. 정령들의 힘을 빌리지 못하기 때문이 아니었다. 그냥 귀엽고 정 많은 정령들을 자주 보지 못한다는 사실이 서글펐다.

이아나는 그 순간 깨달았다.

나는 정령들을 많이 좋아하고 있구나.

마음껏 부를 수 있을 때는 알지 못하다가 한계가 생기고 나서야 새삼스레 그 감정을 깨달은 이아나의 표정은 좋지 않았다. 아르하드가 왜 그러냐고 물었고 이아나는 솔직하게 대답했다.

그러자 아르하드가 대답해 주었다.

지금의 세상은 이아나 네가 알던 세상과 다르다고.

정령들이 마음껏 노닐 수 있는 세상이 되어 가고 있다고.

"너희들, 시간이 좀 더 지나면 누가 따로 부르지 않아도 너희가 원하는 대로 세상을 활보할 수 있을 것 같다며?"

[응. 세상에 자연 신력이 점점 증가하고 있거든.]

이니스가 우렁차게 외쳤다.

[우리는 그걸 사용할 수 있고!]

정령들은 자연을 관장하는 위대한 권능을 가진 대신 스스로 신력을 생산하지 못한다는 제약을 가지고 있었다. 그래서 다른 이가 신력을 제공해 줘야만 살아갈 수 있었다.

그런데 악마의 심장이 사라진 이후 세상이 변했다.

[예전에도 자연 신력이 세상에 흐르고 있긴 했지만 우리는 그걸 권능으로 사용하진 못했다. 악마의 영향력이 세상에 강하게 드리워져 있었을 뿐만 아니라, 자연의 신력이 세계와 우리의 영혼을 유지하는 것에 모두 소모되었기 때문이다.]

[하지만 악마의 심장이 사라지고 세상에 격변이 발생한 이후부터는 우리가 활동할 때도 사용할 수 있을 만큼 양이 늘었어. 시간이 흐를수록 점점 더 늘어나고 있단 말씀!]

정령의 말대로 세상에 자연의 신력이 매우 뚜렷하고 풍부해졌다. 그리고 정령들은 그 신력을 사용할 수 있었다. 자의적으로 신력을 소모하며 물질계에서 활동할 수 있다는 얘기다.

[아직은 자유롭게 활동할 수 없지만 세상에 신력의 양이 좀 더 많아지면 네가 우리를 이렇게 부르지 않아도 우리가 원할 때 네 곁에 머물 수 있게 될 거야.]

"권능도 마음대로 쓸 수 있어?"

[아니. 우린 자연 신력을 권능으로 사용할 수 없어. 세상을 돌아다닐 수만 있지 세상에 영향을 미치는 건 불가능해. 이것 외에도 우리가 자연

신력을 사용할 땐 제약이 몇 개 있어. 잘은 모르겠지만 아마 우리의 힘이 너무 강해서, 개입 정도를 제한하는 게 아닐까 해.]

[우리가 권능을 자유자재로 쓰려면 예전처럼 다른 존재가 우리에게 자기 신력을 제공해 줘야 해. 만약 누군가가 우리의 힘을 빌리고 싶다면 여전히 자기 신력을 소모해야 하고 우리의 동의를 얻어야 한다는 뜻이지.]

[하지만 이젠 아주 많은 존재들이 우리와 인연을 맺고 싶어 해.]

시웨아가 새침하게 깃털을 골랐다. 그의 날갯짓은 묘하게 들떠 있었다.

[세상에 자연 신력이 넘쳐 나다 보니 명상을 통해 자연 신력을 심장에 쌓아 자기 것으로 만들 수도 있게 됐거든. 그래서 타 종족들의 가르침을 받아 우리를 소환하려는 인간들이 많아졌어.]

"인간들이?"

[응. 마나는 아르하드와 바하무트에 의해 통제당하고 있고, 신력은 제어하기 어려워도 자유롭게 사용할 수 있으니 신력으로 이것저것 해 보는 것 같았어. 하지만 우리가 아무한테나 친근하게 구는 건 아니지. 마음에 들어야 한단 말이야.]

[맞아! 우리와 함께하려면 자연을 사랑해야 해. 악한 마음을 품지 않아야 하고, 맛있는 신력을 가지고 있어야 해!]

[히히히. 우리는 바뀐 세상이 너무 마음에 들어. 예전처럼 불러 주기만을 기다리지 않아도 돼. 외롭지 않아! 재밌어!]

[신기한 것도 엄청 많이 생겼지. 역시 이 세상 생물들은 똑똑하고 열정적이고 대단해.]

[어서 바하무트 놈들이 없어졌으면 좋겠어. 그놈들이 자연이고 뭐고 다 파괴하고 있어. 악마보다 더해.]

정령들이 떠들어 대는 것을 잠자코 듣고 있던 이아나가 불쑥

20 ADONIS
아도니스

말했다.

"그래. 내가 잠들어 있었던 사이, 세상이 정말 많이 변한 것 같더라."

[많이 변했지.]

[응······.]

정령들이 갑자기 입을 다물고 이아나의 눈치를 살폈다. 공백기 때문에 심란할 이아나의 앞에서 자기들끼리만 즐겁게 떠들었나 싶었기 때문이다.

"난 아직 세상이 어떻게 되었는지 잘 모르겠어. 그래서 이제 세상을 보러 갈 거야."

이아나는 정령들을 껴안으며 자리에서 일어났다.

"같이 가 줄래? 너희와 함께 세상을 보고 싶어."

[물론이야!]

정령들이 즐겁게 외쳤다.

[우리 아는 거 많아! 돌아다니면서 이것저것 듣고 다녔어. 네가 잘 모르는 건 가르쳐 줄게.]

[언제나처럼, 널 도와줄 거야.]

[세상이 변해도 우리가 네 친구인 건 변하지 않아!]

이아나는 미소 짓고는 산을 성큼성큼 내려가기 시작했다.

세상은 정말 많이 변해 있었다.

깨어나자마자 체감한 건, 세상의 기운 체계가 정령들의 생태에 변화를 유발할 만큼 변했다는 것이다.

아르하드가 전달해 준 정보에 의하면 현재 마나가 70퍼센트에 자연 신력이 30퍼센트로 세상의 기운을 구성하고 있었다. 자연 신력은 계속 늘어나고 있어 이 비율은 하루하루 달라진다고 했다.

또, 신력을 느낄 수 있는 사람이 마나만큼은 아니어도 많다고 했다. 마나와는 달리 나이 스펙트럼도 넓었다. 아주 어린아이든 노인이든 나이와는 관계없었다.

이아나도 지고한 경지에 이르러야 그 존재를 깨달을 수 있었던 자연 신력을 일반인들도 느낄 수 있다는 건 정말 놀라운 일이었다. 제어는 별개의 문제였지만 말이다.

자연 신력은 심장에 쌓을 수도 있었다. 신력을 소모하더라도 흡수해서 보충할 수 있다는 뜻이다. 몹시 반가운 소식이었다.

정리하자면, 신력은 마나를 대체할 수 있는 혁신적인 힘이었다. 그리하여 요즘 신력이 어디에서 생성되는가 라는 문제로 의견이 분분하다던가? 혹자는 태양을 구성하는 신의 힘이 빛으로 지상에 내리쬔 결과물이라 주장하고 혹자는 자연발생설이라 주장한다고 했다.

'둘 다 애매하게 틀렸지.'

사실 자연 신력은 고차원인 천칭계에 있는 라오스의 심장에서 세상으로 흘러나온 기운이었다. 특히 라오스가 정한 법칙으로 인해 태양을 통해서 가장 많이 쏟아지고 있었다.

차원 학문에 의하면 0차원은 점, 1차원은 선, 2차원은 면, 3차원은 입체다.

상위 차원의 존재가 하위 차원에 관여한다면 어떻게 될까?

예를 들어 평면 하나로 이루어진 2차원의 세계가 있다. 이 세계에서는 높이가 존재하지 않는다. 이 차원에서 살아가는 존재는 상하좌우로만 움직일 수 있다.

여기서 3차원, 입체의 존재가 위에서 2차원 세계를 바라보고 있다가 장애물을 하나 떨어뜨린다면 평면의 세상에서는 장애물이 갑자기 나타난 꼴이 될 것이다.

그리고 4차원 이상 시공간 차원은 순행 시공간과 역행 시공간, 아카식 레코드, 천칭계 순으로 높아진다. 즉 아카식 레코드에서는 순행 시공간과 역행 시공간에, 최고 차원인 천칭계에서는 모든 차원에 관여할 수 있었다.

역은 성립하지 않았다. 위프헤이머 사건 당시 이아나가 아카식 레코드에 있을 때 아르하드가 그녀의 위치를 찾지 못했듯이 말이다.

자연 신력도 이 원리로 세계에 나타난다. 천칭계에서 생성된 라오스의 신력이 순행 차원으로 흘러 들어오는 것이지만 평범한 사람들의 눈에는 갑자기 생성되는 것으로 보일 것이다.

'나 정말 많은 것을 알아 버렸구나.'

로베르슈타인의 신성시대 후반부 지식을 뒤져 보면 더 많은 것을 상세히 알 수 있었다.

라오스를 임신한 로베르슈타인이 천칭에게 로이긴의 눈을 피할 장소로 데려가 달라 했을 때, 천칭이 그녀를 데려간 곳은 아카식 레코드, 거기서도 중앙부인 영혼의 세계였다.

순행의 흐름과 역행의 흐름이 뒤죽박죽으로 섞여, 시간이 흐름에도 흐르지 않는 것처럼 보이는 정지 시공간 아카식 레코드. 그곳에서 로베르슈타인은 죽음 이후의 세상을 지켜보았다.

신들은 죽음을 두려워했다. 소멸이라는 죽음의 끝에 무엇이 있는지 알 수 없었기 때문이다.

하지만 순행 차원에서 죽은 존재의 영혼은 바로 소멸되는 게 아니라, 역행 차원을 거쳐 영혼의 세계로 왔다. 거기서 업보의 대가를 치르고, 휴식을 취하거나, 소멸하거나, 환생을 준비했다. 죽는다고 해서 정말 끝이 아니었던 것이다.

그리고 그 모든 과정이 아카식 레코드의 정중앙에 있는 '무언가'가 생산하는 신력으로 이뤄지고 있었다.

로베르슈타인은 그 '무언가'가 뭔지 알 수 없었다. 그저 신력이 불어나는 현상을 보며 그곳에 신력을 생산하는 특별한 뭔가가 있음을 눈치챌 수 있었을 뿐이다.

로베르슈타인은 아카식 레코드에서 지내며 그밖에도 꽤 많은 세계의 진리를 깨달아 갔다.

아카식 레코드는 지식의 보고였다. 뒤죽박죽이긴 했지만 세계의 기록이 태초의 순간, 즉 시간이 시작된 순간부터 모두 보관되어 있었다. 로베르슈타인은 라오스를 낳기 전까지 그 기록들을 읽으며 알고 싶었던 것들을 모두 알 수 있었다.

그녀가 기록 중에서도 가장 인상 깊게 보았던 점은 출산의 과정이었다.

성애를 즐기다 보면 모체가 임신을 하고, 임신 기간을 거치면 양쪽 부모를 반씩 닮고, 완전히 새로운 혼돈의 조각을 품은 신이 태어난다.

무에서 유를 창조하는 탄생.

그것이 출산이다.

그리고 신들은 출산을 기피했었다.

신성시대 때, 태아는 모체의 자궁에서 생장하는 과정에서 신력을 아주 많이 필요로 했다. 그리하여 모체의 신력을 무자비하게 빨아들이는 것도 모자라 탄생 직전까지 모체의 힘을 약화시켰다. 그렇게 새로운 신의 탄생은 모체의 희생을 요구했다.

때문에 신들은 출산에 엄청난 거부감을 느꼈었다. 영원을 살 수 있는 신들에게 자손의 번영은 필요 없었기에, 신성시대는 출산이 없는 시대가 되어 갔다.

로베르슈타인은 아카식 레코드에서 신의 출산에 왜 그렇게 많은 신력이 소모되는지를 알게 되었다.

가장 먼저, 모체는 유전법칙에 의해 아기신의 혼돈의 조각을 생성해야 했다. 그러려면 모체는 아카식 레코드의 원점에 있는 '무언가'를 떼어 가야 했다.

그런데 아카식 레코드의 원점에서는 엄청난 수축력이 발생하고 있었고, 그 힘을 이겨 내기 위해 모체의 신력이 일차적으로 어마어마하게 소모되었다. 먼 옛날 페임드라가 판데모니엄에서 혼돈의 조각들을 세상으로 끌어올릴 때, 수축력을 이겨 내기 위해 신력을 과다 소모했듯이 말이다.

그렇게 어렵사리 복중에 아기의 혼돈의 조각을 생성한 후도 문제였다. 모체와 파장이 맞는 아카식 레코드의 영혼이 순행 차원에 있는 태아의 심장과 연결되면, 모체는 그 영혼을 데려오기 위해 이차적으로 또 엄청난 양의 신력을 소모해야 했다.

이 모든 과정을 거치고 나서도 복중에 품은 아기신의 성숙을 위해 신력을 소모해야 한다. 출산은 이런 과정들 때문에 신력 소모가 컸던 것이다.

즉, 아카식 레코드에 머무는 영혼이 순행 차원으로 가기 위해서는 순행 차원에서 살고 있는 모체의 도움이 필요했다.

로베르슈타인은 출산의 과정이 비효율적이라고 생각했다.

아무리 자신의 아기라고 해도 타인이다. 타인을 위해 자신을 희생해야 한다니 신들이 출산을 거부할 법도 했다. 아기를 낳지 않으면 자신의 삶을 영원토록 풍족하게 누릴 수 있는데 왜 낳겠느냐 말이다.

'그럼에도 사랑하는 이와의 결실이기에 낳는 거겠지.'

'난 이 아이를 낳아야 할까? 세상이 이토록 엉망인데.'

'없앨 수 없어. 낳고 싶어.'

'하지만 로이긴이 자신의 아이를 보면 뭐라 생각할까?'

'아아, 난 어떻게 해야 하는 걸까.'

로베르슈타인은 임신 내내 수많은 고민으로 괴로워했고 그녀의 생각과 감정은 복중의 태아에도 많은 영향을 미쳤다.

마침내 로베르슈타인은 라오스를 낳았다.

놀랍게도, 아이는 어마어마한 신력 생산력을 타고 태어났다. 게다가 아이는 로베르슈타인보다도 더 위대한 권능을 가졌다.

이 세상의 모든 진리를 바꿀 수 있는…….

로베르슈타인의 기억 속에서 되돌아온 이아나가 현재의 세상과 그때의 세상을 짤막하게 비교해 보았다.

로베르슈타인이 알지 못한 '무언가'는 근원기였다. 그리고 그것을 제 심장으로 삼은 라오스는 로베르슈타인이 괴로워했던 것을 본능적으로 기억하여 세상의 법칙을 근본부터 바꿔 나갔다.

먼저, 근원기를 가지지 않는 최초의 종들을 만들어 그 성질을 유전하도록 하였다. 이 시대의 생물에게 수명이 정해진 심장을 부여하고 유한한 삶을 살아가게 하였다. 여기서 임신한 모체의 1차 신력 소모가 사라졌다.

또한 라오스는 생물들이 시공간에서 살아가기 위해 필요한 모든 신력을 본인의 심장이 모두 감당하도록 하였다. 임신 시 영혼 이동에 필요한 소모량 또한 본인이 충당하니 모체의 2차 신력 소모도 사라졌다.

덕분에 마도시대에서의 출산은 신성시대보다는 어렵지 않게 되었다. 태아가 성장하는 과정에서 신력 소모가 없진 않아도 출산을 거부할 정도는 아니게 된 것이다.

뿐만 아니라 라오스는 제 심장을 천칭계로 보내, 생성된 신력이 순행 차원으로 흘러나오도록 하였다. 그 신력으로 자연이 끊임없이 순환하게 만들고, 의지만 강하다면 제 신력을 누구나 쓸 수 있도록 하였다.

악마의 심장 때문에 약화되었던 그 성질은 현재 매우 뚜렷해졌다. 덕분에 현재, 세상은 누구나 자연의 신력을 사용할 수 있고, 정령들이 뛰놀 수 있는 환경이 되어가고 있었다.

무한한 삶과 정체된 세계가 아닌 유한한 삶과 역동적인 세계. 이 시대의 생물 중 누구도 신력을 자체적으로 생성할 수 없고, 심장의 수명은 유한하나, 이제는 노력에 따라 누구나 신력을 사용할 수 있는 세상이 된 것이다.

이아나는 세계를 이해하였으며 진리의 끝자락에 도달했다. 그리하여 라오스가 자세히 설명해 주지 않았음에도 이아나는 이 모든 진리를 자연스럽게 알게 되었다.

세상에 대한 완전한 이해는 지고한 경지에 도달하기 위한 필수 요소다. 이아나는 제 영혼에 돋은 날개가 더욱 커지는 것 같은 붕 뜬 희열감을 느꼈다.

[이아나? 마을에 거의 다 왔는데.]

이아나는 토우의 말에 정신을 차렸다.

그의 말대로였다. 마을이 지척이었다.

'지금은 이럴 때가 아니지.'

습관적으로 생각이 끝의 끝까지 파고들고 말았다. 한 현상을 보고 깊이 탐구하는 행동은 꽤 괜찮은 습관이지만 가끔은 방해될 때가 있다.

지금 당장은 원인이 아니라 결과에 집중해야 했다. 변화한 세상을 활용하여 바하무트를 무찔러야 했다.

이아나는 격변을 맞이한 세상 속으로 뛰어들었다.

"머지않은 날에 세계가 뒤집힐 거다."

"너희가 아는 세상이 뒤흔들리고 모든 법칙이 뒤바뀌는 시대가 온다."

"그때를 대비해 확실하게 어떤 길을 걸을지 정해 두는 게 좋을 거야. 그러지 않으면 혼란 속에서 길을 잃게 될 테니."

밀라니코네의 말대로 세계는 뒤집혀서 암흑시대를 맞이했다.

마을들을 한번 쭉 둘러본 이아나가 생각했다.

'이름 한번 잘 지었군.'

암흑시대.

세상이 대격변을 맞이하여 모든 게 뒤섞이고 혼란스러운 시대, 앞이 제대로 보이지 않지만 길을 찾아 헤매야만 하는 시대.

사람들은 혼란 속에서도 저마다의 방식으로 분주하게 살아가고 있었다.

"그게 아니에요. 좀 더 자연에 녹아드세요."

이아나는 엘프 두 명이 인간들을 대상으로 가르침을 내리고 있는 현장을 주시했다.

"숨결을 바람에 실으세요."

"후우, 후으읍."

"좀 더 느리게! 당신이 생각하는 자연의 모습을 그리세요. 그 형태에 이름을 붙여 주세요."

이종족들의 전유물이었던 정령술이 학문으로 발전했으며, 많은 사람들이 배우기 시작했다.

이아나는 조금 더 걷다가, 갖가지 색의 신력이 아지랑이처럼 아롱거리는 수련장 앞에 멈춰 서서 그곳을 응시했다. 기사와 마법사들이 신력 제어를 수련하고 있었다.

"신력을 몸에 흡수해서 심장에 쌓는다는 느낌으로!"

신력을 사용하는 신술학이 크게 활성화되어 연구되기 시작했다. 때문에 신력을 제어할 수 있는 이들은 시간이 날 때마다 사람들을 대상으로 신력 제어를 가르치고 있었다.

하지만 신력 제어는 기본적으로 매우 어렵다. 신력을 제어할 수 있는 이들은 대부분이 오랜 시간 수련을 거듭해 온 수련자들이었다.

이때까지 마나와도 인연이 깊지 않았던 평범한 일반인들이 신력을 제어하는 건 더더욱 불가능했다. 특이 케이스가 없는 건 아니었으나 극소수였다.

이런 상황에서 마도시대의 생필품이었던 마나 아티팩트가 마나 불응으로 인해 불통이 되었다. 신력을 주입하면 사용할 수 있지만 신력 제어 자체가 안 되는데 어찌 사용하겠냐 말이다.

생활 패턴이 완전히 어그러져 불편해진 일반인들이 택한 길은 무엇인가?

바로 '과학'이다.

땅! 땅! 땅!

이아나는 망치질 소리가 천둥처럼 하늘로 뻗어 나가는 대장간으로 갔다. 대장간의 주변에는 각종 연구소들이 다닥다닥 붙어 있었다.

그중에서 가장 거대한 건물은 타릴 카트너가 과학만 전문적으로 연구하기 위해 만든 시설, '카트너 과학 연구소'였다.

세상에 적응하기 위해 우후죽순으로 생겨난 과학 연구소들은 가장 먼저 카트너 과학 연구소를 주축으로 연구하여 과학 법칙들의 상수를 재조정했다. 카트너 연구소에 우수한 연구 자료가 매우 많았던 데다가, 식 자체가 달라진 건 아니라서 빠르게 처리할 수 있었다.

그 후, 연구소들은 대장간과 협력하여 과학기술을 활용한 생활 물품들을 개발하기 시작했다. 도르래의 원리를 응용한 두레박과 지렛대의 원리를 응용한 가위처럼 과학으로 만들 수 있는 물건은 무궁무진했다.

일반인들이 스스로를 지키기 위한 무기도 본격적으로 개발되고 있었다. 주로, 마법으로 인해 주목받지 못했던 소형 화기들과 생화학 병기들이었다.

이아나는 조용히 대장간 문 안쪽을 들여다보다 질린 기색으로 몸을 뺐다.

'일 년 사이 뭐가 이렇게 많이 변한 거야.'

이아나 본인이 과학 연구를 장려하긴 했지만 일이 이렇게까지 커질 줄은 몰랐다.

'이제 다른 지역에 가 보자.'

이아나는 아르하드가 제공해 준 지도를 펼쳐 들었다. 알고 있던 세계의 지형과 너무 달랐다. 자신이 수백 년 동안 잠들어 있다 깨어난 게 아닐까 의심스러울 정도였다.

국내를 열심히 돌아다녀 보니 이그나이츠는 대체적으로 정비가 잘 되어 있었다.

"바하무트 개자식들! 그놈들은 죽은 후에도 지옥 불에서 영원히 고통받아야 돼!"

"그 쓰레기들 때문에 대체 언제까지 고생해야 하는 거야!"

"안 그래도 힘들어 죽겠는데."

그와 별개로 사람들의 언행에는 날이 서 있었다. 끝이 나지 않는 바하무트와의 전쟁과 극심한 환경 변화로 인한 스트레스 때문이었다.

"정말 그놈들을 이길 수 있을까."

"라이즈 경은 깨어나지 않으시고……."

대다수는 바하무트에 대한 분노로 활활 타오르고 있었지만 절망하며 위축된 이들의 수도 적지 않았다.

"어찌 되었든 죽을 때까지 싸워야지."

"어차피 지면 죽을 테니까."

그럼에도 이그나이츠는 잘 버티고 있었다. 국가 체제가 무너지지도 않았고, 사람들은 여전히 법을 잘 따르고 있었다.

하지만 국외는 달랐다.

이아나는 이그나이츠를 빠져나온 순간, 또다시 다른 세상에 온 게 아닐까 하는 착각에 빠졌다. 길을 따라 걸었는데, 갑자기 길 한복판에 커다란 산이 돋아났다. 어떤 길은 갑자기 절벽으로 끝나며 바다가 펼쳐졌다.

그렇게 뜬금없는 장애물들로 끊어진 길이 한두 개가 아니었다. 격변 발생 후 제대로 정비가 되지 않았다는 뜻이다.

바스락.

이아나는 다시 지도를 보았다.

다른 세상을 그려 놓은 듯한 지도에서는, 국가별로 영토가 대충 나뉘어 있었는데 어떤 지역들에는 국가 이름이 아예 표기되어 있지 않았다. 그 땅에 자리 잡고 있던 나라가 완전히 망해

무국적지가 된 것이다.

대격변에 이어 바하무트의 공격까지 이어지자 대다수의 국가가 버티지 못하고 무너졌다. 나라를 잃은 사람들은 하나둘 무리지어 바하무트를 피해 먼 땅으로 도피했다고 하던가?

'도망쳐 봤자 죽는 시간을 늦추는 것일 뿐이라는 걸 알 텐데도, 바하무트가 너무 강하니 도망칠 수밖에 없었겠지.'

버려진 땅들은 폐허가 되었다. 무너진 건물의 잔해들 사이사이에서 풀이 무성하게 돋아나고 있었다.

그래도 이 정도면 양호한 수준이었다. 나라는 망했지만 자연은 여전히 살아 숨 쉬고 있으니 말이다.

한참이나 걷던 이아나는 이번엔 완전히 망가진 땅을 발견했다. 자연의 신력이 미약하게 밀려와 생명을 싹 틔우려 했지만, 짙게 드리워진 죽음의 기운이 복구를 방해하고 있었다.

이런 곳은 바하무트가 휩쓸고 간 곳이다.

대격변 이후 바하무트 군대는 생물들의 신력을 무차별적으로 빼앗고 자연 신력까지 대규모로 흡수하여 빠르게 강해졌다. 자연 신력이 넘쳐 났기에 망정이지, 그러지 않았다면 전 대륙이 죽은 땅이 되었을 것이다.

'바하무트⋯⋯.'

이아나의 손에서 지도가 구겨졌다.

'이놈들을 빨리 어떻게든 해야 해.'

이를 뿌득 간 이아나는 아직 이름을 지키고 있는 국가들도 돌아보았다. 망하지 않은 게 이상할 정도로 상태가 나빴다. 그나마 로안느와 토라카, 진자이 등 이그나이츠와 연합하고 있는 나라들이 건재했다.

아르하드는 각 국가가 국내를 정비하느라 바쁘지만, 그래도 서로 도울 수 있는 부분은 돕는다고 했다. 도움을 주는 횟수나 도움의 질은 이그나이츠 쪽이 월등했지만 이것저것 재고 따질 새가 없었다. 입술이 없다면 이가 시리다고, 연합국들이 망하면 이그나이츠에도 영향이 올 수밖에 없기 때문이다.

'아르하드가 정말 고생 많이 했겠어.'

일 년 전 당시, 세상이 얼마나 혼란스러웠을지 상상만 해도 끔찍했다. 아르하드가 이성적으로 중심을 잘 잡고 모두를 이끌었기에 이 정도로 유지되고 있을 것이다. 혼자서 얼마나 고생했을까를 생각하면 심장이 저렸다.

대강 다 둘러본 이아나는 바하무트 군대의 진지 중 하나를 찾아갔다. 멀리 떨어진 나무의 꼭대기에 서서, 바하무트 군대를 서늘한 눈으로 내려다보았다.

검은 개미 떼 같다. 불을 질러 싹 밀어 버리고 싶었다. 현재의 이아나에게는 그럴 힘도 있었다.

'하지만 행동은 완벽한 계획을 세운 후다.'

이아나는 고민했다. 자신의 생환 소식을 어떻게 써먹어야 할까? 저 끔찍한 군대는 어떻게 해야 가장 효율적으로 없앨 수 있을까?

무엇보다.

'테일런은 지금 뭘 하고 있을까?'

아르하드가 준 정보에 의하면 최근 몇 개월 동안, 바하무트 군대가 이그나이츠를 침공하는 빈도가 줄었으며 그나마도 테일런 본인이 직접 오는 경우는 거의 없다고 했다.

여기에 더해, 카니츠가 몇 주 전에 전해 준 최신 정보에 의하면 테일런이 '최후의 전쟁'을 준비하라는 전언을 내렸다고 했다.

놈에게 또 지긋지긋한 모종의 속셈이 있는 게 분명했다. 이놈도 일이 원하는 대로 되지 않아 악에 받칠 대로 받쳤을 텐데 뭘 하고 있었을까?

'아카식 레코드로 갈 수 있으면 좋을 텐데.'

거기서는 테일런이 뭘 하고 있는지 볼 수 있을 것이다.

하지만 이아나는 이제 아카식 레코드로 갈 수 없었다.

심판 권능이 없어졌기 때문이다.

천칭에 거역한 이아나가 심판의 힘을 가지는 건 불가능하다. 또한 권능은 영혼이 가장 강력하게 원하는 바가 능력으로 구현된 것이다. 한 영혼에 하나의 권능만이 존재할 수 있었다. 베기 권능이 생겼으니 심판 권능이 사라질 수밖에 없다.

'차원을 베어 입구를 만들 수도 있겠지만 아직은 무리야.'

테일런에 관한 정보는 이 세상에서 모아야 했다.

이아나는 기적을 죽인 채 테일런을 찾아다녔다. 하지만 테일런의 행방은 묘연했다.

결국 대륙의 끝에 닿을 때까지 못 찾았다. 절벽 끝에 선 이아나는 끝이 보이지 않는 바다의 수평선을 멀거니 바라보다 구름이 잔뜩 낀 우중충한 하늘을 올려다보았다.

정보고 뭐고 이것만 알면 된다.

'지금의 나는 테일런을 죽일 수 있을까?'

이아나가 아는 테일런과 현재의 테일런에게는 일 년의 격차가 있었다. 그 차이는 무척 컸으며, 이아나가 강해졌듯 테일런도 많이 강해졌을 터였다.

그럼에도 이아나의 심장은 평온했다.

'죽인다.'

이 정도 경지에서는 정신력으로 승부가 난다. 단 한순간의 틈, 그것이 승패를 가르는 요소였다.

그리고 이아나는 이제 테일런이 무슨 계략을 짜고 있든, 얼마나 강하든 불안하지 않았다.

천칭조차 어쩌지 못한 이아나의 영혼은 웬만한 충격으로는 �끄떡도 하지 않았고, 테일런과 싸움이 붙으면 그를 벨 때까지 틈하나 주지 않을 것이다. 영원히 싸우면 싸웠지, 지지는 않을 것이다.

'돌아가서 수련이나 하자. 그런데……'

드래곤을 한 번도 보지 못했다.

드래곤들은 세상에 격변이 일어난 후 몇 개월은 하늘을 지겹도록 날아다녔다고 했다. 요즘은 정착했는지 뭔지는 몰라도 보이지 않는다고 했는데, 그 커다란 덩치를 돌아다니는 동안 정말로 한 번도 보지 못했다. 인간의 모습으로 변신할 수 있으니 인간들 사이에 섞여 지내고 있는 걸까?

이아나는 테라노우딘과 연락할 수 있는 아티팩트를 꺼내 마나를 주입했다.

하지만 아티팩트는 잠잠했다. 작동조차 하지 않았다. 이아나는 고개를 갸웃하며 이번엔 신력을 주입했다. 아티팩트가 부서질 듯 덜덜 떨렸다.

아티팩트가 빛을 발했다.

[이건 내가 남겨 놓은 말이다. 대답하지 말고 듣기만 해라.]

테라노우딘의 속삭임이 흘러나왔다.

[테일런이 자유에 취해 있던 우리를 습격해서 제압했다. 그리고 우리를 먹어 치우고 있다.]

이아나가 멈칫했다.

[정확히는 통째로 흡수하고 있는 거로군. 우리의 심장은 집어삼켜 제 심장과 연결하고, 우리의 영혼은 제 핏속에 녹여 통제하려 하니.]

"……."

[악마와 칸데메이온의 힘까지 얻은 테일런에게 우리는 졌다. 프릴리아 누가 가장 먼저 당했고, 그다음은 밀라니코네였다. 지금은 가마다이안이 흡수당하고 있고, 마지막이 나다. 이 얘기를 듣고 있을 땐 나도 흡수당한 상태일 수도 있겠지. 정말 어처구니가 없군.]

테라노우딘의 목소리는 언제나처럼 잔잔했지만, 옅은 분노가 서려 있었다.

[우리가 자유로워진 순간 가디언들과의 계약은 끝났고, 우리는 자유를 갈망하며 세상과의 모든 연결 고리를 끊어 버렸으니 가디언들은 우리의 상태를 알지도, 우리를 찾지도 못할 것이다. 그래서 나는, 테일런이 우리를 흡수하느라 정신이 팔린 틈을 타 나와 연결된 유일한 존재인 너에게 정보를 남긴다.]

이아나는 침착하게 테라노우딘의 전언을 새겨들었다.

[네가 이 이야기를 듣는다면 우리 드래곤들의 힘을 가져간 테일런을 대비하기를 바란다. 놈이 드래곤 하나를 흡수하는 데는 약 한 달에서 두 달이 걸린다. 오늘은…….]

테라노우딘이 말한 날짜는 오늘로부터 약 삼 주 전이었다.

[테일런이 나를 먹으면 내 기억을 읽을 수 있을 테니 내가 네게 전언을 남겼다는 사실을 알게 될 거다.]

"……."

[다만, 네가 전언을 전해 받아도 흔적이 전혀 남지 않도록 조치해 두었기 때문에 놈은 네가 살아나서 정보를 얻었는지 여전히 죽어 있는지 알지 못할 것이다. 만일 살아났다면, 나는 네가 이 정보 차이를 활용해서 싸워 주길 바란다.]

그 말을 끝으로 테라노우딘은 잠시간 말이 없었다.

[이아나 이그나이츠 라이즈.]

테라노우딘이 그녀의 이름을 불렀다.

[강해지고 또 강해져라. 강해져서 그대의 전생까지 넘어서라.]

언젠가 들은 적 있었던 말이었다.

[이 세상 누구보다도 강해져라.]

하지만 테라노우딘의 말은 거기서 끝이 아니었다.

[우리는 네가 세계를 소멸이 아닌 확장의 길로 이끌어 주길 바란다.]

현재 세계는 소멸의 길과 확장의 길 사이에서 우왕좌왕하며 무너지기 일보 직전의 균형 상태에 있다. 그리고 균형을 깨는 것은 언제나 이 세상을 살아가는 존재들의 의지다. 죽음의 의지가 아닌 삶의 의지가 확연히 강해지면 세상은 확장의 길을 택해 뻗어 나가기 시작할 것이다.

[우리는 광활한 땅을 넘어 끝없이 별이 펼쳐지는 드넓은 우주까지 날아가 보고 싶다. 우리는 우주의 문을 열 열쇠가 너라고 믿는다. 그때까지, 우리는 어떻게든 버텨 보려 한다.]

테라노우딘의 이야기는 그것으로 끝이었다. 더 기다려 봤지만 남아 있는 이야기는 없었다.

이아나는 아티팩트를 집어넣고 바다를 바라보았다. 머나먼 수평선에서부터 새카만 파도가 끊임없이 밀려오고 있었다. 절벽 아래를 내려다보았다. 파도가 세상을 부술 기세로 절벽을 사납게 때리고 있었다.

'테일런, 이때까지 자신만만했겠어.'

이아나는 아르하드에게 테일런의 비밀을 전해 들었다. 테일런이 회귀 전의 기억뿐만 아니라 아르하드의 기억까지 갖고 있다는 걸 이제야 알았다. 칸데메이온이 테일런을 물심양면으로 도왔다는 것도 쉽게 유추할 수 있었다. 하지만 이제 다 까발려졌으니 그것들은 위협적인 무기가 아니었다.

'드래곤 흡수 또한 네 비밀의 무기였겠지.'

그러나 이아나는 그가 드래곤을 흡수했다는 걸 알게 되었다. 적을 알고 나를 알면 백 번 싸워도 백 번 이긴다고 했다.

'이때까지는 네가 우위에 있었음을 인정해. 하지만 이젠 아냐.'

이아나는 갓 태어난 새와 같았다. 그녀의 세계를 가두고 있던 알껍데기를 부수고 겨우 제 진짜 모습을 찾은, 이제야 몸을 제대로 펼 수 있게 된 새끼 새였다.

하지만 날개는 이미 가지고 있었다. 날아 본 경험 또한 있었다. 이아나는 첫 비행에서 떨어져 죽어 버릴지도 모르는 어설픈 아기 새가 아니었다. 이미 날아 본 새였다.

이제는 마음만 먹으면 얼마든지 높이, 더 높이, 하늘 끝까지 날아오를 수 있었다. 테일런이 저 광활한 바다보다 더한 심연일지라도 베어 가를 수 있었다.

'기다려라.'

불꽃을 닮은 적안이 바다를 죄다 증발시킬 기세로 매섭게 타올랐다. 그녀의 인생, 노력, 의지, 사랑, 그 모든 것이 한 자루의 검처럼 벼려져, 세상을 뒤덮은 암흑을 벨 준비를 하기 시작했다.

이아나는 집무실에서 열심히 일하고 있는 아르하드에게로 돌아갔다.

끼익.

문을 열고 들어갔더니 아르하드의 앞에서 매우 피곤해 보이는 놈이 안경을 쓸어 올리며 보고서를 읽고 있었다.

"신기술 연구와 그에 맞춘 도시 구축은 느리지만 문제없이 진행 중입니다."

앞모습은 보이지 않았지만 회색 머리칼을 보니 리키젠이었다. 늘 멀끔하던 녀석이 푸석푸석한 것이 그동안 맘고생깨나 했겠다 싶었다.

문이 열리는 소리를 들었을 텐데도 리키젠은 뒤돌아보지 않았다. 일할 때는 보고 대상과 보고 내용에만 철저하게 집중하는 것이, 리키젠다웠다.

"하지만 국민들의 정신적 피로도가 한계치를 넘어섰습니다. 불면증과 우울증 등의 증세를 호소하며 병원을 찾는 환자 수가 급격히 늘고 있습니다."

리키젠이 한숨을 삼켰다.

"바하무트 황제의 갑작스런 잠적이 가장 큰 원인입니다."

아르하드가 눈인사를 하고, 이아나도 마주 인사했다.

"전면전을 벌일 땐 오히려 괜찮았습니다. 바하무트 황제가 전하의 방어막을 뚫지 못하는 게 대놓고 보였고, 생각에 잠길 틈도 없이 싸워야 했으니까요. 하지만 그가 잠적하여 상황이 갑자기 잠잠해지니……."

리키젠의 보고가 끊어지지 않고 이어졌다. 이아나는 끼어들지 않고, 문에 기대선 채 그의 말을 귀 기울여 들었다.

"다들 바하무트 황제가 걷잡을 수 없이 강해져서 돌아올 거라며 불안에 떨고 있습니다. 다음번엔 방어막이 파괴될 거라고 추측하는 겁니다. 저희의 방어 체계는 전무후무한 궁극에 이르고 있고, 국민들도 전하를 전적으로 신뢰하지만……."

"만에 하나라도 방어가 깨졌을 경우 반격할 만한 결정적인 무기가 없다고 여겨 불안한 거겠지. 공격 없이 방어만 하고 있으니 그런 생각이 더 심해졌을 거고."

"……."

"하지만 바하무트 황족을 상대로 나 혼자서는 공격과 방어를 동시에 할 수 없다. 내가 공격에 나서면 방어에 구멍이 생기고, 적들은 그 틈을 비집고 들어설 만큼 잽싸. 국민들을 지키기 위해서는 방어에만 주력하는 게 최선이다."

아르하드가 차분하게 말했다.

"이 이상 내가 할 수 있는 건 없다. 나는 지금도 혼신의 힘을 다하고 있으니까."

리키젠도 알고 있었다. 그가 이그나이츠를 수호하기 위해 얼마나 무리하고 있는지는 아르하드의 최측근 참모이자 보좌관인 그가 제일 잘 알았다.

"내가 없어도 방어가 될 만큼 방어 체계를 완벽하게 완성한 후부터는 나도 공격에 나설 거다. 그때까지는 방어에만 집중하는 게 나아. 두 개 다 잡으려 하면 이도 저도 되지 않으니."

"네, 알고 있습니다."

리키젠이 손에 쥔 보고서가 구깃해졌다.

"답답해서 전하께 투정을 부렸습니다. 죄송합니다."

아르하드는 정말 훌륭한 왕이었다. 거짓 한 점 없는 진심이었다. 리키젠은 수없이 많은 역사서를 독파했지만, 아르하드만큼 유능한 왕은 찾아볼 수 없었다.

그는 강력한 법으로 종족 대통합을 이뤘으며, 많은 준비 시간을 거쳐 신국 이그나이츠에 풍요를 가져왔다. 대혼란 속에서도 새로운 체계를 빠르게 구축했고, 바하무트라는 강적을 최전선에서 막아 내고 있다. 만약 아르하드가 부재했다면 이 세상은 이미 바하무트의 손아귀에 떨어졌을 것이다.

하지만 그뿐이다. 승리의 길은 보이지 않았다.

이 싸움은 평행선과 같았다. 시간이 흐를수록 이그나이츠는 단단해질 테지만 바하무트 또한 동급으로 날카로워질 것이다. 이대로라면 아르하드는 항상 방어만 하고 있어야 할 판이었다.

리키젠이 생각하기에, 돌파구는 그녀.

이아나밖에 없었다.

'이아나 님은 언제 깨어나실까.'

리키젠은 하루에도 몇 번씩 이아나를 떠올리곤 했다. 하지만 리키젠은 아르하드의 앞에서 단 한 번도 이아나의 이야기를 꺼내지 않았다.

이그나이츠의 정신적 지주인 이아나의 몰락은 국가 전체에 엄청난 충격을 가져왔다.

그럴진대 아르하드가 받은 충격은 어떠할까?

아르하드는 이아나가 혼수상태에 빠진 후에도 변함없는 모습으로 일했지만 리키젠이 보기엔 언제나 위태위태했다. 단단하고 흠 없이 완벽하지만 내부를 진탕하면 바로 깨져 버릴 얇은 유리병 같았다.

그래서 속으로만, 어딘가에 있을 이아나를 향해 불평했다.

'어서 깨어나시라고요. 당신은 당신의 사람들이 위험한데 누워서 잠만 자고 있을 사람이 아니잖아요.'

리키젠은 오늘도 똑같이 투덜댔다.

왜일까? 오늘따라 괜히 더 울컥한다.

"저도 최선을 다하겠습니다."

리키젠은 답답하고 먹먹한 심정을 감추고 담담하게 말했다.

"그러다 보면 길이 보이겠지요."

"그래. 최선을 다하다 보면 언젠간 끝이 보이더군."

"……?"

리키젠은 아르하드의 말에서 이상한 느낌을 받았다. 아르하드는 언제나 '최선을 다한다'라고만 말할 뿐 '긍정적인 끝'을 말한 적이 없었다.

그러고 보니 오늘따라 아르하드의 상태가 이상할 정도로 좋아 보였다. 녹슨 쇠 같던 죽은 눈동자가 맑게 빛나고 있었다.

'뭐지?'

리키젠이 수상쩍음을 느끼고 있을 때 뒤에서 발자국 소리가 났다. 그러고 보니 집무실에 사람이 들어왔던가?

"여전히 성실하구나."

일 년간, 다시 듣기만을 바라고 바라 왔던 목소리가 리키젠의 뒤통수에 화살처럼 푹 꽂혔다.

리키젠이 번개처럼 고개를 돌렸다.

이아나가 쓰고 있던 로브 모자를 뒤로 젖혔다.

이제야 얼굴을 마주쳤다.

"리키젠."

리키젠의 핏발 선 눈에 이아나의 얼굴이 담겼다. 리키젠은 귀신을 본 사람처럼 정신없이 눈을 껌벅이고 비벼 댔다.

"이아나, 님?"

"그래, 리키젠."

"정말 이아나 님이십니까?"

"일 년 동안 못 봤다고 얼굴을 까먹었나."

"하지만 이아나 님은 혼수상태인데."

"깨어났으니까 여기 있지."

그래도 리키젠은 쉽사리 믿지 못했다. 그의 동공이 지진이 난 것처럼 흔들렸다.

"설마 전하께서 키메라를……."

이아나는 헛소리를 하는 리키젠에게 싱긋 웃어 주곤, 성큼 다가가 손을 내밀었다. 리키젠은 엉거주춤하게 서 있다가 저도 모르게 그 손을 맞잡았다.

"아아악!"

맞잡은 손에 엄청난 통증이 밀려와서 리키젠이 비명을 지르며 주저앉았다.

"놔, 놔주세요. 그만. 크윽."

"바보 같은 소릴 하는 걸 보니 그새 머리가 나빠졌나?"

리키젠은 자신의 떨리는 손을 굳게 맞잡고 있는 딱딱하고 마디진 손을 쳐다보았다.

"날 똑바로 봐."

리키젠이 반사적으로 올려다보았다.

"내가 누구지?"

이 사람은 이아나일 수밖에 없다.

리키젠의 눈에 짜릿한 환희가 치밀어 오르기 시작했다.

"이아나, 이그나이츠, 라이즈."

"그래."

이아나가 힘을 주어 리키젠을 일으켜 세웠다.

"일주일 전쯤에 깨어나서 세상을 둘러보고 왔다. 내가 없는 동안 아르하드와 함께 이그나이츠를 재정비한다고 고생했다."

"네……."

리키젠의 목소리가 떨렸다.

돌아올 것이라 믿었다.

리키젠에게 있어 세상에서 가장 강한 존재는 바하무트도, 아르하드도 아니었다.

이아나였다.

언제나 그랬다.

책이라는 정적인 세상 속에서 살다가, 검술학부 검술대회에서 처음으로 이아나의 검을 본 날. 그 오만하고 빛나는 검을 본 날부터 리키젠의 안에서는 언제나 이아나가 최강이었다.

이아나가 바하무트 황제에게 패배하여 혼수상태에 빠졌다는 소식으로 온 나라가 들썩여도 리키젠은 중심을 지켰다. 리키젠도 이아나의 참사에 머리가 띵해질 정도로 충격을 받았었지만 빠르게 이성을 챙기고 혼란에 빠진 사람들을 이끌었다.

이아나가 당했다면 필시 당할 수밖에 없는 사정이 있었을 터.

이아나는 반드시 돌아올 것이다. 그때까지 자신은 자리를 지키고 서서 아르하드를 도와 국가의 중심을 잡고 있어야만 했다.

리키젠은 이아나를 믿었다. 그리고 이아나는 리키젠의 믿음을 배반하지 않았다.

"깨어나 주셔서 감사합니다."

"감사할 것까지야."

저 오만한 말투조차 반가웠다. 리키젠은 괜히 눈물이 나서 소매로 눈을 비볐다.

"이, 이럴 때가 아니죠."

리키젠이 퍼뜩 고개를 들었다.

"이아나 님의 생환을 모두에게 알려야 하지 않겠습니까."

"아니. 최대한 숨겨야 한다."

이아나가 부정했다.

"내 생환은 무기야. 써먹어야지."

리키젠은 납득해서 고개를 주억였다. 그녀의 비밀스러운 생환은 바하무트 제국의 허를 찌를 비장의 한 수가 될 수 있었다.

"그리고 내가 다시 세상에 이아나로서 모습을 드러낼 땐 모든 준비를 마친 후야. 난, 나에 대한 신뢰를 잃은 사람들이 다시 믿음을 가질 만큼 강해져야 해. 등장은 그 후다."

리키젠은 이 부분도 납득했다. 현재 이그나이츠 국민들 사이에서 이아나의 강함을 의심하는 기류가 흐르고 있었다. 이 흐름을 깨려면 이아나가 초월적인 무력을 선보이는 수밖에 없었다.

"내가 따로 생각하고 있는 바가 있으니 내가 됐다고 할 때까진 내 생환을 알리지 마. 물론 정체를 감춘 채 활동은 할 거야."

"그럼 저만 알고 있는 겁니까?"

"아니. 계획을 세우려면 다른 사람들과 협력해야 해. 얼개가 대략적으로 잡히면 널 찾아가겠다."

"알겠습니다."

리키젠은 허리를 똑바로 세우고 어깨를 쭉 폈다.

"그때까지 열심히 일하고 있겠습니다. 아니, 지금 당장 일하러 가야겠어요."

그의 가슴에서 희망이 펄펄 끓어 넘쳤다. 우중충했던 얼굴은 어느새 환히 빛나고 있었다.

"이아나 님도 부디 힘내 주세요. 다시 한번 깨어나 주셔서 감사합니다!"

고개를 숙여 인사한 후 문을 열어젖히는 리키젠의 온몸에서 의욕이 뿜어져 나왔다. 타닥타닥 걷는 리키젠의 발걸음이 몹시 경쾌했다.

"리키젠은 회귀 전부터 내 충성스러운 심복이었지."

아르하드가 나지막하게 말했다.

"지금도 그렇죠."

"그렇긴 한데, 이젠 실세가 너야. 나보단 널 더 믿어."

"인정합니다."

이아나가 시원하게 인정하며 웃었다.

"제가 당신의 오랜 심복을 빼앗고 말았군요."

"다 가져가도 돼."

우스갯소리를 몇 차례 주고받은 후, 이아나는 아르하드에게 테일런의 정보를 전했다.

"드래곤이…… 과연 심각하군."

아르하드는 생각에 잠긴 채 책상을 손가락으로 두들기다 문득 고개를 들었다.

"이아나, 네 상태는?"

"최상입니다."

이아나가 허리춤에 맨 라이즈의 위에 손을 올렸다.

"제가 도달해야 할 궁극이 무엇인지 확실하게 알고 있어요. 빠르게 도달할 수 있습니다. 테일런이 아무리 강해도 절대 밀리지 않을 거라고 자신합니다. 지금 붙어도 마찬가집니다."

이아나의 말에는 확신이 서려 있었다.

쿠우우우…….

아르하드는 기세를 일으켰다. 안력과 감각을 돋우어 이아나의 육신과 영혼을 꿰뚫어 보았다.

그러나 아르하드는 이아나가 얼마나 강한지 파악할 수 없었다. 일 년의 공백을 거친 이아나는 미지의 괴물이 되어 있었다.

며칠 전 이아나가 이야기해 주었던 아카식 레코드에서의 사건은 아르하드가 상상하기 어려운 경지였다. 그와 나란히 걷던 이아나가 어느새 뒷모습을 보이기 시작했다.

"네가 말한 검의 궁극은 검 한 자루로 세상을 베는 것이지."

그래서 아르하드는 물었다.

"그것이 네가 발견한 강함의 끝인가?"

"아니요. 절대적인 수치로 따지면 강함에는 끝이 없다고 생각합니다. 다만 상대적인 면에서는……."

이아나의 맑고 올곧은 눈동자가 아르하드를 가득 담았다.

"당신을 이겼을 때, 저는 비로소 강함의 끝에 도달했다고 할 수 있을 겁니다. 제게 있어 강함의 끝은 언제나 당신이었으니까요."

아르하드가 이아나를 빤히 쳐다보았다.

"이젠 내가 질 것 같은데?"

"저도 그렇게 생각했었는데."

이아나가 설핏 웃었다.

"지금 보니 잘 모르겠습니다. 당신은 극악무도한 테일런을 상대로 이그나이츠 방어에 성공했고, 반쯤 죽은 저까지 지켜 냈으니까요. 제 검이 당신의 방어를 뚫을 수 있을까요? 그건 붙어 봐야 알 것 같습니다."

"그건 그렇군."

아르하드는 어렵지 않게 동의했다. 이아나가 공격력으로 궁극에 이르고 있다면, 아르하드는 방어력으로 궁극에 이르고 있다. 지향점이 다르지만 각자 최고를 향해 나아가고 있었다.

"하지만 공격력으로 치자면, 이젠 바하무트가 네 최대의 호적 수 아닌가?"

"아니요. 바하무트는 거쳐 가야 할 중간 단계일 뿐입니다."

이아나는 선명하게 부정하며 아르하드의 앞에 성큼 다가섰다. 셔츠 자락을 꽉 붙잡고 코가 부딪힐 듯한 거리까지 당겼다.

"제 호적수는 당신이에요. 회귀 전이나 회귀 후나, 당신이 제 유일한 라이벌입니다. 죽는 그 순간까지, 영원히."

이아나가 아르하드의 입술에 진득한 키스를 남기며 경고했다.

"명심하고, 각오하세요."

"무서운걸."

아르하드는 무섭다 말하면서도 뺨 언저리를 붉히며 해사하게 웃었다. 예전엔 지긋지긋한 승부욕이었건만, 이젠 이아나에게 이토록 집착당하고 있다는 것이 너무 좋았다. 기분이 좋은 걸 넘어서서 오싹하리만치 야릇한 쾌감이 온몸을 훑고 지나갔다.

아마 이아나가 무슨 말을 해도 좋을 것이다. 머리가 어떻게 된 게 분명했다.

이아나는 그런 아르하드를 귀엽다는 듯 쳐다보곤 떨어졌다.

"전 친구들을 만나고 돌아오겠습니다."

"그래. 그 참에 샬리노 연구소도 한번 찾아가 봐."

"샬리노 연구소요?"

사키 셸츠스와 린제이가 이끄는 의사 조직 샬리노의 본진은 여전히 세마스티어에 위치해 있었다.

진자이 소속인 사키는 이 어지러운 시국에 진자이로 귀환해야 마땅했으나 대신관의 허락을 받고 연구소에 머무르며 계속 라이프 치료 연구를 하고 있었다.

"최근에 성과가 있었거든. 정확한 내용은 직접 가서 들어."

이아나는 아르하드의 집무실에서 빠져나와 자신의 방으로 갔다. 옛날에 아르하드가 만들어 준 연락용 아티팩트 반지를 아공간에서 꺼내 손가락에 꼈다.

모든 지인들에게 생환 소식을 전할 수는 없다. 바하무트 붕괴 계획에 필수적으로 필요한 극소수의 사람들에게만 알려야 했다.

이아나는 제일 먼저 에이지에게 연락했다.

로베르슈타인 가문에서 나와, 아르하드보다도 먼저 만나 친분을 나눈 능력 있는 친구. 에이지는 필수 중에서도 필수였다.

이아나가 마나를 불어넣어 연결 신호를 보내자마자 에이지가 연락을 받았다.

[뭐야? 고장인가?]

맞은편에서, 에이지가 이해할 수 없다는 듯 혼란스러운 목소리로 중얼거렸다. 리키젠도 그러더니 다들 믿지를 못한다. 이아나가 웃느라 대답하지 못하자, 에이지가 짜증스럽게 혼잣말을 뱉었다.

[괜히 기대하게 하고 난리야.]

에이지가 연락을 뚝 끊어 버렸다.

반지에서 빛이 사라지자 이아나는 웃을 때가 아니다 싶어 진지한 태도를 갖추고 다시 연락했다. 하지만 에이지는 아티팩트가 고장 났다고 판단했는지 받지 않았다.

이아나는 어쩔 수 없이 도르시아니에게 연락했다.

[에이지가 옆에서 짜증 내고 있는데.]

도르시아니는 연결되자마자 대뜸 그리 말했다.

[고장일까, 실물일까?]

[고장이라니까요.]

"실물이야. 아무한테도 말하지 말고 지금 바로 내 방으로 와."

[…….]

이아나는 두 사람이 또다시 연결을 끊어 버리기 전에 대답했다. 하지만 대답한 보람도 없이 뚝 끊겼다.

이아나는 다시 연락하지 않고 테이블 앞에 앉았다.

끼이익…….

종이 위에 생각을 끄적거리며 기다리고 있는데, 얼마 지나지 않아 문이 조심스레 열렸다.

"헉."

에이지는 이때까지 주인의 부재로 굳게 잠겨 있던 문이 열리자 헛숨을 들이켰다. 그리고 방의 중앙에서 또렷한 눈으로 저를 응시하는 이아나를 발견하고 숨 쉬는 법을 잊었다.

"오랜만……."

이아나가 의자에서 일어나며 인사하는데, 에이지가 달려와서 이아나를 대뜸 꽉 껴안았다. 그가 떨리는 목소리로 말했다.

"이아나 양 남편한테 맞아 죽을 수도 있다는 거 아는데, 잠시만 이러고 있을게. 안 믿겨서 그래."

이아나는 별말 없이 에이지의 떨리는 등을 토닥거려 주었다.

"와. 진짜네."

에이지는 단단하게 단련된 몸이 품 안에서 느껴지자 이게 정말로 현실이구나 싶었다.

이아나는 에이지가 깊은 잠에서 깨어나고 며칠 후에 참사를 당했다. 그래서 에이지는 자신을 살리느라 무리를 했던 게 아닐까 내심 자책했었다.

아르하드가 아니라고 대답했고, 이아나가 죽지 않을 것이라 믿었으며, 자책에 빠져 있을 만큼 상황이 여유롭지 않았기에 다시 일에 집중할 수 있었지만 쉴 때마다 이아나가 생각나 마음이 괴로웠다.

그런데 마침내 이아나가 돌아왔다.

"나 때문에 그리된 게 아닐까 생각했어."

"설마. 내가 개인적인 일로 바하무트에 온전히 집중하지 못했고, 방심했기 때문이다. 앞으론 이런 일 없어."

에이지가 묵혀 둔 마음을 고백하자 이아나는 정색하며 그를 다독였다. 에이지는 묵은 체증이 쑥 내려가는 것만 같았다.

"전하."

뒤에서 둘의 해후를 지켜보고 있던 도르시아니가 천천히 다가왔다. 그녀는 이아나와 에이지를 폭 감싸 안았다.

"전하는 잠꾸러기야."

"잠꾸러기⋯⋯. 귀여운 단어로군."

이아나가 에이지와 도르시아니의 품에서 벗어나며 두 사람을 똑바로 쳐다보았다.

"나도 그냥 잠만 잤던 건 아냐. 그동안 고생했어."

"고생했다? 잠든 사이 어디 갔다 온 거야?"

이아나의 의미심장한 대답에 호기심을 느낀 도르시아니가 캐물었다.

"두 사람과 함께 갔었던 진리보다 더 깊은 진리 속에 갇혀 있었다. 그걸 베고 나왔고."

"진리보다 더 깊은 진리라. 대단한걸. 무슨 일이 있었는지 자세히 듣고 싶어."

"진리고 뭐고! 그런 얘긴 됐어!"

에이지는 이아나와 도르시아니가 학문적인 대화로 빠져들기 전에 냉큼 끼어들었다.

그새 멀쩡하다 못해 매우 건강해 보이는 이아나의 모습을 샅샅이 훑어보았던 에이지가 감격하여 외쳤다.

"깨어나서 다행이야, 정말로! 불사신이라고 믿었지만 너무 오랫동안 깨어나지 않아서 걱정 많이 했어!"

"불사신이라니. 나도 인간이야."

"죽여도 죽지 않을 것 같다고 해야 하나. 하여간 그런 느낌이 있어. 그런데 부활이 너무 오래 걸렸잖아. 흑. 이때까지 고생한 걸 생각하니 눈물이 눈앞을 가린다."

에이지가 헛소리를 하며 눈 사이를 부여잡았다. 고생한 건 사실일 테니, 이아나는 도르시아니와 에이지의 어깨를 토닥거렸다.

"그동안 수고했다. 앞으로 나와 함께 좀 더 힘내 보자."

"좋아! 갑자기 무적이 된 기분인걸!"

에이지가 힘차게 손을 들어 올렸다.

"재회하자마자 이런 말 하기 미안하지만 일 얘기를 좀 해야겠다. 여기 앉아."

"그래야지."

에이지와 도르시아니가 자리에 앉자 이아나가 물었다.

"바하무트의 정보를 집중적으로 수집하고 있다고 들었어."

"응, 제일 중요한 바하무트 황제에 대한 정보는 얻을 수 없었지만 이사벨라와 샤일린스, 블랙폭시, 그리고 바하무트 본토에 대한 정보는 착실히 모으고 있어. 카니츠 울터 경이 정말 많은 도움을 주시고 계셔."

"카니츠는 능력 있는 사람이지."

이아나가 펜을 굴렸다.

"아르하드에게 대강 전해 듣긴 했지만 당신이 바하무트 상황에 대해서 직접 설명해 줘."

"응. 피버 피스톨 알지?"

피버 피스톨은 이아나가 도르시아니와 함께 바하무트를 돌아다닐 때 부려 먹었던 도르시아니의 추종자였다.

"그 사람, 바하무트 제국의 평민들 사이에서 지도자로 부상했어. 우리는 피버 피스톨과 계속 연락하고 있고."

피버 피스톨이 말하길, 뺏고 빼앗는 게 아닌 서로 돕고 사는 삶과 수확하는 기쁨, 그리고 평화를 알게 된 바하무트 제국민들 중 전쟁에 거부감을 느끼는 사람들이 많아졌다고 했다. 바하무트 황족의 잔인한 행보 때문에 황실에 반발심을 가진 사람들도 적지 않았다고 했다.

그런 와중에 대격변이 일어났다. 히마라페 빙원이 축소되고 바하무트 제국 국경 밖으로 풍요로운 신대륙이 생겨났다.

"상황이 그렇다 보니 바하무트를 떠나 새 땅에 정착하고 싶은 사람이 많은 모양이야. 이미 떠난 사람도 적지 않고. 하지만 대부분은 바하무트 제국이 무서워서 결단을 내리지 못하고 있대."

"흠."

상황이 좋다. 재작년, 내분을 일으킬 요량으로 도르시아니와 함께 바하무트로 가서 활동한 것이 이렇게 훌륭한 결과물로 돌아왔다. 열심히 돌아다닌 보람이 있었다.

"울터 경이 전하길, 바하무트 대귀족들 중에도 흔들리는 사람이 몇 있다더라. 신대륙으로 떠나 왕이 되고 싶다며 자기를 회유했다더군."

"호오."

이아나는 감탄했다. 이런 일까지?

"우리 정보국이 마론과 정식으로 협약을 체결했어. 그리고 마론의 수장 루트 도리안이 바하무트에 불만을 가졌던 귀족들을 비밀리에 모으고 있어. 숫자가 꽤 많아."

"도움이 되겠어."

이아나는 종이에 정보를 요약하여 적어 내려가며 에이지에게 물었다.

"황족은?"

"음, 이게 제일 중요하지."

에이지는 정보를 얻을 수 없는 황제 대신 다른 황족들과 블랙폭시에 대한 정보를 집중적으로 수집했다. 이사벨라는 무차별적으로 학살을 저지르다 황제와 함께 잠적해서 정보가 적고 황태후와 페인은 바하무트 군대를 이끄는 당사자들이라 모습을 자주 드러내서 정보가 꽤 많이 쌓였다.

"우리는 정보를 기반으로 놈들을 처단할 계획을 세웠어."

"처단할 계획?"

"응."

에이지가 주먹을 꽉 쥐었다.

"그놈들은 우리 손으로 꼭 응징하고 싶었거든."

"예전에 잘라 왔던 샤일린스의 손으로 생체 연구를 했어."

도르시아니가 말을 보탰다.

"그걸로 샤일린스 맞춤 기술들을 많이 개발했지."

에이지와 도르시아니는 이그나이츠가 성채 안으로 웅크린 일 년 동안 무의미하게 시간을 낭비하지 않았다. 쉬지 않고 복수의 칼날을 갈며 최적의 시기를 가늠하고 있었다.

"이아나 양이 깨어나기 전에 응징을 성공한 다음 깨어나면 자랑하고 싶었는데 그러지 못하겠네."

"다시 잠들어 줄까?"

"무슨 그런 농담을."

에이지가 설핏 웃었다.

"이아나 양이 도와준다면 절대 실패하지 않을 테니 시기를 재지 않고 바로 실행해도 될 것 같아. 도와줄 거지?"

"당연하지. 그 계획을 최우선으로 염두에 두겠다."

"좋아! 아, 그리고 진리의 탑과 어인족도 우리 쪽에 완전히 붙었어. 바하무트가 바다를 떠난 이후 조용히 살았지만, 이대로는 바하무트가 세상을 멸망시킬 것 같아서 가만히 있으면 안 되겠다고 판단했대."

이제는 바다에서도 우군이 생겼다. 어인들은 물을 떠나면 약화되지만 물에서는 최강의 종족이라고 할 수 있었다.

이것저것 이야기를 나눈 후, 이아나가 마지막으로 물었다.

"도르시아니, 혹시 프릴리아누가 어찌 지내는지 알고 있나?"

"모르겠어. 세상에 대격변이 일어나자마자 연결이 끊어졌거든. 시라우사 님도 못 뵌 지 오래됐다고 하시던데, 아마도 자유를 누리고 계시지 않을까?"

"아니. 테일런에게 잡아먹혔어."

"어머나."

도르시아니의 목소리는 단조로웠으나 표정을 보니 아주 놀란 듯했다. 도르시아니가 저런 표정을 짓는 건 정말 드문 일이었다.

"테일런, 정말로 괴물이 되어 가고 있구나. 전하, 상대할 수 있겠어?"

"물론."

이아나가 딱 잘라 대답하자 에이지와 도르시아니가 진하게 미소 지었다.

이아나는 이참에 카니츠에게도 연락했다.

몇 분을 기다린 후, 연결되었다.

[아가씨?]

카니츠가 놀란 목소리로 그녀를 불렀다.

"그래. 카니츠."

[…….]

한동안 조용하더니 들뜬 듯 떨리는 목소리가 전해져 왔다.

[깨어나셨군요. 무사하셔서 정말 다행입니다. 직접 뵙고 싶은데 상황이 여의치 않군요.]

카니츠는 현재 군대가 단체로 움직이고 있어 개인 활동이 어렵다며 아쉬워했다.

[언제가 될지는 모르겠습니다만, 황제의 준비가 끝나면 전군이 단번에

몰아칠 것 같습니다. 이그나이츠가 위험해질지도 모르겠습니다.]

"괜찮아."

카니츠가 긴장하여 딱딱하게 보고했지만, 이아나는 여유로운 답을 돌려주었다.

"너와 다시 함께 지낼 날이 머지않은 것 같다."

이 말은 즉 바하무트가 쳐들어와도 지지 않을 것이며, 더 나아가 바하무트와의 싸움을 끝내겠다는 선언이었다.

[그렇군요.]

카니츠의 목소리가 차분해졌다.

[저도 그날만을 고대하고 있습니다. 그때까지 최선을 다해 아가씨의 비수가 되도록 하겠습니다. 제가 할 일이 있다면 언제든 말씀해 주십시오.]

이아나는 카니츠가 건너편에서 미소 짓고 있을 것 같다고 생각했다. 이아나는 입을 다문 채 고르던 말을 결국 꺼냈다.

"고맙다. 그리고 다시 한번 미안해. 어릴 적 바하무트로 가겠다는 가벼운 말로 너와 이스피를 이렇게 고생시켜서."

[아니요. 사과하지 마십시오. 전에도 말씀드렸지만, 저는 제 뜻으로 바하무트로 온 겁니다.]

카니츠가 단호하게 이아나의 사과를 거절했다.

[마지막으로 말씀드리겠습니다. 저는 바하무트에 오길 잘했다고 생각합니다. 아가씨에게 도움이 될 수 있으니까요. 이 정도는 해야 대단한 우리 아가씨의 유일한 호위 기사 자격이 있겠지요.]

이아나는 주먹을 꾹 쥐었다.

이곳에, 아르하드처럼 회귀 전이나 회귀 후나 변하지 않는 한 남자가 있다. 부하 기사들은 많았으나 호위 기사만큼은 가지지 않았던 이아나의 뒤를 지킨 유일한 호위 기사이자 부관.

"넌 언제나 내 최고의 기사였다."

이아나는 진심을 담아 말했다.

"앞으로도 쭉 그럴 테지."

이제 이아나는 그녀의 충성스러운 기사에게 작별을 말하지 않았다. 미래를 말했다.

[영광입니다.]

카니츠가 나지막하게 웃었다.

이아나는 에이지와 함께 수련장으로 향했다.

"헤레이스 녀석, 울다 자빠질 거야."

찾아간 수련장에서, 헤레이스는 열심히 훈련하고 있었다.

"하나, 둘!"

헤레이스가 우렁차게 숫자를 외치며 선두에서 달렸다.

"헥헥."

"저 괴물."

그 뒤로는 엘프며 드워프며 수인이며 인간이며…… 종족 구별할 것 없이 모두가 땀을 뻘뻘 흘리며 헤레이스를 겨우 따라가고 있었다. 학술원 시절 토쟁이라는 별명까지 얻었던 헤레이스인데 정말 많이 컸다.

이아나는 헤레이스의 얼굴을 쳐다보았다.

키도 컸지만 선이 굵직해졌다. 소년과 청년 사이에 있던 앳된 얼굴이 어른의 것이 되어 있었다. 자신감이 부족하고 섬약했던 그는 이제 부드럽지만 강인한 다정함으로 무장하고 있었다.

"헤레이스를 내 수련장으로 불러 줘."

"네엡."

이아나는 개인 수련장으로 먼저 떠나갔고, 에이지는 헤레이스에게 소식을 전했다.

"헉, 헉!"

헤레이스는 얼마 지나지 않아 헐레벌떡 달려왔다.

"이, 이아나 양. 엉. 허헝."

많이 컸다고 생각했던 것이 불과 몇 분 전이거늘, 헤레이스는 이아나를 보자마자 주저앉더니 학술원 시절로 회귀라도 한 것처럼 엉엉 울기 시작했다.

"······."

헤레이스에게 담담히 인사를 건네려 했던 이아나는 쉽사리 입을 열지 못했다.

지인들과 재회하며 데운 빵처럼 말랑해지던 기분이 헤레이스가 우는 걸 보며 아예 뭉그러졌다.

당연히 반겨 줄 것이라고 예상했지만, 다들 그 예상조차 뛰어넘을 정도로 깊은 감정을 보여 주었다. 소중한 이들에게, 자신 또한 소중한 존재라는 걸 확인하자 심장이 먹먹해졌다.

그래서 감사했다.

이들을 만나게 해 준 아르하드에게.

뿌듯했다.

노력하며 열심히 살아온 것이.

생각했다.

이번 생은 정말 행복하다고.

"아, 아. 죄송해요."

헤레이스는 눈물을 금방 그치지 못했다. 두 손으로 제 얼굴을 틀어막았지만 눈물이 손바닥을 넘어 흐르고 있었다.

이아나는 주저앉은 헤레이스의 앞에 함께 쪼그려 앉았다.

"예나 지금이나 눈물이 많구나."

"아, 아니에요. 저 이제 잘 안 울어요. 지금은 기뻐서······."

헤레이스가 얼굴을 빨갛게 물들인 채 더듬더듬 변명하자 이아나가 어깨를 토닥였다.

"이렇게 날 반겨 줘서 고맙다."

"아, 그런 말 하지 말아 주세요."

헤레이스가 고개를 폭 숙였다.

"지금은 이아나 양이 무슨 말만 해도 눈물이 나요."

이아나는 입가에 미소를 그린 채 헤레이스가 감정을 정돈하기를 기다려 주었다.

어린 남동생이 있다면 이런 기분이 들지 않을까?

생물학적으로 따지면 이아나보다 한 살 많은 헤레이스였지만, 정신적인 나이나 연륜은 이아나가 월등했다. 게다가 이아나가 이렇게 가까이서 정신적인 성장부터 육체적인 성장까지 지도한 사람은 헤레이스가 처음이었다. 그렇기에 이아나에게 있어 헤레이스는 언제나 동생 같았다.

'동생이 아니면 제자이려나.'

헤레이스도 이아나에게 그런 감정을 느끼는 듯했다.

학술원 입학시험 때부터, 이아나가 나라를 세우고, 바하무트와의 결전을 앞둔 이 순간까지 헤레이스는 언제나 이아나의 뒤만

보고 따라왔다

"네가 날 구했다고 들었어."

그런데 그런 헤레이스가 이아나를 구원했다.

"테일런 헬칸 바하무트와 맞섰다지."

헤레이스는 닛시, 안젤리나와 함께 테일런의 배리어를 뚫고 들어와 곤경에 빠진 이아나를 보호했다. 아르하드와 이아나마저 만신창이로 만든 테일런의 앞을 막아섰다. 최강최악의 적이 흉악한 기세로 압박해도 물러서지 않았다.

"어…… 그게."

이아나의 말에 헤레이스가 조금 민망해했다.

"이아나 양이 죽는다고 생각하니까 이성이 마비되더라고요. 지금 생각하면 제가 어떻게 그랬나 싶어요."

"넌 언제나 그랬지."

헤레이스는 무언가를 지키고자 할 때 가장 강해지는 사람이었다. 로안느 왕국에 있을 때도, 로안느를 악몽으로 밀어 넣었던 위프헤이머를 상대로 아이들을 지키기 위해서 물러나지 않았다.

"고맙다."

이아나가 헤레이스에게 감사 인사를 전했다.

헤레이스는 순간 멈칫했다.

머뭇거리던 그가 떨리는 목소리로 물었다.

"이아나 양에게 도움이 되었을까요?"

들어 본 적 있는 질문이다. 이아나가 칸데메이온을 찾아가느라 자리를 비웠을 때 그 자리를 채우고, 샤일린스가 성을 습격했을 때 훌륭하게 방어한 다음 그리 물었던가?

이아나는 헤레이스가 악마의 파편을 제거하던 날의 대화를 떠올렸다.

"저는 당신을 곁에서 도울 수 있는 동료 기사가 되고 싶어요."
"저는 이제 일평생 이아나 양의 나라에서 살아갈 거예요. 당신이 지배하고 제가 새로 태어난 이 나라를, 평생 사랑하고 충성하고 지키고 싶어요. 제 보금자리를 지키기 위해 혼신의 힘을 다할 거예요."
"이런 제가, 당신에게 도움이 될 날이 반드시 올 거예요."

이아나는 깨달았다. 그는 이제 챙겨 줘야 할 동생이 아니었다. 든든한 동료고 없어선 안 될 우군이었다.
"넌 위기에 빠졌던 나를 구했어."
만약 헤레이스가 오지 않았다면 테일런은 계속해서 이아나와 아르하드를 공격했을 테고, 한계에 도달했던 이아나는 결국 무너졌을지도 모른다.
"내가 없는 이그나이츠를 지켰지."
그런 데다 헤레이스는 최근, 이그나이츠의 방어에 큰 축을 담당하고 있었다. 아르하드에게 듣기를, 헤레이스가 바하무트군과 몬스터들을 상대로 엄청난 업적을 쌓아 왔다고 했다.
누구보다 선했고, 엄청난 재능의 소유자였지만, 악마의 파편으로 인해 나약해졌고 검술마저 포기하려 했던 헤레이스.
그는 이제 누구보다 앞서 달리기 시작했다. 뒤에 있는 아군을 지키겠다는 신념으로 몸을 아끼지 않았다.
다정하고 상냥하지만 방어에 한해서는 누구와도 타협하지 않는 강력한 기사. 요즘 헤레이스의 인기가 하늘을 찌른다고 들었다. 헤레이스를 존경하는 어린아이들도 많다고 했다.

"헤레이스. 넌……."

이아나가 헤레이스의 손을 쥐었다.

"이그나이츠에 없어선 안 될 기사다."

맞잡은 헤레이스의 손에 힘이 강하게 들어갔다.

"내 뒤를 믿고 맡길 수 있는 든든한 동료야."

이아나가 그렇게 말해 준 순간, 헤레이스의 눈동자에 강렬한 빛이 맺혔다.

"당신의 동료……."

헤레이스의 마음속에서 강한 희열이 눈부신 햇살처럼 쏟아졌다. 이아나에게 동료로 완전히 인정받고 싶다는 오랜 소망이 이루어졌다. 검을 갈고닦으며 노력해 온 보람이 있었다.

하지만 왜일까? 갈증은 해갈되지 못하고 더욱더 심해졌다.

이때까지 노력해 왔지만, 더 노력하고 싶었다.

인정받았지만 더 인정받고 싶었다.

이아나의 믿음을 절대 배반하고 싶지 않았다.

'당신에게 계속 칭찬받고 인정받고 싶어요.'

그는 감히 이아나를 뛰어넘고 싶다는 열망을 품지 못했다.

헤레이스는 정말 눈부시게 강해졌고, 본인도 그 사실을 알고 있었다. 하지만 강해졌기에 알 수 있었다. 눈앞의 이아나가 정말 아득할 정도로 강하며, 미지보다 더 먼 곳에 있다는 걸.

이아나는 언제나 헤레이스의 우상이었다.

처음 만난 그날부터 말이다.

그렇기에 그저 뒤를 따르고만 싶었다. 계속 열심히 따라가는 걸 이아나가 허락해 주면 족했다.

'따라가기 위해서는 더 열심히 해야 해.'

헤레이스는 굳게 마음먹었다. 그 집요함이 어떤 궁극에 달할지는 헤레이스 본인도 알지 못했다. 하지만 저 아득한 곳으로 향하는 우상을 쫓아갈 뿐이다.

헤레이스는 빰을 흠뻑 적신 눈물을 소매로 닦아 냈다. 어쩐지 쑥스러워진 그가 얼굴이 빨개진 채로 눈을 굴리다가 다른 공로자들을 퍼뜩 떠올렸다.

"안젤리나 왕녀님도 저와 함께 이아나 양을 구했어요."

"들었어."

안젤리나는 슈나이더에게 조국을 맡기고, 최전선에 선 이그나이츠를 후방에서 돕고 있었다.

이아나는 수줍게 웃는 안젤리나를 떠올렸다. 회귀 전엔 보호만 바라던 그녀였는데 꿈을 꾸고 바뀌기 시작하더니 이제는 다른 사람들을 지키기 시작했다. 이번엔 이아나까지 구했다.

안젤리나는 대단한 사람이었다.

"나중에 안젤리나에게도 고맙다고 인사할 거야."

"왕녀님이 정말 좋아하시겠네요."

"그런데 헤레이스, 궁금한 게 있어."

이아나가 헤레이스를 똑바로 쳐다보았다.

"어떻게 테일런의 차단막을 뚫은 거지?"

헤레이스가 아무리 강해졌다 해도 테일런의 방어막을 뚫다니? 테일런이 정말 많이 약해진 상태였던 걸까?

"음……. 그게."

헤레이스는 고민하더니 조심스레 말했다.

"일 년 전 대격변이 일어났을 당시에요. 저, 라오스 신을 만났어요. 이아나 양, 라오스 신이 사실은."

"엘리였지?"

헤레이스는 깜짝 놀랐다.

"알고 계셨어요?"

"어쩌다 보니 알게 됐어."

헤레이스가 설명하는 사정은 이랬다.

대격변이 일어나 대륙 전체에 난리가 났을 때, 엘리가 헤레이스와 안젤리나를 찾아와 자신의 정체를 밝혔다. 그리고 이아나와 아르하드가 위험에 처해 있으니 군대를 이끌고 롯소 산맥 중앙으로 가 달라 했다.

헤레이스는 즉시 압실롯에게 보고하여 군대를 이끌고 엘리가 안내하는 곳으로 향했다. 하지만 어느 지점에 도달한 순간 무시무시한 기운이 그들을 가로막았고, 누구도 그 안으로 들어서지 못했다.

그때 엘리의 애완고양이 닛시가 뛰어들어 갔고, 엘리는 헤레이스와 안젤리나에게 말했다. 내 영향을 강하게 받은 너희만이 저 기운에 저항할 수 있다고, 닛시가 개척한 저 길을 넓힐 수 있다고.

헤레이스는 망설이지 않고 뛰어들었고 안젤리나도 그의 뒤를 따랐다. 그 후에 발생한 일들은 이아나가 아르하드에게 들은 바와 같았다.

이아나는 사정을 이해했다. 라오스는 균형 때문에 직접적으로 손을 대지 못하고 다른 이의 손을 빌려 이아나를 도왔다.

그런데 궁금한 게 있다.

안젤리나는 라오스의 용아병이었던 로안느 여왕의 핏줄이니 라오스의 영향을 강하게 받은 게 당연하다.

"네가 라오스 신의 영향을 많이 받았다는 게 무슨 말이야?"

그런데 헤레이스는?

"네가 신력을 많이 타고난 것과 연관이 있는 건가?"

예전부터 궁금했던 거였다. 헤레이스는 왜 태어날 때부터 유독 신력을 많이 타고났던 걸까?

"저도 잘은 모르겠지만."

헤레이스가 머리를 긁적였다.

"라오스 신이 말하길, 전생에서 선행을 베푼 만큼 신이 정한 법칙에 따라 다음 생에 오래오래 건강하게 살 가능성이 높다고 하셨어요. 그런데 제가 전생에 착한 일을 정말 많이 했대요."

이건 이아나도 이미 아는 바였다.

어떤 삶을 사느냐는 여러 요소에 따라 달라진다.

태어나기 전엔 전생의 업보와 참회가 생명에, 강력한 의지와 소망이 자질에, 태어날 땐 유전적인 부분과 환경적인 문제가 배경에 선천적인 요소로서 영향을 미친다.

태어난 후엔 본인의 노력과 우연한 행운, 그리고 타인과의 관계가 후천적인 요소로서 생애를 다채롭게 변화시켰다.

헤레이스는 전생에 괜찮은 선인이었고 이번 생에 그 덕을 본 모양이었다.

"제 입으로 이 말을 하긴 뭣하지만, 제가 정말 손에 꼽을 정도로 선한 사람이었다고 했어요. 라오스 신이 세상을 유랑하던 시절 친구이기도 했대요."

하지만 그의 말은 그게 끝이 아니었다.

"그런 사람들에겐 라오스 신이 특별히 축복까지 내린대요. 제가 신력을 많이 타고난 건 이런 이유 때문이라고……."

선인 중에서도 선인이었던 헤레이스는 법칙에 의거하여 강한 심장과 많은 신력을 부여받았을 뿐만 아니라 라오스의 축복까지 받았다.

이게 라오스가 헤레이스에게 밝힌 진리였다.

"전 그 축복 덕분에 마나의 저주에도 견딜 수 있었던 거였어요. 만약 신력이 충만하지 않았고, 심장이 튼튼하지 않았다면 전 일찌감치 죽었을 거예요."

그 말이 맞다. 헤레이스는 몸을 엄청나게 혹사했음에도 결국 다시 건강해졌으니까.

"라오스 신교에서 말하는 업보와 윤회가 이것이겠죠?"

"그렇겠지. 네가 예나 지금이나 착한 녀석이어서 다행이야."

"괜히 쑥스럽네요. 전 사실 잘 모르겠어요. 제가 전생에 무슨 짓을 했던 건지. 지금의 제가 했던 일이 아닌데 그 덕을 봐도 되는 건지."

헤레이스의 얼굴이 빨개졌다. 이아나는 그런 헤레이스를 보며 살짝 웃었다.

"닛시는?"

이아나는 마지막으로 닛시의 행방을 물었다.

"아, 닛시는 제가 돌보고 있어요. 라오스, 그러니까 엘리는 몇 주 전에 당분간 여행을 떠나겠다는 쪽지를 남긴 후 행방불명되고 닛시만 남았거든요."

"어디에 있어?"

"보통 제 근처에 머무는데……. 아, 저기 있네요."

이아나는 헤레이스가 가리킨 곳을 보았다. 하얀 고양이 닛시가 머뭇머뭇 다가오고 있었다.

닛시가 이아나의 발밑에 멈춰 섰다.

이아나는 왜인지 얼굴을 숙이고 있는 닛시를 내려다보았다.

"왜 이렇게 힘이 없어."

이아나가 다정하게 머리를 쓰다듬어 주어도 닛시는 고개를 들지 않았다. 이아나가 안아 올리자 닛시는 무력하게 안겼다.

"넌 라오스 신의 권속이니?"

"냐."

닛시가 짧게 대답했다. 그렇다는 걸로 들렸다.

이아나는 닛시를 꼭 껴안았다.

"나를 구해 줘서 고마워."

닛시의 귀가 쫑긋했다.

"듣기로, 네가 테일런의 발에 차여서 한동안 앓았다고 하던데. 나를 지켜 줬구나. 이렇게 작은 몸으로."

닛시는 이아나의 어깨를 앞발로 짚으며 몸을 일으키더니 이아나를 빤히 바라보았다.

"고마워."

닛시가 이아나의 코에 자신의 코를 갖다 댔다.

왜일까?

당연한 거야, 라는 말을 들은 것만 같았다.

하얗고 조그만 고양이에게 사랑받고 있자니, 이아나는 묘한 기분이 들었다. 동시에, 닛시를 처음 만났을 때가 생각났다.

'닛시는 왜 그렇게 나를 멀리했던 걸까.'

라오스의 권속이라 그의 영향을 받아서?

하지만 당사자인 라오스는 친근하게 다가왔는데.

"냐!"

닛시가 힘차게 외쳤다.

이번엔 앞으로도 지켜 줄게, 라고 말하는 듯하다.

닛시의 이상 행동에 대한 의문은 풀리지 않았다. 하지만 닛시가 고양이 말만 하는 이상 의문은 영원히 해결할 수 없을 것이다. 나중에 라오스를 다시 만나면 닛시에 대해서 물어봐야겠다고 생각했다.

이아나는 닛시를 안아 올리며 자리에서 일어났다. 그리고 헤레이스에게 손을 내밀었다.

"헤레이스, 다시 한번 정말 고맙다."

헤레이스가 이아나가 내민 손을 바라보았다.

"앞으로도 내 옆에서 날 많이 도와줬으면 좋겠어."

헤레이스의 입꼬리가 승천하듯 힘껏 치솟았다.

"네. 열심히 할게요."

헤레이스가 억지로 내려 보려 해도 그의 입매는 덩실덩실 춤을 추었다. 헤레이스는 결국 고개를 푹 숙였다.

"전, 이아나 양한테 칭찬 들으면 너무 기뻐서 어쩔 줄을 모르겠어요."

이아나는 너무 좋아하는 헤레이스를 보며 또 깨달았다.

믿음직스러운 동료지만, 그래도 여전히 어린 동생 같았다.

"앞으로도 잘하면 칭찬해 주지."

"......!"

그 말에 헤레이스가 고조되는 걸 보며 이아나는 자신의 느낌이 틀리지 않았다는 걸 깨달았다.

이아나가 웃으며 말했다.

"앞으로도 잘 부탁해."

"네! 노력하겠습니다!"

헤레이스가 비장하게 외쳤다.

이아나는 왕성을 빠져나와 프리실라와 시아이외를 찾아갔다. 두 사람은 에이지의 연락을 받고 자신들의 저택에서 이아나를 기다리고 있던 참이었다.

"꺄아아아!"

프리실라는 이아나를 보자마자 괴성을 지르며 끌어안겼다. 이아나의 품을 오랜만에 만끽하며 프리실라는 눈물을 글썽였다.

"깨어나 줘서 고마워요, 이아나 양."

프리실라는 연거푸 그리 중얼거렸다.

이아나는 조용히 프리실라를 마주 안아 주었다. 프리실라는 이아나에게 있어 최초의 동성 친구였다.

처음엔 귀찮고 끈덕졌지만, 한길밖에 모르는 점이 매력으로 다가왔다. 소문과 편견을 무시하고 오로지 자신이 경험한 바로만 사람을 판단하는 고집스러움이 이아나의 마음을 열었다.

무엇보다 처음 만난 그날부터 오늘까지 변함없이 호감을 표출하는 프리실라를, 이아나는 아낄 수밖에 없었다.

"반겨 주셔서 감사합니다."

프리실라를 토닥거려 준 이아나가 시아이외를 바라보았다. 곁에서 미소 짓고 있던 그는 이아나와 눈이 마주치자 정돈된 어투로 말했다.

"복귀를 축하합니다."

그는 다른 이들처럼 격정에 휩싸인 채 이아나를 반기진 않았다. 하지만 그의 태도에서는 이아나를 향한 두터운 신뢰가 느껴졌다. 이아나는 시아이외답다고 생각하며 고개를 끄덕였다.

"제가 자리를 비운 동안 두 분이 많은 일을 해 주셨다 들었습니다."

이미 서류를 통해 그들이 그동안 무슨 일들을 해 왔고, 그 일들이 이그나이츠에 어떤 영향을 미쳐 왔는지 알고 왔다.

프리실라는 이그나이츠 국민 모두를 위한 편한 의복을 디자인하고 제작해 왔다. 또한 격변 이후에는 연구소에서 새롭게 개발한 직물의 성질에 맞게 알맞은 갑주나 로브들을 제작하는 데 힘써 왔다. 그리고 언제나처럼 옷의 유행을 선도했다.

시아이외는 전투 쪽에서도 큰 활약을 했지만, 그보다는 문화 쪽을 꽉 잡았다. 혼란의 시기에도 꽃피우는 문화를 퍼뜨리고 보존하려 노력했다. 책을 전국에 보급하고 재밌는 공연들을 선보

였다. 잘못된 유흥은 막고, 건전한 유희로서 우수한 문화를 부흥
시키려 노력했다.

이처럼 프리실라와 시아이외는 사람들이 변함없이 일상을 이
어 가는 것을 도왔다.

세계가 멸망할지도 모르는데 무슨 사치냐고 볼멘소리를 내는
사람들도 없진 않았다. 하지만 프리실라와 시아이외는 고집스럽
게 그리했다.

덕분에 사람들은 전시에도 무너지지 않을 수 있었다.

"늘 하던 일을 했을 뿐입니다. 일상이죠."

"혼란스러운 와중에 일상을 이어 가는 것은 쉽지 않습니다.
그리고 당신들 덕분에 다른 사람들도 일상을 잃지 않았죠."

"그렇게 말씀하시니 우리 덕이 큰 것 같기도 합니다. 하지만
우리가 그럴 수 있었던 건 전하가 살아 있는 이상, 언젠가는 평
화가 찾아올 것을 알고 있기 때문이었지요. 미래가 캄캄했다면
문화고 뭐고 생존에만 집중했을 겁니다."

"제가 죽었으면 어쩌려고?"

"죽을 리가 없지 않습니까?"

시아이외가 그렇게 냉큼 잘라 내곤 훌쩍이는 프리실라에게 손
수건을 건네었다.

"전하는 그런 믿음을 주는 사람입니다. 죽여도 죽을 것 같지
않습니다. 타인에게 죽을 리가 없어요, 죽는다면 수명을 다해서
겠죠."

"에이지와 똑같은 말을 하시는군요."

"전하를 아는 사람들이라면 다 그렇게 생각하지 않을까요? 그

래서 모두들 현재가 암울해도 밝은 미래를 바라보며 이그나이츠를 지킬 수 있었던 겁니다. 물론, 전하를 그저 우상시하기만 했던 사람들은 불안감을 느끼고 있습니다."

시아이외는 이그나이츠가 직면한 문제를 언급했다.

"전하의 생환 소식을 알리더라도 불안해하기 시작한 사람들은 계속 불안해하겠죠. 바하무트를 죽이더라도 전하는 한 번 패배했으므로 이제 완전무결한 절대의 존재는 될 수 없을 겁니다. 국민들은 흠집이 난 우상을 더는 맹신하지 못할 거예요."

시아이외는 현실을 꼬집었고 이아나는 바로 응수했다.

"완벽한 사람이 세상에 있을까요?"

세상에서 가장 강했던 신에게조차 부족한 점이 있었는데.

이 세상의 창조주인 라오스조차 완벽하지 않은데.

애초에, 회귀 전 아르하드에게 이미 수없이 패배했던 이아나는 완벽한 사람일 수 없었다.

이아나는 담담하게 대답을 이어 갔다.

"완전무결한 사람은 없습니다. 저 또한 완벽한 사람이 아니고요. 그래서 잘됐다고 생각합니다. 의도한 건 아니지만 제가 절대 지지 않는 절대적 존재가 아님을 알릴 수 있었으니까."

"그럼 어쩌시겠습니까? 사람들이 그렇게 생각하도록 내버려 두실 겁니까?"

"이그나이츠에 구심점이 될 상징이 필요하다는 건 알고 있습니다. 그렇기에 저는 강해질 겁니다."

"강해진다고요."

"네. 강해져서 당한 만큼 바하무트에게 되갚아 주겠습니다. 사람들이 불안을 거둘 만큼 확실하게 이기겠습니다. 그렇게, 저는 지지 않는 완벽한 사람이 아닌, 패배해도 결국엔 승리하는 사람이 될 겁니다. '저 사람, 절대 지지 않을 거야.'와 같은 광신이나 '저 사람, 또 질지도 몰라.'와 같은 불신이 아닌, '이번엔 지더라도 결국엔 이기겠지.'라는 건강한 신뢰를 얻겠습니다. 그것이 제 계획이라면 계획입니다."

"아. 그렇죠."

시아이외는 탄성을 뱉었다.

"그게 이아나 이그나이츠 라이즈입니다. 돌아가지 않고 어리석을 정도로 정면 돌파만 하는……. 저는 그런 전하가 좋습니다."

"칭찬입니까?"

"칭찬입니다. 결국엔 앞을 가로막는 장애물을 깨부수니까요."

시아이외가 팔짱을 낀 채 고개를 끄덕끄덕했다.

"좋은 말씀입니다. 상처받지 않았기에 상처받은 후에 어떻게 될지 모르는 사람보다는 상처를 받고 흉이 남더라도 이겨서 우뚝 서는 사람이 더 신뢰도가 높고 안정감 있죠. 그쪽이 더 현실적이고 좋군요. 제가 너무 부정적으로만 생각한 듯합니다. 바하무트전에서 전하가 좋은 장면들을 연출한다면 확실하게 가능할 겁니다."

"강적을 상대로 판을 짤 여유는 없습니다. 제 평판을 위해 작위적으로 행동하고 싶지도 않고요."

"전하가 그런 사람이니, 측근들이 따로 다른 방법을 모색해야겠군요."

"그건 뭐, 제가 따로 지시하지 않아도 모두들 알아서 잘해 주겠지요?"

이아나가 제 사람들에 대한 믿음을 내비치자 시아이외가 빙긋
웃었다.

"사실 소문을 퍼뜨리는 것만 열심히 해도 될 겁니다. 사람은
사회적인 동물이라 옆의 사람들이 이것이 맞다, 라고 하면 정말
맞다고 믿는 법이니까요. 전하가 앞으로 승승장구해서 가시적인
결과물이 생긴다면 더 쉽겠지요."

"저도 열심히 소문낼게요. 요새 제 입김이 꽤 세답니다."

이아나의 팔에 팔짱을 낀 채 기대고 있던 프리실라가 콧김을
뿜어냈다.

"이아나 양이 소문 싫어하는 건 알지만, 진짜인 걸 알리는 것
뿐이니까 괜찮죠?"

"진짜라면요."

이아나가 프리실라에게 살짝 웃어 주자 두 사람을 흐뭇하게
바라보고 있던 시아이외도 함께 웃었다.

"전하가 깨어나신 걸 보니 곧 큰일이 벌어질 것 같습니다."

"큰일을 벌이기 전에, 바하무트를 무너뜨리기 위한 밑 작업들
을 해야 합니다."

"세계 평화를 위한 밑 작업이군요. 구체적으로 어떤?"

"그건 샬리노 연구소에 가 본 다음에 확실하게 정할 수 있을
것 같습니다."

"샬리노 연구소라…… 모든 연구가 비밀에 휩싸여 있어 어떤
연구를 하고 있는지는 잘 모릅니다만, 괜찮은 진척이 있는 모양
이지요?"

샬리노 연구소의 연구 내용은 샬리노의 조직원들과 이아나와 아르하드만이 알고 있었다.

"저도 가 봐야 아는데, 예감이 좋습니다."

"좋은 소식이길 바랍니다. 언제 가시렵니까?"

"당신들과 헤어진 후에 바로 가려고 합니다. 일차적으로 만나야 할 사람은 다 만나서요."

"모두를 만나지는 않으시나 보군요. 하긴, 필승의 전략을 준비하려면 시간이 필요하지요. 전하의 생환을 최소한의 사람들만 알고 있는 게 좋을 거고요."

"네. 수련을 병행하면서 구체적인 계획을 짠 다음, 그 계획에 필요한 사람들만 한 번 더 만날 겁니다. 거짓말을 잘 못 하는 사람들은 미안하지만 준비가 완전히 끝난 후에 만날 거고요."

이종족들은 특히 만날 수 없었다. 하프는 덜하지만 드워프도, 엘프도, 수인들도 거짓말을 잘 못 하는 경향이 있었다. 수인의 경우엔 모태로 하는 짐승에 따라서 그 성향이 천차만별이고, 드워프와 엘프 중에서는 인간들과 함께 지내면서 약아진 이들도 없진 않았으나 일부일 뿐이다.

"그럼 다음 만남을 가질 때는 우리 카마트로스의 러스트이자 무술 교관인 '타이탄'도 한번 만나 보시지요."

시아이외는 뜻밖의 이야기를 꺼냈다.

"바하무트의 황궁 제2 기사단 자이겔런트를 효과적으로 상대할 방법이 있는 모양입니다."

황궁 제2 기사단 자이겔런트. 바하무트 황족이 제국을 세울 때부터 제1 기사단 파칼라투아와 함께 역사를 함께한 이들이다.

파칼라투아는 인간이기를 포기한 강력한 광인들로, 자이겔런트는 신분이 비밀에 휩싸인 덩치 큰 괴인들로 구성되어 있었다.

바하무트 군인들의 신분 상승 한계선은 카니츠가 소속되어 있는 제3 기사단 페르제누스였다. 파칼라투아와 자이겔런트는 들어가고 싶다고 해서 들어갈 수 있는 곳이 아니었다.

'타이탄이 자이겔런트와 무슨 연관이 있나?'

이아나는 타이탄에 대한 정보를 떠올려 보았다.

로안느 테오도르의 무투장 에이스, 일반인에 비해 훨씬 거대한 몸집, 못 다루는 무기가 없음, 용종에 대한 관심이 많음…….
그뿐이었다.

카마트로스의 다른 간부들에 대한 정보들은 거의 다 밝혀졌지만 타이탄에 대한 정보는 이상할 정도로 없었다.

'듣기로는 나일 씨가 에이지에게 추천했다고 했는데.'

타이탄은 북부 대륙과 롯소 산맥에서 활동하던 소수민족 출신이라고 했다. 강함을 숭상하며 강한 몬스터들과 싸우며 살아온 타이탄은 어느 날부터 용병으로 나섰고, 대상인 나일 사벨릭스와 우연히 인연을 맺었다.

나일은 강하지만 물정을 모르는 타이탄을 도와주면서 그와 친해졌다. 함께하면서 타이탄의 압도적인 강함을 눈여겨본 나일은 카마트로스에 그를 끌어들이고자 했다. 술을 잔뜩 먹여 두고 자네는 목표가 무엇이냐, 은근하게 물었다.

그때, 타이탄은 이렇게 말했다고 했다.

"세상에서 가장 강한 괴물을 이기는 것이다."

"자네 설마, 드래곤을 말하는 건가?"
"드래곤은 괴물이 아니라 숭배의 대상이지."

또한 놀랍게도 이렇게 말했다고 한다.

"내가 이기고 싶은 괴물은 바하무트다. 현재로선 드래곤이 가장 강하지만 바하무트는 필시 드래곤보다 강해져 세상을 위협할 거다."

타이탄은 그 말 이후 입을 다물었지만, 나일은 더 깊이 묻지 않고 타이탄을 카마트로스에 끌어들이기로 결심했다. 나일은 그 말을 에이지에게 그대로 전했고, 에이지의 보고에 흥미를 느낀 아르하드가 타이탄을 만나 보았으며, 아르하드를 만난 타이탄은 그에게 많은 관심과 호승심을 보이며 카마트로스에 입단했다고 했다.

그뿐이다.

'궁금한걸.'

이아나는 정체가 제대로 밝혀지지 않은 마지막 카마트로스 간부, 러스트에 대한 호기심이 생겼다.

이아나는 정말 필요할 때가 아니면 남의 비밀을 굳이 캐묻지 않았다. 지젤이 엘프 여왕 뤼미에르라는 것도 그녀가 스스로 밝히고 나서야 알지 않았던가.

타이탄은 어떤 사람일까?

조만간 만나 봐야겠다.

본인이 '자이겔런트를 상대할 방법이 있다.'라고 말했고 시아이외가 그것을 알고 있을 정도면 타이탄은 이제 자신의 정체를 밝힐 준비가 된 것이리라.

이아나가 마지막으로 향한 곳은 타로와 라랏슈아, 사키와 린 제이가 있는 샬리노 연구소였다. 생체학에 일가견이 있던 라랏슈아는 샬리노 연구소에서 연구를 돕고 있었다.

"이아나 양, 깨어났구나."

"정말 다행이여!"

타로와 라랏슈아를 만난 이아나가 호기심을 느끼며 물었다.

"두 사람, 왜 그렇게 떨어져 있지?"

라랏슈아와 타로가 거리를 두고 떨어져 있었다. 라랏슈아가 이아나의 손을 붙잡고 있고, 타로가 멀리서 손을 흔들고 있었다.

라랏슈아가 뾰로통한 표정을 지었다.

"당분간 접근 금지야."

타로가 무슨 잘못이라도 한 걸까?

"왜?"

"그건, 비밀."

그리 말하는 라랏슈아에게서는 나쁜 감정이 느껴지지 않았다. 오히려 애매하게 근질거리는 기분이 들었다. 표정도 심술이 덕 지덕지 붙어 있었지만, 왜일까? 사랑스러웠다. 못 본 사이 무슨 일이 있었는지는 몰라도 타로의 인내가 머지않아 끝날 것 같다는 예감이 들었다.

"연구에 성과가 있다고 들었어."

"응, 결과가 아주 좋아. 책임자인 사키 씨한테 가자."

이아나는 라랏슈아의 인도를 따라 연구소에서도 가장 외진 곳에 있는 실험실 문 앞에 섰다. 문을 열자마자 설레는 발걸음으로 왔다 갔다 하고 있던 새하얀 사키가 보였다.

그 옆에는 하인리히와 도르시아니, 린제이와 비스토만다도 있었다. 정신의 대마법사, 번개의 대마법사, 대지의 대마법사, 하이 엘프라니 정말 눈부시게 화려한 멤버였다.

사키는 이아나와 눈이 마주치자마자 눈을 크게 떴다가, 입이 반달이 될 정도로 활짝 웃었다.

"이아나 님! 정말로 이아나 님이시군요!"

"오랜만입니다, 사키."

"깨어나셔서 정말 다행입니다! 오래 누워 계셨는데 어디 불편한 곳은 없으신지요?"

냉큼 달려온 사키가 이아나의 몸을 구석구석 살피며 그녀의 방식으로 환영해 주자 이아나는 멀쩡하다 못해 최상으로 건강하다며 살짝 웃어 주었다.

이아나는 인자하게 미소 짓고 있는 하인리히에게도 인사했다.

"하인리히 님도 오랜만입니다."

"그렇군. 이렇게 다시 보니 정말 반가워."

하인리히는 이전보다 젊고 생기 있어 보였다. 예전보다 훨씬 맑아진 눈빛 때문만은 아니었다. 얼굴 위로 자글자글했던 주름들이 약간 줄어든 것처럼 보이는 건 착각이 아니리라.

"린제이, 비스토만다. 그동안 잘 지냈습니까?"

"잘 지냈을 리가 없지요. 하지만 오늘부터는 잘 지낼 수 있을 것 같습니다. 생환을 축하드려요, 이아나 님."

린제이와 비스토만다는 이아나를 따뜻하게 맞이해 주었다.

"나한테는 인사 안 해?"

"당신은 몇 시간 전에 봤잖아."

이아나는 투덜대는 도르시아니에게 시큰둥하게 대답하곤 마지막으로 사키를 쳐다보았다. 사키는 만면에 웃음기를 띤 채 흐뭇함을 한껏 발산하고 있었다.

"이렇게 이아나 님도 깨어나시고 연구에 결실도 맺었으니 이젠 좋은 일만 있을 것 같습니다."

"그래야죠. 그런데 왜 이렇게 많은 사람들이 실험실에 있는 겁니까?"

"여기 있는 모두가 연구를 성공으로 이끈 일등 공신들이기 때문이지요. 긴 연구 끝에 얻은 결과물을 최대 투자자에게 설명하는 자리니, 다들 이곳에 있어야 하지 않겠어요?"

"그렇군요. 이제 그 결과물이 정확히 무엇인지 듣고 싶군요."

"네! 가시죠!"

사키는 이아나의 손을 잡고 실험실의 중앙으로 이끌었다. 다른 사람들도 뿌듯한 표정으로 이아나의 뒤를 따랐다.

중앙에는 실험 테이블이 있었다. 그리고 테이블 위의 시험관대에는 갖가지 색깔의 시험관 여러 개가 쭉 나열되어 있었다.

"이아나 님을 처음 만나 도움을 받은 후, 몇 년이 지나서야 결과물을 보여 드릴 수 있게 되었네요."

시험관대 옆에는 옅은 회색 액체가 든 플라스크와 백색의 빛을 뿜어내는 액체가 담긴 플라스크 두 개가 놓여 있었다. 사키는 기쁜 얼굴로 그 플라스크들을 가리켰다.

"라이프 치료법을 완성했습니다."

라이프.

마약 리본을 원재료로 한 불로장생의 약.

라이프를 복용해 왔던 바하무트의 기사들은 풍부한 생명력과 강대한 힘을 얻었다. 대신 그 대가로 인간의 이지를 잃고 욕망에만 매달리게 되었으며, 리본에 중독되어 바하무트의 꼭두각시가 되어 버렸다.

"라이프가 유발하는 질병이 정확히, 중독 증세와 사념에 의한 성격 변화였죠. 하지만 사키, 우리는 예전에 중독 증세는 치료할 수 있어도 사념에 의한 성격 변화는 당사자의 의지 없이는 치료할 수 없다고 결론을 내렸습니다. 치료법은 무엇을 위한 치료법입니까?"

사키는 잔잔히 미소 지었다.

"격변 이후, 자연의 신력이 풍부해지고 정령들의 활동이 활발해진 덕분에 중독 치료제는 몇 달 전에 어렵지 않게 개발했습니다. 그 치료제를 장기 복용한다면 중독 증세는 없어질 겁니다."

중독 치료제는 이미 개발된 상태다…… 그렇다면?

"하지만 저는 그 이후에도 사념에 의한 성격 변화 치료법을 연구했고, 제가 이번에 완성한 치료법은 그를 위한 것입니다."

이아나의 눈이 이채를 발했다.

"성격 변화를 치료할 수 있다는 겁니까?"

"정확히 말하자면 치료가 아니라 변화한 성격에 또 다른 변화를 유도하는 겁니다."

사키는 품에서 수첩 하나를 꺼내더니 이아나에게 건네었다.

"제 연구 과정을 요약하여 기술한 수첩입니다. 한번 쭉 읽어 보세요."

이아나는 수첩을 받아 들고 천천히, 진지하게 읽어 내려갔다.

−발견1 : 영혼의 정상 부위

나, 하인리히, 도르시아니는 수련을 통해 영계를 볼 수 있게 되었다. 우리는 영계를 통해 표본으로 데려온 바하무트 병사들의 오염된 영혼을 오랜 시간 관찰했다.

그러던 어느 날, 도르시아니가 표본들의 영혼이 완전히 오염되지 않았으며, 영혼 깊은 곳에 예전의 멀쩡한 부분도 남아 있음을 발견했다. 하인리히의 정신학에 의하면 이는 방어기제에 의한 것으로, 표본들은 무의식적으로 심층부의 의식을 보호한 것으로 추측된다. 우리는 이 정상 부위를 공략해야 한다.

−발견2 : 사념, 뇌 손상, 세뇌

사념은 사라지지 않고 계속 표본의 뇌에 붙어 있었다. 들러붙은 사념은 영혼을 지속적으로 오염시키며, 오염된 영혼은 뇌에 영향을 미친다. 표본들의 뇌는 손상을 입어 편도체와 전두엽의 활성도가 떨어진다. 표본들은 공감 능력이 부족하고 욕망 조절에 어려움을 보인다. 바하무트 제국은 표본들에게 황족은 절대적이며, 황족의 적들은 무조건 척살해야 한다고 세뇌했다.

−치료 표적
영혼의 정상 부위
사념, 뇌 손상, 세뇌

−미스틱 개량1 : 하인리히의 개량 미스틱
하인리히가 리본에서 각종 해로운 독성들을 뺀 개량 미스틱들을 보
유하고 있었다. 하인리히는 미스틱을 이그나이츠의 국왕과 손자의 약
을 제조할 때 사용했다.

−미스틱 개량2 : 리턴
사념이 영혼의 오염을 유도했다면, 정령들의 순수한 정념은 영혼의
정화를 유도할 수 있을 것이다. 린제이와 비스토만다가 개량 미스틱에
정령들의 힘을 심어 개량해 보자고 제안했다.
……성공했다. 개량 미스틱에 담긴 깨끗한 신력과 그에 깃든 정령들
의 순수한 정념은 영혼의 정상 부위부터 작용하여 정화를 도울 것이
다.
우리는 이 개량 미스틱을 리턴(Return)이라고 부르기로 했다.

−약제 혼합1 : 유도제
리턴과 여러 약제를 섞어 '유도제'를 제조했다.
예상했던 것처럼 표본의 영혼 자체를 정화하는 건 불가했고 방향을
유도하는 것만이 가능하다. 사념이 영혼을 '악한 욕망'으로 유도했듯
정념은 '선한 이성'으로 유도함을 확인했다.
추가1, 유도제가 영혼에 들러붙어 있는 라이프의 사념을 제거할 수

있음을 확인했다.

추가2, 리턴을 오염된 땅에 심으면 땅이 빠른 속도로 정화된다. 유도제를 뿌리면 그 속도가 더욱 빨라짐을 확인했다.

－약제 혼합2 : 충격제

유도제의 효용을 극대화하려면 사전 작업이 필요하다.

하인리히는 특정 장기의 기능을 일순간 정지할 수 있는 특이한 약초를 제공했다. 헤레이스의 심장에서 마나를 떼어 내기 위한 방편으로 개량한 약초라고 한다. 도르시아니는 여기에 번개의 성질을 더해 '충격제'를 완성했다.

충격제를 복용하면, 순간적으로 뇌 정지가 발생하여 머리에서 모든 생각이 지워진다. 뇌가 다시 깨어나면, 복용자는 '난 누구?'라는 질문에서부터 의식을 되찾는다. 그다음은 '난 왜 이런 행동을 하고 있는가?' 등의 질문으로 끊임없이 이어진다. 정상으로 돌아오기까지 약 십 분이 소요된다.

－약제 혼합3 : 각성제

충격제를 기반으로 '각성제'를 제조하는 데 성공했다. 각성제는 공감 능력과 이성을 일시적으로 회복시킨다. 이 기능을 활성화했을 때, 표본이 자신이 해 온 일들에 미약한 죄책감을 가지는 것을 확인하였다.

＋충격제

복용자들의 뇌를 순간적으로 백지상태로 만든다.

＋유도제 소량

유도제로 선량한 방향으로 사고를 유도한다.

+호르몬 조절제

호르몬을 조절하여 의욕을 제거한다. 파괴의 욕망이 극대화되더라도, 의지를 상실시키면 행동으로 이어지지 않는다.

탁.

머리가 아파 온 이아나는 수첩을 접었다. 줄글들 사이사이에는 엄청나게 복잡한 수식들과, 알아먹기 어려운 표와 그림들이 있어 이해하기 어려웠다.

"어렵군요."

이아나의 칭찬을 기다리며 눈을 빛내고 있던 사키가 정신을 차리고 멋쩍은 기분으로 뺨을 짚었다.

"으으음, 아무래도 그렇지요. 전문 지식들이 많이 쓰여서 일반인이 이해하는 건 좀 어려울 겁니다."

"성능만 요약해서 말씀해 주시겠습니까?"

"그러죠."

사키는 왼손으로 회색 액체가 든 플라스크를, 오른손으로는 백색으로 빛나는 플라스크를 들어 올렸다.

"회색 액체는 각성제, 백색 액체는 유도제입니다."

사키가 왼손을 흔들었다.

"먼저 각성제를 이용해 환자의 정신에 충격을 주고 정체성에 혼란을 줍니다."

그 후엔 오른손을 흔들었다.

"그다음은 유도제로 사고 방향을 선한 방향으로 이끕니다. 이 과정을 반복하다 보면 라이프 복용 전의 성격으로, 혹은 그보다 선량한 방향으로 성격 변화를 유도할 수 있습니다. 임상 실험도 마쳤어요."

사키가 한숨을 쉬었다.

"다만 유도할 수 있을 뿐, 변화는 그 사람의 의지에 달려 있습니다. 라이프를 복용하기 전부터 악인이었거나, 마음 깊이 악을 즐기는 사람이라면 이 치료법은 효과가 미미해요. 그리고 제조 비용이 꽤 비쌉니다. 범용화하려면 연구가 더 필요해요."

"그래도 치료 방법을 찾아내신 것이 대단합니다. 리턴과 유도제는 대지 정화까지 가능하다고 적혀 있던데요."

이아나는 꽤 오래전 시디얀에서 사키와 처음 만났을 때 나누었던 대화를 떠올렸다.

"저의 사명은 고스트의 제거와 대지 정화. 이번 계획을 통해 얻은 것은 제 사명을 완수하기 위한 토대가 될 것입니다."

"저는 복용자들을 치료할 방법 또한 찾고 있어서 샘플이 꽤 많이 필요하거든요."

"저는 의사니까요. 세계 의사 조직, 샬리노의 장이 '병'을 보고도 지나치는 건 있을 수 없는 일이에요."

사키는 라이프 중독자를 치료하고 오염된 땅을 정화하는 것이 그녀의 사명이라 거듭 말해 왔고, 정말 오랜 시간 노력해 왔다.

"사키, 결국 해내셨군요. 축하합니다."

노력은 마침내 빛을 발했다. 사키는 제 사명을 이루기 위한 무기들을 만들어 내고 만 것이다.

"모두가 도와준 덕분입니다. 시대의 변화도 따라 주었고요."

사키가 수줍게 미소 지었다. 그 말이 맞다. 다른 마법사들이 지닌 고도의 지식과 경험이 없었고, 시대가 변하지 않았다면 사키는 사명을 이루지 못했으리라.

그러나 그 중심에 선 주인공이자, 실험을 성공으로 이끈 책임자는 사키 셀츠스 시젠모어였다.

이아나는 이쯤 되어 책임자에게 묻지 않을 수가 없었다.

"사키, 당신은 바하무트 병사들을 치료하고 싶으신 건가요?"

사키는 이 질문을 예상하고 있었다는 듯, 잠시 침착하게 말을 고르더니 차분한 어조로 막힘없이 말했다.

"저는 의사이기에 눈앞에 환자가 있다면 당연히 치료할 것입니다. 신관이기에 라오스 신의 창조물을 차별하지 않을 것입니다. 그러나 인간이기에, 악행을 저지른 적군의 치료를 아군에게 주장하지 않을 것입니다."

"……."

"적군 중에 먹고살기 위해 어쩔 수 없이 병사가 된 이들이 있을 겁니다. 알면서도 멈추지 못해 울고 있는 이들도 있을 겁니다. 하지만 저는 그 모든 이유를 막론하고 이미 악행을 저지른 적군의 구원을 아군에게 요구하지 않을 것입니다."

"결론은?"

"제 개인으로서는 사비와 샬리노의 공금으로 비용을 충당하여 환자들을 치료하고 싶습니다. 다만 대의적인 사용은 이아나 님의 선택에 맡기겠습니다."

"대의적인 사용?"

"각성제와 유도제는 살포가 가능합니다. 호흡을 통해 흡입만 해도 효과가 발생해요."

사키가 회색의 각성제를 이아나에게 쑥 내밀었다.

"그리고 각성제는 생화학 무기로 전쟁에 전략적으로 사용할 수도 있습니다. 사람을 순식간에 백치로 만들고 잠시나마 가치관에 혼란을 일으키니 바하무트 군대를 엄청난 혼란에 빠뜨릴 수 있지요. 이 약이 치료를 위한 사전 물질이 될지, 학살을 위한 병기가 될지는 사용하는 사람의 마음에 달려 있습니다."

"살포할 거라면 나에게 맡겨. 난 사키 님의 부탁으로 효과적인 살포 방법과 흡수를 극대화하는 방법을 연구해 왔거든."

라랏슈아가 뒤에서 나른하게 말했다. 사키가 백색의 유도제도 이아나에게 내밀었다.

"저는 당신의 선택을 존중할 겁니다."

이아나는 사키가 내민 두 개의 병을 빤히 바라보다 말했다.

"사키, 저는 적들을 '치료'하지 않을 겁니다. 그러기엔 우리 국민들의 피해가 너무 많았어요."

"그렇지요."

사키가 이해한다는 듯 고개를 주억거렸지만 이아나의 말은 그게 끝이 아니었다.

"하지만, 상황이 따라 준다면 생화학 병기로도 쓸 생각이 없습니다."

"그 말씀은?"

"바하무트 군대에 '정신을 차릴' 마지막 기회를 주려 합니다."

기회를 줬는데도 정신 못 차리는 놈은 반드시 죽일 테고, 정신 차리는 놈은 살든지 말든지 방치할 것이다.

"그 후 치료는 전적으로 당신의 몫입니다. 구완부터 비용까지 전부 다. 우리는 사키를 방해하지 않을 거지만, 사키가 우리의 도움을 받고자 한다면 사키뿐만이 아니라 바하무트 병사들도 그만한 대가를 치러야 할 겁니다."

"무슨 말씀인지 이해했습니다."

사키와 이아나가 서로를 마주 보며 미소 지었다.

"얘기는 끝났군요. 오늘부터 비용은 생각 말고 각성제와 유도제를 만드는 데 집중해 주십시오. 둘 다 잔뜩 살포하고 다닐 거니까."

만남을 마친 이아나는 아르하드에게 갔다.

"……제가 생각한 계획은 이렇습니다."

이아나가 대강의 내용을 설명하자 아르하드가 간만에 의욕이 넘친다는 듯 입매를 휘어 자신만만하게 웃었다.

"고생했어. 세부 계획은 우리에게 맡겨."

"당연히 그럴 겁니다."

이아나가 골조를 잡으면 아르하드와 이그나이츠의 다른 사람들이 살을 덧붙여 계획을 완성한다. 그렇게 완성된 계획은 이아나가 혼자 끙끙 앓아 만들어 낸 결과물보다 훨씬 완벽하고 우수했다.

그리고 수많은 세부 전략들이 떠받칠 계획의 목표는 단 하나.

'테일런 헬칸 바하무트. 넌 언제나 주변의 모든 것을 먹잇감으로 봐 왔지.'

바하무트는 먹어 치우고, 먹어 치우고, 또 먹어 치워 위로 오르고 싶어 했다. 그리고 그의 주변에 있는 것들은 위로 올라가기 위해 짓밟는 발판에 불과했다.

'그래, 그렇게 하며 결국엔 정상에 올라섰으니 대단해.'

이아나는 테일런에게 진심으로 박수를 쳐 주었다.

'하지만.'

이제 네 발판들을 네 주변에서 좀 치워 볼까 해.

그럼 너에겐 추락할 순간만 남겠지.

'넌 지금 드래곤을 흡수한다고 정신없을 테니……'

이아나의 눈이 섬뜩한 기류로 번뜩였다.

'그동안 너를 세상에서 고립시켜 주마.'

그것이 테일런과 맞붙기 전까지의 목표였다.

아르하드와 짧게 대화를 나눈 후 이아나는 곧장 개인 수련장으로 향했다. 이제 본격적으로 수련에 돌입해야 했다.

이아나는 수련장에 자리를 틀고 앉았다.

심호흡했다.

바라 마지않던 곳이 이제는 멀지 않다.

모든 의문을 해결한 현재 한계는 사라졌고, 이아나는 한없이 자유로웠다.

바람이 앞에서 불어와 그녀의 머리카락을 흩날렸다. 이아나의 선명한 적안이 드높은 하늘을 올려다보았다.

위로.

저 위로.

저 하늘보다 높은 곳으로.

하늘의 끝보다 더 머나먼 궁극으로.

이아나는 뭐든 할 수 있을 것 같은 부양감에 사로잡혔다.

그 부양감은 절대, 헛된 신기루 같은 것이 아니었다.

난 갈 수 있어!

심장에서 강한 의지가 불꽃처럼 피어올랐다. 불꽃은 그녀의
눈동자마저 집어삼키고 강렬한 빛을 선명하게 뿜어냈다.

블랙폭시.

몇 년 전까지만 해도 남부에서 이름을 떨쳤던 거대 암흑 조직
이다. 그때만 해도 남부 암흑가의 무뢰배들은 블랙폭시에 입단
하는 것이 꿈이었다.

하지만 블랙폭시가 로안느에서 형편없이 패배하고 바하무트
산하 조직이라는 게 널리 알려진 이후 남부 대륙 출신 조직원들
은 걸음아 나 살려라 하고 빠져나갔다.

그리고 바하무트 출신 간부들은 바하무트에 충성을 맹세한 조
직원들만 데리고 북부로 철수했다.

블랙폭시가 돌아온 북부의 터전에는 이미 모든 것이 완비되어
있었다. 무기, 정보 등등에는 신경 쓸 필요가 별로 없었다. 그래
서 블랙폭시는 자신들의 터전에서 오로지 '인간 사냥'만 했다.

"아악!"

"살려 주세요! 가기 싫어요!"

"닥치고 빨리 들어가!"

짜아아악!

채찍이 땅을 치자, 겁을 잔뜩 먹은 사람들이 일렁거리는 게이트 안으로 발을 질질 끌며 들어갔다.

"젠장."

조직원이 채찍을 휘두르다 말고 한숨을 크게 내쉬며 욕을 했다. 욕설을 들은 동료가 의아해했다.

"갑자기 왜 그래?"

"언제까지 이렇게 인간 사냥을 하고 다녀야 하나 해서."

블랙폭시 조직원들은 대륙 곳곳에서 무작위로 인간들을 잡아들여 게이트에 집어넣는 일을 하고 있었다. 이게 상부에서 내린 명령의 전부였다.

"오, 갱생이라도 했냐?"

"개소리하고 있네. 내 사전에 갱생이란 없다."

그가 침을 퉤 뱉고 구시렁거렸다.

"그냥, 로안느에서처럼 어깨에 힘주고 꿀만 빨 생각이었는데 이렇게 쉴 틈 없이 일만 하니까 짜증 나서 그래. 야, 거기 왜 멈춰 있어!"

게이트 앞에서 채찍을 맞고 발로 걷어차여도 발을 땅에 딱 붙인 채 버티고 있던 사람이 덜덜 떨리는 목소리로 소리쳤다.

"다, 당신들 누군지 알아. 블랙폭시지!"

"네에, 블랙폭시입니다."

"바하무트 산하 조직이면서 바하무트 국민들을 이렇게 잡아가는 이유가 뭐야! 당신들이 인간 사냥하고 있다는 거 이미 소문다 났어!"

　간신히 블랙폭시의 손아귀에서 벗어나 도망친 사람들도 없진 않았다. 도망자들은 황궁 직속 조직 블랙폭시가 인간 사냥을 하고 있다며 울부짖었고 그 소문은 조금씩 퍼져 나갔다. 소문을 전해 들은 바하무트 국민들은 충격을 받았고, 화를 냈다. 하지만 항의하거나 반항할 수 있는 수단은 전무했다……

　"게이트를 넘어 간 사람들 중에는 돌아온 사람이 하나도 없었어! 저길 넘어가면 뭐가 있는 거야!"

　불길한 게이트 너머로는 아무것도 보이지 않았다.

　"나도 모릅니다요. 들어가십쇼."

　"악!"

　그를 비웃은 조직원은 항의하던 사람의 등을 세게 걷어차서 게이트 너머로 보냈다.

　"근데 진짜 궁금하지 않냐? 저 안에서 무슨 일이 벌어지고 있는 걸까? 타국에서의 인간 사냥은 그럴 만한데 내국인까지 잡아들이는 이유는 또 뭐고?"

　조직원들도 정말 몰랐다.

　게이트 너머에서 무슨 일이 벌어지고 있는지. 바하무트가 외국인, 내국인 가리지 않고 잡아들이는 이유가 뭔지.

　"호기심 죽여."

　조직원들은 게이트 너머의 진실을 알고자 하는 것을 금기시했다. 호기심에 게이트를 넘어갔다가 돌아오지 않은 동료가 몇 있었기 때문이다.

　"흠. 뭐, 나만 잘 먹고 잘 살면 되지!"

게이트를 넘어간 인간들이 어찌 되는지는 알 바 아니었다.

"자, 자! 들어가!"

조직원은 다시 열심히 채찍을 휘둘러 사람들을 게이트로 들여보냈다.

덜그럭, 덜그럭.

납치당한 사람들을 실은 짐마차는 끊임없이 밀려들었고, 사람들은 게이트 앞으로 떠밀렸다. 그들은 블랙폭시 조직원들의 채찍질에 반항하지 못했다. 그저 목적지가 어딘지 알 수 없는 게이트 안으로 빨려 들어갈 뿐이었다.

전 세계로 뿌려진 수십 개의 게이트는 바하무트 황성 지하 연구실과 이어져 있었다.

황성 지하는 바하무트 게이트를 넘어선 사람만 들어설 수 있었으며 반항이나 탈출은 꿈도 꿀 수 없었다. 이 시대 공포의 대명사가 된 바하무트 황궁 기사들이 황궁을 지키고 있었을 뿐만 아니라 황태후의 비호를 받고 있었기 때문이다.

황태후는 대륙을 휩쓰느라 자리를 비울 때가 잦았으나 황궁 기사들이 지키고 있는 것만으로도 보안은 충분했다.

기사들은 음습한 광기가 번들거리는 새카만 눈으로 게이트를 넘어오는 이들을 쳐다보았다.

"히, 히익."

기사들과 눈이 마주친 사람들은 불붙은 냄비에서 부글부글 끓다가 졸아붙는 수프처럼 움츠러들었다.

저 기사들이 그들과 같은 사람이라는 것이 믿겨지지 않았다.

악령이 인두겁과 갑옷을 뒤집어쓰고 서 있는 것 같았다. 그만큼, 기사들의 분위기는 어두컴컴하고 질척하게 변해 있었다.

그리고 사람들이 떠밀려서 들어간 지하실에는 지옥이 열려 있었다.

그곳은 거대한 라이프 제조 시설이었다.

"히히히."

블랙폭시의 보스 페인은 자신의 방에서 라이프 제조 시설로 갈 준비를 하며 휘파람을 불었다.

대격변 전, 자연 신력이 세상에 드러나지 않았던 마도시대에서 라이프는 값어치를 매길 수 없는 천금보다 귀한 약이었으나 신력이 흔해진 이 시대에서는 가치가 폭락했다. 이제는 상위 기사들도 자연의 신력을 흡수하는 것이 더 효율적이었다.

하지만 자연의 신력을 흡수하는 과정에서 그들의 악이 조금 옅어지는 경향이 있었고, 바하무트는 이를 방지하기 위해 기사들에게 지속적인 라이프 복용을 명했다. 여기서 더 나아가, 신력을 제어하지 못하는 상급 병사들에게까지 라이프를 먹이고 세뇌하기 시작했다.

상위 기사단만 복용케 했던 라이프를 상급 병사에게까지 공급하면서, 라이프 소모량은 늘어났고 제조해야 하는 양은 예전보다 훨씬 증가했다.

페인은 바빴다.

그리고 바쁜 것이 좋았다.

요즘 들어 즐겁다 못해 미칠 것 같았다.

주인님들이 이제 다른 이의 눈을 피하지 않아도 된다고 하셨다. 고스트 때와는 상황이 달랐다. 블랙폭시가 인간 사냥을 하고 있다는 것이 알려져도 상관없다는 말이다.

그렇다. 이제 숨길 필요가 없었다.

절대적인 힘 아래에서는 모두가 굴복할 수밖에 없으니까.

"흐흐흐."

페인은 호랑이 위에 탄 여우 꼴이라도 힘을 쥐고 있는 것이 좋았다. 그들의 손톱 끝에서 죽어 가는 생명들을 보고 있을 때면 약을 했을 때처럼 황홀했다.

"히히……."

페인은 점점 미쳐 가고 있다.

피, 마약, 사념.

복수와 야망.

이 모든 것에 잡아먹힌 페인의 머릿속에서는 목적을 잃은, 힘에 취한 몇 가지 행동 지침만이 떠돌 뿐이었다.

수인족으로부터 굴복을!

이그나이츠에 보복을!

바하무트의 정복을!

머지않았다…… 너희를 무릎 꿇릴 날이 머지않았다……!

죽여 버리겠다, 죽이겠다, 죽인다!

페인은 그리 되뇌며 문을 열고 나왔다. 문밖에서는 블랙폭시의 간부들이 그를 기다리고 있었다.

"가자."

바하무트 황성 내에 있는 한 그는 두려울 것이 없었다. 그를 호위하는 실력자가 한두 명이 아니었다.

그리고 이그나이츠는 이아나 그 여자가 주인님들께 패배한 이후 목을 쑥 집어넣은 거북이처럼 자신들의 영토로 숨어들었다. 몸을 웅크린 채 얻어터지기만 할 뿐 반격 한번 하지 못했으며, 성채 밖에서 무슨 일이 벌어지든 침묵했다.

"크크크크! 머저리들! 그래 봤자 시간문제지!"

페인은 웃으며 블랙폭시 조직 간부들을 이끌고 앞장섰다.

"음?"

그때, 페인은 황성 내에 떠도는 이상한 기류를 감지했다.

콰아아아앙! 콰아아아앙!

격변 이후 고요하기만 했던 황성에 폭발음이 들리고 있었다.

"어."

"어억."

간부들이 갑자기 멈춰 서기 시작했다. 그들은 입을 헤, 하고 벌리더니 백치처럼 멍한 표정을 지었다.

"페, 페인 님!"

"이게 어찌 된……."

페인의 예민한 코끝이 이물질을 감지했다. 정체불명의 약물이다. 머릿속에서 경종이 울렸다. 페인은 황급히 손수건으로 코를 틀어막았다.

"숨 멈추고 나한테 붙어 서!"

아직 멀쩡했던 간부들이 페인에게 바짝 붙어 서고, 페인은 황급히 팔찌의 긴급 탈출 마법을 가동하려 했다.

투욱.

하지만 그 전에 그의 손목이 떨어져 나갔다.

"크아아……."

페인이 비명을 내지르기도 전에 그의 목이 누군가의 굵은 팔뚝으로 휘감겼다. 팔뚝은 페인이 신음조차 내지 못할 정도로 강하게 목을 졸랐다.

"너는 나를 이렇게 납치해 갔었지."

스산한 목소리가 페인의 귓가에 울렸다. 그의 목소리는 페인에게 너무나 익숙했다.

"방심했었어. 네가 너무 조용하다 싶긴 했는데, 너무 오랜 시간 조용해서 정말 바보같이 방심했었지."

"끕."

"내가 이그나이츠의 지배자들의 보호하에서, 안전하다 믿고 완전히 경계를 푼 순간 너는 나를 데려갔지. 흔적조차 남기지 않고, 사막의 유령처럼."

"끅, 끄륵."

그는 페인의 목을 더욱 세게 졸랐다.

"데자뷔가 느껴지지 않아? 내가 당한 방법 그대로 되갚아 주고 있거든."

페인은 그의 힘을 이겨 낼 수 없었다. 바하무트 황족에게 힘을 부여받고, 라이프를 누구보다 많이 섭취하여 매우 강해졌으나, 갑작스런 기습에는 어찌할 방도가 없었으며, 무엇보다 상대가 만만찮았다.

"이제 업보를 돌려받을 시간이야."

뿌드드득.

페인이 질식사하기 직전 그는 페인의 목을 비틀어 기절시켰다. 그리고 공기에 녹아들며 조용히 성을 빠져나갔다.

쾅!

콰아아앙!

거대한 지하 연구실의 중심에서는 누군가가 지팡이를 들고 난동을 피우고 있었다.

콰아앙!

지팡이 끄트머리에서 줄기줄기 뿜어져 나오는 흉포한 마법들과 신술들은 지하 시설을 마구잡이로 파괴했다. 황궁 소속 기사들과 마법사들조차 지팡이의 주인을 막지 못했다.

상위 기사단들은 모두 출전해서 세상을 파괴하는 중이었고, 황궁 수호는 하위 기사단들이 돌아가면서 맡고 있었다.

상위 기사들을 보며 좁힐 수 없는 격차를 느껴 왔던 하위 기사들은 지금 시설을 격파하는 마법사에게서도 비슷한 느낌을 받았다. 덤벼들었다가 이미 죽은 동료들이 옆을 나뒹굴고 있으니 주제를 깨닫지 않을 수가 없었다.

육식동물 앞에서 움츠러드는 초식동물들처럼 본능에 지배당한 그들은 한껏 약해진 상태임에도 섣불리 달려들지 않았다. 기사들은 전력을 최대한 보존하는 방향으로 방어 진형을 펼쳤다.

"저거 누구야? 아는 놈 없어?"

기사들은 이를 갈며 마법사의 생김새를 샅샅이 훑었다.

"이 정도면 대마법사 이상이다. 신술까지 자유롭게 사용하고 있어."

"처음 보는 얼굴인데. 격변 이후 새롭게 부상한 마법사거나 이그나이츠 쪽 마법사겠군."

흩날리는 갈색 머리카락과 얼굴 전체를 뒤덮은 화상.

얼굴도 모를뿐더러, 마법의 배열에서 마법사들을 구분 짓는 고유 개성이나 습관적인 배열을 추려 낼 수도 없었다. 그녀가 구사하는 마법과 신술들은 죄다 새로웠다.

그런데 이상하게도.

"저 여자의 기운을 어디서 느껴 본 것 같기도 한데."

"너도? 나도. 하지만 애매해."

분명 새로운데도 이상하게 여자가 이용하는 신력에서는 낯익은 느낌이 풍겼다. 그토록 낯익음에도, 기사들은 누구라고 확실히 짚을 수 없어 애매한 표정으로 머뭇거렸다.

"저 여자, 최약의 루이즈다."

그때, 누군가가 그녀의 정체를 알아채고 소리쳤다.

"루이즈?"

"그 여자가 왜 우리를?"

기사와 마법사들 모두가 그녀의 이름을 듣자마자 '대마법사'라는 단어를 떠올렸다. 루이즈는 바하무트에서 유명했다. 한때 기행을 벌여 대마법사의 반열에 오른 그녀를 어찌 모르겠는가?

루이즈는 대격변이 발생하기 전, 바하무트의 얼어붙은 땅에 작물의 씨앗과 모종을 아낌없이 뿌리고 다녔다. 제국민들을 닦달하여 힘을 합쳐 작물들을 보살피도록 하였다. 싹이 완전히 자라나서 맺은 맛있는 열매와 영근 곡식들은 결국 바하무트 제국민들의 배를 불리는 귀중한 양식이 되었다.

제국민들은 협력과 평화를 배웠다.

루이즈는 바하무트 변방의 탐욕적인 영주들을 처리함으로써 바하무트의 권력 구도를 뒤집어엎다 못해 잔뜩 섞어 놓았다. 영주들을 흠씬 두들겨 패서 성벽에 내다 걸고 죄목을 꼼꼼히 기술한 큼지막한 종이를 벽에 붙였다.

제국민들은 억압을 벗어던지는 자유와 부패를 응징하는 쾌감을 배웠다.

루이즈는 바하무트 무지렁이들의 심장에 희망이라는 씨앗을 심고 물을 주어 싹을 틔웠다. 이 때문에 머리가 지끈거리는 바하무트 귀족들이 한둘이 아니라고 했다.

루이즈는 그런 일들을 하고 종적을 감추었다.

소문은 가지각색이었다.

죽었다, 후폭풍이 무서워서 잠적했다…….

진실이 무엇인지는 알 수 없었으나 중요한 건 루이즈가 자취를 감추었다는 것이었다.

그런데 그랬던 루이즈가 왜 갑자기, 지금 이 순간 바하무트 황성 지하 연구 시설에 나타났단 말인가?

"흑. 흐흑."

"루이즈 님! 살려 주세요!"

루이즈가 때려 부순 창살 속에서 탈출한 수백 명의 사람들이 그녀의 곁에 다닥다닥 붙어 섰다.

"살려 주세요, 살려 주세요."

사시나무처럼 덜덜 떨며 루이즈에게 구원을 구걸했다. 사람들은 바하무트 각지에서 잡혀 왔고, 그중 옛날에 루이즈의 강력한 마법을 한 번쯤 목격한 사람들도 있었다.

그랬기에 그들은 살아 나갈 수 있다는 희망을 가지기 시작했다. 예전에 루이즈가 씨앗을 심었을 때처럼.

"……."

바하무트 병력은 마법사가 루이즈라는 게 밝혀진 순간부터 그녀의 행동을 낱낱이 해부하듯 관찰했다.

루이즈는 과연 대단했다. 그녀는 시설 전체를 위에서 내려다볼 수 있는 눈을 가진 양 공격과 방어에 거리낌이 없었다. 그녀는 중요 시설들을 족족 파괴함과 동시에 수백 명의 사람들을 보호하고 있었다. 시설 구조를 완벽하게 파악하고 있지 않는 한 불가능에 가까운 일이었다.

몇몇이 그녀의 의도를 깨달았다는 양 실소를 지었다.

"마법사 루이즈, 어리석게도 그 가식적인 위선을 이곳에서 베풀 생각인 모양이로군!"

마법사 중 하나가 비아냥거렸다.

"제정신이 아니야. 감히 바하무트 황성의 심장부에서, 그 버러지들을 위해서 바하무트에 반기를 드는 건가? 목숨이 아깝지 않은가?"

음습한 비웃음들이 독사처럼 기어 와 그녀의 마음을 흠집 내려 했지만 루이즈는 대꾸하지도 반응하지도 않았다.

"여기, 대마법사 루이즈가 습격했다. 지원을 요청한다."

"황태후 폐하, 저희의 힘으로는 역부족인 상대가……."

누군가는 지원군을 요청하고, 누군가는 먼 대륙에서 학살을 벌이고 있을 황태후에게 침입자의 정체를 보고했다.

바하무트 병력은 그녀가 루이즈라 확정 지었다. 예전에 바하무트의 황궁 마법사였던 그녀를 몇 번 만난 적 있는 사람들조차도 진짜 정체를 알아채지 못했다.

탁한 갈색 눈동자로 눈먼 적들을 관찰하고 있던 루이즈가 마침내 입을 열었다.

"보고 다 했니?"

루이즈.

아니, 도르시아니는 이그나이츠가 웅크리고 있는 동안 함께 침묵하며 많이 변했다. 바하무트 병력이 그녀의 정체를 알아채지 못한 이유는 그래서였다.

도르시아니는 이아나의 도움으로 진리를 엿본 이후 일 년간, 엄청난 성취를 이루었다. 마나라는 한계에서 벗어나 끊임없는 수련을 한 그녀의 경지는 끝이 보이지 않는 세계, 궁극으로 들어서고 있었다.

가공할 만한 실력을 쌓은 그녀가 여기서 바하무트 병력의 경계를 풀고 탈출하는 건 눈 깜빡하는 것보다 쉬웠다.

그럼에도 굳이 버티고 있는 이유는……

'오는군.'

도르시아니는 무시무시한 기운이 이쪽으로 쏟아지는 것을 느꼈다. 곧 샤일린스가 텔레포트로 이곳에 당도할 것이다.

'약 올리려면 간당간당하게 빠져나가는 게 좋겠지.'

루이즈가 웃었다.

두려움은 전혀 묻어나지 않는 새하얀 미소였다.

'전하가 뒤를 봐주고 있으니 무서운 게 없네. 우리 전하, 참 든든하고 유능하단 말이야. 테일런 바하무트가 드래곤을 흡수하

느라 움직일 수 없는 상태라는 정보까지 물어다 주다니. 어디서 그런 귀중한 정보를 얻어 왔을까?'

도르시아니는 속으로 이아나를 칭찬함과 동시에 추적 신술로 무시무시한 황태후가 도착하는 시간을 계산했다. 정말 얼마 남지 않았다.

쿵!

도르시아니가 지팡이를 바닥에 세게 내리찍었다. 지금까지와는 다른 패턴의 행동에 모두가 큰 것이 오리라 예상하며 지팡이 끝을 긴장한 시선으로 바라보았다.

"있잖아."

그녀가 싸우는 방식을 소문으로 들은 적 있는 사람들은 지팡이를 내리찍는 그 행위가 무엇을 의미하는지 알았다. 루이즈의 경고가 뒤를 이으리라.

루이즈의 담담한 눈빛이 좌중을 쓸었다.

"그냥 죽어."

콰아아아아앙!

경고는 없었다.

어마어마한 빛이 폭사됨과 동시에 그녀가 설정한 범위 밖의 바하무트 병력은 녹아내렸고 범위 안의 사람들은 사라졌다.

황태후 샤일린스가 도착한 것은 딱 그 시점이었다.

"……."

검은 머리카락을 아름답게 틀어 올린 그녀가 구두 밑으로 줄줄 흐르는 잔재들을 짓밟으며 눈썹 끝을 올렸다.

'정말이지, 요즘 건방진 놈들이 너무 많이 늘어났구나.'

대마법사 루이즈.

마법사들이 하도 호들갑을 떨어서 기억은 하고 있으나 신경은 쓰지 않았던 이름이었다. 샤일린스는 그만한 힘을 가진 주제에 하는 일이 겨우 씨앗을 뿌리는 것뿐인 여자에게 관심을 가질 만큼 한가하지 않았다. 하지만 황궁을 대놓고 습격한 지금 이 순간부터 상황이 달라졌다.

'그 계집의 뒤에 누가 있을까?'

이그나이츠일까?

하지만 이그나이츠가 루이즈의 손을 빌려 적국인 바하무트에 좋은 일을 해 줄 이유가 없었다. 바하무트에서 난 작물들은 모조리 전쟁 물자가 되어 이그나이츠의 성벽을 두드리는 토대가 되었으므로.

게다가 일 년 넘게 겁에 질려 방어막만 단단히 두르고 있던 이그나이츠 놈들이, 갑자기 황성을 습격하여, 쓸모라곤 라이프 재료가 되는 것뿐인 개미 떼를 데려갈 이유가 뭐가 있단 말인가?

'제3의 세력일 수도 있겠군.'

샤일린스는 제 상식으로는 이그나이츠가 이런 짓을 저질렀으리라고 상상조차 할 수 없었다. 그런 그녀의 머릿속 저울은 제3의 세력 쪽으로 기울었다.

'블랙폭시의 행적에 불만을 가졌나.'

연구실은 반파되다 못해 폐허가 되었고, 바하무트 각지와 연결되어 있던 게이트들은 모조리 파괴된 상태였다.

'이렇게 귀찮게 굴다니.'

테일런이 나서기 전까지 바하무트 군대에 힘을 비축하며 잔챙이들을 처리하는 것이 샤일린스의 임무였다. 그래서 샤일린스는 전쟁 지휘뿐만 아니라 병사 훈련과 라이프 생산 같은 제국의 잡일까지 도맡아 하고 있었다.

감히 우리를 방해해?

'죽인다.'

살의가 들끓었다. 샤일린스는 텔레포트 좌표를 읽어 낼 요량으로 흐릿하게 남아 있는 텔레포트 배열의 흔적을 더듬었다.

샤일린스의 새까만 눈이 이채를 띠었다.

'이건⋯⋯.'

텔레포트 마법인 건 분명했지만 변칙이 수없이 들어간 데다 은폐 기능 구축까지 되어 있어 좌표를 읽어 낼 수 없었다.

'대단한 실력이다.'

격변 이후 수많은 강자들이 탄생했고, 샤일린스는 강자들, 특히 이그나이츠 강자들의 수많은 정보를 수집해 왔다. 루이즈는 그들과 비교해도 특급 중의 특급이었다.

하지만 기존의 강자들은 그들보다 훨씬 더 강해졌다.

특히 그녀의 아들 테일런은 비교를 불허했다. 샤일린스는 피를 통해 전해지는 테일런의 힘을 느낄 때마다 전율하곤 했다.

'계집, 운도 좋군.'

테일런이 움직일 수 없는 이 시점에 본성을 습격하다니. 정상적인 상황이었다면 그 여자는 살아서 나가지 못했을 것이다.

'일단 라이프 생산 시설 복구부터 해야겠군.'

샤일린스는 혀를 차고는 페인에게 연락을 시도했다.

하지만 페인이 연락을 받지 않는다. 있을 수 없는 일이었다.

샤일린스가 페인의 방으로 직접 행차했다. 널브러진 블랙폭시의 간부들과, 덩그러니 잘린 채로 나뒹구는 손, 그리고 밟혀서 부서진 팔찌의 잔해가 보였다.

샤일린스는 벽에 깊숙이 파고든 비수와, 하얀 쪽지도 어렵지 않게 발견했다.

샤일린스가 쪽지를 확 뜯어 펼쳤다.

바하무트 황족들은 각성하라!

우리는 오랜 시간 너희의 발밑에서 살아 숨 쉬며 악질적인 행태를 조용히 지켜봐 왔다. 그러나 그 행태가 최악으로 치닫고 있고 우리는 더는 참을 수 없으니 경고한다. 즉시 참회하고 참혹하게 짓밟힌 민생을 돌보라. 그러지 않으면 후회하게 되리라! 블랙폭시의 주인 페인은 그 시작이다.

"오호라."

같잖은 경고였다.

참회? 무엇을? 민생? 우리가 왜?

괴물 바하무트는 바다에서 기어올라 북부 대륙을 정복하고 제국을 세워 만민을 다스렸다. 그것이 인간들 세상에서 최강의 자리에 군림하는 방법이었기 때문이다.

그들에게 지배당하는 국민들은 바다의 생선 같은 것이었다.

육지 생물에 빗대자면 가축으로 키우는 젖소라고 할 수 있겠다. 여물을 먹이고 우리를 지어 나름대로 지켜 준 이유는 살찌

위 젖을 짜내기 위해서고, 필요하다면 잡아먹기 위해서였다.

"대단해. 이렇게까지 건방지다니."

샤일린스는 진심으로 감탄했다. 버러지들 주제에 바하무트의 눈을 피해 페인을 납치해 간 것이 대단했다. 정말 심혈을 기울여 준비했음이 분명했다.

오랜 시간이라는 단어를 보면 바하무트에 꽤 긴 시간 암약하고 있던 세력인 모양인데, 그것도 칭찬해 줄 만했다. 바하무트의 숙청을 피해 갔다는 소리니까.

"재미있구나."

샤일린스의 입술 위로 사나운 미소가 그려졌다.

"어디 한번 해 봐."

임무를 수행하는 것은 정말 상상 이상으로 지겨웠다. 그러니 이번 사건은 재밌는 활력소가 되어 줄 것 같았다.

이중, 삼중으로 배리어가 쳐진 보호 구역.

강렬한 빛이 뿜어지더니 한 무더기의 사람들이 와르르 쏟아졌다.

"으아!"

"아이고!"

수백 명의 사람들이 어지러움을 느끼며 땅 위로 엎어졌다. 그도 잠시, 사람들은 그들의 중심에 선 구세주를 선망하는 시선으로 바라보며 무릎을 꿇었다.

"루이즈 님!"

"루이즈! 루이즈!"

바하무트 병력조차 어찌하지 못하던 루이즈의 강함은 압도적이었다. 사람들은 열광에 휩싸인 채 루이즈의 이름을 연호했다.

"감사합니다!"

몇 년 전까지만 해도 북부 사람들은 감사하다는 단어를 거의 쓰지 않았다. 상대가 아량을 베풀 때는 목적이 있었다. 그리고 감사하다는 말 대신 반강제적으로 그 값어치 이상의 대가를 지불해야 하는 게 바하무트의 문화였다.

하지만 루이즈가 북부 대륙을 방랑한 이후부터, 사람들은 진심을 담아 감사하다는 말을 익숙하게 쓸 수 있게 되었다. 대가를 바라지 않는 순수한 호의도 존재함을 알았기 때문이다.

그리하여 언제부턴가, 사람들은 감사하다는 말부터 외치되 상대가 대가를 바라지 않는다면, 또 지금 당장 대가를 지불할 형편이 되지 않는다면 언젠가 은혜를 갚으리라 자발적으로 다짐하게 되었다.

변화는 그뿐만이 아니었다. 감사하다는 단어는 대단했다. 감사하다는 말이 주는 성취감과 고양감 때문에라도 대가 없이 호의를 베푸는 사람이 부지기수로 늘어난 것이다.

사람들은 긍정적인 효과를 체감했고, 그렇게 바하무트 문화는 미묘하게 변해갔다.

"감사해요!"

사람들은 루이즈에게 끊임없이 감사하다 외쳤다.

"자, 여러분."

루이즈 옆에서 상황을 지켜보고 있던 피버 피스톨이 앞으로 나서며 박수를 짝짝 쳤다.

"이럴 때가 아니야. 대책을 세워야지."

사람들은 피버 피스톨을 알아보았다.

피버는 매우 유명했다. 루이즈의 심복으로 소문난 그는 부하들을 이끌고 북부 대륙 구석구석을 다니며 루이즈의 활약을 설파했다. 어려움을 겪고 있던 사람들을 도와주기도 했다. 남동부 도적 연합의 연합장이었던 그는 이제 도적들을 물리치거나 도적들을 모아 이로운 일을 하는 선한 방랑자가 되어 있었다.

"당신들은 목격자야. 바하무트 황족과, 황실 직속 조직 블랙폭시가 이때까지 무슨 짓을 해 왔는지 똑똑히 봤지?"

"……"

구출된 사람들은 조용히 분노했다. 아무리 바하무트 황족을 신처럼 모시며 두려워한다 해도 이 상황에 분노를 느끼지 못하는 건 아니었다.

하지만 분노가 황족에게 닿을 수 있을 리가 없기에, 들끓는 분노를 억지로 속에 짓누르며 급격히 무기력해졌다.

그들은 패배를 학습한 가축이었다. 주인이 고삐를 끄는 대로 끌려 다니다 도살장에 떠밀리더라도 날뛰지는 못할 한 마리의 소였다.

"앞으로 어쩔래?"

"……"

사람들은 쉽사리 대답하지 못했다.

마을로 돌아가 일상을 누릴 수 있나?

하지만 그들 대부분이 마을에서 납치당해 끌려왔다. 마을로 가서 아무 일도 없었던 척 산다고 해도 또다시 블랙폭시에 끌려갈 가능성이 높다. 이미 진실을 알았는데 쉬이 일상으로 돌아갈 수 있을 리가 없었다.

그렇다고 바하무트 황실에 항의하고 싸울 수 있나?

결과가 빤히 보이는 싸움이었기에 싸우기도 전에 체념할 수밖에 없었다.

"도망…… 쳐야겠지요."

누군가 중얼거렸다.

현실적으로 생각했을 때 그 방법밖에 없어 보였다. 격변 이후 대지가 확장되어 인간이 거주할 수 있는 땅이 아주 많이 늘어났다. 국경 밖으로 도망치면 그래도 안전할 가능성이 높았다. 실제로, 이미 도망치듯이 바하무트를 빠져나간 사람들이 꽤 많았다.

그러나 도망도 완벽한 해결 방법이 아닌 것이, 블랙폭시가 납치한 사람들 중에는 도망자들도 있었다. 국경 밖에서도 인간 사냥이 벌어지고 있다는 뜻이었다.

"어디까지 도망칠 수 있을까?"

무감한 음색이 공기를 진동하자 모든 이들이 루이즈의 달싹거리는 입술에 집중했다.

"격변 이후, 이 세상은 둥글어졌어. 너희가 대지 위에 사는 한 앞만 보고 도망친다고 해도 제자리로 돌아올 뿐이다. 완벽하게 도망치고 싶다면, 우주로 떠나야겠지."

"그래도 싸우는 것보다는 살 수 있는 확률이 높겠지요."

"과연 그럴까? 장담하지. 너희가 도망친다 해도 바하무트 황족은 끝까지 너희를 추격하고 찾아내서 죽일 거야."

사람들은 루이즈의 말이 이상하고 의아했다.

"저희처럼 하찮은 이들을 황실분들이 왜 그렇게까지……?"

"황족은 '최강'이 되고 싶어 하거든. 대륙을 정복한 그들은 '신'마저도 죽이고 싶어 할 거야. 그리고 신과 한판 붙으려면 힘이 필요하니 이 세계의 생명들을 모두 먹어 치우겠지."

신을 언급하는 루이즈의 말은 쉽게 와 닿지 않았다. 하지만 바하무트 황족이 극도로 위험하다는 점은 인지했다.

"우리는 그들에게 있어 동등한 위치의 인간이 아니라 발판이야. 우리가 굴복한다 해도 그들은 끝끝내 우리의 목을 치고 생명을 빨아 마실 거야."

누군가 인간이라면 어떻게 그렇게까지 할 수 있겠냐고 항변하려다가 그럴 수도 있다는 참담한 깨달음에 입을 다물었다. 그들은 인간을 인간으로 보지 않는 곳에서 탈출한 직후였다.

"살고 싶다면 싸워야 해."

싸워야 한다.

루이즈가 강하게 말했지만 사람들은 고개를 홱홱 저으며 속에 품은 절망을 선명하게 드러냈다.

"황실분들은 최강입니다. 우리는 무조건 질 거예요."

그들은 태어날 때부터 뼛속 깊은 공포와 경외심에 지배당해 왔다. 바하무트 황족들은 무지렁이들과는 다른 세계에 사는 괴물들이었으며 거역할 수 없는 절대자들이었다.

"질 겁니다."

패배감에 짓눌린 사람들의 표정이 어두웠다. 그들의 무력감이 커튼처럼 드리워지며 이곳 전체의 분위기를 어둡게 물들였다. 사람들을 말없이 쭈욱 둘러본 루이즈가 궁금하다는 듯 물었다.

"너희는 미래를 볼 수 있는 거야?"

"그럴 리가요."

"그런데 왜 싸움의 결말을 무조건 패배라 확정 짓고 도전할 마음조차 품지 않지?"

"당연하지 않습니까? 미래를 볼 수 없더라도 이건 너무 뻔한 결말입니다!"

"글쎄. 너희가 키우고 있는 작물들을 떠올려 봐."

루이즈가 그리 말하자마자 사람들은 자기 집 뒷마당에서 파릇파릇하게 자라나고 있을 싹들을 떠올렸다.

요즘 작물 재배는 바하무트 전역에 돌풍처럼 유행하고 있었다. 바하무트 제국민들은 직업이 따로 있더라도 십중팔구는 자기 집 뒷마당에 아주 작은 면적이나마 작물을 기르고 있었다.

"수천 년간 북부는 죽은 땅이었지."

차가운 바람에 얼어붙은 데다, 태양의 빛은 적게 쏟아지고, 양분은 극히 적은데, 죽음의 힘과 바하무트의 장악력으로 오염되기까지 한 땅이 북부 대륙이었다.

"너희는 집 뒷마당에 작물을 키울 수 있는 미래를 예상했었어?"

"……."

"아니겠지. 대부분이 그럴 수 있을 리가 없다고 생각하고, 현실에 타협해서 타인에게서 식량을 약탈하거나 바하무트 중앙에서 공급하는 식량에 의존했겠지."

루이즈는 뺨에 손가락을 대고 톡톡, 두들겼다.

"하지만 끝까지 포기하지 않은 사람들도 있었어. 온갖 식물의 재배법을 섭렵하고, 무수히 많은 실패를 거치며 작물을 개량하고, 식물의 보고인 샤우부 대삼림을 찾아가 연구하고……. 그런 노력 끝에 그들은 마침내 북부에서도 자라날 수 있는 강인한 작물을 만드는 데 성공했지. 포기하지 않고 투쟁한 덕분에."

루이즈의 말을 듣던 사람들이 하나둘 고개를 떨어뜨렸다.

"미래는 정해져 있지 않고, 포기하지 않고 노력하다 보면 허망한 꿈같은 목표일지라도 이룰 수 있어."

루이즈가 무슨 말을 하고 싶은지 알아들었고, 그녀의 말에는 일리가 있었다. 하지만 너무 이상적이었다.

"우리는 평범한 사람입니다."

그들은 너무나 평범하게 살아온 일반인들이었다.

특별하지 않았다.

그들은 특출한 천재도, 걸출한 인물도 아니었다.

그저 하루하루 살아가기 바쁜 사람이다. 작고 쉬운 목표들도 지키지 못해 허덕이는 소시민이다. 도망치기도 하고 포기도 쉽게 하는. 역사에 기록될 수도 없을 만큼 하찮은 사람들이다.

기적이라 느껴질 정도로 어렵고 커다란 목표를 달성하는 사람들은 모두 특별하다. 식물을 개량한 사람들도 분명 특별할 것이다. 바하무트 황족은 특별한 사람들 중에서도 매우 특별한 사람들이다.

평범한 자들이 어찌 특별한 자들을 이길 수 있단 말인가.

"우리는 영웅이 아니고, 바하무트를 절대 무너뜨릴 수 없을 거예요."

"어디든 빈틈이 있기 마련이니 '절대'라는 말은 이 세상에 없
어. 그리고 오해하는 게 있는데 난 바하무트를 직접 무찌르는
영웅이 되라고 하지 않았어. 그저 싸우라고 했지."

뭐가 다르단 말인가? 사람들이 맹하니 쳐다보자 루이즈가 호
주머니에 손을 끼워 넣었다.

"너희가 역사에 기록될 수도 없는 하찮은 사람들이라고 했지?
하지만 역사는 말만 거창하지 그리 대단한 것이 아니야. 매일
일기를 써서 대대손손 물려주면 그게 바로 역사다. 역사는 누군
가의 삶을 그저 옮겨 적었을 뿐인 기록이야. 그리고 당신들의
삶은 하찮지 않아."

사람들은 멍하니 루이즈의 말을 곱씹어 보다가 그 대단한 루
이즈가 자신들을 금방이라도 짓밟을 수 있는 하찮은 미물로 취
급한 적이 없었다는 점을 새삼스레 인지했다.

"당신들의 삶 하나하나가 작으면서도 특별한 하나의 세계야.
우리가 살아가는 거대한 세상은 그 작은 세계들이 모인 집합체
야. 즉, 당신들은 세상의 일부고 그 일부들이 모이면 세상에 얼
마든지 영향을 미칠 수 있다는 뜻이야."

그 삶을 하찮게 만드는 사람은 본인이야.

영웅은 따로 있지 않아. 자신이 할 수 있는 선에서, 최선을
다해 투쟁하는 사람들 모두가 세계의 영웅이야.

"황족과 싸우는 방법은 정면 대결 말고도 많아. 바하무트 군
대로 들어가는 군량미에 독을 풀 수도 있을 거고, 직접 그들과
싸우고자 하는 사람들의 뒤를 조용히 지원해 줄 수도 있지."

사람들은 서서히, 그들의 삶이 하찮지 않다고, 특별하다고 말해 주는 루이즈에게 감화되었다. 귀를 열고 마음을 열었다.

"죽을 수도 있어. 바하무트 군대는 말이 통하지 않으니까. 죽는 게 무서워서 도망칠 수도 있어. 하지만 도망자들은 투쟁자들이 꿀 같은 과실을 얻어 냈을 때 그것을 나눠 먹을 자격이 없음을 알아야 해."

"……."

"애초에, 바하무트 황족과 직접 싸우는 걸 너희에게 맡길 리가 없잖아? 아주 강한 사람들이 그들과 싸울 거야. 나보다도 훨씬 강한 사람들이. 그렇게 우리는 결국 승리하겠지."

루이즈의 말에는 매혹적이고 달콤한 확신이 서려 있었다. 루이즈의 이야기를 듣는 사이 어느새 패배를 잊은 사람들은 홀린 듯이 고개를 끄덕였다.

"그리고 우리의 싸움을 이그나이츠 왕국이 도와줄 거야. 연합하기로 했거든."

"외세의 힘을 빌리는 건가요?"

누군가 조심스레 질문했다.

"그들이 나중에 우리의 뒤를 치면 어쩌지요?"

질문에서는 이그나이츠에 대한 경계심은 풀풀 풍길지언정 적대감이 묻어나진 않았다. 마론과 에이지의 정보원들이 바하무트에서 활약한 덕분이었다.

"최근 이그나이츠의 이야기를 듣거나 책을 읽어 본 적 있니?"

대부분의 사람들이 그렇다고 대답했다.

언제부턴가 이그나이츠의 소설책 등 문화와 관련된 서적 등이 바하무트 마을마다 한 권 두 권 구비되기 시작했다.

호기심을 가진 사람들은 바하무트 관리들 몰래 그 책을 돌려 읽었고, 책을 읽을 수 없는 사람들에게는 누군가가 이그나이츠가 어떤 나라다, 하고 지나가듯 귀띔해 주었다.

그래서 바하무트 제국민들은 예전처럼 무작정 이그나이츠가 피의 복수에 미친 나라라고만은 생각하지 않았다.

"이그나이츠는 남의 땅에 욕심을 내지 않아. 우리는 그들과 바하무트 황족을 없앨 때까지만 힘을 합치기로 했다. 그 후, 이그나이츠는 우리가 터전을 찾아 일구든, 새 나라를 세우든 간섭하지 않겠다고 했어. 그럴 거라고 해도 내가 막을 거야."

루이즈는 해야 할 말을 모두 마쳤다.

"어쩔래?"

사람들의 얼굴에 결연한 빛이 섰다.

"싸우겠습니다!"

이그나이츠는 믿을 수 없었지만, 루이즈는 믿을 수 있었다.

"싸우자!"

루이즈의 말을 들어 보니 직접 싸우는 게 아니라면 해볼 만했다. 군대와 직접 싸우는 사람들을 숨겨 준다든가, 정보를 교란한다든가, 군대에 소속되어 있는 가족에게 잃는 소리를 한다든가.

살아남기 위해서라도 싸워야만 했다. 바하무트가 그들을 지켜 주는 수호신이 아닌 그들의 적이라는 걸 알았으니까.

"개 같은 황족들!"

바하무트 제국에서 태어난 제국민들은 대체적으로 성정이 거칠었다. 아무리 약자라 해도 강한 보복심과 비열한 투쟁심을 가지고 있었다. 강자의 눈치를 보다가도 상대가 약해졌다 싶으면 바로 물어뜯을 투견 같은 성격이 바하무트의 문화에 의해 바탕처럼 깔려 있었다.

루이즈가 공포를 걷어 내자, 사람들은 분노를 적나라하게 표출하기 시작했다.

"저희가 무엇을 하면 되겠습니까?"

사람들은 길 잃은 어린애처럼 루이즈에게 물었다.

그들은 자신들의 절대자에 맞서 싸우겠다는 의지를 가진 것만으로도 벅찼다. 도망치겠다는 마음은 버렸지만 지금 당장 무엇을 해야 할지도 모르고, 무엇이 옳은 건지 방향을 잡지도 못해 헤매었다.

설령 알더라도 아직은 루이즈 같은 걸출한 인물에게 기대고 싶은 것이 사람 마음이었다.

사람들은 루이즈가 앞에서 그들을 인도해 주기를 바랐다. 그리고 루이즈는 그들의 기대를 배신하지 않았다.

"너희들의 마을로 돌아가서 소문을 퍼뜨려 줘야겠어. 블랙폭시가 잡아갔던 사람들이 어떻게 되었는지, 바하무트가 너희를 어떻게 취급하는지."

사람들은 그녀의 말을 경청하면서도 가슴에서 쿡쿡 찌르는 한 줄기 불안감에 오한이 들었다.

"블랙폭시나 군대가 찾아와서 공격하면 어쩌지요?"

"마을마다 우리 연합 사람들이 상주하고 있으니 공격당하더라도 어느 정도 방어할 수 있을 거다. 물론 너희도 싸워야겠지."

루이즈가 지팡이를 흔들었다.

"그리고 있었던 사실을 말하는 것뿐인데 지들이 뭘 어쩔 거야? 정 무서우면 내 이름을 앞세워."

시큰둥하게 던지는 말에는 두려움 한 점 없었다. 루이즈가 여유롭게 행동하자 대중을 장악하고 있던 불안감은 서서히 가라앉아 자취를 감추었다.

"소문에 날개를 다는 것은 우리가 하지. 그리고 블랙폭시 놈들은 우리 연합이 빠르게 제거할 테니 걱정하지 말도록."

소문은 하늘을 날아오르는 새 떼와 같았다.

"블랙폭시가……!"

"바하무트 황족은 우리를……!"

생존자들은 마을로 돌아가 울분을 토로했다. 돌아갈 연고지가 없는 사람들은 하나둘 짝을 지어 새로운 마을로 가서 이런 일이 있을 수 있냐며 분노를 발산했다.

"진짜야?"

"설마……."

그들이 토하듯이 뱉는 절규는 진심 그 자체여서 사람들의 마음을 흔들고도 남았다.

"그렇게까지 할 리가 있겠어?"

사람들은 애써 외면하려 했다. 그들의 말이 진짜라면 현실은 너무나 가혹했다. 안 그래도 살기 힘들어 죽겠는데 하늘이 무너지는 것과 다를 바 없었다.

하지만 돌아가는 상황은 그들이 평화에 안주하도록 내버려 두지 않았다.

마론은 진실을 이곳저곳 속삭이고 다녔다.

"블랙폭시가 잡아간 사람들의 심장은 적출돼서 불로장생의 약으로 만들어진대."

"바하무트의 강한 병사들과 충성스러운 바하무트 귀족들은 그걸 마신대."

"그들은 그 약이 우리의 심장으로 만들어졌다는 걸 안대."

"우리를 인간 취급하지 않는 거야."

이아나와 만난 날 이후, 마론은 지속적으로 이그나이츠의 정보국과 연합하며 다른 반바하무트 귀족들을 흡수하고 몸통을 불렸다. 수도를 제외하면 이제 바하무트 전역에 퍼져 있다고 해도 과언이 아니었다.

대격변 이후로는 제도권 귀족과도 연이 닿았다. 제도의 귀족들은 적극적으로 반바하무트 활동을 하지는 않았으나 마론의 행보를 방해하진 않을 예정이었다.

그리하여 마론의 조직원들은 어렵지 않게 바하무트 전체에 블랙폭시와 황족에 대한 소문을 퍼뜨릴 수 있었다.

깃털 같은 조용한 속삭임들은 태풍을 탄 것처럼 온 세상에 흩뿌려졌다.

"세상에!"

"정말이야?"

"어떻게 그런!"

한 사람이 말하면 거짓말이다.

두 사람이 말하면 추측이다.

세 사람이 말하면 진실이다.

결국 믿기 힘들었던 소문은 바하무트 황족을 음해하려는 목적의 헛소문이 아닌 진실로 받아들여지기 시작했다.

현실을 마주하게 된 사람들은 극도의 참담함을 느꼈다.

블랙폭시가 사람들을 어디론가 잡아간다는 소문은 익히 알려져 있었다. 잡혀간 사람들이 다시는 돌아오지 못한다는 괴담도 유명했다.

하지만 사람들은 불안에 떨면서도 한편으로는 믿음도 가지고 있었다.

아무리 하찮은 취급을 당한다지만 그들은 대제국 바하무트의 국민이었다. 수없이 오랜 세월간, 바하무트 황족은 최강의 힘으로 전 세계를 공포로 물들이며 제국의 위상을 드높였다. 그 힘으로 제국민을 보호해 주었고, 식량을 공급해 주었다.

대신, 제국민은 전장에서 그들의 명령에 따라 싸우는 바하무트의 병사가 되었다. 병사들이 쥐는 무구를 만드는 바하무트의 대장장이가 되었다. 제국이 거대한 땅덩어리를 자신들의 땅이라 외칠 수 있게 하는 바하무트의 깃발이 되었다. 황족이 한없이 위대할 수 있도록 그들의 권위를 떠받치는 바하무트의 계단이 되었다.

제국민들은 황족이 우리를 아낀다, 라고는 빈말로도 말할 수 없었지만 그래도 우리를 필요로 한다고는 생각했다.

블랙폭시는 그런 바하무트 산하에 속한 조직이었다. 그래서 사람들은 강제징용당해 병사라도 되는 걸까, 라고 긍정적으로 생각하려 노력하고 있었다.

그런데 사전적 의미 그대로의 양분이 되고 있었다니 어떻게 그럴 수가!

"우리는 그냥 가축이로군."

사람들은 자신들이 마치 죽은 고깃덩이 취급당하는 것만 같다고 생각했다.

아무리 바하무트를 떠받든다 하지만, 그들 개개인에게도 삶은 있었다. 그들도 사랑하고, 즐거워하고, 슬퍼하고, 분노하는 인간이었다.

그런데 바하무트 수뇌부는 그들의 삶을 완전히 부정한 것이나 마찬가지였다.

"우리가 바하무트에서 살아남을 수 있을까?"

"하는 걸 보면 지금 병사가 아닌 국민들은 죄다 잡아 약으로 만들 기세인데……."

사람들은 바하무트에 대한 불신과 회의감을 가졌다.

"이그나이츠는 국민들의 삶을 최우선시한다던데."

불만이 싹트자, 예전에 어디선가 들었다가 무시했던 이야기들이 무의식 속에서 뭉글뭉글 떠오르기 시작했다.

"오지로 도망쳤던 이종족들도 대륙으로 돌아와서 행복하게 산다고 하던데."

"누구에게든 위로 올라갈 기회를 준다던데."

"원하는 일을 하며 풍요롭게 살 수 있다던데."

반바하무트 조직 마론과 이그나이츠의 정보국이 오랜 시간 심혈을 기울인 작업들이 빛을 발하기 시작했다.

원래 바하무트에서는 정보가 엄격하게 통제되고 있었다. 이 때문에 제국민들은 바하무트 바깥의 상황을 잘 알지 못했다. 알 더라도 다른 세상 이야기라 여겨 관심을 가지지 않았다.

하지만 최근, 바하무트 황족은 '끝'이 도래했음을 느끼며 자신들의 파괴 본능을 숨기지 않았다. 타인을 먹잇감으로 보는 시선을 감추지 않았으며 굳이 아랫것들을 통제할 필요성을 느끼지 못했다. 바다에서 그랬던 것처럼, 절대적인 힘으로 군림하며 강제로 따르게 하면 그만이었다.

마론과 정보국은 그 틈을 파고들었다.

그들은 이그나이츠에 대한 정보를 바하무트 제국민들 사이에 슬금슬금 풀어 왔다. 뿐만 아니라 타국의 서적을 몰래 배포하거나 훈훈하고 따뜻한 이야기들만 골라 퍼뜨렸다.

그것들은 씨앗이 되었다.

"우리는 대체 뭐야?"

마침내 씨앗은 자라나 박탈감이 되었다.

"이대로 있어도 되는 거야?"

"안 돼, 언젠가는 잡아먹힐 거야."

"도망칠까?"

"도망친다 해도 잡힐 수 있잖아."

"그럼 어떻게 해? 싸워?"

"싸우지 않으면? 죽잖아?"

"싸워서 이길 가능성은 있어?"

마론은 타오르기 시작한 불꽃에 끊임없이 장작을 넣었다.

"듣기로는 마법사 루이즈가 싸움을 돕는다던데……."

"루이즈 님이 이끄는 조직이 있대."

바하무트의 유명인, 이때까지 무패를 기록한 루이즈의 이름을 내세운 장작의 효과는 매우 훌륭했다.

"루이즈 님은 황족을 제거하는 게 목표래."

"그럼 제국이 사라지는 건가?"

바하무트 황족이 곧 바하무트 제국이었다. 황족이 사라지면 제국 또한 자연스럽게 무너질 터였다.

황족에 엄청난 불만을 가졌지만, 동시에 제국민들은 자신들의 정체성이 사라진다는 사실에 불안감을 느꼈다.

"제국이 사라지면 이 땅은 어떻게 되는 거지?"

"루이즈가 다스리려는 건가?"

"듣기로는 루이즈는 권력에 관심이 전혀 없다던데."

"난 루이즈의 조직이 적국 이그나이츠와 연합한다고 들었어. 믿을 만한 정보야. 이그나이츠의 땅이 될 수도 있지 않을까?"

그때, 블랙폭시의 납치에서 살아남은 생존자가 입을 열었다.

"내가 들었는데 바하무트 땅이 무국적지가 되고 우리들에게 자유가 주어질 거라더라. 이그나이츠는 우리가 땅을 차지해서 나라를 세우든 말든 간섭하지 않을 거래. 자기들 땅을 정상화하는 데만도 바빠서."

사람들은 그 말뜻을 어렵지 않게 알아챌 수 있었다.

"그럼 나라를 세운다고 선언만 하면 왕이 될 수 있는 거야?"

"오!"

그 사실에 야망을 불태우기 시작한 사람도 있었고, 싫어하고 꺼리는 사람도 있었다.

"제국이 사라지면 한동안 시끄럽겠군."

"난 그런 욕심 없고 그냥 조용히 살고 싶은데……."

"강한 지도자 밑으로 들어가야 하는 건가."

그렇게 초원을 내달리는 말처럼 소문이 퍼져 나가고, 반발심이 커져 가며, 미래의 혁명이 물밑에서 구체화되어 갈 동안, 블랙폭시는…… 와해의 수순을 빠르게 밟고 있었다.

콰아아앙!

바하무트 황성 지하 연구실이 습격당했던 날, 습격과 동시에 연구실과 연결되는 게이트들이 한꺼번에 모조리 폭파되었다.

그리고 복면을 두르고 팔뚝에 흰 띠를 맨 정체불명의 괴한들이 나타나 게이트 주변에 주둔하고 있던 블랙폭시와 바하무트 병력을 공격했다.

블랙폭시와 그들을 보호하는 병력은 객관적으로 강했다. 그럼에도 괴한들의 실력은 그들이 감당할 수 없을 정도로 수준급이었다.

상부에서 명을 내려 주기를 바랐지만 상부는 불통이었다. 페인이 납치당하고 간부들이 정신을 잃은 상태이니 당연했다.

에이지에게 배신당해 남부에서 물러나야 했던 페인은 중요한 사항들은 모두 자신이 처리했었다. 병적으로 일하면서 동족 간부라 할지라도 중요한 역할에서 배제했기에 지휘권은 페인에게만 있었다.

페인 위에 황태후 샤일린스가 있었지만, 황태후도 페인에게 명령을 내리고 보고만 받는 입장이었다. 그렇게 모든 것을 총괄

하고 있던 페인이 사라지자 모두가 우왕좌왕했다.

"살려 줘!"

살려 달라는 비명은 단말마가 되었다.

살려 줄 이유가 없었다. 수많은 사람들을 죽음으로 몰아넣은 주제에 삶을 구걸하다니 염치가 없지 않은가.

이대로 있다간 필멸이었기에 블랙폭시 조직원들은 걸음아 나 살려라 하며 어지럽게 후퇴했다. 도망치는 과정에서도 매우 큰 피해를 입었다. 습격자들이 악착같이 따라붙어 공격한 탓이었다.

살아남은 조직원들은 블랙폭시의 비밀 아지트로 숨어 들려 했다. 그러나 소용없었다. 게이트도 모자라서 모든 아지트들이 동시다발적으로 공격당하고 있었기 때문이다.

"이런 젠장!"

기절초풍할 일이었다. 어찌 이리 정확히 알고 모든 아지트를 동시에 공격해 온단 말인가?

"저놈들 카마트로스 같지 않아?"

"듣기만 해도 소름 끼치는 이름을 왜 꺼내?"

"복면 쓰고 우리를 공격하기만 하는 것 좀 봐."

"하는 짓이 그놈들이랑 똑같긴 하네. 젠장."

블랙폭시가 남부에서 북부로 터전을 옮기면서 따라온 블랙폭시 조직원들은 카마트로스의 이름만 들어도 경기를 일으켰다. 그런데 복면을 쓴 습격자들은 정체를 드러내지 않고 공격한다는 점이 카마트로스와 닮아 있었다.

그렇게 블랙폭시는 파도에 휩쓸린 모래성처럼 허물어져 갔다. 페인이라는 구심점이 사라졌기에 다시 한데 모이는 것도 요원해졌다. 겁먹은 조직원들은 잠적하기에 이르렀다.

블랙폭시 대습격 작전은 단 하루 만에 끝났고, 블랙폭시 소탕 작전은 겨우 일주일 만에 끝을 보였다.

블랙폭시의 아지트들은 다 허물어진 채 시커먼 연기를 뭉게뭉게 피워 냈다. 형체조차 알아볼 수 없는 잔해들이 블랙폭시의 주둔지였다는 걸 아는 사람들은 몹시 허탈해졌다.

"블랙폭시가 이렇게 약했어?"

"우리가 저 약한 놈들한테 빌빌댄 거야?"

블랙폭시는 너무나 쉽게 무너지는 것처럼 보였다.

"바하무트 황실 직속 조직인데 약할 리가 없잖아. 힘 좀 쓴다고 반항하다가 맞아 죽은 사람이 몇 명인데. 블랙폭시가 약한 게 아니라 루이즈 님의 조직이 강했던 거야."

사실이었다.

루이즈-도르시아니는 이아나의 참변 이후 공식적인 활동을 중단하고 에이지, 마론과 함께 블랙폭시를 칠 준비를 해 왔다. 정보를 수집하고 완벽하게 계획을 짜고 이그나이츠의 특급 실력자들을 모아 조직을 구성했다.

이 과정은 매우 은밀하게 진행되었으며 블랙폭시 측은 전혀 눈치채지 못했다.

블랙폭시의 패인은 방심이었다.

북부로 근거지를 옮긴 이후, 특히 이그나이츠가 방어에만 몰두하는 근 일 년 동안 블랙폭시에게는 적이 없었다. 경계해야 할 적이 없으니 방어도 자연스레 허술해졌다.

이런 상황에 준비를 끝마친 적이 폭풍처럼 쳐들어왔으니 허둥 지둥 휩쓸릴 수밖에 없었다. 어찌 보면 당연한 일이었다.

황태후 샤일린스는 그동안 뭘 했냐고?

허탕만 쳤다.

샤일린스는 폭파된 지하 게이트들과 연결되었던 지역들을 하나하나 찾아다녔지만 전멸한 상황이 대다수였다.

전투가 덜 끝난 곳도 있었지만, 그런 곳에서조차 적들은 찾아볼 수 없었다. 샤일린스의 등장으로 겨우 살아남은 조직원들 말에 의하면 샤일린스가 도착하기 직전, 갑자기 텔레포트로 도망쳤다고 했다.

그렇게 도망쳤던 주제에, 눈이 뒤집힌 샤일린스가 다른 곳으로 가면 적들은 다시 돌아와 블랙폭시를 마저 쳤다. 적들은 샤일린스가 어디에 있는지를 너무나 잘 알았다.

즉, 샤일린스가 바쁘게 돌아다니며 마주한 상황들은 블랙폭시 조직원들의 전멸 아니면 적들의 줄행랑뿐이었다.

'이놈들, 블랙폭시 괴멸이 목적이구나!'

샤일린스는 놈들의 목적을 알아챘지만 블랙폭시 조직원들을 한데 모아 보호하지는 못했다. 블랙폭시 조직원들을 한 번에 지휘할 수단이 없었다.

결국 샤일린스는 블랙폭시가 괴멸되는 동안 적을 단 한 번도 만나지 못했다. 미치고 환장할 노릇인 샤일린스의 귀에, 루이즈의 조직이 이그나이츠와 연합하고 있다는 정보까지 들려왔다.

"감히."

고슴도치처럼 몸을 말고 방어만 하던 이그나이츠 놈들은, 그녀의 눈을 가린 채 바하무트의 안방을 노리고 있었다.

건실한 반바하무트 조직을 지원하며, 바하무트 내부에서 치고 받고 싸우게 하는 아주 얍삽한 방법으로 말이다.

"감히……."

샤일린스는 눈앞이 하얗게 질릴 정도로 분노했다.

"감히……!"

너무 화가 나서 이성마저 잃었다.

한때, 차갑고 냉혹한 이성으로 바하무트를 다스려 왔던 샤일린스는 최근 이성을 잃는 일이 잦았다.

시작은 나름대로 아꼈던 에이지의 배신이었다.

그 후, 테일런이 시조 바하무트의 힘을 일깨우고, 아르하드와 심장을 공유하고, 드래곤들을 먹어 치우며 힘을 얻을수록 샤일린스도 변해 갔다. 폭발하듯 흘러넘치는 강력하면서도 사악한 힘에 인내심은 점점 줄어들었고 성격은 난폭해졌다.

"버러지들이 감히!"

샤일린스는 감히 자신을 기만한 놈들을 용서할 수 없었다.

그리하여 바하무트 전역에 황가의 이름으로 수배령이 떨어졌다.

현상 수배범은 반역자 루이즈.

현상금은 무려 백억 골드였다.

"백억 골드……."

"세상에……."

"도움이 되는 정보를 제공하기만 해도 일억 골드라니……."

사람들은 천문학적인 걸 넘어서 상상도 되지 않는 금액 단위에 매혹이 아닌 공포를 느꼈다. 숫자 일 뒤에 붙은 영의 개수에서 바하무트의 격렬한 분노와 루이즈의 어마어마함이 느껴져 루이즈를 잡아야겠다고 마음먹기는커녕 수배지로부터 도망쳤다.

샤일린스의 행동은 수배령을 내리는 것에서 끝나지 않았다.

"제발 살려 주십시오!"

"위대하신 황태후 폐하!"

"저희는 황가에 거역하지 않습니다!"

샤일린스는 북부에 주둔 중이던 바하무트 군대를 불러 모아 마을을 무차별적으로 불태우고 주민들을 학살했다. 루이즈 측도 그 광기 어린 행보에는 대처하기 어려웠다.

"이적 행위를 한 반역자 루이즈, 쥐새끼처럼 숨어 있지 말고 너의 조직을 끌고 나와라."

감히 내게 민생을 돌보라고 선생질을 했겠다.

그렇게 민생을 위한다면 즉시 튀어나와야 할 것이다. 아니면 너희 때문에 계속해서 죄 없는 제국민들이 죽어 나갈 테니!

민생 운운하는 걸 보니 체면을 중요하게 여기나 본데, 제국민들의 증오를 사고 싶지 않다면 당장 기어 나와!

그야말로 백성의 목숨을 벌레 목숨보다 값어치 없다고 생각하기에 저지를 수 있는 일이었다.

샤일린스는 루이즈와 그녀의 조직을 외부로 끄집어내고 제국민들의 불만을 루이즈에게 향하게 하기 위해 만행을 저질렀다.

늘 그래 왔다.

바하무트 제국민들은 자신들을 괴롭히는 영주들보다, 영주가 '저놈이 내가 너희를 괴롭히게 만든 원흉이다.'라고 지목한 자들을 증오했다. 이유는 단순했다. 영지의 최강자에게 반역해 봤자 돌아오는 것은 죽음뿐이었기 때문이다.

작은 마을의 영주에게조차 굽신대는 사람들이, 영주들의 영주라고 할 수 있는 바하무트 황가에게는 오죽하겠는가?

하지만 이번에는 상황이 달랐다.

"루이즈 님이 뭘 그리 잘못했다고!"

"전쟁 물자를 풍족하게 만든 일등 공신이니 포상을 내려도 모자랄 판에!"

루이즈는 이미 바하무트의 '영웅'이었다. 제국민 절반 이상이 루이즈에게 뜨뜻미지근한 호감을 가지고 있었다.

"그 미친 마법사 때문에 이게 무슨 난리야."

물론 루이즈를 좋아하지 않는 이들도 있었다. 지금의 바하무트 체제를 마음에 들어 하는 강자들이었다. 그들은 샤일린스의 의도대로 루이즈에게 짜증을 느꼈다.

"아니, 근데 잘못한 건 루이즈잖아. 무차별적으로 영지를 불사르는 건 너무하지 않아?"

하지만 동시에 샤일린스에게도 울컥했다.

"슈미르 영주가 자기 영지가 반파된 것을 확인하고 넋이 나갔더군. 황실의 광신자였는데도 당했어. 쯧쯧."

"팜헬의 영주는 읍소하다가 목이 베였다던데."

"다음 목적지가 내 영지가 되면 어떡하지?"

"제기랄. 정말 해도 해도 너무하시네."

"황실에 충성해 봤자 소용없어."

바하무트 황가가 더는 방패가 아님을 깨달은 강자들은 살아남을 방법을 궁리했다. 뭔가 믿는 구석이 있는 듯한 루이즈에 협력하여 바하무트를 무너뜨리고 왕이 되는 꿈을 꾸는 자들도 생겨났다.

이쯤 되어, '바하무트 황족은 최강에 이르고자 곧 이 세상 모든 생명을 먹이로 삼을 거다', '서부 바하무트는 이미 끝장났다'는 소문은 바하무트 전역에 퍼져 있었다.

불로장생의 약 '라이프' 제조 파문과 어느 순간부터 서부 바하무트 소식이 뚝 끊어졌다는 사실은 소문들에 신빙성을 더했다.

그런 소문이 팽배한 와중에 샤일린스의 행패는 안 그래도 술렁거리던 갈대숲에 불을 지른 것이나 마찬가지였다. 궁지에 몰린 제국민들은 하나둘 들고일어나기 시작했다.

"이대로는 못 산다!"

"우리도 인간이다!"

자신들이 바하무트 황족에게 어떤 취급을 당하고 있는지 아주 적나라하게 깨달은 시점, 제국민 과반수가 싸우겠다고 결심했다.

"싸워야 해!"

대다수는 바하무트에서 도태됐던 약자들이었지만 그들에게도 할 수 있는 일이 있었다. 그들은 전면에 나선 루이즈의 조직에 정보와 물자를 제공했다. 샤일린스의 군대가 쳐들어오면 숨어 있다가 루이즈의 조직을 도와 그들의 뒤통수를 치기도 했다.

"당신들과 함께 싸우고 싶소."

약자들만 있는 것도 아니었다. 큰 세력을 이끄는 귀족들도 있었고, 얽매이는 군대가 싫어 은거하고 있는 강자들도 있었다. 그들은 루이즈의 조직을 찾아가 은밀히 협력했다.

"더는 두고 볼 수 없어."

어느 날, 루이즈는 산책 나와 지나가는 행인에게 인사라도 건네는 듯한 어투로 선언했다.

"혁명을 일으키자."

모든 상황과 조건이 맞아떨어지고, 구심점까지 존재하자, 거대한 '혁명군'이 결성되는 건 순식간이었다.

누가 혁명군이고 누가 평범한 제국민인지 구별할 수 없을 정도로 광범위한 조직체였다.

"뭐라? 혁명군?"

샤일린스는 혁명군 결성 소식을 어렵지 않게 전해 들을 수 있었다.

"하!"

그녀는 기가 막혀 코웃음 쳤다.

강아지들이 호랑이 무서운 줄 모르고 짖어 대고 있었다.

뜻대로 돌아가는 게 하나도 없었다,

샤일린스의 자존심에 금이 쩌적 갔다. 쪼개진 자존심은 이성을 도려냈다.

"이것들이…… 좋다!"

샤일린스의 붉은 입술이 주욱 찢어져 귀 끝까지 걸렸다. 새까만 눈동자는 광기를 덧입고 번들거렸다.

"소원대로 죄다 죽여서 양분으로 쓰겠다!"

바하무트에서 최초로 대규모 내전이 발발하는 순간이었다.

"죄인들이 항복할 때까지, 민간인이고 뭐고 구분 없이 전부 죽여라!"

샤일린스는 바하무트의 전 귀족들을 소집하여 참전을 명하고 대륙에 뿔뿔이 흩어져 전쟁을 수행 중이던 군대를 모조리 불러 모았다. 파칼라투아와 자이겔런트를 제외한 모든 상급 군병들과 하급 지휘관들이 샤일린스 앞에 집결했다.

"짓밟아라!"

"존명!"

최악최강의 바하무트 군대는 황실에 절대복종하도록 만들어졌다. 샤일린스의 명을 받들어, 하급 병사들을 이끌고 세상의 모든 것을 유린해야 한다는 생각이 머릿속에 가득 찼다.

그런데…….

이상하게도, 그들의 잔인한 심장 속에서는 살의뿐만이 아니라 평소라면 느낄 리 없는 찜찜함과 수상쩍은 혼란 또한 가늘게 호흡하고 있었다.

도르시아니가 블랙폭시를 상대로 활약하던 시기, 바하무트 군대를 찾아 대륙을 쏘다니며 모종의 작업을 하는 사람들이 있었다.

"여기도 이 정도면 된 것 같아요."

라랏슈아를 비롯한 이그나이츠의 마법사들과 신술사들이었다. 그들은 군대에 사키가 개발한 각성제와 유도제를 살포하는 작업을 하고 있었다.

"그냥 다 죽이면 될 텐데요. 쩝, 약이 아까워."

"우리 멋쟁이 기사님의 뜻이니 어쩔 수 없죠."

라랏슈아와 타릴 카트너를 주축으로 한 이그나이츠의 연구자들은 사키의 약 개발에 맞춰 효과적인 살포 방법을 고안해 냈다. 최하급 정령과, 신술과, 과학 법칙을 적절하게 섞으면 적이 알아채기 어려울 정도로 자연스럽게 약을 살포할 수 있었다.

"마지막으로 한 번 더 퍼져라. 얍."

그들은 샤일린스가 군대를 소집하기 전까지 아낌없이 약제를 살포했다. 그들이 뿌려 댄 약의 효과로 인해 피도 눈물도 없던 바하무트 군대는 정체불명의 미약한 혼란감을 느끼게 되었다.

바하무트 군대가 본토로 귀환하는 것을 지켜보던 이그나이츠의 사람들도 움직이기 시작했다.

"우리도 이제 가요."

그들은 바하무트에도 따라가서 약을 살포할 예정이었다.

페인이 납치당한 당일.

"에이지, 이 빌어먹을 새끼……."

"아, 마음껏 욕해도 좋아. 기분 죽여주네. 댁이 이 꼴로 내 앞에 무릎 꿇는 날이 오다니."

정신을 차린 페인은 어둠으로 휩싸인 방에서 찢어 죽여도 모자랄 원수, 에이지를 쏘아보고 있었다.

에이지도 빈정거렸으나 페인을 노려보고 있긴 마찬가지였다. 서슬 퍼런 두 쌍의 동공 속에서 진득한 증오가 번갯불처럼 타들어 가며 번뜩였다.

"크흐흐."

페인은 입을 기이하게 찢으며 웃었다.

그는 미쳐 가고 있다. 최근 들어서는 마약을 하지 않아도 정신을 놓을 때가 많았다. 정신을 차렸을 때는 누군가를 넝마로 만든 후거나 누구의 것인지도 모를 심장을 먹고 있는 경우가 잦았다.

그러나 오늘은 모처럼 제정신이다.

페인은 에이지가 제게 아직 손을 대지 않았음을 확인했다. 그는 강제적인 방법이 아니라, 자연스럽게 스스로 깨어났다. 정신을 차릴 때까지 가만 내버려 두었다는 것이 의아했다.

"날 어쩔 생각이지? 역겨운 가식을 떠는 이그나이츠의 졸개답게 복수하는 대신 나를 용서하고 허울 좋은 말들로 갱생시키기라도 하려는 거냐?"

"뭔가 잘못 알고 있는데, 우리나라는 억울하게 한 대 맞으면 두 대 때리는 게 합법인 나라야."

에이지가 페인의 말이 어처구니없어 헛웃음을 지었다.

"죄질이 약하거나 피해자가 원할 때만 갱생할 기회가 주어지지. 근데 내가 그럴 것 같냐? 댁 상대로?"

당연히 그럴 거라고 생각하지 않았다. 그저 에이지가 헌신하는 이그나이츠의 가식적인 법을 들먹여 빈정대고 싶었을 뿐이다.

"그럼? 바로 죽이지 않는 걸 보니 고문할 건가? 아니면……."

페인의 탁한 눈빛이 에이지의 옆에 있는 탁상을 향했다. 탁상

위에는 커다랗고 납작한 상자가 하나 놓여 있었는데, 거기서 약물의 냄새가 희미하게 났다.

"약으로 내게 고통을 줄 건가?"

페인이 킥킥댔다. 양팔이 묶여 운신조차 제대로 하지 못하는 주제에 가슴을 쭉 폈다.

"어디 한번 해 보시지."

페인의 몸은 고통을 느끼지 못한다.

페인 스스로 그렇게 만들었다.

그는 라이프 개발 이후, 전쟁에 도움이 되는 각종 약들을 개발해 왔다. 두려움을 제거하고 살의를 드높이는 광포화 약물, 통각을 일시적으로 마비하면서도 움직임에 지장이 없게 만드는 마취성 약물이 대표적인 작품이었다.

페인은 자신의 몸을 상대로도 약 실험을 거쳤다. 그 결과, 페인의 영혼은 공포를 느끼지 못했으며 그의 몸은 통각을 느끼지 못했다. 그러니 어떤 고문을 해도 상관없었다.

또한 평생토록 온갖 마약을 섭렵해 온 그의 몸은 극악한 마약 그 자체라 어떤 강한 약을 주입당하더라도 쾌감 한번 부르르 느끼고 말 정도였다.

페인은 에이지를 여유롭게 응시했다. 하지만 에이지는 페인의 태도에 분노하거나 초조해하지 않고 어깨를 으쓱였다.

"여유로운 척, 시간 끌어 보려는 거 알고 있어. 네 야망은 아직 완벽하게 이뤄지지 않았고, 넌 여기서 살아 나가고 싶겠지. 죽음만은 피하고 싶을 거야."

페인은 입술을 씰룩였다.

"시간을 끌고 싶지? 그래서 내가 널 고문하게 만들려고 살살 약 올리는 거잖아. 실험 덕분에 통증과 두려움을 느끼지 못하고, 이미 온몸이 마약으로 찌든 상태라 어떤 약을 주입당해도 괜찮을 테니까. 버티면서 바하무트 황족이 구해 주기를 기다릴 작정인 거잖아."

이 빌어먹을 놈은 사람 마음을 너무 잘 읽었다.

아는 것도 너무 많았다.

하지만 당연한 일이다. 페인이 마약의 최고 전문가라면, 에이지는 정보의 최고 전문가니까.

"아주 오랜 시간 고민했지."

에이지는 옆의 탁상을 짚은 채 손가락으로 툭, 툭 두들겼다.

"어떤 보복이 네게 가장 적합할까 하고."

하지만 페인에게 적합한 보복 따위는 없었다.

에이지가 페인 때문에 겪어야 했던 끔찍한 고통과 화인처럼 남은 서글픈 기억들은 보복을 한다고 해서 씻겨 사라지는 게 아니었다. 에이지는 브루스를 고문해 죽이면서 그러한 사실을 깨달았다.

게다가 페인은 블랙폭시의 수장이다.

블랙폭시가 바하무트의 역사와 함께하며 고통스럽게 한 이들의 수는 헤아릴 수 없다. 페인만 해도 손가락 한 번 까딱해서 수없이 많은 목숨을 빼앗았다.

어떤 끔찍한 방법으로 죽여도 시원찮을 것이다. 놈이 쌓은 업보는 현세에서는 어떤 벌로도 청산할 수 없었다.

'페인이 제대로 죗값을 치르는 건 결국 죽은 이후겠지.'

에이지는 도르시아니와 이아나 덕분에 사후 세계가 어떤 곳인지 잘 알고 있었다. 페인은 현세에서 쌓은 업보의 대가를 그곳에서 치르게 되리라.

그래서 에이지는 그냥 자신이 원하는 방식으로 복수하기로 했다. 자신과 더불어 페인을 증오하는 이들도 어느 정도 원한을 내려놓을 수 있는 방법으로.

"널 고문하지는 않을 거야. 고문해 봤자 내 기분만 더러워질 테니까."

에이지는 상자를 열었다. 상자 안에는 약병 수십 개가 열을 맞춰 정렬되어 있었다.

"이제 들어오세요."

삐걱.

에이지의 신호에 문을 열고 두 사람이 들어왔다.

한 사람은 어두운 방에서도 은은하게 빛나는 백색 머리칼을 가진 사키였다. 페인은 그녀를 알아보았다.

"사키 셀츠스 시젠모어. 미친 생체계 마법사였다가 신관 겸 의사가 된 여자로군. 그 옆은……."

페인이 미간을 찌푸렸다.

"압실롯 타이거."

"내 이름 부르지 말어. 주둥이 날리고 싶어지니께."

압실롯이 허리에 휘감고 있던 꼬리로 바닥을 신경질적으로 내리쳤다. 페인은 본능적으로 움찔했다가 불쾌감으로 몸서리쳤다.

"그래서? 이 두 사람과 함께 뭘 하려고."

"난 지금부터 너를 치료할 거다."

"뭐?"

이게 무슨 헛소리란 말인가.

"역시 이그나이츠에 있으면서 많이 물러졌구나. 나를 치료하는 게 복수라는 거냐?"

페인이 낄낄댔다.

"넌 네 능력에 자부심을 가지고 있지. 농축된 마약 그 자체인 육체, 공포를 느끼지 않는 정신. 그 모든 게 뛰어난 약 조제 기술 덕분이야."

에이지는 페인이 조롱해도 아랑곳하지 않고 담담하게 말을 이었다.

"나는 너보다 뛰어난 기술로, 네가 약을 통해 얻은 능력들을 없앨 거다."

"뭐, 그래, 그래. 그게 복수라고 치자. 하지만 정말로 내 몸을 치료할 수 있을 것 같나? 내 몸은 정령도 닿기 두려워할 정도의 끔찍한 기운으로 오염되어 있다. 이런 나를 기술로 치료하시겠다? 이 세상에 나보다 뛰어난 약 조제사는 없지. 그런 내가 장담하건대, 절대 불가능해!"

"그건 두고 보면 알겠지. 네가 지금 제정신인 게 우연이라고 생각해?"

"뭐?"

우우웅…….

에이지의 옆에 서 있던 사키의 주변으로 온갖 마법진이 그려졌다. 압실롯은 상급 정령들을 불러냈다.

"나는 네가 가장 자신했던 능력으로 너를 좌절시킬 거야."

개소리. 페인이 에이지를 비웃으려 했지만 갑자기 입술이 원하는 대로 움직이지 않았다.

"네가 평생 갈망해 왔던 야망으로 너를 기만할 거다."

에이지의 말이 멀어지기 시작했다.

평생 갈망해 온 야망?

바하무트의 세계 제패와 세상 모든 짐승들을 제 앞에 무릎 꿇리는 것을 원해 왔긴 했는데…… 그걸로 뭘 어쩌겠다는 건지 알 수 없었다.

"그리고 네가 희망을 쥐기 직전에 너를 죽일 거야."

마침내 페인의 눈동자가 흐리멍덩해지고 입이 헤벌어졌다.

콰아아아아앙!

흐려졌던 페인의 시야는 지축을 울리는 굉음에 퍼뜩 맑아졌다.

"뭐, 뭐야."

에이지가 당황하여 부서지기 시작한 천장을 올려다보았다.

콰드드득!

천장을 부수면서 떨어져 내린 검은 여인에게서 검은 기운이 후욱 하고 뿜어졌다.

"아악!"

"큭!"

칼날처럼 벼려진 기운은 사키를 크게 베어 넘겼다. 쿠당탕 넘어진 사키는 미동이 없었다. 페인이 보기에 즉사였다. 압실롯은 두꺼운 근육과 무쇠 같은 뼈 덕분에 겨우 살았지만 중상을 입고 기절했다.

"여기 있었구나, 페인."

페인의 안색이 환해졌다.

"주인님!"

샤일린스였다!

샤일린스가 손가락으로 페인을 가리켰다. 그녀의 기운은 페인을 억압하고 있던 구속구들을 모조리 파괴했다.

"비켜!"

샤일린스는 에이지를 발로 밟으며 제압하고 있었다. 페인은 냉큼 달려와 버둥거리는 에이지의 머리카락을 잡아채 올렸다.

"주인님, 부디 이놈을 제게 주시면 안 되겠습니까?"

과거에 에이지를 총애하고 아꼈던 샤일린스는 경멸스러운 표정으로 그를 내려다보다 발로 세게 걷어찼다.

"그러지."

페인은 에이지와 압실롯을 바하무트 황성으로 끌고 왔다.

에이지는 세상에서 가장 끔찍한 고문을 가하다 죽였고, 압실롯은 마약중독자로 만들어 노예로 부렸다.

그렇게 시간은 느린 듯, 빠른 듯, 강물처럼 끊임없이 흘렀다.

이그나이츠의 기사 이아나는 대격변 날 죽었으며, 이그나이츠가 그 죽음을 숨기고 있었음이 밝혀졌다. 이그나이츠의 국왕 아르하드는 상처가 제대로 회복되지 않아 골골거렸고, 연인을 잃은 수심으로 무기력해졌다.

위대하신 바하무트 황제 폐하, 테일런은 지상 최강의 생물 드래곤들을 성공적으로 흡수했다. 끝내 아르하드의 심장을 터뜨리고 악마의 영혼을 빼앗아 완전해졌다. 바하무트의 오랜 숙적이었던 로안느를 멸망시키고 왕족들을 처형했다.

마침내 바하무트는 세계를 제패했다. 모두가 겁에 질려 바하무트의 발밑에 엎드렸다.

세상이 어둠으로 뒤덮였다.

"하하하하!"

페인은 굉소를 터뜨렸다.

페인의 앞으로는 그의 명령만을 기다리고 있는 온갖 종의 수인들이 바다를 이루고 있었다.

바하무트를 보필해 온 보람이 있었다. 단상 위에 선 페인은 겁에 질린 수인들을 배부른 기분으로 내려다보았다. 먹이사슬 최상위층에서 으름장을 놓던 맹수들이 여우 앞에서 어찌할 바를 몰라 하고 있었다.

하하하하하하하!

페인은 팔을 벌렸다.

"최고다! 최고야! 정말 최고다!"

바하무트는 세계를 제패했고, 최고의 맹수인 압실롯 타이거를 위시한 모든 짐승들이 그에게 복종한다.

이제는 죽어도 여한이 없었다.

따아악!

그때, 페인의 눈앞이 하얘졌다.

뒤이어 오른쪽 관자놀이에 엄청난 고통이 엄습했다.

페인에게 있어서는 매우 이질적인 감각이었다. 그의 신경은 이런 심한 고통을 느낄 만큼 예민하지 않았다.

하지만 아프다. 아픈 게 사실이었다.

따아아아악!

어질어질한 기분으로 주춤거리는데 이번엔 이마 한가운데가 찢어질 듯 아파 왔다.

'뭐지?'

죽어도 여한이 없다고 생각은 했지만 이렇게 아픈 걸 원하는 건 아니었다. 몸에 이상이 생긴 게 분명했다.

따악!

따아악!

급기야 온몸이 아프기 시작했다.

페인은 비틀거리며 앞을 보았다.

군중이 여전히 그를 올려다보고 있었다.

그런데…… 이상한 일이다. 공포가 그들의 낯에서 싹 지워져 있었다. 짐승들은 표정 없는 얼굴로 그를 올려다보고 있었다.

웅성웅성.

입도 벙긋 못 하고 덜덜 떨고 있던 짐승들이 거슬릴 정도로 뭐라 떠들어 대기 시작했다.

페인은 분노했다. 이놈들이 무슨 수를 써서 자신이 지금 아픈 게 분명했다.

이것들이 감히!

라고 소리 지르고 싶었지만 입술이 움직이지 않는다.

따악!

머리에서 한 번 더 어마어마한 고통이 느껴졌다.

고통 때문인지 눈앞의 어두운 세상이 일그러졌다. 어둠마저 걷혔다. 어둠이 사라진 후의 하늘은 하얀 대낮이었다.

와아아아아!

'뭐지……?'

페인은 상황 파악이 되질 않아 눈을 껌뻑거렸다.

페인이 군중을 내려다보고 있는 건 똑같았다.

하지만 페인의 신세는 손바닥 뒤집듯 달라져 있었다.

기세등등하게 벌렸던 팔은 커다란 나무 기둥 뒤로 묶여 있었고, 땅을 짓밟고 있던 발도 똑같이 기둥에 매여 있었다.

페인의 발밑에는 불쏘시개용으로 곧잘 쓰는 잘 타는 짚과 나뭇가지들이 기름에 젖은 채 잔뜩 쌓여 있었다.

휘이익, 따악!

쐐액, 따아악!

"크윽!"

페인이 고통을 느낀 이유는 돌멩이에 맞았기 때문이었다. 수없이 많은 돌멩이들이 페인을 향해서 날아오고 있었다.

"죽어!"

"죽어라! 블랙폭시의 수괴!"

하찮은 인간들이 분노와 증오를 표출하며 돌을 던지고 욕을 지껄이고 있었다.

'내가 꿈을 꾸고 있는 건가?'

페인은 비몽사몽인 기분으로 무엇이 현실인지 분간할 수 없었다. 솔직한 심정으로는 이쪽이 꿈이었으면 했다.

"아, 깨어났어?"

그때, 듣기 싫은 목소리가 고막에 틀어박혔다. 고개를 홱 돌리자 멀찍이 서 있는 초록 머리통이 보였다.

에이지가 빙글빙글 웃고 있었다.

"좋은 꿈 꿨냐?"

제 손으로 죽였던 에이지가 멀쩡히 잘 살아 있는 것을 본 순간, 페인은 현실감각을 완전히 되찾았다.

여기가 현실이다.

꿈에서 갓 깨어난 자들이 으레 그러하듯, 완벽하게 달성했던 세계 정복이 한낱 꿈에 불과했음을 깨달았다.

페인의 낯빛이 검붉어졌다.

"이, 이."

쌍욕을 퍼부으려 했으나 부은 입술과 터진 입안이 아파서 무슨 말을 할 수가 없었다.

'환상 마법에 당했다!'

대체 언제부터?

페인은 어렵지 않게 유추할 수 있었다.

샤일린스가 그를 구하러 왔던 시점.

그 직전에 사키 셀츠스가 마법을 시전했었다. 그건 덧없는 꿈을 꾸게 만드는 지독한 환상 마법이었음이 분명했다.

에이치는 피를 줄줄 흘리며 처참해하는 페인에게 휘파람처럼 가벼운 목소리로 모든 진실을 까발려 주었다.

"사키 씨의 환상 마법 맛이 어때? 그 마법은 상대방이 가장 원하는 바를, 실제 같은 환상으로 보여 주는 기능이라 당사자가 아니면 무슨 환상을 봤는지는 몰라. 하지만 대충 예상은 가. 넌 언제나 바하무트의 세계 정복과 그 곁에서 모두를 내려다보고 싶어 했으니까 그런 꿈이었겠지?"

에이지의 말 한마디 한마디에 페인은 수치스러워서 돌아 버릴 것 같았다.

"하지만 결국 모두 다 거짓이었다는 걸 안 지금, 기분이 어때? 응?"

진실의 화살이 소나기처럼 쏟아져 심장이 화살 꽂이가 되어 버렸다. 상기된 채 빙글빙글 웃는 에이지는 순진한 아이의 탈을 쓴 괴물 같았다.

"아—주 조금 불쌍하니까 깨어난 후의 현실에서도 넌 모두를 내려다보도록, 다른 이들은 모두 널 올려다볼 수 있게 무대를 마련했어. 고맙지 않아?"

"이 새끼!"

페인이 결국 이성을 잃고 욕을 세게 내지르려는데 돌이 날아들었다.

따아아아악!

"아악!"

돌은 그대로 이마를 가격했고 페인의 얼굴은 사정없이 고통으로 일그러졌다.

"아프지?"

에이지가 히죽 웃었다.

"네 몸 정말 지독하더라. 우리 최신 기술을 모조리 활용했는데도 완치는 불가했어. 그래도 반 이상은 치료했으니까 공포와 고통은 충분히 느낄 수 있을 거야. 네가 아파하는 걸 보니 뿌듯하다."

그 말뜻은, 이그나이츠의 의학 기술이 페인이 자신하던 약학술을 넘어섰다는 것을 의미했다.

"이놈!"

페인이 피를 토해 내며 몸부림쳤다. 하지만 몸을 칭칭 묶은 마법 쇠사슬은 그의 탈출을 용납하지 않았다. 페인은 에이지에게 온갖 잔인한 욕설들과 복수의 다짐을 퍼부었다.

에이지는 대수롭지 않게 고개를 끄덕거리며 페인의 욕설을 한 귀로 듣고 한 귀로 흘렸다.

"아, 맞다."

그러다 문득 생각났다는 듯이 눈을 동그랗게 떴다.

"네 덕분에 짧은 시간 내에 데이터를 엄청 많이 얻었어. 네 데이터는 사람들을 치료하는 데 많은 도움이 될 거야. 고마워. 아, 고마워할 건 아닌가? 어차피 네가 싼 똥을 치우는 데 사용하는 거니까."

페인은 빈정거리는 에이지를 핏발이 한가득 선 눈으로 죽일 듯이 노려보았다.

"너, 내가 풀려나기만 하면 가만두지 않을 거다!"

"풀려날 수 있으면 그렇게 해 보든지. 그런데 이를 어쩌나?"

어딘가 장난스럽던 에이지의 얼굴이 찬물을 부은 것처럼 순식간에 무표정해졌다.

"오늘은 네 처형식이야. 넌 곧 내 손에 죽을 예정이지."

페인의 심장이 덜컥했다.

페인도 알고 있었다. 그가 지금 처해 있는 모든 상황이 오늘이 그의 처형식이라고 외치고 있었다.

'이대로 끝?'

정말로 끝이라고?

그럴 리가 없었다. 이렇게 허무하게 끝날 삶이 아니었다!

살고 싶었다. 그런데 처형 집행인이 어떻게 비벼 볼 만한 놈도 아니고 무려 에이지였다. 거래는 어림도 없었다. 페인 본인도 에이지에게 협상을 제안하기는 죽어도 싫었다.

군중 속에도 그의 구원자는 없었다.

"내 가족을 살려 내라!"

"이 나쁜 놈아!"

여기저기서 페인을 향해 울부짖었다. 블랙폭시에 희생당한 이들을 살려 내라는 통곡이었으며, 자신들을 핍박해 온 무뢰배를 향한 격렬한 분노였다.

그리고 페인은 느낄 수 있었다.

돌을 던지는 군중에 수인들이 수도 없이 섞여 있었다. 페인의 몸이 원초적인 경계심으로 쭈뼛거렸다.

수인들은 흉흉한 짐승의 눈으로 배신자를 쏘아보며 혐오감을 내비쳤다. 꼴사납다는 듯, 어서 죽으라는 듯 이를 드러내며 그를 비웃었다. 주변에 수상한 놈이 얼씬거린다면 처리할 요량으로 사방을 경계했다.

누구도 그에게 호의적이지 않았다.

'정말 이대로 죽는 수밖에 없다고?'

육체와 정신을 강제로 치료받은 페인은 뼛속까지 싸늘해지는 것 같은 오싹한 기분을 느꼈다. 세상에 두려울 것이 없어 언제부턴가 느끼는 법조차 잊었던 공포가 페인을 서서히 잠식했다.

흑호족 대대로 전수되었던 야망.

그 야망을 달성하기 직전, 찢어 죽여도 모자랄 원수의 손에 이런 초라한 모습으로 죽어야 한다니? 상상도 못 했던 결말이었다.

'누가 제발 구해 줘!'

페인의 절규는 곁에 있는 에이지에게만 어렴풋이 전해졌다.

타닥.

에이지가 불똥을 뱉는 횃불을 부하에게 건네받아 한 손으로 쥐었다.

"누가 너를 구해 줄 거라고 기대하고 있는 거야?"

횃불의 뜨거운 열기가 페인에게는 얼음보다 차갑게 느껴졌다.

"지금 상황 파악이 안 돼? 여기에 네 편은 아무도 없어."

에이지가 한 걸음 한 걸음 다가올 때마다 페인의 몸은 점점 더 얼어 갔다.

이 상황에서 그를 구해 줄 수 있는 이는 그들밖에 없었다. 페인이 울먹이며 외쳤다.

"주인님! 폐하!"

에이지가 그럴 줄 알았다는 듯 웃었다.

"역시. 바하무트 황족만이 네 유일한 희망이지?"

그때, 멀리서 누군가가 에이지에게 신호했다.

에이지가 한숨 쉬듯 웃었다. 그는 기쁜 듯, 화가 나는 듯, 텅 빈 듯 매우 미묘한 기분으로 킥킥댔다. 페인으로서는 이해할 수 없는 종류의 복잡한 웃음이었다.

"야, 지금 네 희망이 여기로 오고 있댄다."

페인의 귀에 그 말이 똑똑히 틀어박혔다. 까맣게 죽어 있던 안색이 눈에 띄게 밝아졌다.

"기쁘냐? 그래, 기뻐할 수 있을 때 기뻐해."

횃불을 틀어쥔 손에 결연한 힘이 서렸다.

"너는 구원받기 전에 아주 고통스럽게 죽을 테니까!"

횃불이 에이지의 손을 떠났다. 접착제를 바른 것처럼 끈끈하게 달라붙어 있던 공이 손에서 떨어져 나오는 듯했다.

"이걸로 안녕이다!"

에이지는 평생을 몸담았었던 블랙폭시에 정식으로 작별을 고했다.

페인의 눈이 튀어나올 듯 커졌다.

"아, 안 돼!"

허공을 날아오른 횃불은 페인의 발밑을 나뒹굴었다. 질 좋은 불쏘시개들을 만난 불꽃은 금세 몸집을 키워 푸른 하늘에 구멍을 뚫을 듯 치솟았다. 화염은 기름에 젖어 있던 페인의 몸에도 옮겨붙었다.

"아아아아아아악!"

페인은 화염에 휩싸인 채 비명을 질렀다.

'이대로 죽을 수 없어! 안 돼!'

페인은 안간힘을 다해 탈출을 시도했지만 소용없었다. 쇠사슬은 견고했고, 불꽃은 강렬했으며, 페인은 무력했다.

페인의 몸이 점점 녹아내렸다.

'아, 아아아아.'

에이지가 간신히 제정신으로 돌려놨던 페인은 또다시 미쳐 버렸다. 이 끔찍한 고통을 맨정신으로는 버틸 수 없었다.

그러자 환상으로 보았던 짜릿한 꿈들이 다시 그의 눈앞에서 펼쳐졌다. 페인은 불꽃 너머에서 쏘아보는 눈빛들이 마치 자신을 숭배하는 것 같다고 생각했다.

'그래, 나를 숭배해!'

일족의 오랜 염원이었다.

따아아악!

하지만 불꽃을 가르며 날아온 달구어진 돌들이 그의 몸을 뜨겁게 부수었다. 그를 죽음으로 몰아가며 환상을 밀어냈다.

죽음의 끝자락, 페인은 결국 잠시 제정신으로 돌아왔다.

그는 지독한 공포에 휩싸였다. 모든 짐승들이 자신을 올려다보고 있었다. 어둠 속에서 형형한 눈빛들이 그를 잡아먹을 듯 쏘아보고 있었다.

죽어! 죽어!

어둠이 세상을 뒤덮는다. 숭배하는 것 같던 짐승들과 인간들은 그를 물어뜯었다.

죽어! 죽어! 죽어!

검은 악귀들이 어디선가 나타나더니 페인의 몸에 달려들었다. 마구 쥐어뜯었다. 페인에게는 익숙한 존재들이었다.

페인에게 희생당한 자들의 원한, 사념이었다.

그때, 불꽃 너머에서 익숙한 기운이 느껴졌다. 페인이 간절히 기다렸던 주인님이 도착한 것이다. 불꽃과 사념에 난자당하고 있던 생애 마지막에, 찰나의 희망이 스쳐 지나갔다.

"살려……."

구원을 요청하려는 입을 여는 순간 페인의 목이 고꾸라졌다.

그의 몸은 한계에 달한 탓에 비명을 지를 힘조차 남아 있지 않았다. 눈앞에 있을 희망을 쥐지 못한 페인의 정신이 아득해지기 시작했다. 그리고 그의 머릿속에서, 누군가의 말들이 맴돌았다.

"나는 네가 가장 자신했던 능력으로 너를 좌절시킬 거야."
"네가 평생 갈망해 왔던 야망으로 너를 기만할 거다."
"그리고 네가 희망을 쥐기 직전에 너를 죽일 거야."

그 말들을 읊어 보던 페인이 마지막으로 생각했다.
'이 지독한 새끼.'
방황하던 영혼은 결국 덧없이 암흑 속으로 빨려 들어갔다. 블랙폭시의 주인 페인이 죽음을 맞이하는 순간이었다.

페인이 납치당하고 몇 주가 지난 시점.
샤일린스가 무자비한 학살을 일삼은 탓에 바하무트 국민들의 분노가 한계치에 이른 시점.
루이즈가 이끄는 혁명군이 샤일린스를 요리조리 피해 다니며 그녀의 인내심을 바닥의 바닥까지 긁어낸 어느 날.
"폐하, 남부 투와타 지역에서 큰 처형식이 있다고 합니다."
한 기사가 두려워하며 샤일린스에게 보고했다.
챙강!
샤일린스가 옆에 있던 유리병을 바닥에 내던져 박살 냈다.

"그깟 처형식이 뭐라고 내게 보고하느냐!"

그도 그럴 것이, 처형식은 전역에서 자주 일어나고 있었다. 혁명군들은 블랙폭시 졸개들을 잡아 와서 처형식을 치르며 혁명의 의지를 다졌다.

"그게, 분위기가 심상찮습니다. 큰 인물이 나올 듯한데."

"커 봤자! 귀족 중 하나겠지!"

처형식은 문제가 아니었다.

그깟 처형식 얼마든지 하라, 이거였다.

샤일린스는 요즘 머리가 아팠다.

그녀는 막무가내로 마을을 학살하고 있었는데, 바하무트 땅이 매우 넓으며 인구수도 너무 많다는 점을 간과했다. 서부의 경우에는 천천히 소화하며 괴멸시켰는데, 바하무트 북부, 남부, 동부 전체를 한꺼번에 감당하기에는 수백만의 바하무트 군대로도 부족했다.

군대를 계속 바하무트 내부에 둘 수만도 없었다. 외부도 괴롭히고 짓밟아야 했다. 그게 아들의 명령이었다.

'내가 성급했나?'

그런 생각이 잠시 들긴 했지만 이미 늦었다. 이제 와서 물러날 수는 없었다.

게다가 샤일린스를 골치 아프게 하는 문제가 또 있었다.

군대에 이상 현상이 벌어지고 있었다. 병사들이 단체로 정신병을 앓기 시작한 것이다. 전염병이라도 도는 것처럼 말이다.

증상을 콕 집어 특정할 수도 없었다. 우울해하며 눈물을 뚝뚝 흘리는 병사도 있었고 뭔가에 쫓기는 것처럼 두려워하는 병사도 있었으며 넋이 나가 멍하니 서 있기만 하는 병사도 있었다.

병의 원인을 알 수 없었다.

라이프와 세뇌의 부작용인 걸까? 갑자기 왜?

샤일린스의 부하들 중 누구도 병의 원인을 알아내지 못했다. 페인이 있었다면 금방 알 수 있었을 텐데…….

샤일린스는 이 모든 상황이 벅찼다.

그렇다고 테일런과 이사벨라에게 연락할 수도 없었다. 테일런은 이사벨라의 도움을 받아 드래곤을 흡수 중이었다. 아주 위험한 일이었으므로 샤일린스가 방해할 수 없었다.

하물며 잔챙이들을 감당하기 힘들다고 쪼르르 달려가 아들딸에게 고자질할 바에야 혀 깨물고 죽는 게 나았다.

그때, 창문 밖에서 섬광이 작열했다.

콰아아아아앙!

샤일린스가 눈을 치켜뜨며 창문을 벌컥 열었다.

섬광인 줄 알았던 것은 거대한 창이었다. 창은 창문 바로 옆에 덜덜 떨리며 꽂혀 있었다.

창의 끄트머리에는 종이가 묶여 있었다. 샤일린스는 신경질적으로 창에서 종이를 풀어내 그 안에 적힌 글을 읽었다.

샤일린스 바하무트 귀하.

페인의 처형식에 당신을 초대합니다.

바로 지금, 투와타.

—에이지.

샤일린스의 이성이 뚝 끊겼다.

"에이지 이놈이었구나!"

샤일린스는 에이지라는 이름을 보자마자 이 모든 사태의 원흉이 에이지였음을 깨달았다. 그 똑똑하고 약삭빠른 놈이 모든 일을 계획한 것이다.

이아나 이그나이츠 라이즈가 구출해 간 후로도 한참이나 회생 소식이 없어 그대로 죽을 것이라 예상했건만 에이지는 결국 보란 듯이 살아났다.

에이지.

에이지, 에이지!

'이놈!'

샤일린스는 에이지의 이름만 생각해도 정신이 아득해졌다. 분노의 열기가 머릿속을 부글부글 끓이다 못해 눈자위까지 벌겋게 물들였다.

샤일린스가 목숨보다 귀중히 여기는 자존심에 엄청난 상처를 입힌 에이지는 그녀의 역린이었다.

그런데 다 잡아 놓고도 이아나의 미끼로 쓰자는 아들의 만류에 죽이지도 못했다.

반병신으로 만들어 삶과 죽음의 경계선까지 몰아붙여 놨기에 죽었을 가능성이 높다고 위안하고 있었는데 결국엔 살아나 버렸다. 살아나다 못해 또다시 샤일린스의 자존심을 건드렸다.

그냥 그날 죽였어야 했는데!

익숙한 에이지의 필체로 쓰인 글이 한 글자, 한 글자 날아들어 샤일린스를 찔러 댔다.

그러다 그녀는 종이 뒤쪽에 있는 긴 추신을 발견했다.

추신. 당신은 정말 허탈할 정도로 내 의도대로 움직여 주더군. 예전보다 더 오만하고 멍청해서 다행이야.

시작부터 샤일린스의 관자놀이에 핏대를 세우게 만든 추신의 내용은 그다음부터 더더욱 가관이었다.

당신도 처형식에 함정이 깔려 있다고 예상은 하고 있겠지?

맞아. 당신이 처형식에 온다면 나는 오늘 당신을 죽일 거야. 다만 당신에게도 나를 죽일 수 있는 유일한 기회일 거야. 난 오늘 이후로 잠적할 거거든.

페인의 처형식은 당신이 머리 아파하는 반란 사태를 단번에 해결할 수 있는 기회이기도 해. 처형식에 반란에 적극적으로 가담한 바하무트 제국민들을 한가득 모아 놨거든. 그들 앞에서 당신의 힘을 과시하면 공포로 반란군을 와해시킬 수 있을 거야. 와서 다 죽여 버리고 싶지 않아?

당신이라면 이런 좋은 기회를 놓치지 않겠지?

당연히 오겠지? 응?

아…… 황제가 행동을 제한한 상태라면 오지 않을 수도 있겠네. 당신은 나를 그토록 고문했으면서도 아들의 명령 때문에 결국 죽이지 못했던 뒷방 늙은이니까.

함정이 무서워서 못 올 수도 있겠어. 위대하신 샤일린스 바하무트 황태후 폐하께서는 이미 천것의 함정에 여러 번 걸려 자존심 엄청 상하셨거든. 여기서 더 상하면 어떡해?

내가 이렇게 조롱하는데도 얌전하게 있어야 하는 신세라면 참 우습겠다. 가엾기도 하지.

종이를 쥔 샤일린스의 손이 부들부들 떨렸다.

사실 당신이 처형식에 오든 말든 상관없어.
못 오겠으면 거기 얌전히 처박혀 계셔. 아무것도 못 하고 개죽음당하게 해 줄 테니까. 이 늙은이야.

긴 추신은 결국 샤일린스의 이성을 터뜨렸다.
'이게 감히!'
움켜쥔 종이가 와그작 구겨졌다.
'죽인다!'
에이지가 이렇게 자기 이름을 걸고 초청장을 보낸 것이 저를 자극하기 위해서라는 것을 샤일린스도 잘 알고 있었다. 유치하게 조롱하면서까지 처형식으로 유도하는 이유가 함정을 파 놓았기 때문임도 알았다. 페인을 납치한 놈이 에이지니 페인은 이미 죽은 목숨이고, 처형식에 가 봤자 페인을 구출할 수 없다는 사실도 알았다.
하지만 알더라도 가야 했다.
에이지를 이대로 가만둘 수가 없었다. 날 때부터 고귀했던 자신이 이렇게까지 조롱당한 적이 있었던가? 하물며 수많은 밤을 시중들게 했던 천것에게!
가만뒀다간 화병으로 죽을 판이었다.

'오냐, 소원대로 쳐들어가서 죽여 주마.'

무엇보다 샤일린스는 자신 있었다.

어떤 함정이라 할지라도 죄다 격파하고 에이지의 목을 조를 수 있는 강함이 그녀에게 있었다. 드넓은 대륙 전체를 그녀 혼자 감당하는 것은 무리더라도 가시 범위 내에 있는 것들은 모조리 파괴할 수 있다고 자신했다.

에이지의 말대로 반란군에 찬물을 끼얹을 좋은 기회기도 했다.

결국 샤일린스는 대군을 이끌고 처형식 장소로 텔레포트했다.

그녀가 텔레포트로 도착하자마자 발견한 것은, 가장 높은 곳에서 불타 죽고 있는 페인이었다.

그 옆에, 에이지가 홀로 서 있었다.

에이지도 샤일린스를 발견했다. 검은 머리칼을 휘날리는 샤일린스를 응시하는 푸른 눈동자가 시리도록 얼어붙었다.

군중은 다른 의미로 쩡하니 얼어 버렸다.

현재, 샤일린스를 만나고 살아 있는 생존자는 없다시피 했다. 이곳에 있는 바하무트 제국민 대부분은 샤일린스를 처음 만났다는 뜻이다.

위대한 바하무트.

대륙의 신 바하무트!

루이즈를 따라 혁명을 일으키겠다고 마음먹었지만 그들이 평생을 신처럼 모셔 온 바하무트 황족을 맞닥뜨린 순간 포식자를 만난 토끼처럼 머리가 텅 비었다.

"화, 황태후."

"군대다!"

샤일린스가 끌고 온 바하무트 군대와 군중이 맞붙었다.

"쳐라!"

군중 속에는 혁명군과 더불어 이그나이츠의 정예군도 수없이 섞여 있었다. 샤일린스가 온다는 신호가 떨어지자마자 대열을 갖추며 준비하고 있었던 그들은 군대와 바로 맞붙었다.

"오늘이 네놈들의 처형식이다!"

쿠와아아아아!

샤일린스의 고함과 함께 끈적끈적하고 불길한 어둠이 폭발하듯 퍼져 나갔다. 어둠은 세상을 잡아먹을 기세로 달려 나가 처형식이 진행되고 있던 광장을 돔처럼 덮었다.

잔인한 기운에 휩싸인 생물들이 경련했다. 심장과 영혼이 오싹한 한기에 얻어맞은 것처럼 싸늘해졌다. 생명이라면 거부할 수밖에 없는 죽음이 성큼 옆에 다가선 느낌이었다.

어둠 속의 처형식이었다.

샤일린스의 시야에서 주변 모든 것이 사라지고 에이지만 남았다. 샤일린스는 분노와 증오라는 어둠으로 눈이 어두워졌다.

샤일린스가 에이지를 죽이겠다는 일념으로 달려들었다.

그때, 에이지의 뒤쪽에서 누군가가 나타났다.

그녀가 샤일린스를 향해 손을 겨누었다.

"벼락 맞아 불타 죽은 황태후로 마무리 지어 줄게."

샤일린스가 거대한 신력의 움직임을 깨달았을 때는 이미 늦었다. 눈이 멀 정도로 눈부신 빛이 어둠을 찢고 있었다.

쿠과아아아아아앙!

거대한 벼락이 샤일린스와 에이지가 있던 처형대 위로 떨어졌다. 벼락은 강렬한 불꽃으로 화하며 다시 하늘까지 치솟았다. 마치 광란의 축제를 벌이듯이.

획!

샤일린스는 번개가 만들어 낸 강렬한 빛에 아랑곳 않고 움직여 에이지의 목을 뜯으려 했다. 하지만 에이지는 이미 그 자리에 없고 멀찍이 물러나 누군가의 뒤에 서 있었다.

결국 섬광이 사라진 자리에는 하늘을 가리며 공간을 둥그렇게 덮은 불꽃의 결계와, 샤일린스와, 에이지와, 결계를 시전한 마법사만 남았다.

"안녕?"

마법사가 로브를 걷어 올리며 샤일린스에게 인사했다.

샤일린스는 그녀를 알아봤다. 화상이 얼굴에 덕지덕지 묻어 있는 외양의 주인은 익히 들어 알고 있던 루이즈였다.

하지만 샤일린스는 루이즈를 직접 마주한 순간, 그녀의 진짜 정체를 눈치챘다.

뿌드득하고 이가 갈렸다.

"이년……. 너 도르시아니 데마리포사였구나."

"이제야 알아채다니 머리가 나빠."

루이즈의 거죽을 벗자 몽환적인 도르시아니의 얼굴이 당당하게 드러났다. 도르시아니는 분노로 뒤로 넘어가려는 샤일린스를 재미있다는 듯이 깔보았다.

"이, 개 같은."

도르시아니를 보니, 에이지보다 더한 분노로 숨이 막혔다.

애초에, 에이지가 아닌 도르시아니가 모든 원흉이었다.

마르가리타에게서 에이지를 빼앗아 교육시킨 것도.

로이긴족을 몰살시키려 했던 그녀에게 에이지를 내밀어 거두게 한 것도.

마르가리타를 죽이면서까지 에이지의 배신을 숨겨 준 것도.

고문당한 에이지를 구출한 것도.

지금 에이지를 보호하며 그녀와 맞서고 있는 것도.

모두 도르시아니였다!

배신의 씨앗을 심고 싹을 틔우고 줄기를 키우고 봉오리를 맺어 꽃을 피운 당사자!

에이지는 도르시아니의 꼭두각시 같은 것이다. 샤일린스는 도르시아니에게 놀아난 것이나 마찬가지였다.

"이 더러운 년! 에이지를 교육할 때부터 이 모든 걸 계획했겠지!"

샤일린스는 도르시아니에게 욕설을 퍼부었다. 가만히 샤일린스가 터뜨린 분노를 받고 있던 도르시아니가 고개를 갸웃했다.

"으음. 만찬 때도 말한 거지만 계획한 건 절대 아니야. 솔직히 바하무트가 이그나이츠보다 진리에 가까웠다면 난 지금도 당신 편에 있었을걸?"

샤일린스는 도르시아니가 이그나이츠를 바하무트의 우위에 두는 것이 매우 거슬렸다. 버러지 같은 연놈들에게 이딴 취급을 받으며 더 우스운 꼴이 되고 싶지도 않았다.

검은 눈동자가 살기로 희번덕거렸다.

"대체 뭘 믿고 이렇게 주둥이를 놀려 대는지 모르겠구나. 너희 둘이 나를 이길 수 있을 것 같나? 지금의 나는 너희의 왕과 맞붙어도 지지 않을 자신이 있다."

"그래? 하지만 우리도 해볼 만하니까 당신을 이곳으로 불러들인 거 아니겠어? 애초에 루이즈와 혁명군이 어떻게 당신을 요리조리 피해 다닐 수 있었을까? 내가 잘라 냈던 당신의 손."

도르시아니가 무심한 표정으로 샤일린스의 살기를 상대했다.

"방부 처리해서 보관했던 당신의 손을 이용해서 당신 전용 기술들을 밤낮 가리지 않고 연구해 왔어. 연구 성과 중에는 추적술도 있었고, 덕분에 당신을 약 올릴 수 있었지."

예전에 이사벨라가 이아나의 발목에 박아 넣었던 손톱으로 그녀의 위치를 추적했듯, 샤일린스의 생체 부위 일부로 샤일린스의 위치를 추적하는 마법을 만들어 내는 것 정도는 도르시아니에게 어렵지 않았다.

"당신을 몰래 따라다니면서 능력 측정은 충분히 했어. 대단하긴 한데 내 연구들도 만만찮으니까 붙어 볼 만해. 당신은 테일런 헬칸 바하무트가 아니니까."

추적을 눈치채지도 못했다는 사실에 충격받은 샤일린스의 얼굴이 벌게졌다가, 하얘졌다가, 퍼레졌다가, 까매졌다.

"자신감이 대단하군."

끝에는 기묘한 얼굴로 낄낄 웃었다.

"난 이때까지 전력을 다해 본 적이 없다. 그 연구 성과라는 것들을 어디 한번 보자꾸나!"

선공은 샤일린스였다.

샤일린스의 그림자에서 수백 마리의 그림자 뱀들이 튀어나와 도르시아니를 향해 쇄도했다. 검은 뱀들은 화염마저 먹어치울 기세로 몸을 휘고 입을 쩌억 벌렸다. 그들은 입을 벌릴 때마다 두 갈래로 쪼개지고 또 쪼개지더니 도르시아니를 물어뜯으려 하는 수천 마리의 뱀이 되었다.

쿵!

도르시아니의 지팡이가 바닥을 찧었다. 번개가 사방으로 퍼져 나가며 뱀들을 찢어발겼다. 하지만 뱀의 수는 꾸역꾸역 불어나기만 했다.

무한한 뱀들이 도사린 뱀 굴에서, 화려하고 공포스럽고 무겁고 파괴적인 마법들이 수도 없이 오갔다.

빛이 번쩍이고, 어둠이 집어삼키고, 화염이 치솟고, 빙설이 내리찍고, 대지가 찢어지고, 바람이 휘몰아쳤다.

에이지는 빛이 흐르는 단검들을 묵묵히 던져 샤일린스의 마법을 사사건건 방해하며 도르시아니를 보조했다.

과연 샤일린스는 강했다. 샤일린스는 에이지와 도르시아니의 협공에 눈도 깜빡하지 않았다. 두 사람이 요리조리 피해 다니는 바람에 치명적인 공격들이 모두 비껴 나긴 했지만 그들은 상처투성이인 반면, 샤일린스는 멀끔했다.

샤일린스가 판단하기에, 놈들은 전력을 다하고 있었다. 실제로도 그러했고 승부의 결과는 명백했다. 시간이 좀 더 지나면 승패가 갈릴 것이었다.

'왜?'

그럼에도 샤일린스는 찝찝했다. 그들의 얼굴에서 절망이 보이지 않았기 때문이다.

"와. 당신, 역시 강하네."

그 와중에 도르시아니가 순수하게 감탄했다.

"내가 강하다고 생각하면서, 왜 절망하지 않지?"

샤일린스는 웃지 않았다.

"뭘 믿고 아직도 여유로운 척하느냔 말이다. 여기가 네놈들의 못자리라고 각오라도 하고 왔느냐?"

놈들에게 입힌 상처의 양만 보면 오늘이야말로 개운해질 수 있을 것 같은데, 맹하니 구는 도르시아니의 묘한 태도가 기분 나빴다.

도르시아니는 웃었다.

"당신이 강하다는 걸 우리가 생각하지 못했을 것 같아? 당신이야말로 뭘 믿고 여기까지 왔어? 당신 아들과 딸이 드래곤을 흡수하느라 움직이지도 못하는 지금."

샤일린스는 순간 철렁했다.

이 계집이 그걸 어떻게 알고 있단 말인가?

"당신은 우리쯤이야 처리할 수 있다고 생각하고 왔겠지. 하지만 당신 아들이 당신에게 최강의 힘을 주듯, 우리에게도 무적의 뒷배가 있어서 말이야."

"……."

"아직도 눈치 못 챘어? 처음부터 여기에 있었는데."

무게가 기울었다.

도르시아니의 말과 함께 존재조차 느끼지 못했던 미증유의 괴물이 불꽃 속에서 존재감을 드러냈기 때문이다.

샤일린스가 기절할 정도로 놀라 그쪽을 바라보았다.

괴물이 인사를 건네었다.

"오랜만이군. 바하무트의 황태후."

샤일린스의 몸이 충격으로 굳었다.

이아나 이그나이츠 라이즈.

샤일린스는 불꽃에 휘감긴 채 저를 빤히 관찰하고 있던 이아나를 드디어 발견했다.

"어떻게."

샤일린스가 마지막으로 보았던 이아나는 심장이 꿰뚫려 죽어가던 아르하드를 광인처럼 지키던 모습이었다.

그날, 바하무트 일족은 아주 높은 확률로 이아나는 살 것이고 아르하드는 죽을 거라고 예상했었다. 이아나는 정령의 도움을 받아 살아나더라도 심장이 걸레짝이 된 아르하드는 죽을 가능성이 높았다.

그러나 예상은 빗나갔다. 아르하드는 아주 멀쩡하게 되살아나고 이아나는 사달이라도 난 것처럼 잠적했다.

바하무트가 아무리 심하게 공격해도 이아나는 나타나지 않고, 이그나이츠는 몸을 펴면 죽기라도 하는 거북처럼 그저 몸을 웅크렸다. 동요하는 이그나이츠 국민들 사이에서 본인에 대한 깊은 불신이 퍼져 나가고 있음에도 이아나는 조용했다.

또한 바하무트 일족은 테일런이 아무리 심하게 자극해도 시간이 멈춘 바다 같던 아르하드의 부동심이 산산이 부서져 가는 것을 관찰할 수 있었다. 아르하드가 멀쩡한 척해도 알 수 있었다. 놈은 겉만 멀쩡한 모래성이었다. 강한 파도가 치면 무너져 내릴.

시간이 지나, 바하무트 일족은 이아나의 잠적이 계략의 일부가 아니라고 확신했다. 이아나가 그대로 죽었거나 위험한 상태라고 판단 내렸다.

어쩌면 이아나가 제 생명을 대가로 아르하드를 살린 것일 수도 있었다.

그래서 바하무트 일족은 이아나의 생존 소식에 최대한 귀를 기울이되 소식이 들려오기 전까지는 힘을 모으고 아르하드를 흔드는 데만 집중하기로 했다. 이아나가 없는 이그나이츠를 공격하며 그를 괴롭히는 건 어렵지 않았다.

"어떻게……."

그런데 이아나는 이렇게 전조도 없이, 아주 멀쩡한 모습으로 샤일린스 앞에 나타났다. 멀쩡하다 못해 샤일린스가 순간적으로 얼어붙을 정도로 기괴한 분위기를 두른 채였다.

일 년 넘는 시간이 지났는데도 이아나의 외양은 그 시절에 멈춰 있는 것처럼 어렸다. 하지만 기세에는 아득한 차이가 있었다. 잠적하기 전에도 샤일린스보다는 강했지만 지금은…….

"윽."

샤일린스는 난생처음으로 느껴 보는 생소한 감정에 극심하게 자극당했다.

그녀가 다른 이들을 대상으로 행사해 왔던 뚜렷한 공포.

포식자가 노려볼 때 피식자가 느끼는 섬뜩한 본능.

그저 마주쳤을 뿐인데도 등줄기가 서늘해졌다. 지금 당장 이곳에서 벗어나야 한다며 머릿속에서 시끄러운 경종이 울렸다.

샤일린스는 믿을 수 없었다.

'내가 이런 기분을 느낀다고?'

악마의 근원인 아르하드에게서조차 이런 기분을 느껴 본 적이 없었다. 기분 나쁜 동질감과 저자가 가진 근원을 당장 빼앗아야 겠다는 충동을 느꼈을 뿐이었다.

그런데 지금, 이아나는 샤일린스를 미지의 영역으로 몰아붙이고 있었다.

샤일린스에게는 이아나가 수수께끼의 괴물처럼 보였다.

끝이 없는 궁극.

하늘 밖의 하늘.

드래곤보다도 더 높은 곳에 있는 상위 존재.

오직 테일런만이 도달할 수 있다 여긴 경지에 이아나가 이미 있었다.

'저 인간은 그동안 뭘 했던 거지?'

찬물을 뒤집어쓴 것 같았다. 샤일린스는 함정이라는 걸 알면서도 오만하게 이곳으로 찾아온 제 성급함을 후회했다.

"샤일린스, 당신의 그런 표정은 처음 봐."

도르시아니의 푸른 눈동자가 흥미를 머금고 새파랗게 빛났다.

"초조해 보이네."

도르시아니가 샤일린스를 향해 얄궂게 미소 지었다.

"전하가 무서워?"

도발이고 뭐고, 정신을 차린 샤일린스는 이곳에서 빠져나갈 방법만 궁리했다. 빠져나가지 못하더라도 자식들에게 이아나가 깨어났으며, 심각하게 강해졌음을 알리기 위해 지금 이 순간에도 온갖 마법을 구사하고 있었다.

퍼어어엉!

샤일린스의 그림자 뱀들이 불의 결계를 공격했다. 하지만 뒤집어엎어 놓은 그릇처럼 그들을 가둔 결계는 어찌나 튼튼한지 꿈쩍도 않았다. 통신 마법이고 뭐고 불의 결계 안에서는 모든 것이 외부와 단절되었다.

마치 샤일린스의 무덤 같았다.

"도망치려고? 말했잖아. 당신을 잡기 위한 그물들을 밤낮 가리지 않고 연구해 왔다고. 나가려면 우리를 모두 죽이는 수밖에 없어."

이 빌어먹을 년. 그게 가능하겠냔 말이다. 저 괴물이 검을 뽑기만 하면 죽을 텐데!

저벅.

이아나는 불꽃을 헤치고 나와 도르시아니와 에이지의 뒤에 버티고 섰다. 검은 허리춤에 매었지만 두 손은 빈손으로 축 늘어져 있었다. 그런데도 압박감이 엄청났다.

"걱정 마. 당신 상대는 우리야. 우리 전하는 구경만 할 거야."

도르시아니는 샤일린스를 농락하고 있었다. 샤일린스는 도르시아니를 갈기갈기 찢어 죽여 버리고 싶었다. 그들을 죽이려 하면 이아나가 즉시 나설 텐데 뭘 구경만 한단 말인가?

끝. 끝. 끝.

뒤집을 수 없는 힘의 우열에 샤일린스는 비로소 '끝'을 느꼈다. 물러날 곳이 있었다면 도망쳐서 후일을 도모하기라도 할 텐데 이곳은 폐쇄된 공간이었다.

샤일린스의 이마에서 땀이 후둑 떨어졌다.

끝이 보이는 싸움이라도 무대 위의 광대처럼 날뛰어야 한단 말인가.

궁지에 몰려 죽음이 가까워지자 샤일린스는 두려워졌다. 서열을 정리당한 짐승처럼 맥이 없었다. 하지만 상처 입은 자존심이 오기를 품고 서서히 고개를 들기 시작했다.

'이 내가 광대라고? 오늘이 끝이라고?'

웃기는 소리!

누가 광대야! 누구 멋대로 끝을 정해!

이대로 고이 죽어 줄 순 없었다.

'나서지 않는다니 나야 고맙지.'

샤일린스는 우선, 에이지를 인질로 잡기로 마음먹었다. 이아나의 성격을 고려했을 때 에이지를 인질로 잡으면 자신을 놓아줄 수밖에 없었다. 온갖 마법을 무궁무진하게 발휘할 수 있는 도르시아니보다는 육체파인 에이지가 더 잡기 쉬웠다.

샤일린스는 도망칠 수 없는 경우도 상정했다.

'벗어날 수 없다면 함께 지옥으로 가겠다!'

그녀는 마침내 오기의 격류에 몸을 실었다.

머릿속에서 삶과 죽음의 문제는 사라졌다.

콰르르르르릉!

샤일린스의 손짓에 수만 마리의 그림자 뱀이 꿈틀거렸다. 뱀들은 둥근 돔을 만들며 불꽃의 결계로부터 빛을 차단하고, 샤일린스의 몸을 보호하듯 검게 감쌌다.

쉭……. 쉭…….

어둠 속에 녹아든 그림자 뱀들은 에이지와 도르시아니에게 쉼 없이 쇄도했다. 사방에서 날아드는 뱀들과 위협적인 공격들에

도르시아니와 에이지의 손발이 어지러워지고, 그들의 거리는 서서히 멀어졌다.

뱀들은 도르시아니보다는 에이지를 지독하게 노렸다. 에이지의 몸이 점점 피로 뒤덮여 갔다.

하지만 에이지는 여전히 침착했다. 그의 안광은 시릴 정도로 푸르렀다. 앞뒤 분간되지 않는 어둠 속에서도 그는 샤일린스의 위치를 집요하게 추적하고 있었다.

그는 이때까지 조용히 도르시아니를 보조하는 척했다. 하지만 사실은 비수와 단검 수십 자루들을 어딘가에 던지고, 꽂고, 회수하며, 위치를 재고 수정하고 있었다.

'하나, 둘, 셋……'

샤일린스는 이아나가 나타나기 전후가 달랐다.

지금 그녀는 조금 더 성급했으며, 조금 더 몸을 사렸다.

덕분에 예상했던 것보다 훨씬 빨리 완성할 수 있었다.

샤일린스를 잡을 완벽한 덫을.

'자, 이리 와 봐. 나를 인질로 잡고 싶잖아?'

에이지는 샤일린스의 근처에서 일부러 휘청거렸다. 샤일린스는 에이지가 준 기회를 놓치지 않고 수천 마리의 뱀과 함께 그를 향해 손을 뻗었다.

길이 보였다. 에이지가 입술을 열었다.

"드디어 잡았다."

에이지는 중얼거림과 동시에 온 힘을 다해 뱀들 사이를 파고들었다. 뱀들이 제 몸을 물어뜯어도 아랑곳하지 않았다. 그의 다리가 샤일린스에게 순식간에 쇄도했다.

"큭!"

샤일린스는 아주 잠깐 드러난 빈틈에 에이지의 단검이 날아들
자 팔을 들어 막았다.

푸우우우욱!

단검은 샤일린스의 손목을 파고들었다. 그도 모자라 샤일린스
의 피를 빠르게 빨아 마셨다.

샤일린스가 이상함을 느낀 순간 결계에서 이변이 일어났다.

촤르르르르르륵!

곳곳에 꽂혀 있던 단검들의 검 자루 끝에서 굵직한 신력 사슬
들이 뿜어져 나왔다.

콰콰콰콰콰!

수백 갈래의 사슬들은 파괴적인 기류를 만들어 내며 그림자
뱀들을 찢어발겼다. 적을 거리낌 없이 부순 철쇄들은 펜으로 마
구 그은 것처럼 엉키고 연결되며 난잡한 공간을 만들었다.

그림자 뱀과 빛의 사슬들이 정신없이 난무하는 상황에서, 에
이지는 몇몇 사슬들을 붙잡아 힘껏 당겼다.

촤르륵!

촤르르르르륵!

그러자 사슬들이 세차게 튕겨 오르고 움직이며 그 중심에 있
던 샤일린스를 순식간에 옭아맸다. 사슬은 찰나의 순간에 샤일
린스의 다리를 한데 묶고 팔을 꺾어 올렸다. 그녀의 목을 둥글
게 조른 사슬은 죄수를 교수형에 처하듯 강하게 위로 끌어 올렸
다.

"으으윽!"

샤일린스는 목 졸린 소리를 내며 반항하지 못하고 허공으로 딸려 올라갔다.

성공이었다.

에이지는 한숨을 푹 쉬고는 샤일린스를 무심한 시선으로 올려다보았다. 샤일린스는 거미줄에 붙잡힌 나방 같았다. 발버둥 치고 있었지만 에이지가 수십, 수백 번 신중을 기하며 준비한 함정에서 벗어나지 못했다.

샤일린스는 벌건 얼굴로 사슬을 풀어내려 했지만 어찌 된 일인지 사슬을 만지기만 해도 힘이 풀렸다. 왜? 이게 뭐라고?

"소용없어. 이건 오로지 당신의 육체와 힘을 억압하기 위해 구현한 신력 사슬이니까."

에이지가 샤일린스에게 답을 알려 주었다.

도르시아니는 에이지에게 복수의 기회를 주었다. 에이지가 스스로 샤일린스에게 복수할 수 있도록 도왔다. 이 사슬들이 그것이었다. 전투를 보조한 것은 에이지가 아니라 도르시아니였다.

"결국 이렇게 됐네."

고통스러워하던 샤일린스가 에이지를 어마어마한 살의를 담은 눈으로 내려다보았다.

"당신은 나를 총애했지."

"총애했기 때문에 분노했지."

"분노했기 때문에 이성을 잃었지."

"이성을 잃었기 때문에 함정에 빠졌지."

에이지는 침착하게 말을 이어 갔다.

"그리고 처음부터 끝까지 나를 무시했지. 그래서 당신이 이렇게 된 거야. 그동안 당신이 날 죽일 기회는 많았는데도 말이야."

침묵하던 샤일린스가 신음을 흘렸다. 눈빛에 머금었던 살의가 점점 흘러내렸다. 그녀는 힘이 빠지는 걸 느끼며 귀신처럼 큭큭 웃었다.

"그래……. 널 진작 죽였어야 했는데."

샤일린스는 자신이 왜 이따위 꼴이 되었는지, 과거를 더듬어 갔다.

그녀의 오라비 필리어드는 먼저 태어났다는 이유만으로 선황으로부터 악마의 파편을 물려받아 소유자가 되었다.

샤일린스는 바하무트의 전통에 의해 나이의 우열에 승복했으나 내심 필리어드보다 본인의 능력이 더 뛰어나다고 생각하며 조용히 분노해 왔다. 또한 파괴에 집중하기는커녕 성욕에 미쳐 헤프게 구는 그에게 뚜렷한 경멸감을 품었다.

그런 와중에 필리어드가 멍청한 짓을 저질러 파편을 잃었다. 샤일린스의 마음속에서 오라비에 대한 혐오감과 로이긴족에 대한 분노는 극에 이르렀다.

그래서 필리어드를 유폐하고 로이긴족을 모조리 죽였다.

에이지를 살려 놓은 이유는 도둑놈을 찾을 때 도움이 될까 싶어서이기도 했지만 일종의 비틀린 취향 때문이었다.

필리어드의 무능력함의 상징.

그것을 가학적으로 짓밟는 나!

입안의 혀처럼 구는 말솜씨. 취향인 미끈한 얼굴. 그녀밖에 모른다는 애정. 절대적인 복종은 부차적인 문제였다.

……그냥 로이긴족들을 죽일 때 함께 죽였어야 했는데.

"그래, 그래. 너를 죽였어야 했는데. 내 오만과 방심이 이런 결말을……."

이쯤 되어, 샤일린스는 에이지와 도르시아니에 대한 분노를 상실했다. 대신 스스로에게 분노했고 자책했다. 샤일린스는 죽음 앞에서 인정했다.

"결국 남매라 이건가. 나도 필리어드와 똑같은 짓을 했어."

어쩜 남매가 쌍으로 멍청한지.

멍청한 필리어드가 밟았던 전철을 똑같이 밟아서는 안 되었다. 설령 필리어드 때문에 파괴욕을 억눌러야 했고 강제로 무료함을 달래야 했더라도 차가운 이성을 유지했어야 했다.

그러나 지극히 감정적이고 본능적인 샤일린스는 그러지 못했다. 경멸했던 필리어드처럼 비틀린 성적 유희를 일삼으며 권태를 해소했다.

그것이 샤일린스의 패인이었다. 발단은 필리어드의 멍청한 짓이었으나 샤일린스는 저 역시 멍청한 짓을 저질렀음을 인정하지 않을 수 없었다.

"그건 우리가 불완전했기 때문이겠지."

남매는 완전한 인간도, 완전한 악마도, 완전한 바하무트도 아니었다. 그 불완전함이 틈을 만들었고 반격을 허용했다. 그러나 이렇게 멍청한 행동을 하는 건 샤일린스의 세대로 끝이었다.

"날 이렇게 잡아 즐겁겠지. 그래, 즐길 수 있을 때 즐겨 둬."

샤일린스가 검붉은 입가를 말아 올리며 악에 받친 고함을 내질렀다.

"내 아들과 딸은 완전한 절대자가 될 것이다. 너희는 발버둥

쳐 봤자 죽을 운명이야!"

"이 세상에 완전하고 절대적인 건 없다. 이 세상 모든 것에는 틈이 있고, 무엇이든 약점을 가지고 있지."

뒤에서 지켜만 보고 있던 이아나가 에이지의 옆으로 다가오더니 샤일린스의 조롱을 차분히 받아쳤다.

"특정 정보를 타인이 알 리 없다 여긴 내가 뒤통수를 맞아 죽기 직전까지 가고, 누구에게도 질 리 없다 여긴 네가 함정에 걸려 죽음을 앞두고 있듯."

이아나가 과거를 자조함과 동시에 샤일린스의 신세를 조롱하자 샤일린스의 입가에 만연하던 웃음이 사라졌다.

"강한 아군의 승리를 확신하고 소망하는 건 당연한 거지. 생각은 자유니 마음껏 해라. 하지만 엉망으로 당해서 곧 죽을 놈이 빽빽대니 좀 우습긴 하군."

이아나가 찬물을 맞은 듯 창백해진 샤일린스를 비웃었다.

아니었구나.

샤일린스는 자신이 착각하고 있었음을 깨달았다.

저 여자, 이아나.

이아나만 없었다면 분명 아무 문제 없었을 것이다.

샤일린스가 멍청한 필리어드처럼 에이지를 학대했어도, 눈에 뵈는 것 없이 오만하게 굴었어도 괜찮았을 것이다.

도르시아니는 여전히 바하무트에 붙어 조아렸을 것이고, 에이지는 배신하자마자 잡혀 와 고문만 당하다 죽었을 것이며, 아르하드는 심장을 파괴당하고 영혼을 송두리째 빼앗겼을 것이다.

그렇게 바하무트의 승리는 너무나 순조롭고 쉬웠을 것이다.

"너는 대체 뭐냐."

샤일린스가 입술을 짓씹었다.

"신인가?"

지고한 창조주처럼 특별한.

"악마인가?"

지저의 부족하고 결핍된.

"괴물인가?"

끝없이 욕망하는 바하무트와 같은.

샤일린스는 그 무엇으로도 이아나를 정의할 수 없었다. 대체 저것은 무엇이기에 바하무트보다도 먼저 끝이 보이지 않는 드높은 경지에 도달할 수 있었단 말인가?

기이하고 무서웠다. 신도, 악마도, 괴물도 아닌 제3의 무엇 같았다.

이아나는 대수롭지 않게 답을 주었다.

"인간이다."

"인간? 평범한 인간은 너처럼 강해질 수 없다!"

"글쎄. 종이 무슨 상관일까?"

이아나는 이성을 잃은 샤일린스를 무시하고 에이지를 재촉하려다, 그에게 시간이 조금 필요하겠다 싶어 대화를 더 이어 가 주기로 했다.

"인간이건, 신이건, 악마건, 괴물이건 신체와 영혼을 가지고 살아간다는 점에서는 다 똑같아. 종에 관계없이 누구든 특별하고, 결핍되어 있고, 끝없이 욕망하지. 모두가 자신만의 고유한 목표를 세워 노력하고, 달성하면 더 높은 곳으로 올라가길 갈망하지. 강함은 그런 목표들 중 하나이고."

이아나는 무표정한 얼굴로 말을 이어 갔다.

"종에 따라 출발선은 다를 수 있으나, 닿을 수 있는 도착선에는 한계가 없다. 한계가 있다면 사회나 개인의 문제겠지. 너도 알 텐데. 만약 닿을 수 있는 경지가 종에 따라 한정 지어졌다면, 미생물에 불과했던 바하무트가 강함의 정점에 올라 수 세대에 걸쳐 군림할 수 있었을까?"

샤일린스는 이아나가 무슨 말을 하는지 알아들었다.

바하무트의 역사를 예시로 드니 알아듣지 않을 수가 없었다.

하지만 반발감이 들었다. 저것이 이종족들이 공존하며 살아가는 이그나이츠 왕국이 내세우는 이념임을 알고 있으므로 무작정 딴죽을 걸고 싶었다.

그러나 납득해야 했다.

어쩌겠는가. 그녀의 뿌리와 같은 바하무트의 오랜 역사가 옳다고 말해 주고 있는 것을.

"후…… 후후."

저기 저 괴물. 이아나는 인간이었다. 인간이지만 종의 한계를 넘어설 정도로 강했을 뿐이다.

샤일린스 바하무트는 강해지는 속도의 경쟁에서 이아나라는 존재에게 압살당해 낙오했다. 깔끔하고 단순한 결말이었다.

"네 말이 모두 맞다. 이 세상에 완전하고 절대적인 건 없지."

맥없이 죽음을 앞두고 있는 샤일린스는 이제 이아나가 뭔지 관심 없었다.

"그러니 지금 우쭐거리는 너도 내 자식들에게 결국 죽게 될 것이다."

대신 샤일린스는 아들의 강함에 대한 신뢰로 영혼이 충만해졌다. 이아나의 강함을 인정했고, 자신은 패배했지만, 테일런은 이아나 못지않은 괴물이었다.

"한 번 뒤통수 때린 것, 두 번 못 때릴까? 저번엔 죽기 직전까지 갔다고? 다음번엔 죽음뿐이다. 두 번은 없어. 아…… 그래. 장난감으로 삼아 가지고 놀 수도 있겠군. 다 망가진 장난감 말이야."

"그건 두고 보면 알 일이지. 넌 그 결과를 보지 못할 테지만. 네 자식들도 연달아 보내 줄 테니 닥치고 가서 기다려."

이아나는 무심한 태도로 샤일린스의 마지막 자존심을 짓뭉갰다. 그녀를 우스운 꼴로 만든 이아나가 에이지를 불렀다.

"에이지."

이아나는 그의 상태를 살폈다.

에이지는 여전히 떨고 있었다.

샤일린스의 말을 받아 준 것도, 대화가 길어진 것도 에이지의 상태가 썩 좋지 않았기 때문이다.

샤일린스를 조롱하고 무시하고 짓누른 것도, 샤일린스가 아무것도 아님을 보여 주고, 마음을 정리할 시간을 주고 싶어서였다.

"응."

이아나의 부름에 대답하는 에이지는, 뜨거운 화염 속에서도 추위를 느끼는 듯 새하얗게 질려 있었다.

실제로 에이지는 추웠다.

그는 먼 옛날, 춥고 습했던 지하실에서의 한 장면을 떠올리고 있었다.

촘촘하게 세워진 쇠기둥들에는 성에가 껴 있었고 얼어붙은 벽의 촛대 위에는 시야만 간신히 트일 수 있는 음험한 불꽃들이 일렁거렸었다.

구석에는 청소되지 않은 먼지가 잔뜩 쌓여 있었고 사방에는 누구의 것인지도 모를 핏자국이 낭자했었다. 꼬여 든 파리가 왱왱 날아다니고 이름 모를 벌레들이 기어 다녔었다.

눈앞에서는 그의 동족, 로이긴족 사람들이 죽어 나뒹굴고 있었고 샤일린스는 씨근덕거리고 있었다. 도르시아니의 옆에서 벌벌 떨고 있던 에이지는 저 새끼도 끌고 오라는 샤일린스의 고함에, 피 웅덩이의 중심에 무릎 꿇려졌었다.

살기 위해 샤일린스의 앞에 개처럼 엎드렸다.

살기 위해 샤일린스의 발에 거지처럼 키스했다.

그랬었다…….

에이지의 뺨에서 더위인지 공포인지 모를 땀이 흘렀다.

과거에 침몰당하고 있던 에이지의 손목을 도르시아니가 붙잡았다. 에이지는 퍼뜩 깨어났다.

"정신 차려."

그래. 정신 차려야지.

도르시아니가 그를 외면하지 않고, 이아나라는 최강의 친구가 그의 곁에 있는 지금은 과거가 아니라 현재였다.

오늘, 마침내 샤일린스는 죽는다.

그가 손 한 번 까딱하면 죽을 비참한 처지다.

그의 현재 주인에게 비웃음당하는, 아무것도 아닌 여자다.

"에이지."

에이지를 조용히 지켜보고 있던 이아나가 그의 어깨에 손을 얹으며 물었다.

"죽일래, 죽일까."

언젠가 들어 본 적 있었던 질문이었다. 에이지는 이아나가 그런 질문을 하는 이유를 알고 있었다.

"죽여 줘."

마르가리타를 처단하던 날, 에이지는 이아나의 똑같은 질문에 죽여 달라고 답했다. 트라우마 때문에 마르가리타를 제 손으로 죽이지 못하고 이아나의 손을 빌렸었다.

"이제 와서 그걸 묻는 거야?"

에이지가 하얗게 웃었다.

"당연히 내가 해. 난 그때와 달라."

에이지는 붙잡고 있던 사슬을 꾸욱 잡았다.

그리고 허공에 매달려 있는 샤일린스를 올려다보았다.

올려다보는 것은 그때와 같았지만 상황은 역전되었다. 제가 해 놓고도 샤일린스가 이런 꼴로 제 앞에 매달려 있다는 것이 실감 나지 않았다. 하지만 현실이었다.

이제 끝을 낼 때가 되었다.

현세대인 테일런과 이사벨라가 남아 있지만, 그들은 에이지와 직접적인 접촉이 없어 샤일린스를 죽이면 에이지의 개인적인 복수는 사실상 끝이라고 할 수 있었다.

"나한테 할 말 있어?"

에이지는 제 평생을 거머쥐고 뒤흔들어 온 여자에게 물었다.

"죽을 때까지 불행해라!"

샤일린스는 에이지에게 저주, 저주, 또 저주를 퍼부었다. 그녀는 이 꼴이 되어서도 변하는 게 없었다.

"그럴 줄 알았어."

한 귀로 듣고 한 귀로 흘린 에이지는 옴짝달싹하지 못하는 샤일린스에게 한 발자국 다가갔다.

"난 세상을 증오했어. 힘만 있으면 악인들도 얼마든지 잘 먹고 잘 사는 게 너무 억울했어. 그런데 업보라는 게 있더라고. 끝까지 버티고 버티면서 칼날을 갈다 보면 결국 이렇게 복수할 기회도 오더라고."

자존심이 잔뜩 상한 검은 눈동자가 그를 찢어 죽일 듯이 노려보았다.

"이렇게 복수해도 난 내 평생을 비참하게 만들었던 당신과 내 원수들을 영원히 잊지 못하겠지."

에이지는 움츠러들지 않았다.

"그래도 난 행복할 거야. 잊지는 못하더라도 행복한 시간을 보내며 깊은 곳에 기억을 묻어 둘 거야. 가끔씩 떠올리면서 그런 일도 있었지, 하고 아무렇지도 않게 술 안줏거리로 삼을 수 있을 정도로 여유로워질 거야. 당신들은 내게서 아무것도 아니게 될 거야."

촤르르륵.

에이지가 몇몇 사슬들을 조작하며 툭툭 잡아당길 때마다 사슬과 연결된 불의 결계가 일렁거렸다. 샤일린스는 사슬과 결계의 상호작용을 보며 자신의 결말을 예상할 수 있었다.

"사실 벌써부터 조짐이 좋아. 방금 당신이 저주를 퍼부었는데도 그 내용이 뭔지 기억 안 나거든."

에이지가 제 안의 모든 원한을 사슬과 함께 주먹에 그러쥐며 맑게 웃었다.

"대화는 끝이야. 입 다물고 그만 가."

촤르르륵.

에이지가 사슬들을 당기자 불의 결계가 그들에게 다가오며 수축하기 시작했다. 불꽃은 응축되며 더 뜨거운 불이 되었다. 붉은 화염은 푸른 분노로 승화하며 샤일린스에게 스멀스멀 엄습했다.

샤일린스는 발버둥 쳤지만 그녀의 피를 머금으며 형성된 쇠사슬들은 결코 끊어지지 않았다. 버둥댈수록 힘을 빼앗겼다. 샤일린스는 정말로 끝이라는 걸 알았다.

샤일린스의 몸이 땀으로 흠뻑 젖었다.

"난 죽더라도 죽은 것이 아니다."

이를 악물고 부르르 떨던 샤일린스가 입을 벌렸다. 목에 핏대가 섰다.

"내 아들과 딸, 바하무트의 영혼이 살아 숨 쉬는 한 나는 죽지 않는다! 너희가 발버둥 치더라도. 바하무트는 결국 세상을 지배할 것이다!"

샤일린스는 악다구니를 썼다.

"세계를 뒤엎고, 신을 죽이고, 모든 것을 엉망으로 만들어, 세계의 질서를 다시 정할 것이다!"

"시끄러워."

도르시아니의 탈출 마법도 준비가 끝났다.

에이지가 불로 달궈진 사슬을 세게 잡아당겼다.

촤르르르륵!

사슬이 수축하며 사방에서 이글거리던 푸른 불꽃이 일시에 중심으로 쇄도했다. 태양의 불보다도 뜨거운 열기가 그 중심에 있던 것에 작렬했다.

샤일린스는 비명을 지르지 못했다. 그녀의 육신이 한 번에 먼지가 되며 불타 버렸기 때문이다.

갑작스러운 참변에 정신없는 그녀의 영혼만이 그 자리에 머물렀다. 정령의 순수한 힘까지 더해 만들어진 화염은 길을 잃고 헤매던 샤일린스의 영혼에 엄청난 타격을 입혔다.

우우우우…….

샤일린스의 영혼이 약해지자, 그녀의 영혼에서 원한 깊은 사념들이 튀어나왔다.

샤일린스에게 살해당한 이들의 분노, 저주하기 위해 들러붙었지만 상대가 너무 강해 억압당하기만 한 절규.

그것들은 그대로 증오가 되어 샤일린스의 영혼을 물어뜯고 찢고 찌르고 할퀴며 넝마로 만들었다.

로이긴족의 눈동자처럼 시리도록 푸른 화염은 거적처럼 허름해진 그녀의 영혼을 틀어쥐고 졸랐다. 파드득하던 영혼은 마침내 힘을 잃고 사후 세계로 추락했다.

그녀의 생은 그것으로 끝이었다.

샤일린스가 광장에 드리운 어둠은 매우 불길했다.

악당들의 수괴를 처형하기 좋은 날이라며 우스갯소리를 할 정도로 맑던 하늘은 어두컴컴하고 칙칙해졌다. 손가락으로 슥 만지면 검은 석탄가루가 잘게 묻어날 것처럼 탁한 기류가 흐르고 있었다.

샤일린스 바하무트가 혁명군들의 처형을 천명하며 형성한 전장은 혁명군의 기세를 죽이고 바하무트군의 사기를 드높였다.

"죽어라!"

어둠의 기운에 이성을 잃는 것은 혁명군이나 바하무트군이나 똑같았다. 혁명군과 바하무트군은 진흙탕의 개들처럼 나뒹굴며 악의를 토해 냈다.

하지만 어둠이 처형장을 지배한 시간은 정말 짧았다.

전장을 만든 황태후가 화형당하고 있는 페인과 처음 보는 초록 머리의 집행인이 있는 형장에 달려드는 순간이었다.

파지지지직!

까만 하늘에 거대한 금이 생겼다. 드높은 하늘 어딘가에서 형성된 눈부신 광채가 암흑을 부수었다. 빛은 발리스타로 쏜 거대한 쇠뇌처럼 천공을 꿰뚫으며 세차게 떨어졌다.

사람들은 어둠을 찢어발기는 섬광의 추락에 너 나 할 것 없이 멈칫했다. 눈이 멀 만큼 눈부신 빛에 모두의 눈앞이 하얘졌다.

거대한 벼락이 거인의 발처럼 형장의 중심을 크게 내리찍었다. 어둠을 쪼갠 빛은 말초의 모세혈관처럼 수십 수백 개로 파생되며 전류의 길을 이었다. 고압고온의 기운은 사방으로 퍼졌고, 들끓는 열기는 폭탄이 되어 공기를 터뜨렸다.

콰과과과과과광!

"으악."

천둥의 굉음이 사방으로 작렬했다. 사람들은 고막이 터지는 듯한 고통에 귀를 막았다.

"저, 저것 봐."

화르르르르륵.

직후, 사람들은 벼락이 거대한 지옥 불로 화해 하늘까지 무너뜨릴 기세로 거세게 불타는 광경을 볼 수 있었다.

"황태후, 살아 있을까?"

대부분의 사람들은 목격했다. 번개가 샤일린스에게 직통으로 떨어졌다는 것을. 마법을 모르는 일반인들이 보기엔 마치 샤일린스가 천벌을 받은 듯한 모양새였다.

"살아 있겠지! 앗, 조심해!"

바하무트군은 번개의 파괴력에 잠시 움찔했을 뿐 적들을 다시 도륙하기 시작했다. 이그나이츠의 정예군과 혁명군도 불꽃에서 눈을 떼고 전투에 몰두했다.

여기 있는 누구도 샤일린스가 벼락 한 방에 죽었으리라 생각하지 않았다. 바하무트 황족은 무패의 절대자들이다. 샤일린스는 벼락보다 더한 힘을 발휘할 수 있는 괴물이었고, 바하무트인들은 뼈저리게 그 점을 인식하고 있었다.

"일단 싸워!"

이곳에 모인 이들은 혁명군 중에서도 정예들이다. 뭔가 싶어 구경하러 온 근처 거주민들도 있었지만, 대부분이 블랙폭시의 페인을 구출하러 올 바하무트군을 상대하기 위해 이곳에 왔다.

"저기는 루이즈 님이 어떻게든 해 주실 거야!"

샤일린스가 오더라도 루이즈가 어떻게든 해 주겠다고 약속했기에 죽음을 각오하고 이곳에 모였다.

그리고 루이즈는 믿음을 배신하지 않았다. 강렬한 벼락은 루이즈가 구사한 마법일 것이다. 번개가 만든 불꽃 속에 갇힌 황태후가 뭘 하고 있는지는 알 수 없으나, 당장 뛰쳐나와 학살을 저지르지 않는 것을 보니 루이즈가 잘해 주고 있는 모양이었다.

'우리도 맡은 역할을 다해야 해.'

그녀의 활약에 용기를 얻은 혁명군은 무기를 들고 눈앞의 적을 상대하는 데 전념했다.

"아아악!"

"큽!"

바하무트군은 혁명군보다 강했다. 혁명군 정예들도 강한 축에 속했으나 바하무트군에 비하면 어중이떠중이에 가까웠다.

바하무트 병사는 제국민들 중에서도 신체적, 정신적으로 우월한 이들만 될 수 있었다. 거기에 장기적으로 전문적인 군사훈련까지 받았으니 어찌 동수를 이루겠느냔 말이다.

혁명군은 그 점을 누구보다도 잘 알았다. 과거, 일반 주민일 때 혁명군은 바하무트군에 입대할 수 있기만을 갈망했었다. 혁혁한 공을 세우는 기사들과 병사들을 동경했었다.

지금, 혁명군은 동경했던 대상을 상대로 싸우고 있는 것이었다. 두려워서 도망쳐도 이상하지 않았다. 하지만 혁명군은 이를 악물고 악 소리를 내지르며 군대와 맞섰다.

'루이즈 님은 그 황태후를 상대하고 있다고.'

'우리들의 평화를 위해서!'

'나도 힘을 내야 해!'

비명이 난무하고, 피가 낭자하고, 죽음이 만연했다. 감각이 마비라도 된 것처럼 죽이고, 또 죽이며 오늘이 마지막인 것처럼 싸웠다.

그리고…….

악을 쓰며 싸우던 혁명군은 바하무트군의 이상한 낌새를 하나둘 눈치채기 시작했다.

'이놈들 왜 이래?'

흥분한 물소 떼처럼 앞을 가로막는 모든 것을 짓밟을 기세로 달려든 주제에 공격하는 모양이 영 어정쩡했다.

"으, 으읔."

"아악……."

갑자기 머리를 한 대 얻어맞기라도 한 것처럼 동공이 풀린 채 멈칫거리기도 했고 괴롭다는 듯 머리를 움켜쥐기도 했다. 바하무트군의 그런 이상한 동향은 갈수록 더 심해졌다.

"순조로운걸."

이는 이그나이츠의 마법사들이 바하무트군이 뭉쳐 있는 곳에 각성제를 잔뜩 푼 덕분이었다. 각성제는 사키가 장담한 대로 생화학 병기로서도 훌륭하게 작용하고 있었다.

전투에서 잠깐의 틈이란, 즉 죽음이었다.

덕분에 상황은 혁명군에 유리하게 돌아갔다.

'할 만한데?'

혁명군은 의아해하면서도 적들이 틈을 보이는 기회를 놓치지 않았다.

잔인한 죽음의 시간은 하염없이 흘러갔다. 샤일린스는 불꽃을 벗어나지 못했고, 바하무트군의 전열은 흐트러지기 시작했으며, 혁명군은 자신감에 힘입어 바하무트군을 더더욱 몰아쳤다.

하지만 양쪽 다 체력적으로도, 정신적으로도 지쳐 갔다.

이 싸움은 언제 끝날까.

둘 중 하나가 다 죽어야 끝이 나는 걸까.

싸우면 싸울수록 모두의 마음이 착잡해졌다.

샤일린스가 만들었던 어둠은 번개가 찢어발긴 이후로 서서히 걷히고 있었다. 태양의 빛이 어둠을 사방으로 밀쳐 내며 지상으로 쏟아지고 있었다.

하늘에서는 밝은 빛이 내리쬐고, 체력이 떨어져 움직임은 둔해지니 잠시 딴생각을 하는 사람들도 많이 생겨났다.

'우리는 같은 제국민인데 왜 이렇게 싸워야 하는 걸까.'

사람들의 머릿속을 사로잡은 의문은 대부분 이것이었다.

'군대도 혁명에 힘을 보태 줬으면 좋겠는데.'

혁명군은 바하무트군이 충성심을 이만 버리기를 원했다.

'병사들은 황실의 명이라면 제국민들을 얼마든지 죽일 수 있단 말인가? 일반인들 중에 자기들 가족들도 있을 텐데.'

'자국민을 힘을 얻는 수단으로만 여기는 황족들이 자신들을 향해서도 언제 칼을 겨눌지 모르는데 왜 충성하는 거지?'

반대로 평생을 바하무트 황실에 충성하며 살아온 바하무트군은 혁명군이 항복하기를 원했다.

'황실에 반기를 들다니. 무도하고 멍청하다!'

'황실은 최강이다. 결코 이길 수 없고, 이기려 해서도 안 돼.'

바하무트군은 가능하다면 제국민들을 죽이고 싶지 않았다. 그들 중에 자신들의 가족들이 섞여 있을 수도 있지 않은가.

'하지만 죽여야 해.'

'황태후 폐하는 결코 이들을 살려 두지 않을 거야.'

생각이 정신없이 이리저리 튀어 댔다. 갈팡질팡하는 병사들의 마음 한구석에 자리 잡고 있던 불편한 불안감과 감추어 뒀던 슬픔들이 서서히 커지기 시작했다.

혁명군이 블랙폭시가 저지른 만행들을 지탄하며 봉기하고, 바하무트 군대가 마을을 돌아다니며 사람들을 무차별적으로 학살할 때부터 느꼈던 딜레마였다.

황실의 명을 무조건 따라야 하지만……

'블랙폭시가 바하무트 국민의 심장을 산 채로 뽑아 라이프로 만들었다고 했나. 내가 마신 라이프도 그건가?'

'블랙폭시의 희생자들 중에 내 가족이 있진 않았겠지? 최근 연락이 잘 안 되던데 불안해.'

'내 손으로 내 마을을 불태웠어. 거긴 내 가족도 있었는데. 차마 항명하지 못했어.'

황족의 명에 절대적으로 따라야 한다는 세뇌가 강하게 남아 있었다면 이런 고뇌 따위 하지도 않았겠지만 각성제는 세뇌에도 큰 충격을 주었다. 느슨해진 세뇌는 병사들을 어지럽혔다.

화르르르륵.

그리고 어느 시점. 영원토록 꺼지지 않을 것 같던 불꽃이 크기를 줄이기 시작했다.

혁명군은 긴장했고 바하무트군은 기대했다.

불꽃은 줄어들면 줄어들수록 섬뜩하고 차가운 푸른빛으로 변화했다. 그리고 투명할 정도로 푸른 불꽃 너머로 이상한 장면이 보이기 시작했다.

한 인영이 사슬처럼 보이는 수백 개의 줄들에 드득드득 묶여 있었다. 옴짝달싹 못하는 실루엣을 보아 여자였다.

저것은 루이즈일까, 샤일린스일까.

촤르르륵.

사슬이 움직이는가 싶었다.

불꽃은 한순간에 그 인영에 작렬했다.

콰아아아아아아아앙!

이윽고 어마어마한 기류를 만들어 내며 소멸했다.

"……."

처형장이 통째로 날아갔다. 처형장이 있던 곳은 둥글게 파인 크레이터뿐이었다. 화형당했던 페인의 시신도, 불꽃 너머로 비치던 여자의 시신도 없었다. 남아 있는 것은 전무했다. 먼지만이 바람에 몸을 싣고 사방으로 퍼져 나갈 뿐이었다.

모두가 행동을 멈추었다.

"전투를 속개하라!"

바하무트군의 사령관이 서슬 퍼렇게 외쳤고, 퍼뜩 정신을 차린 병사들은 다시 무기를 휘둘렀다. 바하무트군은 무적의 샤일린스가 죽었을 리 없다고 여겼다. 혁명군도 마찬가지였다.

"아까 불꽃 안에 있던 여자, 황태후 아니겠지?"

"그럼 루이즈 님이라는 거야?"

혁명군과 군대 사이에 어색한 기류가 돌 무렵이었다.

누군가 크레이터의 중심으로 뛰어들어 깃발을 흔들었다.

"루이즈 님이…… 헉, 헉!"

혁명군의 간부, 피버 피스톨이었다. 크고 붉은 깃발을 흔들어 대고 있었기에 모두의 시선이 그에게 집중했다.

피버는 목이 터져라 전투 결과를 외쳤다.

"루이즈 님이 황태후 샤일린스 바하무트를 무찔렀다!"

목에 핏대를 세운 피버가 우렁차게 고함치자 바람의 정령이 더욱 크고 선명하게 그의 목소리를 공간 전체에 전달했다.

"무도한 황태후는 벼락 맞아 흔적도 남기지 않고 죽었다! 루이즈 님이 천벌을 내리셨다! 혁명군의 승리다!"

상황을 파악한 사람들이 바닷물을 날아오르는 날치들처럼 퍼드덕거렸다.

"말도 안 돼!"

"황태후 폐하가 죽었다고!"

아군 적군 할 것 없이 충격에 휩싸였다.

"그래, 황태후가 죽었다니까!"

피버는 흥분으로 미친 상태에서 더욱 신나게 외쳤다.

"현혹되지 마라!"

바하무트군의 지휘관들이 돌아다니며 병사들의 기강을 단속했지만 동요는 쉽사리 사라지지 않았다.

저 미친놈이 황태후가 죽었다 고래고래 소리를 지르고 있는데도 샤일린스는 모습을 드러내지 않았다.

'정말 돌아가셨다고?'

충격이다.

선황 필리어드가 로안느의 왕 슈나이더에게 패해 죽었다는 소식을 들었을 때는 이만큼 충격적이지 않았다. 필리어드는 샤일린스에게 유폐당한 처량한 약자였고, 샤일린스가 실질적인 선대 최강자였기 때문이다.

샤일린스가 어떤 괴물인데 이런 곳에서 죽는단 말인가.

하지만 현재 상황은 그녀의 죽음을 확고하게 시사하고 있었다. 침묵은 피버를 중심으로 동심원처럼 퍼져 나갔다.

바하무트군의 지휘관들마저 힘이 빠져, 전열을 정비하라는 고함의 빈도도, 크기도 점점 작아져 갔다.

무기를 쥔 손들은 어찌해야 할지 몰라 움직임을 멈추었다. 격한 전투의 여파로 씨근덕거리는 거친 호흡에 맞춰 흔들거리기만 했다.

"이보시오!"

여기저기서 침묵을 깨며 대화가 오가기 시작했다.

한 병사와 대치하고 있던 혁명군 소속의 케이도 그와 방금 전까지 죽일 듯이 싸웠던, 지금은 혼란에 빠져 있는 바하무트군의 병사를 불렀다.

"대체 우리가 왜 싸워야 하는 거요?"

병사가 경직된 시선을 그에게 던졌다.

"당신들이 내란을 일으켰기 때문이다. 얌전히 살았으면 이렇게 싸울 일도 없었겠지."

"내란이 아니라 혁명이오! 댁도 황실 직속 조직 블랙폭시의 만행과 상위 기사단들이 행한 서부 괴멸 건은 알고 있겠지?"

"……."

군 내부에서 기본적인 정보는 통제되고 있었으나, 이렇게 대다수의 민간인들까지 참여한 큰 내란이 벌어진 건 처음이라 완전한 통제는 이뤄지지 않았다. 내란의 원인은 병사들 사이에서 알음알음 전해지고 있었고, 지금 케이가 말을 건 이 병사도 알고 있었다.

"혁명을 일으키지 않는다면 우리는 언젠가 쥐도 새도 모르게 죽을 거요. 살아가더라도 언제 먹힐지 모르는 훈제한 고깃덩이인 양 사는 내내 마음 졸이겠지."

케이가 불만을 토로했다.

"제국민 대부분이 반기를 들었소. 그중에는 당신의 가족들도 있을 거요. 우리에게 칼을 겨누는 건 당신의 가족을 스스로 죽이는 것과 같소."

케이가 말하지 않아도, 병사는 이미 여타 동료들이 그러하듯 바하무트에 복종해야 한다는 오랜 세뇌와 가족에 대한 책임감이라는 충돌하는 가치 사이에서 번민하고 있었다.

병사들은 입대하면 기본적으로 군사훈련과 사상 교육이라는 이름의 마법적 세뇌를 받는다.

세뇌의 내용은 이렇다.

바하무트 황족이 있었기에 척박하고 메마른 북부가 발전할 수 있었다. 가족들을 먹여 살리려면 황족을 따라야만 한다.

황족이 앞서 싸웠기에 바하무트 제국은 현재 전 세계에서 가장 부강하며 제국민들은 강국의 주민으로 대우받을 수 있다. 황족이 없다면 이를 갈고 있는 세계인들이 일시에 공격해 올 것이며 제국민들의 신분은 대륙에서 즉시 바닥으로 떨어질 것이다.

이제 와서 전쟁을 그만둘 수는 없다. 이왕 이렇게 된 것 누구도 넘볼 수 없는 최강의 제국을 꿈꾸자. 이왕 태어난 것 거대한 바다에서 놀아 보자.

……이렇게 일차적으로 생계에 대한 걱정을 들먹이고 이차적으로 현재 누리고 있는 삶을 상실하는 것에 대한 공포를 조장한 후 최종적으로 세계 정복이라는 명예를 눈앞에 들이밀며 눈이 멀게 만든다.

이것이 바하무트의 주된 세뇌이며 세뇌를 마친 바하무트 군인의 머리는 보통 돌처럼 굳어 있다. 한 명의 인간이라기보다는 바하무트 황족이 입맛대로 사용할 수 있는 도구가 된다.

그들은 황실의 명이라면 죽음도 마다하지 않아야 한다는 희생정신을 갖는다. 세계 정복이라는 성스러운 목적을 위해서라면 나약한 하층민들을 얼마든지 죽음으로 몰아넣을 수 있다는 무서운 마음을 품게 되는 것이다.

"세계 정복은 바하무트의 오랜 숙원이었다. 테일런 헬칸 바하무트 황제 폐하께서 즉위하시고 시대가 바뀌어 비로소 그 숙원이 빛을 볼 때가 되었다. 숙원을 달성하기 위해, 우리의 목숨이 필요하다면 기꺼이 바쳐야 한다. 블랙폭시 건과 서부 괴멸 건은 승리의 힘을 얻기 위해서였지."

병사는 앵무새처럼 무력하게 중얼거렸다.

"정말 괜찮단 말이요?"

케이가 눈을 부릅뜨고 다시 한번 물었다.

"힘을 얻기 위해 희생되는 게 당신의 가족이라 해도? 희생자가 당신이라도?"

병사는 쉽게 대답하지 못했다.

이그나이츠의 마법사들이 뿌린 각성제는 병사들이 최초의 목적을 돌아보게 하였다.

눈에 보이지 않는 명예에서 추락에 대한 공포로, 공포에서 가족과 생계에 대한 걱정으로.

대부분의 병사는 더 나은 삶을 누리고자 군인이 되었다. 그들은 마을의 희망이었다. 전쟁에서 공을 세운 만큼 타국에서 빼앗은 식량이나 조공이 그들의 고향으로 배분되었기 때문이다. 그런 체제가 고착화된 상태에서 군인들은 다른 삶을 생각하지 못했었다.

명예는 살 만해지고 나서야 갈망하게 된 욕망이었고 최우선은 언제나 삶이었다.

"명예는 나중 문제요. 우리는 세계 정복보다는 당장의 삶과 작은 행복이 더 중요하오. 살아가며 안정된 삶을 누리는 것이 좋지, 죽은 후의 영광은 싫단 말이오."

애초에 제국민 수에 비하면 군인은 소수다. 군대에 소속되지 않은 나머지는 자신들이 살아가는 터전, 작은 마을에서 영위하는 삶이 세계 정복보다 더 크게 와 닿았다.

"……세계 정복은 그 안정된 삶을 위한 싸움일 텐데."

병사가 더듬더듬 말했다.

"예전에는 모두가 그렇게 여겼었지. 당신 말대로 모두가 군인이 되어 세계 정복에 이바지할 수 있기만을 꿈꿨었고 바하무트 제국이 더 부강한 나라로 진화하기를 염원했었지. 그것이 우리가 메마른 북부에서 살아남을 수 있는 유일한 방법이었으니까."

하지만 지금은 아니었다.

변화는 영원히 일어나지 않을 수도 있고, 아주 느리게 진행될 수도 있고, 대격변처럼 터진 둑에서 격류가 흐르듯 빠르게 발생할 수도 있다.

바하무트 제국민이 겪은 변화는 대격변이었다. 아주 짧은 시간이었지만 사람들은 빼앗고 착취하는 것보다는 나누고 도울 때의 간지러운 기분과 작물을 수확할 때의 보람을 알아 버렸다. 외국의 서적이 유통됨으로써 그들의 삶이 매우 비정상적이라는 것을 알게 되었다.

그런 와중에, 대격변을 겪은 세계는 생물이 살기 좋게 변했다.

"세상은 달라졌소."

케이가 진심을 담아 말했다.

"세계가 확장하면서 주인 없는 기름진 땅들이 부지기수로 늘어났고, 우리는 그 땅을 차지해서 마음껏 작물을 키울 수 있소. 이제 우리에게 타국과 싸우지 않아도 먹고살 방법이 생겼다는 소리요. 그러니 이제 세계 정복은 허울뿐인 명예요. 이런데 왜 전쟁을 해야 한단 말이오?"

"……."

"물론 싸움이 좋기에 전쟁을 벌일 수는 있소. 전쟁에서 이기기 위해 힘을 기를 수도 있소. 하지만 신력이 세상에 넘쳐흐르니 굳이 빼앗지 않더라도 본인의 노력만으로도 얼마든지 강해질 수 있소. 그렇게 강해져서 이때까지 그래 왔던 것처럼 타국과 싸우고 명예를 드높이면 되오."

케이가 눈을 부릅떴다.

"그런데 왜 황족은 우리를 희생시켜 군대의 힘을 기르는 거요? 왜 이 넓은 대지에서, 삶을 보장해 달라 호소하는 자국민을 죽이라고 당신들에게 명하는 거요? 이상하지 않소?"

케이는 침묵하는 병사에게 강하게 말했다.

"결론은 단순하오. 황족은 우리를 사람이 아닌, 전쟁을 위한 도구 혹은 언젠가는 잡아먹을 가축으로 여겨 온 거요. 세상은 변했지만 그런 우리를 굳이 '사용하지 않을 이유'를 찾지 못한 것이오. 그래서 그들 입장에서는 우리를 희생시켜 힘을 기르는 게 당연하고, 반항하니 물건 하나 버리듯 아무렇지도 않게 제거하려 하는 것이오."

각성제 때문에 세뇌가 어느 정도 깨진 군인들은 뭐가 옳은지, 뭐가 틀린지 가치관에 혼란이 온 상태에서 진심 어린 설득을 듣고 있자니 혼란에 빠졌다.

"누구나 그 희생자가 될 수 있소. 우리는 그것을 막기 위해, 평화로운 삶을 영위하기 위해 들고일어났소!"

"……."

"당신은 죽을 때까지 도구나 가축처럼 살 거요? 행복해질 수 있는 무궁무진한 기회가 이 땅에 널려 있는데……."

"듣지 마!"

퍽!

옆에 있던 병사의 동료가 열변을 토하고 있던 케이를 거세게 걷어찼다.

"개소릴 지껄이고 있어."

동료가 병사를 노려보았다.

"너, 저런 소리를 듣고도 가만히 있는 걸 보니 위험 단계인 것 같은데. 잊지 마라. 황실이 없으면 바하무트는 아무것도 아니야. 바하무트가 무너지는 순간 이그나이츠와 로안느가 복수하려 득달같이 달려들 거라고. 우리는 이제 뒤를 돌아볼 수 없어. 앞만 볼 수밖에 없는 처지란 말이야."

이처럼 세뇌가 흔들리지 않고 혁명군의 절규를 개소리로 치부하는 자들도 다수였다. 그러나 케이와 대화를 나눈 병사처럼 흔들리는 이들도 분명 있었다.

어떻게 해야 하지?

그들은 선택의 기로에서 흔들렸다.

"흐흐흐."

피버는 태풍의 핵에서 깃발을 펄럭펄럭 흔들며 눈에 핏발을 세웠다. 쾌감으로 부들부들 떨며 속으로 도르시아니를 찬양했다.

샤일린스 바하무트까지 죽이다니!

정말이지 너무 멋진 여자!

최고의 마법사!

도르시아니를 루이즈라 알고 있는 사람들이 안타까웠다. 도르시아니의 멋짐을 모르다니!

하지만 이 싸움을 계기로 루이즈는 심각한 부상을 입고 전선에서 물러난다는 설정이다. 도르시아니는 바하무트 혁명군의 리더에게 어제부로 모든 권한을 이양했고 내일부터는 루이즈의 역할에서 벗어나 이그나이츠의 마법사로 활동하며 혁명군과 협력할 것이다.

이로써 루이즈는 무패의 전설로 남아 혁명군의 든든한 뒷배가 된다. 샤일린스와 함께 공멸한다는 계획도 있었으나 아직 루이즈가 완전히 떠나기엔 시기가 이르다는 판단이 있었다.

'아차, 이럴 때가 아니지!'

피버는 임무 수행 중이었다.

모두에게 루이즈의 승리를 알리는 것, 그리고 미끼를 던져 분란을 조장하는 것이다.

피버는 목소리를 가다듬었다.

헛기침을 하곤 외쳤다.

"나는 피버 피스톨. 혁명군의 간부다! 과거 바하무트 황궁 대마법사, 위프헤이머 포테스타스의 대제자였기도 하다!"

여기에 피버의 정체를 모르는 사람은 없었다.

피버가 혁명군의 거물로 떠오르면서, 피버를 아는 바하무트 황성의 마법사들이 그의 정체를 밝혔다. 위프헤이머의 교육 방식을 버티지 못하고 도망쳤다는 소문도 동시에 퍼져 나갔다. 이 때문에 피버는 나약하다며 조롱당하기도 했었다.

"내가 도망쳤다는 걸로 아는 사람들이 여기에 분명 있을 것이다. 하지만 난 도망친 게 아니라 바하무트에 환멸을 느꼈고, 그들의 정체에 대한 의문을 품었기에 떠난 것이다."

사실 도망친 게 맞았지만 피버는 엄숙한 표정을 지으며 탈주에 위대한 이유가 있었던 양 뻔뻔하게 포장했다.

"나는 세상을 떠돌아다니다 북부 히마라페 빙원에 닿아 답을 얻었다. 지금 여기서 바하무트의 비밀을 밝히겠다!"

대체 무슨 말을 하려고 저러나 사람들이 쳐다보고, 바하무트 군의 지휘관은 저놈을 죽여야 할지 말아야 할지 고민하고 있을 때 피버가 외쳤다.

"바하무트 황족은 인간의 탈을 쓴, 이종의 괴물이다. 그들은 거대 용종이며 몬스터의 일종이다. 테일런 헬칸 바하무트는 세 계 정복 후 신의 자리에 오르기 위해 모든 생물을 잡아먹으려 할 것이다!"

피버가 믿을 수 없는 소리를 지껄이자 주변에서 웅성댔다. 믿 는 사람도 있고 설마 하며 의심하는 사람도 있었지만 미친놈이 라는 반응이 절대적이었다.

"사령관님, 어떻게 합니까."

부하 지휘관이 피버를 무시하며 바하무트군의 사령관에게 조 심히 물었다.

"으음……."

샤일린스의 명령을 받잡아 평생토록 전쟁을 진두지휘해 온 황 태후 직속군의 사령관은 쉽게 결단을 내리지 못했다.

그는 여전히 샤일린스가 죽었다는 것을 믿을 수 없었다.

이게 전부 계략이고 샤일린스가 살아 있지만 움직이지 못하는 것뿐이라면 군대를 물렸을 시 추후 큰 처벌을 받을 것이다. 게 다가 이대로 물러난다면 바하무트군의 사기 저하는 불가피했다.

하지만 샤일린스가 죽은 게 사실이고, 루이즈가 멀쩡하게 등 장한다면 바하무트군은 즉시 휩쓸릴 터였다.

사령관은 결단을 내려야만 했다.

그때 한 기사가 사령관에게 천천히 다가왔다.

"물려야 합니다."

카니츠 울터였다. 혁명군 진압 과정에 참가하지 않고 남부 토벌에 집중 중인 황궁 직속 제3 기사단 페르제누스에서 지원군으로 파견된 기사였다.

성실하고 능력 좋기로 소문난 카니츠가 그렇게 말하자 지휘관은 더더욱 깊은 고민에 빠졌다.

카니츠는 목소리에 힘을 실었다.

"첩보관이 전하길 여기에 이그나이츠 정예병도 다수 섞여 있다 합니다. 군대의 소모를 줄이는 것이 우선입니다. 어딘가에 계실 황태후 폐하께서도 참작하실 겁니다."

이미 후퇴로 마음이 기울어 있던 사령관은 카니츠의 설득에 그대로 넘어갔다. 몸을 웅크리고 있던 이그나이츠가 개입했다니.

이 처형식은 이그나이츠의 계략인 게 분명했다. 매우 신중한 이그나이츠가 출두했을 정도면 황태후를 잡고자 만반의 준비를 다했을 터였다. 어쩌면 바하무트군을 전멸시킬 전략이 있을 수도 있었다.

"퇴각한다."

"문제가 생긴다면 저도 함께 책임지겠습니다."

"그럴 필요 없네. 결국 명령을 내리는 것은 나니."

사령관은 물이 오른 혁명군과 침체된 바하무트군을 둘러보았다.

'어렵군.'

요즘 군대의 분위기가 심상찮았다. 정신병을 호소하는 병사들이 기하급수적으로 늘어나고 있었다. 그런 데다 내란이 발생했고, 철혈의 섭정이자 무적의 괴물이던 샤일린스가 대놓고 패배했으니 어찌할 텐가.

오늘 처형식의 파급력은 결코 작지 않을 것이다.

'나조차도 이상한 기분이 들어.'

사령관은 이를 악물었다.

결국 바하무트군은 물러났다.

혁명군은 그들을 잡지 않았다.

"와아아아아!"

혁명군이 환호했다.

최강의 신화가 깨졌다. 숙적인 로안느의 왕도, 이그나이츠의 대기사도 아닌 루이즈라는, 몇 년 전만 해도 이름 없던 마법사에게…….

그들의 구원자가 샤일린스에게 천벌을 내렸다!

그 무서운 바하무트군을 이겼다!

혁명군의 심장에서 미지의 감정이 꿈틀거렸다.

해볼 만한데!

제국이 태동할 때부터 절대적인 최강으로 군림하던 바하무트가 광신을 상실하는 순간이었다. 일 년여 전, 이아나 이그나이츠 라이즈가 바하무트 황제에게 패해 맹신을 잃었듯이.

결계와 배리어로 겹겹이 둘러싸여 격리된 오지의 한 구역.

쿠르르.

산보다 큰 붉은 드래곤이 밧줄 같은 검은 뱀들에 묶여 땅에 엎드려 있었다. 수천 개의 거대 마법 창은 드래곤의 몸을 땅에 강하게 박아 넣었고, 드래곤은 옴짝달싹하지 못한 채 몸을 들썩이고만 있었다.

"흐음."

이사벨라는 드래곤의 등 위에 걸터앉은 채 속박에 힘을 보탬과 동시에 심심풀이로 자연 신력을 흡수하고 있던 차였다.

"오라버니. 느꼈어?"

이변을 느낀 이사벨라가 드래곤의 가슴 쪽에 손을 박아 넣고 있는 테일런을 불렀다.

"그래."

테일런은 긍정했다.

"어머니가 죽었어, 내가 느낀 게 맞아? 멍청한 부친이 죽었을 때랑 같은 느낌인데."

"맞아. 죽었다."

그들은 샤일린스의 죽음에 슬퍼하지 않았다. 그들은 가족의 정보다는 같은 목표를 가진 동료라는 느낌으로 묶여 있었다. 테일런이 봉인되어 있던 바하무트의 영혼을 깨워 제 것으로 만든 이후부터는 '한 몸'이라는 의식이 강해졌다.

그러니 한 사람쯤 죽어도 상관없었다.

궁금한 것은…….

"누가 죽인 걸까? 우리에게 연락 한번 못 하고 죽은 거면 그럴 여유 부릴 새도 없이 몰아붙여졌다는 건데. 이그나이츠의 아르하드? 로안느의 슈나이더?"

이 세상에 샤일린스를 죽일 만한 대적자는 그들뿐이었다.

"어머니는 늘 오만했고, 감정적이었지."

테일런은 대수롭지 않게 말하며 드래곤, 테라노우딘의 거대한 동맥을 잡아당겼다. 그의 손가락들은 동맥과 융합된 것처럼 합쳐져 있었다. 테일런은 테라노우딘의 심장에서 신력을 무수히 빨아들이고 있는 중이었다. 테라노우딘이 움찔하며 반항했지만 소용없었다.

"형제가 가장 유력하다. 고슴도치처럼 웅크린 채 기회만 노리고 있었겠지. 어머니를 도발해서 함정에 밀어 넣고, 로안느의 병신들까지 힘을 합쳤으면 어머니 정도는 죽일 수 있었을 거다."

"그런가. 아무튼 이젠 어쩔 거야? 어머니는 죽었고 우리도 여기에 있으니 군대를 제대로 통솔하기 어렵잖아. 이그나이츠가 이때다 싶어서 바하무트를 치면 어쩌지?"

이사벨라가 테일런을 물끄러미 쳐다보았다.

"물론 놈들이 어떤 발버둥을 치든 결과는 똑같겠지만."

오라비를 담은 새까만 눈에서 황홀한 만족감이 검은 물결처럼 일렁거렸다.

괴물. 괴물 같으니.

이사벨라는 테일런과 같은 세대라서 행복했다.

"일단 이놈을 다 흡수하고 결정할 거다. 드래곤들의 지식 속에 아주 흥미로운 게 있거든. 이놈까지 흡수하면 명확해질 것 같구나."

테일런은 눈을 감고 있는 테라노우딘을 뱀처럼 얇은 동공으로 응시했다.

"반항이 심하군. 네 동료들이 내게 모두 흡수된 마당에 뭐가 그리 아쉽다고 이렇게 버티지."

[......]

테라노우딘은 테일런이 제 몸에 손을 댔을 때부터 말 한마디 하지 않았다. 지금도 마찬가지였다.

"뭐, 좋아. 이젠 이런 대치도 끝이니까."

심장 공유 마법이 완성되었다.

동시에, 지겨운 적응 기간도 끝났다.

콰드드드득!

테일런이 동맥을 세게 움켜쥐며 제 기운을 강하게 흘려보냈다. 살의와 허기가 혈관을 타고 테라노우딘의 심장으로 폭풍처럼 몰아쳤다.

파챵.

테라노우딘이 찌릿한 통증에 신음했다. 끝의 끝까지 들고 버티던 방패, 얇은 배리어가 깨지는 순간이었다.

테일런과 테라노우딘이 거세게 충돌하고 있던 정체성의 경계선이 허물어졌다.

"결국 이렇게 될 것을."

테일런은 무력화된 테라노우딘의 거대한 몸집을 보며 입맛을 다셨다. 영혼 깊숙한 곳에서부터 채워지지 않는 허기가 요동쳤다. 그의 육체 안에는, 온갖 것이 융합된 미지의 괴물이 도사리고 있다. 이제 인간의 몸이 너무 작고 불편하게 느껴지는, '테일런'이라는 이름의 괴물의 영혼이었다.

괴물은 마지막 오지 드래곤을 집어삼키고 싶다는 욕망으로 아우성쳤다.

"잘 먹도록 하지."

테일런은 미끄럽게 웃으며 테라노우딘의 동맥을 꽉 틀어쥐었다. 드래곤의 신력, 영혼, 심장, 모든 것을 흡수하기 위해 문을 개방했다.

와드드득.

테라노우딘의 몸이 심장을 중심으로 종잇장처럼 구겨졌다. 그의 신체는 불이 꺼지듯 연기가 되어 사라져 버렸고, 거대한 심장과 영혼은 반항하지 못하고 테일런에게로 빨려 들어갔다.

우득. 우득. 우득.

테일런의 그림자가 거대한 괴물의 모습으로 몸을 크게 부풀렸다가 건장한 남성의 형태로 되돌아왔다.

"흡수되고 나서도 반항이군."

테일런이 눈을 감았다.

내부의 세계에서 요동치는 테라노우딘의 영혼을 폭력적으로 제압하고 집어삼켰다. 쿵쾅대는 심장을 무자비하게 융합시켜 제 것으로 만들었다.

그러자 테라노우딘의 오랜 기억이 테일런에게 자연스럽게 덧씌워졌다. 수많은 고대 지식과 이아나에 대한 정보들이 격류가 되어 테일런의 영혼에 쌓였다.

기억을 흥미롭게 읽어 내려가다, 마지막에 이르러 테일런의 눈썹이 솟았다.

"이거……. 이아나 이그나이츠 라이즈가 살아난다면 내가 드래

곤들을 먹어 치웠다는 걸 알겠군."

"뭐? 어떻게?"

"마지막 드래곤이 아티팩트를 통해 우리의 정보를 남겼어."

"어머······."

어느새 곁에 다가온 이사벨라가 반갑다는 듯 미소 지었다.

"있지. 혹시 지금 깨어나 있는 거 아닐까? 시체처럼 숨만 쉬던 이그나이츠나 로안느가 힘을 합쳐 어머니를 죽인 것보다는 그 여자가 깨어났다는 게 더 그럴싸해 보이는데."

"동의한다. 우리가 이곳으로 오기 전까지는 깨어나지 않은 게 확실하지만 지금은 깨어났을 수도 있겠어."

"후후. 재밌겠다."

이사벨라가 이아나를 떠올리며 입술을 축였다.

욕망이 빚어낸 갈증은 그 여자를 갖거나, 먹어 치우기 전까진 해갈되지 않을 것이다.

"이사벨라, 넌 파칼라투아를 이끌고 바하무트로 귀환해서 상황을 파악해라. 그 여자가 깨어났다는 가정하에 모습을 감추고 조심히 움직여."

"알았어. 오라버니는?"

"난 마지막으로 갈 곳이 있다."

테일런이 여전히 허기진 기분으로 땅을 내려다보았다.

조화를 이루는 네 드래곤의 힘까지 얻고 나자 알 수 있었다. 드래곤 네 마리는 라오스의 힘을 쪼개 받은 일부에 불과하다.

조각을 삼켜 봤자 결핍될 뿐이다.

완전한 것을 삼켜야 한다.

그리고 예전에 딱 한 번 가 본 아카식 레코드.

그곳에는 어마어마한 것들이 존재했다.

그것들까지 모두 집어삼키면 어떨까?

'아무리 찾아도 보이지 않던 칸데메이온과 라오스도 그곳에 있을 가능성이 높겠군.'

아카식 레코드로 향하는 문을 여는 방법은, 칸데메이온의 힘에 드래곤 넷의 힘까지 얻음으로써 자연스럽게 알게 되었다.

쿠우우우웅!

테일런이 드래곤의 힘을 실어 땅을 강하게 밟았다. 그의 한 걸음에 대지가 파도처럼 울렁울렁 요동쳤다.

쩌저저적.

고오오오…….

대지가 아닌, 공간이 찢어지며 차원의 문이 열렸다. 테일런은 망설이지 않고 그곳으로 뛰어들었다.

그는 추락하며 몸을 비틀었다. 위쪽으로, 하늘이 아닌 드넓은 세계 전체가 한눈에 들어왔다.

테일런은 세계를 샅샅이 살피며 무언가를 찾았다. 그리고 마침내 발견했다.

'이아나 이그나이츠 라이즈.'

정말로 깨어났군. 테일런은 음미하듯 그녀를 훑었다.

'불쌍하긴. 깨어나 봤자 불행할 뿐일 텐데.'

테일런은 만족스러움을 느끼며 끝없이 추락했다.

'네게 다음번 기회는 없어.'

"어서 와."

이그나이츠 본성에 도착한 이아나를 아르하드가 반겨 주었다. 이아나는 척척 걸어와서 소파에 몸을 푹 묻으며 앉았다. 할 일이 많았지만 쉴 때는 쉬어야 했다. 지금은 아르하드 곁에서 경계를 풀고 푹 쉬는 시간이었다.

아르하드가 이아나의 옆에 앉으며 물었다.

"고생했다. 어땠어?"

"샤일린스, 아주 강하더군요. 에이지와 도르시아니가 준비를 많이 했는데도 싸움이 상당히 어려웠습니다. 제가 나섰어야 했어요. 샤일린스가 강해진 건 신력 흡수와 수련의 영향도 있겠지만, 그와 별개로 테일런에게 공유받는 힘이 상당해 보였습니다. 특히 드래곤의 힘이 대단한 듯합니다."

"그렇겠지. 마도시대 최강의 생물 네 개체인데."

테일런은 본신의 힘에 더해 바하무트, 악마, 칸데메이온을 비롯해 네 드래곤의 힘까지 가졌다. 그 힘을 공유받은 샤일린스는 마지막으로 봤을 때보다 훨씬 강해져 있었다.

"이번이 네 정식 복귀 무대였어도 괜찮았을 텐데."

"추후를 생각한다면 본인들의 힘으로 성공했다고 여기는 쪽이 좋으니까요."

이그나이츠는 자국민을 최우선시한다. 지금 바하무트 제국민의 자립을 돕는 것은 추후의 귀찮음을 방지하기 위해서였다. 바하무트가 갈가리 찢어지든 합쳐지든 새로운 터전을 꾸려 나가

든, 이그나이츠에 폐를 끼치지 않고 자기들끼리 아옹다옹하며 알아서 잘 살아갈 수 있도록.

"테일런의 지지층도 없애야 하고요."

짓밟기만 하며 위에 올라간 그놈이 내려올 땐 추락할 수밖에 없도록 발판을 치워야 했다.

"그건 그래."

이는 아르하드도 동의한 부분이었지만, 이아나가 이름을 알리지 못한 것이 못내 아쉬웠다.

이아나는 그동안 힘든 전쟁들에 '몰래' 나서서 모든 전투를 승리로 이끌며 아군의 사기를 잔뜩 끌어올렸다. 하지만 이름을 밝히지 않은 그녀의 업적은 없는 것이나 마찬가지였다.

"샤일린스를 통해 테일런이 얼마나 강한지도 살펴봤어?"

"그 여자의 강함과 태도를 봤을 때, 제가 조금 더 강합니다."

샤일린스는 이아나를 보자마자 지나치게 동요했다. 죽은 줄 알았던 여자가 살아 돌아왔기 때문이 아니라, 이아나가 상상 이상으로 강했기 때문이다. 마지막에는 테일런이 이길 것이라 악을 썼지만 그건 사형수가 내지르는 최후의 발악과 같았다.

"다만 확실하게 승리하려면 테일런이 등장할 때까지 그 간격을 더 크게 벌려야겠죠. 테일런과 싸울 때, 당신과 이그나이츠군은 땅과 민간인을 보호해야 하니 실질적으로는 테일런과 저의 싸움이 될 테니까요. 놈과 강함의 우열이 아예 확실한 건 아니니 방심은 하지 않습니다. 저는 이제 테일런과 대면하기까지 수련에만 집중하겠습니다."

이아나에게서 고양감이나 우월감은 전혀 보이지 않았다. 그녀는 지극히 냉정했다.

이아나의 눈앞에 어딘가에서 제 힘에 고취되어 있을 테일런이 선명히 그려졌다.

'어디 한번 해 봐.'

이아나가 중얼거렸다.

네가 드래곤들을 먹어 치웠더라도 소용없어.

나와 같이 천칭을 거스르는 힘을 얻는다 하더라도.

이 세상 모든 것을 먹어 치워 세계의 힘을 갖는다 하더라도.

네가 무슨 짓을 하더라도. 얼마나 강해졌더라도!

나는 네 야망, 네 욕망, 그 모든 것을 부술 것이다.

영원토록 싸우는 한이 있더라도 끝내는 너를 죽일 것이다.

난 맞은 것의 두 배 이상으로 갚아 주거든…….

아르하드가 소파 등받이에 팔을 걸치며 몸을 깊숙이 묻었다.

"슬슬 테일런이 드래곤 흡수를 끝낼 시기가 다 되어 가는 것 같은데."

마지막 전투가 다가오고 있음에도 아르하드는 침착했다.

조금만 방심해도 일 년여 전의 분노가 들끓어 머리가 하얗게 비고, 이아나와 함께하지 못했던 시기의 절망이 눈을 멀게 했다. 그때와 같은 일이 벌어지면 어쩌나 불안해지기도 했다.

하지만 바로 지금, 곁에 이아나가 있기에 그는 두렵지 않았다. 이아나가 없는 일 년 동안 아르하드는 너무나 고통스러웠지만 이아나가 돌아오리라 믿었고 그녀는 그 믿음을 배신하지 않았다. 심지어 아득히 강해져서 돌아왔다.

아르하드가 이아나의 거친 손 위에 제 손을 덮었다. 이 든든한 손만 있으면 어떤 고난과 역경도 헤쳐 나갈 수 있을 것 같다는 믿음이 있었다. 이아나와 함께라면 테일런이 무슨 짓을 해도 승리할 수 있으리라.

그의 마음을 아는지 모르는지 이아나가 고개를 끄덕였다.

"네. 그래서 이번에 이사벨라든 테일런이든 하나쯤은 나타날 수도 있다고 생각해서 대비했습니다만, 털끝 하나 보이지 않더군요. 최고 지휘관을 잃고 혼란에 빠진 군대에 명령조차 전달되지 않았습니다. 즉, 아직 드래곤을 흡수하고 있는 모양인데…… 생각보다 오래 걸리는군요. 아니면, 제가 받은 메시지의 내용대로 테라노우딘이 시간을 지연시키고 있는 걸까요?"

"알 수 없지. 이미 끝냈는데도 또 우리 뒤통수를 치려고 빌어먹을 계획을 세우고 있을 수도 있어. 혹은 우리가 예상하지 못한 방법을 동원해서 강해지고 있을 수도 있지."

"감안하고 있습니다. 칸데메이온이 말은 그럴듯하게 해 놓고 배신할 가능성까지 염두에 두고 있어요."

"현명해. 한 번 속인 놈이 두 번 못 속일까."

칸데메이온은 더는 싸움에 끼지 않을 것이라 이아나에게 약속했고, 옆에 라오스까지 있으니 칸데메이온이 자의적으로 허튼짓을 하지 않으리라고는 생각하지만…… 모를 일이다.

"어쨌든 누구에게, 언제 습격당해도 방어할 수 있도록 준비를 단단히 해야겠군. 아직 놈들이 움직이지 않을 때 바하무트의 혁명 분위기를 고조시키는 것도 필요하고."

"혁명은 성공적으로 진행되고 있습니다. 오늘 일로 바하무트 황족을 향한 신뢰도 크게 무너졌고요."

이아나는 샤일린스가 죽었을 때 바로 자리를 뜨지 않고 사람들 사이로 섞여 들어 분위기를 살폈다. 혁명군은 물론이요, 강력하게 세뇌당했을 바하무트군도 흔들리고 있었다. 이대로 황족에 대한 불신을 계속 드높이면 변절할 자들이 많이 보였다. 열심히 각성제와 유도제를 뿌리고 다닌 보람이 있었다.

"업보지. 자기들을 사람 취급도 안 하는 지배자를 따를 이유가 뭐가 있겠어. 심지어 이젠 절대적이지도 않고, 여차하면 패배할 가능성도 있는 지배자를."

이번 처형식에서 노린 점이 이것이었다. 제국민들이 무패의 절대자로 신봉하던 바하무트 황족이 누군가에게 꺾이는 것을 전 국민 앞에서 보여 주는 것.

샤일린스는 알지 못했겠지만, 바하무트의 각 마을마다 포진한 아군 측 마법사들은 샤일린스가 무기력하게, 먼지 한 톨 남기지 않고 죽는 모습을 마법으로 보여 주었다. 제국민들은 평민이고 귀족이고 구별할 것 없이 죄다 크나큰 충격을 받은 상태였다.

여기서 더 부추기면 제국은 붕괴할 것이다.

역사에서, 긴 시간 잘 유지되어 온 국가가 갑자기 폭삭 망하는 경우는 많으며, 그 원인은 언제나 외세의 침략 혹은 내부 문제 둘 중 하나다.

그리고 국가의 운명을 결정짓는 요소는 항상 국민이다. 국가는 국민이 존재하기에 성립할 수 있는 것이기 때문이다.

바하무트의 체제는 오로지 강자생존이었다. 황족은 국민을 힘으로 짓누르며 착취했다. 그러니 그 근본적인 체제가 흔들린 지금 무너질 낌새를 보이는 수밖에 없다.

바하무트는 이미 썩어 있던 것이 곪아 터지면서, 국민에 의해 내부로부터 망할 것이다.

"만약 바하무트 황족의 승리가 절대적으로 보장되었다면 그래도 따랐겠지. 회귀 전의 나에게 누구도 감히 불복하지 않았던 것처럼."

아르하드가 이젠 한여름 밤의 꿈처럼 느껴지는 회귀 전의 제 과거를 지금의 바하무트 황족들과 겹쳐 보자 이아나가 제 손등 위에 겹쳐진 그의 손을 마주 잡았다.

"아뇨. 당신은 바하무트의 황제였지만, 황족과는 달랐습니다."

이아나는 회귀 전의 아르하드가 받았던 찬사를 떠올렸다.

바하무트 황제였던 아르하드는 제국에 진정한 번영을 가져왔다. 진실한 복종을 위해 제국민들의 삶을 몇 단계나 위로 끌어올렸으며 무의미하게 아군을 희생시키지 않았다.

회귀 후에도, 살기 위해 신력을 갈구하면서도 그 이유로 사람을 해치진 않았다. 오염되어 이지를 잃은 몬스터들만 해치웠다.

"제가 봤던 바하무트 병사들은 당신을 진심으로 따르고 있었습니다. 지금처럼 세뇌당해 도구처럼 행동하는 것과는 달랐어요. 당신이 너무나 강했던 것도 이유겠지만, 무엇보다 당신이 훌륭하게 다스렸기 때문이겠죠. 저는 제 적이었던 당신을 증오했지만…… 당신이 대단한 왕이라는 점은 인정했었습니다. 만약 당신이 지금의 바하무트 황족과 같았다면 리키젠처럼 대쪽 같은 놈이 당신에게 충성하진 않았겠죠."

어쩜 이렇게 예쁜 말만 할까.

아르하드는 이아나의 입술이 또박또박 읊어 내는 말들을 귀

기울여 들었다. 당신은 악마와 다르다, 바하무트와도 다르다고 말해 주는 그녀가 좋았다. 이아나를 절대 실망시키고 싶지 않기에 더 노력하고 싶다는 향상심이 들었다.

"지금도 당신은 이그나이츠를 아주 멋지게 이끌어 가고 있습니다. 당신은 제게 길잡이가 되어 달라 했지만, 제가 없었더라도 당신은 어떤 곳에서든 왕이 되었을 사람입니다."

세상에서 가장 아름다운 노래를 듣듯 눈을 감고 그녀의 말을 음미하던 아르하드가 조용히 되물었다.

"내게 왕의 자질이 있다는 건가?"

"이제 와서 확신이 없어 그런 소리를 하시나요? 아니면 언제나처럼 제게 칭찬을 듣고 싶으신 건가?"

둘 다.

누구보다 신뢰하고 존경하는 사람에게 몇 번이고 잘하고 있다는 확언을 받고도 싶었고, 세상에서 가장 사랑하는 사람에게 꿀처럼 달콤한 칭찬을 수없이 듣고도 싶었다.

아르하드는 대답하지 않았지만, 이아나는 이제 아르하드의 표정만 봐도 그의 속에 묻혀 있는 답이 뭔지 알 수 있었다.

"제가 당신을 믿고 따르는 이유가 뭐라고 생각합니까?"

이아나가 아르하드의 어깨에 손을 얹고 낮게 속삭였다.

"저는 능력 없는 사람을 따르지 않습니다. 그리고 저는 왕이 아닌 당신을 상상해 본 적도 없습니다. 회귀 전에도, 회귀 후에도, 언제나 제 안의 당신은 왕이었어요. 만약 당신에게 왕의 자질이 없었다면 제가 당신의 밑에 들어가겠다 생각했겠습니까? 뭐…… 지금은 당신이 왕이어도 왕이 아니어도 따르겠지만."

아르하드가 웃었다.

"네가 왕이고 내가 기사나 참모였어도 재밌었을 것 같아. 열심히 뒤에서 보필할 자신이 있는데."

이아나가 정색했다.

"그렇게 오랜 시간 저를 보고도 모릅니까. 아니면 농담하시는 건가요? 강하다는 것만으로는 훌륭한 왕이 될 수 없고, 제게 나라를 다스릴 능력 따윈 없어요."

"난 충분하다고 보는데. 너, 다 떠나서 그냥 왕이 되기 싫은 거지?"

"그런 것도 있죠. 전 강해지고 싶다는 개인적인 욕망만 아주 강하고 다른 성취에 대한 욕심은 아주 저조하니까. 로안느의 공작이었을 때도 영지 관리는 때려치웠었는걸요. 만약 누군가를 이끌고 싶다는 지배욕이 있었다면 슈나이더에게 영지를 하사받아 다스렸겠죠. 그러지 않았었고."

"일리가 있군."

"그러니까, 왕의 자리에는 저 외의 다른 사람들에게는 지극히 공평하지만 욕심쟁이인 당신이 더 어울려요. 저는 검만 좋아하는 바보니까 기사에 더 어울리고요."

이아나가 아르하드에게 얼굴을 가까이 가져갔다.

"당신은 왕일 수밖에 없고, 저는 기사일 수밖에 없습니다. 이제 만족합니까?"

"엄청."

그제야 아르하드는 아주 기쁘게 웃으며 이아나를 확 끌어안았다. 이아나도 뜨끈한 얼굴로 그를 마주 안아 주었다.

"좋아……."

아르하드는 제 품 안에 안겨 있는 이아나의 체온과 감촉을 만끽했다.

너무 바쁜 게 한이었다. 일이고 뭐고, 영원토록 이렇게 안고만 있고 싶은데 세상은 그들을 가만 내버려 두지 않았다. 뜨거운 사랑만 읊으며 세월을 보내고 싶건만, 사랑에 허우적댈 상황이 아니었다.

이아나의 사랑에 목매며 살아온 그는 사랑을 받는 지금도 여전히 결핍되어 있다. 이아나의 사랑은 농밀하고 깊었지만 결핍이 충족되기엔 사랑받는 시간이 모자라고 또 모자랐다.

하지만 이아나도, 아르하드도, 당장의 사랑 때문에 눈앞에 닥친 위기를 방치하는 성격이 아니었다. 영원한 사랑을 위해 지금의 위기를 빨리 해결하는 성격이었지.

'바하무트 놈들만 제거하면 돼.'

이아나는 의지를 불태우는 아르하드의 품에 조용히 안겨 있다, 뺨에 키스를 해 주며 그를 밀어냈다.

"이제 수련하러 가 보겠습니다. 지금보다 훨씬 더 강해질 거예요."

강해지겠다 되뇌는 이아나의 적안에서 정체를 알 수 없는 무서운 불꽃이 일렁거렸다.

"……."

번갯불처럼 작열하는 눈빛에 아르하드마저도 섬뜩해졌다. 그녀의 시선이 향하는 곳은 테일런도, 아르하드도 아니었다.

그보다 더 높은 곳에 있는, 그녀만이 바라볼 수 있는 미지의 궁극이었다.

아르하드는 또다시 불안해졌다.

이제 테일런은 문제가 아니었다.

긴 잠에서 깨어났을 때, 이아나는 비약적으로 강해져 있었다. 그런데 한차례 수련까지 마친 이아나는 정말 무서울 정도로 더 더욱 강해졌다. 아르하드조차도 이아나가 어디에 도달해 있는지 가늠할 수 없었다.

이아나는 어디까지 가려는 걸까.

서로의 목표가 같다고 생각했지만, 사실 다른 게 아닐까.

회귀 전에, 아르하드는 이아나의 사랑을 바랐고, 이아나는 아 르하드를 무력으로 이기기를 바랐다.

지금도 아르하드는 이아나의 사랑을 다른 무엇보다 갈구하고 있다. 그럼 이아나도 그런 게 아닐까. 강해지는 것이 최우선의 목표가 아닐까.

그래서 아르하드는 불안했다.

이아나가 깨어난 직후에 시험 삼아 맞붙었을 때는 무엇이든 꿰뚫는 검과 무엇이든 막는 방패처럼 비겼었다. 하지만 그녀가 폐관 수련을 마치고 나온 지금, 아직 붙어 보진 않았지만 알 수 있다.

그는 이아나에게…….

질 것이다.

그런데 이아나는 지금보다도 더 높은 곳으로, 그보다 더 높은 곳으로 날아가길 갈망하고 있었다.

자유로운 새가 어깨에 앉아 있는 기분이다. 그는 이아나가 자신을 뒤로하고 어디론가 날아가 버리는 게 아닌지 불안했다. 강해지고 또 강해지는 이아나가 정말 멋있었지만 한편으로는 두려웠다. 아르하드에게는 이제 이아나를 강제할 수단이 없었다.

"이제 가 보겠습니다."

아르하드의 품에서 벗어난 이아나가 아르하드의 이마에 키스를 한 번 더 해 주곤 일어났다.

아르하드가 저도 모르게 이아나의 손을 잡았다.

그를 내려다본 이아나는 애처로운 눈빛을 발견했다.

"힘내."

아르하드는 순식간에 감정을 감추며 원래 그러려고 했던 척 이아나의 손가락에 애정을 실어 키스했다. 그리고 그녀의 손을 천천히 놓아주었다.

이아나가 픽 웃었다.

척하면 척이다.

아르하드가 말하지 않아도 이아나는 그의 심정을 알았다.

"바보 같아."

이아나는 떨어져 나가는 아르하드의 팔을 세게 잡아당기며 그의 몸 위로 떨어져 내렸다. 그의 다리 위에 올라타 목을 휘감고, 진득하게 키스했다.

아르하드의 어깨를 밀어서 뒤로 넘어뜨린 이아나가 아르하드의 가슴을 짚은 채 가만히 내려다보았다.

하늘과 우주를 넘어, 천칭과 진리를 넘어, 세계 밖을 내다보던 냉랭한 눈동자는 어느새 그녀의 남자를 한가득 담고 있었다.

"제가 검이라면 당신은 주인입니다. 저는 당신 곁에 있어야 그 가치가 빛난다고요."

이아나는 미지를 향해 달려가고 있으나, 결국엔 한 남자를 미치도록 사랑하는 한 명의 인간이었다.

그저 강해지기만 하면 무슨 소용일까.

바하무트 꼴이나 나겠지.

그녀는 사랑으로 인해 더욱 많은 것을 얻었고, 더욱 높은 곳을 올려다볼 수 있었다. 아르하드를 향한 사랑은 그녀의 도약을 돕는 발판이었으며 그녀가 강해지고 싶은 이유였다.

내가 강해지려는 것도, 이렇게 강해진 것도, 사랑하는 당신과의 행복한 삶을 위해서야. 내가 당신을 얼마나 사랑하는지 알면서 바보같이 또 불안해하긴.

이아나는 바보 같은 아르하드를 깔아뭉개고 숨이 벅차도록 키스했다. 그의 목뒤를 부여잡고, 입술을 벌려 그의 모든 것을 집어삼켰다.

아르하드는 이아나의 뜨거운 키스를 받으며 서서히 불안에서 벗어났다. 손을 밑으로 늘어뜨린 채 그녀의 열정을 마음껏 받아 마셨다.

"……."

욕심껏 아르하드를 탐닉한 이아나가 코끝을 비비며 입술을 떨어뜨렸다.

아르하드를 쳐다보는 그녀의 눈이 활활 불탔다.

사랑이 부족하긴 그녀도 마찬가지였다. 지금은 안심하고 그와 나뒹굴 수 없었기에, 정신이 흐트러질까 봐 참고 있을 뿐이다.

온 영혼에 날이 선다.

"부족합니까? 저도 그래요."

신경이 바짝 당겨질 정도로 불만스러웠고, 특정 대상에 대한 분노와 살의가 들끓었다.

"그러니까 완벽하게 마무리 짓기 위해 힘내자고요."

이아나가 숨이 거칠어진 아르하드의 어깨를 꾹 붙잡았다.

"죽여 버릴 거야."

이아나가 어딘가에 있을 테일런을 향해 살벌하게 중얼거렸다.

샤일린스가 사망한 그날 이후, 이아나는 쉬지도 않고 즉시 수련에 돌입했다.

이아나의 하루 대부분이 수련 계획으로 꽉꽉 들어차 있었다. 그녀는 거의 온 시간을 개인 수련장에서 보냈다.

이아나가 열심히 수련하는 동안, 이그나이츠는 바하무트 혁명군을 뒤에서 전적으로 지원했다. 이그나이츠의 지원에 힘입어, 혁명의 들불은 시간이 지날수록 거대해졌다.

루이즈가 샤일린스와 싸우는 도중에 정령의 힘으로도 치료하기 어려운 상처를 입어 요양해야 한다는 불길한 소식이 전해졌을 때는 혁명군 전체에 잠시간 불안감이 도래하기도 했었다.

하지만 혁명군의 핵심 세력이 루이즈만큼 강한 존재들이 자신들을 돕고 있음을 공표했다. 그 말을 증명이라도 하듯 혁명군은 루이즈 없이도 방해하는 바하무트군을 격퇴하거나 회유하며 순조롭게 혁명을 진행했다.

그러자 불안은 촛불처럼 꺼지고 멈출 수 없는 거대한 파도는 바하무트 전역에 몰아쳤다.

혁명군의 목표는 오직 하나였다.

바하무트 군대를 무력화하고, 황족을 죽여 자유를 되찾는 것.

바하무트 본토에 혁명의 기운이 돌림병처럼 퍼졌고, 군대를 제외하면 거의 모든 제국민이 혁명을 긍정적으로 평가했다. 혁명에 부정적이었던 사람들도 기가 죽어 조용히 지내거나 영향받아 혁명군으로 돌아서는 경우가 대다수였다. 군인 중에도 탈영하여 혁명군이 된 자들이 있으니 말 다 했다.

"넌 엔튜루어군으로 들어가게?"

"응. 공을 많이 세우면 나중에 큰 자리를 차지할 수 있대."

혁명군은 혁명을 천명한 여러 거대 세력의 연합이었다. 혁명이라는 큰 목표는 함께했지만 각자가 추구하는 목표는 달랐다. 몇몇 세력은 훗날 바하무트 황족이 없는 제국의 주춧돌이 되고자 했고, 몇몇 세력은 새로운 왕국을 세우고자 했다.

"난 계속 제국에서 살고 싶다."

"재기 불능이야. 새롭게 시작해야 해."

바하무트 제국민들은 이 위대한 시류 속에서 살아남기 위해 마음에 드는 세력의 문을 두들겨 그에 소속되었다. 폭풍이 몰아치는 바다에서 작은 돛단배로는 살아남을 수 없었다. 거대한 배에 올라타야 했다.

그러나 혁명군의 순조로운 행보는 샤일린스 사후 몇 주에 불과했다.

'파칼라투아가 나섰다.'

아르하드는 완독한 보고서를 책상에 툭 던졌다.

바하무트 곳곳에 흩어져 있는 첩보원들로부터, 제1 기사단 파칼라투아가 귀환하여 병사들의 군기를 잡고 혁명을 과격 진압하고 있다는 정보를 전달받았다.

바하무트군에 직접 침투한 마론의 첩보원들은 파칼라투아 기사단이 황실의 명을 받잡아 혁명의 기운을 뿌리까지 뽑아내리라 선언했다는 소식도 전해 주었다.

눈치 볼 것도 없겠다, 혁명군의 핵심 세력인 마론은 대놓고 이그나이츠 측에 지원을 요청했다.

'혁명군은 파칼라투아 기사단을 상대할 수 없다. 놈들은 인간이기를 포기하고 바하무트의 손발이 된 강병들. 우리나라에서도 최정예들이 나서야 해.'

하지만 그보다 중요한 건……

'파칼라투아는 황족과 함께 있었다.'

아르하드는 바하무트 군대의 최정예인 파칼라투아 기사단의 행적을 항상 실시간으로 보고받았었다.

파칼라투아는 테일런의 곁에서 전쟁을 수행하다가, 몇 달 전 테일런과 이사벨라가 잠적했을 때 함께 사라졌다. 황족과 함께 있을 가능성이 매우 높았다.

'파칼라투아가 복귀했으니, 황족도 귀환했을지도.'

하지만 첩보원들은 황족을 본 적 없다고 보고했다.

'파칼라투아만 보냈거나, 귀환해서 조용히 상황을 지켜보고 있거나 둘 중 하나로군.'

아르하드는 후자의 가능성에 좀 더 무게를 두었다. 아무리 가족애가 없는 놈들이라지만 동족이자 강대한 샤일린스가 소식조차 남기지 못하고 단숨에 죽었다. 최대한 빨리 상황을 파악하려 들 터였다.

그리고 바하무트 군대는 황족이 굳이 가축 말에서 군마로 키운 병력이다. 도구에 불과하다지만, 그래도 애써 키운 병력이 전쟁도 아닌 혁명이라는 어처구니없는 사건에서 소모되는 것을 가만 두고 볼 리가 없었다.

'한 명만 왔다면 이사벨라겠지. 내가 황족의 정보를 얻으려 하듯 황족도 이쪽 정보를 얻기 위해 근처를 살피고 있을 터.'

드래곤 흡수가 아직 끝나지 않았다면 이사벨라만 보냈을 것이다. 끝났더라도 테일런의 성격상 상황 파악 등의 자잘한 일들은 부하에게 맡기는 경우가 많았다.

'하지만 아직 이그나이츠에 침입하진 않았어.'

아르하드는 이아나가 깨어나지 않는 동안 허수아비처럼 지내지 않았다. 그는 이그나이츠 영토 전체를 자신의 방어 영역으로 구축했다. 황족이 한 발자국만 들여놨더라도 알아챘을 것이다.

'지금 황족에 대해 추론할 수 있는 정보는 여기까지.'

아르하드는 고심했다.

'정보가 너무 적어.'

막강한 적을 상대할 때는 탐색이 제일 먼저다. 적을 이기기 위해서는 정보를 필수적으로 얻어야 했다.

아르하드는 테일런과 심장과 영혼을 공유하고 있기에 이 점을 이용해 정보를 얻어 보려 했으나 소용없었다.

아르하드와 테일런은 각자 자의식이 너무나 강했고, 제 것을 적에게 빼앗기지 않기 위해 서로를 끊임없이 경계하며 힘의 흐름을 차단했다.

따라서 테일런은 자신이 얻은 온전한 바하무트의 힘도, 드래곤의 힘도 아르하드에게는 공유하지 않았다. 바하무트의 영혼과 드래곤의 영혼은 불완전하게 쪼개진 악마의 파편과는 성질이 달라 피를 통해 강제로 공유되지도 않았다. 정보도 전혀 얻을 수 없었다.

반면에 아르하드는 자신의 영혼 반절이 테일런에게 있는 상태라 회귀 전의 기억과 지식, 그리고 마나 제어권을 나눠 가질 수밖에 없으니 억울해서 분통이 터질 노릇이었다.

'정보를 얻으려면 직접 접촉해야 해.'

이아나가 귀환한 후부터, 아르하드는 드래곤을 먹어 치우고 있을 테일런의 위치를 찾으려 했지만 얼마나 철저하게 숨었는지 털끝 하나 보이지 않았다. 결계를 만들어 그 안에 들어간 것이 분명했다.

'하지만 놈들이 상황 파악을 하기 위해 결계 밖으로 나왔고, 혁명군을 진압하려 한다면 얘기가 다르지. 얼마든지 내 앞으로 끌어낼 수 있어.'

툭. 툭.

책상을 손가락으로 천천히 두들기며 생각을 정리하던 아르하드가 마음을 정하고 자리에서 일어났다.

'내가 직접 나선다.'

이렇게 틀어박힌 채로 얻을 수 있는 정보는 한정되어 있다.

괴물을 잡으려면 거대한 미끼를 들고 괴물 소굴에 들어가야 한다. 그 미끼는, 바로 아르하드 본인이다.

애써 작업한 바하무트 혁명군이 이대로 무너지는 걸 내버려 둘 수도 없다. 이참에 파칼라투아도 손봐 주기로 했다.

'시비를 걸면 알아서 기어 나오게 되어 있다.'

아르하드는 이아나에게 연락했다.

아르하드가 이렇게 직접 나서겠다고 결심할 수 있었던 건 이 아나가 있기 때문이다. 이아나는 아르하드가 구축한 방어 체계의 공동 관리자였다. 바하무트 황족이 침투하면 아르하드처럼 즉시 알아챌 수 있었다. 그리고 자리를 비우는 동안 심각한 문제가 생기더라도 이아나가 해결할 수 있을 것이었다.

[네.]

"이아나, 나는 한동안 자리를 비운다."

이아나가 연락을 받자마자 아르하드가 바로 용건을 전했다.

[황족의 정보를 얻기 위해섭니까? 파칼라투아도 상대하고?]

아르하드가 자리를 비운다는 말 외에는 아무 정보도 주지 않았음에도, 이아나는 마치 뇌를 공유하는 것처럼 아르하드의 계획을 처음부터 끝까지 읽어 냈다.

하나를 말해도 열을 알아듣는 이아나가 좋아서 작게 미소 지은 아르하드가 그렇다고 대답했다.

"파칼라투아가 나온 걸 보면 황족도 하나쯤 기어 나왔을 테니 정보를 얻어야지. 그 참에 파칼라투아를 손봐 줄 생각이다."

[너무 바쁘시군요. 파칼라투아의 상대로 자이겔런트를 써먹는 건 어떻겠습니까?]

"지금 그놈들을 쓰는 건 효과가 떨어져."

[당신 대신 제가 나가는 건요?]

"이번 외출의 목표는 황족 추적과 정보 수집이다. 각종 마법을 구사할 수 있는 내가 더 유리해. 그리고 방어 체계와 업무 처리 체계 구축이 끝난 지금은 내가 할 일이 많이 줄었고, 그 일들마저 리키젠이 대신 처리할 수 있다. 내가 성안에 틀어박혀 있는 건 인력 낭비라는 거지."

[음…….]

"그리고 넌 지금 매 순간이 중요하잖아."

[그렇군요. 알겠습니다. 맡기겠습니다.]

이아나가 조금 몽롱한 목소리로 말을 이었다.

[저는 수련에 집중하는 게 맞는 것 같습니다. 이번 목표에 도달하면 새로운 문이 열릴 듯해요.]

아르하드는 멈칫했다. 눈부시게 강해진 지 얼마나 됐다고 또 새로운 문이 열린다는 걸까?

"정말 대단하군. 응원할게. 아, 그리고 내 행동을 보고 황족이 네 생존을 확신할 수도 있어."

[상관없습니다. 당신이 알아서 해 주세요. 그리고 위험하면 저를 즉시 불러 주셔야 합니다.]

"당연히 그럴 거야."

[위험하지 않더라도, 놈들과 맞닥뜨리면 바로 불러 주세요. 기습을 해서라도 한 놈이라도 더 빨리 제거하는 게 좋을 것 같으니까. 이사벨라라면 어렵지 않을 겁니다. 테일런이 나타나더라도 지지 않을 자신 있습니다.]

이아나가 그렇다면 그런 것이다. 이아나는 허튼 말을 하지 않았다. 그녀는 바하무트 황족 세 명을 상대로도 아르하드를 지켜내며 맹세를 지킨 사람이었다.

"싸워 보고 싶은 거지?"

[네. 직접 붙어 보지 않으면 상대의 실력을 절대 알 수 없습니다. 멀리 떨어진 채 무작정 탐색만 하는 건 시간 낭비예요.]

"알았어. 적절한 때에 너를 부를게. 중요한 정보들을 획득하면 연락해서 공유할 테니 그때까지는 수련에만 집중하고 있어."

[기다리고 있겠습니다.]

"혹시 그 기다림이 수련에 방해가 되는 건 아니지?"

[전투태세는 언제나 갖추고 있고, 수련에 임하는 제 정신력은 그런 것에 방해받을 만큼 약하지 않습니다. 그리고 당신이 무사할 거라 믿으니까 안절부절못하지도 않아요.]

정말 자신만만하다 싶어 아르하드는 설핏 웃고 말았다.

[우리 열심히 해요.]

이아나와의 대화는 산뜻하고 깔끔하게 끝났다.

아르하드는 그길로 즉시 에이지를 찾아갔다.

"당신이 직접 나가려고요?"

눈코 뜰 새 없이 바삐 일하고 있던 에이지는 아르하드가 계획을 전달하자 깜짝 놀랐다.

"하긴 샤일린스는 정보도 많았고, 우리가 이 악물고 준비해서 쉽게 제거할 수 있었지만 테일런과 이사벨라는 다르죠."

에이지는 놀랐지만 불안해하지는 않았다. 이아나가 귀환하기 전에는 아르하드가 마지막 보루였지만 이제 괴물보다 더 괴물 같은 이아나가 성채 안에 든든히 자리 잡고 있었다.

"무슨 정보를 준비할까요?"

"파칼라투아의 출현 지역과, 혁명군의 패색이 짙은 전쟁터들."

"알겠습니다. 그런데 당신의 정체를 드러내고 싸우실 겁니까?"

"그럴 생각이다. 뒤처리는 부탁하지."

"당신이 직접 가서 싸우면 이그나이츠가 바하무트 땅에 욕심 내려 한다는 오해가 있을 수도 있으니까 소문 관리를 철저히 해야겠군요. 가서 민간인들은 가급적 건들지 마시고 상황이 괜찮다면 보호도 해 주십시오. 바하무트군만 해치우고 땅엔 손대지 마시고요."

아르하드가 그리겠노라 요구를 받아들이자 에이지가 기합을 넣으며 정보를 준비하러 갔다.

몇 시간 후, 채비를 마친 아르하드는 이그나이츠 성을 떠났다. 실로 오랜만의 외출이었다.

아르하드는 이미 외워 둔 지도를 한 번 더 살폈다. 이동 루트를 정하기 위해서였다.

이번 임무의 목표는 바하무트 곳곳을 텔레포트로 순회하며 위기에 처한 혁명군을 돕고 적군을 박살 내어 바하무트 황족을 꾀어내는 것이다.

'내 얼굴을 내놓고 바하무트군을 죽이다 보면 알아서 기어 나오겠지.'

하지만 만남의 시기는 너무 빠르지도, 너무 늦지도 않아야 했다. 황족과 조우하는 것이 주된 목표지만 파칼라투아의 숫자도 줄여야 하기 때문에 황족이 너무 일찍 찾아오면 곤란했다.

민간인 사이의 소문은 에이지와 혁명군 간부들이 조절할 테니, 아르하드는 바하무트군의 직통 보고만 적절히 통제하면 되었다.

아르하드는 지도에 표시된 목적지들을 하나하나 찾아가 에이지가 제공한 정보를 재확인했다.

"으아악!"

혁명군 수백 명이 사자 무리에 내쫓기는 사슴 떼처럼 먼지구름을 일으키며 도망치고 있었다. 입에 거품을 물고 정신없이 도주하는 그들의 뒤로 수십 개의 검은 그림자들이 따라붙었다.

파칼라투아 기사단이었다.

최강의 파칼라투아. 바하무트 황족과 더불어 제국민들의 자부심이자 경외의 대상이었던 기사단은 이제 공포 그 자체였다.

'괴물들!'

'이길 수 없어…….'

파칼라투아는 혁명군이 이때까지 싸워 온 바하무트군과는 차원이 다른 병력이었다.

일단, 평범한 바하무트군과는 달리 파칼라투아는 말이 전혀 통하지 않았다. 대화 시도를 묵살하고, 죽일 줄밖에 모르는 인형처럼 그저 도륙했다.

대화를 포기한 혁명군이 그들에게 맞서 싸워도 보고, 피해 숨어도 봤지만 소용없었다. 싸우면 그 자리에서 죽었고 숨으면 숨은 장소에서 죽었다. 파칼라투아는 규격 외의 강함으로 무장하여 혁명군을 학살하고 다녔다. 그들 한 명 한 명이 최상급 몬스터였다. 그러니 혁명군은 도망칠 수밖에 없었다.

'혁명은 실패할 거야.'

'너무 얕봤어. 저들을 어떻게 이길 수 있단 말인가.'

파칼라투아의 숫자는 약 천 명. 중대 몇 개를 중심으로, 수십 개의 소대와 분대가 혁명군을 도륙하는 임무를 수행하고 있다.

파칼라투아가 개입한 전장에서는 혁명군의 붉은 피가 강이 되어 흘렀고, 비릿한 썩은 내는 절망이 되어 사방으로 진동했다. 샤일린스가 죽으면서 퍼져 나가기 시작한 혁명의 불꽃은 파칼라투아에게 유린당하며 하나둘 진화당하고 있었다.

"……."

아르하드는 그 모든 것을 조용히 지켜보았다.

서늘한 시선이 닿는 모든 것이 정보가 되었다. 뒤죽박죽 섞인 과량의 정보는 뇌로 전달되자마자 체계적으로 정리되었다.

슥슥.

아르하드는 지도에다 선을 휘갈겼다. 선들이 얽히고설키며 복잡한 길들로 재구성되었다. 그는 완성된 지도를 한 번 더 꼼꼼히 훑어 내린 후 접어서 품에 넣었다.

이동 루트가 정해졌다.

'시작해 볼까.'

아르하드는 즉시 첫 번째 목적지로 텔레포트했다.

스경!

이동과 동시에 거대한 검이 허공에서 뽑혀 나왔다. 드워프들이 만들어 준 검으로, 이아나의 검과 형태는 다르지만 기능은 비슷했다. 기운 전도율과 경도가 매우 높아 파괴될 확률이 낮은 명검이었다.

"후……."

아르하드가 짧게 심호흡하며 검을 쥔 손에 힘을 세게 주었다.

이아나가 검이라면 아르하드는 방패.

아르하드는 이그나이츠를 세운 이후부터 제 모든 기술들을 방어력을 극대화하는 방향으로 발전시켰다. 하지만 여기서 말하는 방어가 공격을 막기 위한 방어만을 뜻하는 건 아니었다.

'최선의 방어는 공격'이라는 말이 있다. 상황에 따라, 방패를 들고 무작정 버티는 것보다는 공격해서 기선을 제압하는 것이 더 나은 방어일 때가 있었다.

즉 궁극의 방어력을 갖추려면, 방어술과 공격술 둘 다 극의에 이르러야 했다.

그리고 궁극을 추구하는 아르하드는 이아나가 잠들어 있던 시기, 방패 뒤에서 파괴적인 궁극기들을 악착같이 단련해 왔다. 아귀처럼 달려드는 적을 단번에 무력화하여 전투의 흐름을 뒤집을 강력한 한 방을 말이다.

회귀 전의 이아나가 그토록 선망하고 질투했던 검.

이아나가 회귀한 후에도 이기고 싶어 안달이 난 검.

아르하드의 검신 주변의 공간이, 소리 없이 일그러지고 구겨졌다. 공간이 그의 검을 중심으로 잡아당겨지며 세계의 무게가 그의 검에 실리기 시작했다.

쿠구구구구구……

세계가 부서질 듯 진동했다.

'와라.'

진정한 주인이 부르자 부유하던 마나가 압축하듯 빨려 들어왔다. 마나뿐만이 아니라 자연의 신력도, 파칼라투아 기사단이 휘두르는 어두운 신력도 강대한 흐름에 휩쓸렸다. 시간마저 강력한 인력을 이기지 못하고 발걸음을 늦춰야만 했다.

일련의 과정은 눈 한 번 깜빡하기도 전에 일어났다.

아르하드가 느릿하게 검을 그었다.

쩌적…….

검에서 뻗어 나간 패도의 기운이 해일이 되어 몰아쳤다.

파칼라투아가 강적의 출현을 깨닫고 방어하려 할 때는 이미 늦은 상태였다.

콰과과과과광!

비명을 지를 틈도 없었다. 반절 이상이 휩쓸려 나가며 바닥에 나뒹굴었다. 그들은 다시 일어나지 못했다.

"커헉!"

"큽!"

일부는 간신히 막아 냈지만 멀쩡하진 못했다. 그들이 토한 검붉은 피가 대지를 적셨다.

그들이 몸을 추스르기도 전에 겨울의 삭풍처럼 매서운 공격들이 휘몰아쳤다.

쾅! 콰광! 퍼걱!

아르하드는 일방적으로 적들을 으깨고 찢어발겼다. 화려한 맛은 없었지만 공격 하나하나가 묵직하고 파괴적이었다. 불시의 기습으로 이미 전투 불능이 된 파칼라투아 기사들이 이리저리 튕겨 나갔다.

작정을 한 아르하드가 파칼라투아 기사들을 몰살하는 데는 많은 시간이 소요되지 않았다.

철컹!

아르하드가 피 묻은 검을 집어넣었다.

"……."

"……."

어느새 도주를 멈춘 혁명군은 멀찍이서 멍청한 표정을 짓고 있었다. 그들은 아르하드의 전투를 처음부터 끝까지 지켜보았다. 사실, 지켜볼 것도 없었다. 몇 번 쾅쾅 하더니 끝이 났으니까.

조각상처럼 준수한 외양과 표정 없는 담백한 얼굴이 그들의 뇌리에 박혀들었다.

아르하드는 그들이 정신을 차리기도 전에 다음 목적지로 훌쩍 떠났다.

콰아앙! 콰앙!

두 번째 목적지에서도 결과는 똑같았다.

회귀 전의 아르하드는 전장을 일방적으로 휘젓고 다니며 전장의 지배자라 불리었다. 회귀 후에는 이아나 때문에 얌전히 지내고 있었지만 흉흉하고 잔인한 근본은 어디 가지 않았다.

이때까지는 바하무트 황족을 경계하느라 그의 실력이 발휘될 기회가 없었다. 이아나가 없는 동안엔 이그나이츠를 방어하느라 적들에게 조롱당하면서도 침묵을 지켜야만 했다.

하지만 이아나가 돌아와 이그나이츠가 안정된 지금, 억눌려 있던 차가운 흉성이 폭발했다.

퍼걱!

휘둘러진 대검이 적의 목을 쳤다. 내리그어진 검은 몸을 반으로 갈랐다.

물고기를 작살로 꿰듯 배를 뚫고, 지상으로부터 몸을 떠받치는 다리를 도려내고, 무기를 움켜쥔 채 항거하는 팔을 뜯었다.

단단한 근육을 찢고, 뼈를 부수고, 심장을 터뜨렸다.

그의 앞길을 막을 수 있는 자는 이곳에 없었다.

아르하드는 파칼라투아 기사단이 본대에 신호를 보낼 잠깐의 시간조차 주지 않았다. 누군가 마법을 구사하려 하면 곧장 마법의 배열을 파괴하여 연락을 방해했다.

세 번째, 네 번째, 다섯 번째 전장에서도.

모두 아르하드의 압도적인 승리로 마무리되었다. 그에게 자비심은 단 한 톨도 없었다. 파칼라투아는 절대 갱생할 수 없는 적이다. 내버려 뒀다간 아군을 죽이는 병기가 될 뿐이다. 죽일 수 있을 때 죽여야 했다.

"누구냐."

파칼라투아 기사단 본진이, 누군가가 자신들을 해치우고 있다는 사실을 깨달은 건 하루도 채 지나지 않아서였다. 일정한 시간 간격으로 상태를 보고하는 것이 원칙인데 규율을 어긴 소대가 벌써 열을 넘었다. 연락이 없다는 건 죽었다는 뜻이었다.

그 누군가의 정체는 며칠 동안 더 큰 피해를 입고 나서야 알 수 있었다.

"이그나이츠의 왕이었군."

그를 상대할 수 있는 건 바하무트 황실뿐이다.

파칼라투아는 본인들이 강하다는 걸 누구보다 잘 알고 있었으나, 절대자들의 발끝에는 닿지 못한다는 점도 인지하고 있었다.

파칼라투아는 어디까지나 도구였다. 주인의 중요한 싸움이 방해받지 않도록 잔챙이들을 정리하는.

파칼라투아 기사단장은 이그나이츠의 국경 근처에 있는 그들의 주인에게 즉시 연락했다.

"황후 폐하. 제국 내에 이그나이츠의 왕이 있습니다."

아르하드가 전투를 시작한 지 며칠이 지났다.

"커헉!"

그는 얼마 전부터 파칼라투아 기사단이 비명을 지를 틈을 주기 시작했다. 파칼라투아 기사들이 상부에 빠르게 보고하는 것도 가만 내버려 두었다.

이윽고, 혁명군 사이에서도 이그나이츠의 국왕이 전투에 개입했다는 소문이 빠르게 돌기 시작했다.

투화아악!

파칼라투아 기사가 쪼개지는 동료의 시신을 밟고 아르하드에게 쇄도했다.

타앙! 콰지지직!

아르하드는 어렵지 않게 공격을 쳐내고 기사를 쪼갰다. 대화는 오가지 않았다. 그저 죽이고 죽으며 발생하는 파육음만이 소란스러웠다.

파칼라투아 기사들은 일방적으로 죽어 나갔으나, 그럼에도 지옥에서 올라온 악귀처럼 아르하드에게 매달렸다. 이따금 아르하드에게 상처를 입히기도 했다. 그러나 그뿐이었다.

"허……."

혁명군은 소문으로만 듣던 이그나이츠의 국왕이 무서운 파칼라투아 기사들을 일방적으로 짓뭉개는 현장을 멍하니 지켜보았다.

퍼걱!

일격에 한 명의 목숨을 빼앗으면서도 아르하드의 얼굴은 차분했다. 공포스러운 신위와 어울리지 않는 그 담백함이 더한 공포를 불러일으켰다.

전투는 또다시 일방적으로 끝났다.

아르하드는 언제나 그랬듯이 말없이 현장을 떠났다.

'왜?'

혁명군의 분위기는 불안으로 요동쳤다.

'왜 이그나이츠 국왕이 직접 우리를 돕는 거지?'

이그나이츠가 혁명군을 지원하고 있다는 건 익히 알려져 있는 사실이었다. 하지만 지원군을 보내 줄 뿐, 국가 자체는 봉쇄하고 있던 국왕 아르하드가 왜 갑자기, 직접 나섰던 말인가?

이때까지 이그나이츠의 지원은 크게 신경 쓰이지 않을 정도로 소소했다. 그런데 국왕이 갑자기 튀어나와 무서운 파칼라투아 기사들을 적극적으로 썰어 버리자 혁명군은 불안해졌다.

"혹시 이그나이츠가 우리를 이용해 먹기만 하고 땅을 죄다 차지할 작정인 거 아냐?"

불편한 의문들이 증폭하는 가운데, 혁명군 리더 루트 도리안이, 몸을 거동하기 어려운 루이즈가 직접 그에게 지원을 요청했다고 공표했다.

"루이즈 님이……. 그랬군."

루이즈의 이름을 대니 혁명군의 불안감은 가라앉았다.

동요가 가라앉지 않은 쪽은 오히려 혁명군을 지원하고 있던 이그나이츠 병사들이었다.

"황족이 본토를 침공하면 어쩌려고 여기 계신 거지?"

"그동안 방어 체계에 공을 들이시더니, 이제 성을 비우고 나오셔도 되는 건가?"

아르하드는 그들의 불안에 응답해 주지 않았다. 그저 기계처럼 파칼라투아를 부수고 다녔다.

그리고 드디어 아르하드의 정체를 알게 된 파칼라투아의 행동 양상이 특이한 방향으로 변했다.

파칼라투아는 혁명군을 진압하러 다니지 않고 뿔뿔이 흩어진 채 그냥 여기저기 떠돌아다녔다. 마치 대어를 잡기 위해 흩뿌려진 미끼들 같았다.

아르하드는 마음껏 미끼를 물어 주었다. 조우한 파칼라투아 기사들을 가지고 놀며 그들이 본대에 신호를 보내는 것을 지켜보았다. 그러다 시간이 조금 지나 기류가 불안정해지면 그들을 죽이고 자리를 훌쩍 떴다. 누군가를 놀리듯이 말이다.

그러던 어느 날, 형세가 또다시 변했다.

[아르하드, 정체불명의 존재가 돌아다니면서 혁명군을 몰살하고 있다고 합니다. 근처에 있던 첩보원들도 싸움에 말려들었는지 연락이 끊겨서 정체 확인이 불가능합니다.]

아르하드는 에이지의 보고에 짤막하게 답을 내렸다.

"이사벨라 바하무트다."

아르하드는 불안정한 기류에서 이사벨라의 기운을 읽어 낸 지 오래였다.

이사벨라는 파칼라투아를 미끼로 활용하여 그를 낚으려 했다. 하지만 아르하드는 텔레포트의 전조가 느껴지면 즉시 자리를 옮겼다. 자신을 만나고자 하는 낚시꾼을 일부러 피해 다니며 약을 올렸다는 얘기다.

그러자 이사벨라는 눈이 뒤집혔는지 아르하드처럼 혁명군을 쥐 잡듯이 잡고 다니며 맞불을 놓았다.

이그나이츠 왕성을 어쩌지 못하니 이그나이츠와 손을 잡은 혁명군을 죽이고 다니는 모양인데 아르하드 입장에서는 나쁠 게 없었다. 어차피 혁명군은 이그나이츠 국민이 아니라 바하무트 제국민이었다. 이사벨라 입장에서는 제 살 깎아 먹기였다.

이사벨라도 그 사실을 깨달았는지 그 행동을 오래 지속하지 않았다.

그리고 파칼라투아가 썰물처럼 물러나 혁명군들의 진지에서 아예 자취를 감췄다는 소식이 전해져 왔다.

"와!"

혁명군이 환호하고 있을 때, 아르하드는 에이지로부터 그들이 한 황무지에 군집했다는 소식을 받았다. 이사벨라도 그곳에 있으리라는 건 어렵지 않게 예측할 수 있었다.

'나를 부르고 있군.'

때가 되었다.

아르하드는 기꺼이 이사벨라가 있을 곳으로 찾아갔다.

물론 함정을 파 놨을 수도 있으니 바로 만나지는 않았다.

그는 멀찍이 떨어진 바위산의 정상에 걸터앉아, 검은 하이에나들이 우글거리고 있는 황무지를 바라보았다. 그동안 지겹도록 잡아 죽인 파칼라투아 기사단이 흉흉한 투기를 뿜어내며 도열하고 있었다.

'그렇게 죽여 댔는데도 수가 많군.'

반 이상은 죽인 줄 알았는데 그동안 단원 수를 많이 늘렸는지 죽인 숫자의 곱절은 되는 기사들이 멀쩡하게 살아 있었다.

'포위당하는 건 곤란해.'

파칼라투아의 진정한 힘은 기사단 전체가 하나의 몸처럼 움직일 때 나온다. 소대와 분대로 활동할 때와는 차원이 다른 힘이 발휘되는 것이다.

파칼라투아 기사단의 단체 기술은 아르하드도 인정하는 바였다. 이때까지는 각개격파였기에 처리하는 게 쉬웠지만 저렇게 한데 모여 있으면 귀찮아진다.

'이사벨라도 있고.'

아르하드는 파칼라투아의 중심에서 강적 이사벨라의 존재를 느꼈다. 그녀는 사악하고 진득한 기운을 한가득 풍기며 본인의 존재감을 노골적으로 노출하고 있었다.

가까이 접근하니 피부가 찌릿하게 따갑다.

아르하드는 기류의 흐름을 읽으며 미간을 좁혔다.

상상 이상이다. 이아나와 에이지에게 미리 들어 대강 예상은 했는데도 그 예상을 뛰어넘을 정도로 강했다.

'드래곤 넷의 힘이 저렇게 강한가? 아니면 합쳐졌을 때의 시

너지 효과?'

하지만 단순히 공유받았을 뿐인데도 저렇게 강하다고?

괴리감이 들었다.

'뭔가 이상하다. 이사벨라의 상태도 뭔가 특이해.'

사람은 저마다 영혼의 색이 다르듯 타인과 구별되는 고유한 느낌을 가진다. 예전의 이사벨라는 새까만 거대 뱀과 같은 뚜렷한 정체성이 있었다. 그런데 지금은 뚜렷하지 않고 온갖 게 다 섞인 흙탕물 같았다.

'드래곤 말고도 다른 게 있는 것 같은데…….'

아르하드의 감은 대체로 정확했다.

콰아아아앙!

아르하드가 생각을 마치기도 전에 파칼라투아 기사단의 중심에서 흉포한 기운이 하늘을 관통할 듯 치솟았다. 이사벨라가 아르하드의 존재를 눈치채고 그를 부르고 있었다.

아르하드가 주변을 흘깃거렸다. 이 주변에는 아르하드만 있지 않았다. 혁명군의 정예들이 정탐을 나와 상황을 예의 주시하고 있었다.

'그렇게 당하고도 파칼라투아를 정탐하러 오다니 간이 크군.'

익숙한 기운이 느껴지는 걸 보니 구경꾼 중에는 이그나이츠 정예병들도 있었다. 가지 말라는 명령을 에이지에게 받았을 텐데도 군이 온 걸 보면, 정탐보다는 아르하드와 파칼라투아의 전투 관람이 목적이리라.

호기심이 고양이를 죽인다고 했다. 싸움에 휘말리지 않고 알아서 잘 살아남기를 바랐다.

콰아아앙!

혁명군이 숨어 있던 바위산이 굉음과 함께 그대로 폭파당했다. 이사벨라의 경고였다.

'숨어 있지 말고 빨리 기어 나오라는 건가.'

확실히, 쳐다만 보고 있어서는 정확한 판단이 어렵다. 이제 직접 붙어 볼 때였다.

아르하드는 바위에서 천천히 일어났다. 얼음 호수가 머금은 시린 달처럼 서늘한 빛이 지상을 향했다.

'사양하지 않지.'

아르하드는 그 자리에서 검을 높게 들어 내리그었다.

단 한 번의 베기에서 대륙을 양단하는 힘이 파칼라투아 기사단의 중심으로 떨어져 내렸다.

콰아아앙!

충돌했다. 수십을 짓뭉갰어야 할 공격은 그에 못지않은 힘에 의해 튕겨 나와 다른 바위산을 쪼개 버렸다.

'역시 쳐내는군.'

쳐낼 거라고 예상했다. 이번 공격으로 이사벨라의 강함을 한 번 더 떠봤을 뿐이다.

탁!

아르하드는 바위산에서 뛰어내려 천천히 걸어갔다.

철컥, 철컥.

기사들의 갑주들이 부딪치는 소리가 중심에서부터 퍼지기 시작했다. 파칼라투아 기사들이 양옆으로 물러나고 있었다. 기사들은 바다가 반으로 쪼개지듯 갈라지며 길을 만들어 주었다.

그 길에서, 창백한 낯을 한 이사벨라가 걸어 나왔다.

"인사가 아주 과격한데."

이사벨라가 상처가 난 손을 길게 핥으며 아르하드와 눈을 마주쳤다. 꽤 싶은 상처인데도 아프지 않은지 히죽 웃고 있었다.

"우리 이렇게 둘이서 만나는 건 처음이지? 안녕하셨어, 빌어먹을 동생?"

아르하드는 대답하지 않고 이사벨라의 머리부터 발끝까지 훑어 내렸다. 이사벨라의 피부는 창백했지만 외부의 충격 때문에 희게 질린 게 아니다. 놈의 내부에 뭔가⋯⋯.

"버르장머리 없네. 누님 말에 대답도 안 하면서 감히 더러운 눈으로 훑어 내려?"

아르하드는 무시하고 계속 관찰했고, 그리 말하는 이사벨라도 아르하드를 탐색하긴 마찬가지였다.

"라이즈 경이 깨어나니 좋아?"

어느새 상처 난 손바닥을 깨끗이 복구한 이사벨라가 손으로 제 얼굴을 쓸며 나지막이 말했다.

"내내 죽을상이더니 얼굴이 아주 폈어. 네가 이렇게 이그나이츠를 방치하고 바하무트의 사정을 챙겨 주는 걸 보니, 라이즈 경이 멀쩡하다 못해 엄청 강해지기라도 했나 봐."

이사벨라가 입술을 축축이 축이며 아르하드의 상태를 살폈다. 몇 달 전, 말라비틀어져 죽어 가던 아르하드의 얼굴이 선연한데 지금은 아주 생생했다. 시들어 가던 식물이 물을 머금은 것 같았다.

"예상했을 텐데."

아르하드는 부정하지 않았다.

"역시. 네 성에 침투하지 않고 근처에서 얼쩡거리기만 하길 잘했네. 솔직히 말해서 라이즈 경은 좀 무섭단 말이야."

이사벨라는 허리에 손을 얹고 한숨을 푹 내쉬었다.

"이번에 어머니를 죽인 것도 라이즈 경인가?"

"이아나는 손도 안 댔다. 다른 부하들이 처리했지."

아르하드는 솔직하게 대답해 줬다.

"거짓말."

"거짓말일까?"

이사벨라의 이목구비가 비뚤어졌다.

콰드득!

대립되는 기류가 거세게 충돌했다. 강제로 꼬인 공간이 비명을 질러 댔다.

"다 네놈 때문이야."

여유를 한 꺼풀 벗어 낸 이사벨라가 흉흉한 표정을 드러냈다.

"너 때문에 모든 게 다 꼬였어. 어쩌다 우리 세대에 네가 태어난 걸까. 이전까진 귀찮은 일이 많았어도 정말 순조로웠는데."

"신이 너희들이 설치는 걸 바라지 않았던 거겠지."

아르하드는 정말로 그렇게 생각하고 있었다.

바하무트의 씨를 훔친 모친이 판데모니엄의 균열 근처로 온 것이 우연이라고 생각하지 않았다. 이제 와 생각하건대 칸데메이온이나 라오스가 모친을 그곳으로 인도했음이 분명했다.

"신이 안배한 거라고? 네 말대로라면 신이 자기 미래를 보기라도 했나 봐? 후후후후."

이사벨라는 뜻 모를 소리를 하며 소름 끼치게 웃었다.

그녀의 말을 헛소리로 치부할 수도 있지만 아르하드는 허투루 넘기지 않고 머릿속에 쌓았다. 말 한마디 한마디가 정보가 되기 때문이었다.

"이렇게 자신만만한 걸 보면 테일런이 근처에 있나 보군."

"글쎄? 내가 위험에 처하면 바로 오리라는 것은 확실하지. 여차하면 라이즈 경이 여기에 올 수 있는 것처럼."

아르하드와 이사벨라 사이에 이렇게 정상적인 대화가 오갈 수 있는 건 서로에게 무시무시한 뒷배가 있기 때문이다.

"그러니까 우리, 터놓고 대화를 좀 해 보는 게 어때."

조금만 잘못 건들면 제대로 펑펑 터질 일촉즉발의 상황이고, 상대가 상대이니만큼 진솔한 대화를 나눌 수 있을 리가 없었다.

"물론 몸으로!"

이사벨라가 어느새 손에 채찍 같은 사복검을 쥐어 휘둘렀다.

콰가가가가각!

아르하드가 발을 딛고 있었던 대지가 움푹 파였다. 그 뒤쪽으로 바다를 가로지르는 상어의 지느러미처럼 날카롭게 솟은 흙더미는 대지에 채찍 같은 상흔들을 남기며 뻗어 나갔다.

이사벨라는 빠르게 움직이는 아르하드의 옆쪽에 바짝 따라붙었다.

투쾅!

아르하드가 검을 세워 옆구리로 쇄도하는 검을 검면으로 쳐냈음에도 드래곤의 척추뼈처럼 휜 검이 심장 부근을 쑤시고 들어왔다. 그는 검의 각도를 살짝 돌려 이사벨라의 검을 튕겨 냈다.

콰광! 쾅! 콰각!

휘저어지는 검의 궤적은 바람에 휘날리는 리본 끈처럼 자유분방했지만 공격 하나하나가 머리를 꼿꼿하게 세운 독사처럼 위협적이었다.

아르하드는 파칼라투아를 도살할 때와는 달리 방어 태세를 갖춘 채 이사벨라의 강함을 가늠했다. 여러 가지 마법과 신술을 시전하며 이사벨라의 공격을 분해하듯이 분석했다.

카각!

틈을 노린 아르하드의 검이 이사벨라의 팔뚝을 쳤다. 몸이 통째로 두 동강 나도 모자랄 공격이었음에도 무쇠 철들이 맞부딪친 듯한 소리가 나며 무산되었다.

발생했어야 할 충격파는 이사벨라의 팔로 흡수되었다. 빛이 흐르는 눈동자가 그녀의 팔뚝을 빠르게 훑었다. 노출된 피부에 검은 비늘이 돋아 있었다. 익숙한 생김새의 비늘에서 낯선 느낌이 났다.

'악마, 바하무트, 드래곤. 셋의 기운이 섞였군. 거기에…….'

알 수 없는 그 외 많은 것들까지.

합쳐지지 말아야 할 것들이 강제로 합쳐진 듯 혼잡하고 자글자글하다. 온갖 색깔의 모래들을 한데 모아 무식하게 빚어 둔 모래성처럼.

아르하드는 저 힘의 정체가 뭘까 생각해 보았다.

"네놈은 발전이 없구나. 답답하게 방어만 하고, 짜증 나네!"

이사벨라가 날카롭게 고함지름과 동시에 공격이 유성우처럼 쏟아졌다. 이사벨라의 움직임에 맞춰 아르하드의 진로를 방해하던 파칼라투아 기사단도 공격에 적극적으로 나섰다.

텅!

검이 충돌한 순간, 아르하드의 미간이 살짝 갈라졌다. 공격이 어째 좀 진득한 느낌이 난다.

터어엉! 텅!

깊은 바닷속에서 물을 베는 것 같은 기분. 바다가 검을 잡고 놓아주려 하지 않았다.

이사벨라의 몸 전체에서 엄청난 흡입력이 발생하고 있었다. 자연 신력은 물론이고 아르하드의 검에 덧씌워진 그의 신력까지 그녀의 몸에 감겨들었다. 빼앗기진 않았지만 기분 나빴다.

아르하드는 신력을 흡수하는 이사벨라에게서 익숙함을 느꼈다.

'과거의 나 같군.'

단순한 욕심과는 다르다. 정말로 필요해서 갈구하는 것이다. 육체를 유지하는 데 신력이 모자란 것 같았다.

아르하드는 주변을 슥 훑었다. 자연재해가 휩쓸고 지나간 것 같았다. 사복검의 특성을 감안하더라도 공격에 정밀성이 부족했다. 갑자기 얻은 큰 힘을 아직 체화하지 못한 어린애 같다.

'역시 드래곤만 더해진 게 아니야.'

그럼 무엇이?

드래곤 이상의 것이 이 세상에 존재했던가?

다른 시공간에 존재하긴 했다.

세상의 모든 기록이 담긴 도서관, 모든 영혼이 탄생하고 소멸하는 요람, 세상을 빚어낸 창조신, 그 모든 것이 존재하는 아카식 레코드.

'만약 라오스와 칸데메이온의 분신체들인 드래곤들을 흡수했다면 테일런이 아카식 레코드로 갈 방법이 생겼을 수도 있어. 거기서 또 다른 뭔가를 흡수했다면…….'

이사벨라의 자글자글한 모래 같은 느낌들.

'설마 아카식 레코드의 영혼들을 삼켰나?'

그럴 가능성이 높다.

게다가 아까 이사벨라가 비웃듯이 언급한 신의 미래.

신을 죽이겠다는 포부를 드러낸 건가 싶었지만 테일런이 아카식 레코드로 갔다면 이미 신을 어떻게 했을 수도…….

'테일런 놈, 거기서 지금 싸움을 지켜보고 있는 건가?'

아카식 레코드는 전 세계와 연결되어 있으며, 아카식 레코드에서는 세계 어디든 볼 수 있고 어디로든 즉시 갈 수 있다.

'확실해.'

아르하드의 감은 아카식 레코드만을 가리키고 있었다.

아르하드가 멈춰 섰다.

혼자 파악할 수 있는 건 다 파악했다. 이대로 이사벨라를 상대하는 건 시간 낭비다.

'이아나.'

그는 속으로 이아나를 불렀다. 그의 왼손 약지에 끼워진 반지에서부터 파동이 일었다.

깃털처럼 약하고 은밀한 파동이 손끝에서 뻗어 나와 이사벨라에게 닿는 순간이었다.

이사벨라는 제 심장이 그대로 찢어발겨지는 것 같은 섬뜩한 감각을 느꼈다. 분명 아직 일어난 일이 아닌데도 매우 선명한 그 감각은 이사벨라를 본능적으로 움직이게 했다. 이사벨라는 힘껏 몸을 꺾어 뒹굴었다.

쿠과가가각!

그녀의 몸이 흙바닥을 나뒹굴었다.

"크윽."

이사벨라가 신음하며 가슴을 움켜쥐었다. 간신히 심장은 피했지만 오른쪽 가슴이 뻥 뚫려 피가 울컥울컥 쏟아지고 있었다.

주르륵.

뿐만 아니라 목에서도 피가 흘렀다. 이사벨라는 욱신거리는 목을 더듬었다. 목이 반쯤 잘려 있었다. 정말 한순간 일어난 일이었다.

위기를 느낀 이사벨라가 육체 연성으로 상처를 봉합하려는 순간 뒤쪽에서 날아든 검날이 그녀의 어깻죽지에 박혀들었다.

콰아아아앙!

그렇게 이유도 모른 채 죽기 전, 검이 튕겨 나갔다. 폭탄과 폭탄이 충돌한 듯한 폭발음이 이사벨라의 귀를 덮쳤다. 이사벨라가 고막이 터진 귀를 부여잡은 채 뒤를 돌아보았다. 아무것도 없었다.

콰! 콰광! 콰과과각!

그러나 흐릿한 형체들이 대지, 산, 하늘…… 공간을 구별하지 않고 충돌하는 것이 느껴졌다.

가열된 공기가 폭발하며 주변을 녹이고, 치솟은 불꽃이 충돌을 따라가며 길을 만들었다. 검은 물이 뚝뚝 떨어져 대지를 썩히고, 거대한 직선의 힘은 크레바스처럼 땅을 찢었으며, 충돌에서 부서져 나온 힘의 파편은 사방에 거대한 크레이터를 만들었다.

두 개의 상반되는 힘이 하나로 뭉친 것처럼 엉겨 붙은 채 눈에 보이지 않는 속도로 움직이며 서로의 숨결을 앗고자 했다. 충돌에서 발생한 우뢰의 굉음이 소나기처럼 떨어져 내려 세상을 소음으로 물들였다.

세상이 뿌연 먼지로 덮여 갔다.

먼지바람 속에서도 번쩍번쩍하던 번갯불이 한순간 크게 튀었다.

콰아아아아앙!

거대한 충돌음이 발생하며 한데 뭉쳐 있던 힘이 찢어졌다.

지이이이익.

먼저 모습을 드러낸 건 태양의 화염처럼 뜨겁고 강대한 기운에 휩싸인 테일런이었다.

테일런은 대지에 발을 디딘 채 힘을 주었음에도 뒤로 수 미터나 물러나야 했다. 그가 바닥에 만든 길쭉한 상흔에서 검은 연기가 푹푹 올라왔다. 땅은 녹아내려 물컹해진 채 붉은빛을 띠었다.

딱딱하고 차갑던 땅을 용암으로 만들어 버릴 정도로 고온고압의 기운이 테일런을 집어삼킨 채 통째로 태워 버릴 듯이 일렁거렸다.

"후우우……."

테일런은 길게 호흡하곤 몸에 힘껏 힘을 주었다. 그러자 그의 온몸에서 새까만 먹구름이 몰려나와 불꽃을 멀리 떨쳐 냈다.

드러난 테일런의 몸은 난자당해 상처투성이였다.

마찬가지로, 그의 맞은편에는 늪처럼 진득한 기운으로 뒤덮인 누군가가 있었다.

깨끗한 검신이 밖으로 삐져나왔다.

화아아악!

단단하고 흰 검신을 중심으로 질척거리던 기운이 단번에 증발했다. 이아나였다.

붉은 머리칼이 휘날리는 그녀의 어깨 부근이 너덜거리고 있었다. 이아나는 매우 기분 나쁘고 구역질 난다는 듯한 표정이었다.

잠깐 호흡을 고를 시간을 가진 이아나와 테일런은 즉시 이차 충돌을 이어 갔다.

콰아아아앙!

그들은 또다시 천지를 부술 듯한 굉음들을 자아내며 수없이 충돌했다. 세계를 좌지우지하는 힘들이 한 치의 물러섬 없이 정면으로 격돌하자 그 충격에 시공간이 정신없이 왜곡되었다. 공간은 이지러지고 부풀고 틈을 벌렸다. 시간은 빠르게 흐르고 느리게 흐르고 멈추었다.

온통 뒤죽박죽에 난장판인 그들의 세상 속으로 누구도 함부로 끼어들 수 없었다. 끼어들었다간 싸움의 여파에 휘말려 온몸이 갈기갈기 찢겨 죽을 터였다.

얼어붙은 혁명군은 물론이고 파칼라투아 기사들까지 뒤로 멀찍이 물러난 채 괴물들의 싸움에 정신을 빼앗겼다.

이사벨라도 몸을 복구하다 말고 넋을 놓았다.

'오라버니는 아카식 레코드라는 곳에서 힘을 얻었어.'

샤일런스가 죽은 후, 이사벨라는 파칼라투아를 이끌고 바하무트 혁명군을 진압하러 다녔고 테일런은 말없이 자취를 감췄었다.

그러다 한번 돌아왔을 때, 테일런은 상처투성이였다. 하지만 상처 따위는 신경 쓰이지도 않을 정도로 그는 아주, 아주 강해져 있었다. 시간이 그리 많이 지난 게 아닌데도 테일런은 못 알아볼 정도로 근사해졌다.

남매인 이사벨라마저도 꼼짝 못 하고 몸을 웅크리게 만드는 무서운 힘이 발산되고 있었다. 빨려 들어갈 것만 같았다.

테일런은 이사벨라에게 자신이 이때까지 아카식 레코드라는 위대한 장소에 있었고, 그곳에서 새로운 힘을 얻었음을 밝혔다. 그리고 그곳에서 지켜보고 있을 테니 가능하다면 이아나에게 접근하여 그녀의 힘을 가늠해 보라고 했었다.

그 후, 테일런은 힘을 마저 흡수하기 위해 아카식 레코드로 다시 돌아갔다.

아카식 레코드에서 테일런이 얻은 힘은 이사벨라에게도 공유되었기에, 이사벨라는 하루하루 힘에 충만하여 견디기 어려울 정도로 벅찬 기분을 느끼고 있었다.

아카식 레코드.

이사벨라는 아카식 레코드에 한 번도 가 보지 못했지만, 그곳이 무궁무진한 힘이 도사린 위대한 장소이며 세상의 근원이라는 점은 인지하고 있었다.

또한, 그곳에서 얻은 힘이 얼마나 위대한지는 테일런과 긴밀히 연결되어 있는 이사벨라 본인이 가장 잘 알고 있었다.

그런데.

'오라버니가 그렇게 강해졌는데도…….'

이사벨라의 눈이 둘을 바삐 쫓았다.

'오라버니가 조금 밀릴지도 몰라.'

방금 전, 잠깐의 소강상태. 거기서 우열은 가려져 있었다.

이사벨라는 소름이 돋았다. 머리카락이 쭈뼛 섰다.

이때까지 단 한 번도 느껴 본 적 없었던 공포가 온몸으로 번져 나갔다.

'대체 무슨 짓을 한 거야, 이아나 이그나이츠 라이즈?'

평범한 혼수상태가 아니었던 걸까? 잠들어 있는 동안에도 몽유병처럼 검을 휘두르기라도 한 걸까?

아까 전 뭣도 모르고 죽을 뻔했던 순간을 떠올렸다. 만약 테일런이 조금이라도 늦었다면 이사벨라는 그 자리에서 죽었을 것이다.

처음 싸웠을 때 이아나가 등을 보이고 도망치던 모습이 여전히 선명한데 이제는 그녀의 등을 쳐다볼 수도 없는 처지가 되었다.

'무섭네. 너…….'

눈앞에서 오라비와 싸우는 기사가 누구보다 우월한 강자이며, 자신이 공포를 느끼고 있음을 인정하는 순간, 공포는 썰물처럼 빠져나가고 끔찍한 허기가 밀물처럼 몰려왔다.

이사벨라가 침을 꼴깍 삼켰다.

'예전보다 더 갖고 싶어졌어.'

이사벨라는 지금 두 가지 충동에 시달리고 있었다.

이아나에 대한 애증이 들끓었다. 엉망진창으로 만들어 소유하고 싶다는 마음이 폭주했다.

고대 악마의 감정이었다.

이아나를 머리부터 발끝까지 통째로 잡아먹고 싶었다. 영혼과 심장을 먹어 치우고 그녀의 빛나는 생명을 마셔 한층 더 성장하고 싶었다.

괴물 바하무트의 본능이었다.

이사벨라는 한동안 갈팡질팡했지만, 결국 공유받을 뿐인 악마의 파편보다는 진하디진한 바하무트의 피에 더 큰 영향을 받았다.

만약 이아나가 계속 약했다면, 이때까지 그래 왔듯 예쁘고 발칙한 장난감으로 여겼겠지만…… 테일런보다 더 강할지도 모르는 지금은 흡수하여 저 힘을 일족의 것으로 만들고 싶다는 욕망으로 온몸이 비틀렸다.

그녀의 혈맥에 흐르는 바하무트의 본능이 서서히 범람했다. 존재하는지도 몰랐던 근원의 열등감이 스멀스멀 기어올랐다.

'어떻게 해야 먹을 수 있을까? 과연 오라버니가 저 여자를 집어삼킬 수 있을까?'

바하무트는 아주 약했던 시절, 온갖 약은 짓을 하며, 비참한 꼴을 감수하는 한이 있더라도 더 높은 상위의 것을 잡아먹으며 성장했다.

이사벨라도 바하무트 일족이기 때문일까. 무슨 짓을 해서라도 이아나를 먹고 싶다는 허기가 부글부글 끓었다. 어떻게든 이아나를 가져야 이 허기가 사라질 것 같았다.

이사벨라가 이아나에게 몰입하며 정신을 팔고 있을 때였다.

순간, 소름이 발끝부터 목까지 치밀었다.

푸우우욱!

누군가가 그녀의 등을 제대로 꿰뚫으며 앞으로 넘어뜨렸다.

"커헉."

이아나로부터 죽음을 피했듯, 이번에도 직전의 불안감 덕분에 간신히 심장이 관통당하는 것만큼은 막았다. 하지만 죽음이 코앞에 있었다.

뒤돌아본 이사벨라와 아르하드의 눈이 마주쳤다.

혁명군을 싸움의 여파로부터 보호하며 기회만 엿보고 있던 아르하드는 이사벨라가 방심하는 순간을 놓치지 않았다.

키기기기기긱.

아르하드가 이사벨라의 어깨를 짓밟은 채 온 힘을 실어 검을 안쪽으로 밀어 넣었다.

"크으윽."

등 근육과 심장 부근 근육이 단단해지고, 뼈와 피부가 움직여 검이 더 들어오는 것을 악착같이 막았다.

'멍청하게 방심하다니…….'

이사벨라는 모든 힘을 심장에 둘러 보호하며 벗어나려 했지만 소용없었다. 가슴에 박힌 검은 이사벨라를 놓아주지 않았다.

'왜 이렇게 회복이 안 되지?'

이아나에게 입은 상처가 아직도 회복되지 않고 있었다. 웬만하면 바로 복구되는데 어쩐 일일까? 복구를 해도 육체가 다시 쪼개졌다. 상처는 시간이 지날수록 점점 더 덧나며 이사벨라에게서 힘을 빼앗아 갔다.

이사벨라가 땀을 흥건히 흘리며 땅에서 허우적거렸지만 점점 더 힘이 빠졌다. 눈앞이 새하얘지기 시작했다.

그때, 아르하드와 이사벨라가 있는 곳으로 이 세상을 무너뜨릴 듯 싸우고 있던 폭탄 두 개가 굴러떨어졌다. 아르하드는 혀를 차고 피할 수밖에 없었다.

콰드드드득!

이쪽으로 달려온 테일런이 널브러진 이사벨라를 집어 드는 사이 이아나의 검이 그의 등을 후려쳤다. 등이 깊숙이 찢어지며 뼈와 살이 후드득 튀었다.

이아나가 끝장을 보려던 순간이었다.

테일런이 드래곤의 힘으로 만든 차원의 틈에 몸을 구겨 넣었다. 이아나의 검이 쫓아 들어오기 전에 입구는 닫혔고, 바하무트 남매는 이미 다른 공간에 진입해 있었다.

테일런은 자신이 나온 틈을 보았다. 막힌 틈으로 이아나의 검이 삐죽 튀어나와 있었다.

상식적으로는 테일런을 제외한 어떤 인간도 이 문을 열 수 없지만 이아나라면 말이 달랐다. 조금만 더 있으면 공간을 쪼개고 쳐들어올 것이다.

잠깐의 시간은 벌었다.

"아하."

테일런에게 안겨 있던 이사벨라는 이곳이 말로만 듣던 아카식 레코드임을 알았다.

"완전히…… 엉망이네……."

이사벨라는 히죽 웃었다.

세상의 근원. 위대한 진리의 발원지는 그 이름이 무색하게 볼썽사나울 정도로 지저분하게 찢겨 있었다. 처음에는 어땠는지 몰라도, 분명 지금처럼 엉망인 꼴은 아니었으리라.

이사벨라는 진리마저도 엉망으로 만든 테일런의 어깨에 얼굴을 기댔다.

"오라버니, 우리의 끝은 어디일까?"

바하무트의 목표는 언제나 최강의 자리에 오르는 것이었다.

바하무트에게는 강해지는 것 외에는 다른 목표가 없었다. 그들은 정도도 모르고, 멈출 줄도 모르는 욕망의 괴물이었다.

이때까지는 끝이 잘 보이지 않았기에 열심히 달릴 수 있었다. 그러나 이젠 천천히 그 끝이 보이기 시작했다.

그러자 궁금해졌다.

최강이 되면 우리는 무얼 할까? 위에 더 강한 것이 없으면 우리는 어떻게 될까? 영원의 허기는 사라지고 배부름을 느낄 날이 올까?

"그건 그때 가서 생각할 일이다. 뭐든 할 수 있을 테니까."

손만 뻗으면 닿을 것 같은 최강에 일단 도달하고 볼 일이다.

"하지만 이아나 이그나이츠 라이즈가 변수로군. 정말 강해."

"맞아. 이대로면 어려울 거야. 그럼 어떻게 해?"

"우리가 최강에 이를 때까지……."

이사벨라의 몸을 부여잡은 테일런이 냉정하게 말했다.

"네 모든 것을 내게 줘. 이긴 후에는 다시 놔주마."

"제국은 어떻게 하고?"

이사벨라는 대수롭지 않게 되물었다.

"끝날 때까진 군대를 관리해야 하잖아. 몸이 한 개인 것보다는 두 개인 게 낫지 않아?"

"멍청한 인간들은 됐어. 고분고분한 새 병사를 얻을 방법을 찾았으니까."

이사벨라가 간악하게 웃었다.

"좋아. 대신 약속해……. 꼭 이아나 이그나이츠 라이즈를 먹겠다고."

"그래야지. 그때까지는 내 육체를 통해 지켜봐라."

"알았어."

이사벨라가 테일런의 목뒤를 껴안았다.

"부디 잘 부탁해, 오라버니."

테일런의 손이 이사벨라의 등을 더듬었다.

푸욱.

그의 왼손이 아르하드가 파놓은 이사벨라의 등을 헤집었다. 단숨에 가슴 쪽으로 파고든 손이 펄떡펄떡 뛰는 심장을 쥐었다. 그의 손바닥과 심장이 하나로 연결되었다. 이사벨라의 얼굴에 열이 올랐다.

"아……."

그녀의 근원이 빨려 들어가기 시작했다.

깊고, 깊어, 깊이를 알 수 없는 어둠의 그릇으로.

이사벨라는 반항하지 않았고, 연결된 손을 통해 심장이 녹아들고, 영혼이 흘러들었다.

파스스스.

이사벨라의 몸이 먼지가 되었다.

바하무트 일족이 비로소 하나의 몸이 되는 순간이었다.

"후우……."

테일런은 심장에 손을 얹고 뜨거운 숨을 길게 뱉었다.

온 영혼이 충만해진다.

이사벨라는 그와 상성이 매우 잘 맞는 최고의 반쪽이자 핏줄이었다. 반항 한 번 없이 통째로 삼켜진 이사벨라는 딱 들어맞는 조각처럼 테일런을 완성시켰다.

이사벨라의 역할은 거기서 끝나지 않았다.

이사벨라는 죽지 않았다. 그녀의 심장은 테일런의 심장에 연결되었을 뿐 파괴되지 않았고, 영혼은 감옥 같은 테일런의 영혼 안으로 스며들었을 뿐 소멸하지 않았다.

이사벨라의 영혼은 테일런의 감옥에서 그가 이때까지 무차별적으로 먹어 치워 온 것들을 억압하고 짓눌렀다. 아비규환의 무저갱, 영혼들의 지옥에서 공포로서 군림하며 질서를 잡았다.

테일런은 이사벨라 덕분에 내내 불편했던 속이 편히 가라앉는 걸 느꼈다.

한숨을 돌린 테일런이 여전히 차원의 틈을 꿰뚫고 있는 새파란 검날을 보았다.

파직, 파직.

검신이 징그러울 정도로 맑은 빛을 한가득 뿜어내며 요동치고 있었다.

순행 차원의 이아나가 검을 잡아당겼다면 검은 쉽게 회수됐을 터였다. 그런데도 사라지지 않고 요란하게 떨고 있다는 건 이아나가 차원의 틈을 찢어발기려 하고 있다는 거다. 도망친 테일런을 끝까지 따라잡으려고.

'지독하군.'

일 년여 전, 이아나를 반쯤 죽여 놨음에도 마음을 놓지 않고 더 강해질 방법들을 찾아 매순간 노력한 것은 정말 잘한 선택이었다. 만약 게으름을 피워 지금보다 조금이라도 약했다면 이아나의 검에 베였을 것이다.

"……."

테일런은 욱신거리는 등을 더듬거렸다. 이아나에게 크게 베인 상처는 복구가 잘 되지 않았다. 마나로 육체를 연성해 살과 살을 이으려 해도 금방 다시 찢어졌다. 이사벨라도 이래서 빈사 상태에 이른 것이었다.

하지만.

뿌드드드드득.

테일런의 등에 있던 큰 상흔의 틈에서 온갖 것들이 득시글거리기 시작했다. 살과 근육, 뼈와 혈맥이 치솟았다가 가라앉고 끓었다가 터지는 등 괴이쩍은 과정을 반복한 후, 그의 상처는 곧 사라졌다.

테일런은 다시 삐죽 튀어나온 검날을 쳐다보았다. 아까보다 조금 더 깊숙하게 들어와 있었고, 차원의 틈도 조금 더 커져 있었다. 시간을 더 줬다간 이아나가 이곳으로 들어올 것 같았다.

'그럼 안 되지.'

이아나를 아직 이곳에 들어오게 할 순 없었다.

'다 못 먹었으니까. 소화도 못 했고.'

테일런은 자신이 엉망으로 만들어 놓은 아카식 레코드를 감미롭게 둘러보았다.

곧 다시 돌아와서 마무리를 지으리라.

'그런데……'

테일런은 어느 지점을 빤히 주시했다.

있어야 할 것이 없었다.

'고지를 앞두고 있었는데 아쉽군.'

하지만 상관없다. 이젠 언제든지 잡아먹을 수 있을 테니까.

입맛을 다신 테일런이 뻐근한 어깨를 돌렸다.

뿌득, 뿌드득.

단단한 근육들이 맞물리며 전투를 준비했다. 테일런은 좌표 계산을 한 후, 즉시 또 다른 차원의 틈을 찢어 세상으로 출진했다.

"……!"

테일런이 다시 나타난 곳은 이아나의 등 뒤였다. 라이즈가 여전히 차원의 틈에 꽂혀 있었던 데다, 그가 전조도 없이 뒤를 습격한 탓에 이아나의 반응이 조금 늦었다.

터어어엉!

퍼걱!

뒤로 돌며 피했지만 옆구리가 한 움큼 뜯겨 나갔다.

옆에 서 있던 아르하드가 황급히 테일런의 공격을 쳐내서 경로를 틀었길 망정이지 그런 방어가 없었으면 이아나의 몸은 그대로 분리되었을 것이다.

이아나는 검은 기운이 거머리처럼 들러붙은 옆구리를 붙잡으며 이를 악물어 신음을 참았다. 곧장 정령들을 불러 치료하려 했지만 테일런은 틈을 주지 않았다.

테일런의 손짓 한 번에 사방으로 수백 개의 검은 창들이 생성 되었다.

쾅! 콰과광!

그가 손을 까딱하자 창들이 이아나와 아르하드의 주변으로 박 혀들었다. 정령들은 테일런이 만들어 낸 감옥 안으론 소환되지 못했다.

상황 판단은 빨랐고, 이아나는 치료 대신 공격을 선택하여 라 이즈를 차원의 틈에서 뽑았다.

이아나는 검은 소나기처럼 수없이 쏟아지는 창들을 아랑곳 않 고 테일런이 있는 곳을 향해 달려갔다.

콰지지직!

아르하드는 뒤에서 이아나를 보조했다. 이아나에게 쇄도하는 창들을 부수며 방어하고, 그녀의 진로를 막는 창들을 파괴하며 공격에만 집중할 수 있게 해 주었다.

라이즈가 대각선으로 그렸다. 단순한 기본기였으나 궁극의 정 수를 담은 예리한 일격이었다.

공격은 아르하드 덕분에 일절 방해받지 않고 테일런에게 닿았 다.

파창!

테일런이 손에 쥔 흑창으로 이아나의 베기를 세게 쳐냈지만 오히려 창이 쪼개졌다. 이아나는 옆구리에서 피를 후드득 흘리 면서도 어느새 무력하게 팔을 벌린 테일런의 앞에 당도해 있었다. 테일런의 인상이 일그러졌다.

라이즈가 한 번 더 공간을 그었다.

푸확!

테일런이 공격을 막으려 뻗은 양손과 노출된 가슴이 쪼개지며 검붉은 피가 튀었다.

"크, 크크크."

하지만 테일런은 죽지 않았다. 인상을 일그러뜨린 채 몸을 뒤로 한껏 물렸다.

"대단해. 그렇게 먹어 댔는데도 잡을 수가 없나. 그동안 무슨 짓을 한 거냐. 너무 강해졌잖나. 거기에 이 대 일이라니, 비겁하기도 하지."

이아나는 대꾸 없이 공격에 집중했다. 테일런은 이아나의 날선 근접기들을 간발의 차로 아슬아슬하게 피했다.

"후우, 하아."

이아나의 얼굴은 창백했고 거친 숨에서는 짙은 피 냄새가 뿜어져 나왔다. 하지만 대치 상황은 테일런이 아카식 레코드에 다녀오기 전과 비슷했다. 아르하드의 보조를 받는 이아나가 더 우월한 위치에 있었다.

"이쯤에서 우리 서로 물러나는 게 어때."

"닥쳐."

최초의 목적은 실력을 가늠해 보기 위한 가벼운 전투였으나, 우열이 가려진 이상, 이아나는 테일런을 끝장낼 수 있는 이 천금 같은 기회를 절대 놓칠 수 없었다.

치고, 막고, 베고, 물러나고, 찌르고, 쳐냈다.

찰나의 순간, 수백 번의 공방이 있었다.

이아나의 상태가 점점 악화되어 갔지만 테일런의 얼굴도 점점 하얘졌다. 그는 변색되어 가는 제 몸의 상처들을 보았다.

"역시 회복이 제대로 안 돼. 위대한 라이즈 경, 그동안 특별한 기술이라도 습득하셨는지?"

테일런이 하얀 얼굴과 대비되는 붉은 피를 토하면서도 비열하게 미소 지었다.

"알 것 없다!"

이아나는 불만을 표하는 테일런에게 공격을 퍼부으며 냉큼 붙었다. 테일런은 뒤로 피하려 했다.

팅.

그때, 악기의 현이 높게 퉁기는 소리가 나더니 테일런이 뭔가에 붙잡힌 것처럼 멈추었다.

테일런이 이아나와의 전투에 집중하는 사이, 아르하드는 이아나를 보조함과 동시에 치밀한 함정을 준비하고 있었다. 그리고 마침내 테일런은 거미줄처럼 끈끈한 그의 술법에 붙잡혔다.

푸우우욱!

이아나의 검이 테일런의 왼쪽 가슴을 정확하게 찍어 쑤셨다.

'이게 무슨.'

하지만 이아나는 환희할 수 없었다.

인간의 심장을 감싸고 있는 가슴근육과 늑골은 얇으니, 그녀의 검은 테일런의 심장을 단숨에 꿰뚫었어야 했다.

하지만 칼날은 테일런의 심장에 닿지 못했다. 그저 살과 뼈로 이루어진 무한한 바다를 베고 있었다. 힘을 힘껏 주고 또 줘도 바다는 밑바닥이 보이지 않았다.

소름 끼치는 정체불명의 감각들이 손끝에서 요동쳤다.

"아직 소화가 덜 됐군."

이아나의 코앞에서 알 수 없는 말을 지껄이는 테일런은 인간의 경계선도, 괴물의 경계선도 뛰어넘은 '무언가'였다.

'지금 죽여야 한다.'

이아나가 눈빛에 날을 세우고, 온몸에서 쥐어짜 낸 힘을 손에 싣는 순간이었다.

테일런의 동공이 요란하게 빛남과 동시에 양팔의 상처에서 기괴한 것들이 튀어나왔다.

거대한 괴물의 팔들이었다.

푸확!

제 몸을 붙잡으려는 팔들을 이아나는 황급히 베어 넘겼다. 하지만 괴물의 상처에서는 더 끔찍한 것들이 튀어나왔다. 생기 하나 없는 인간의 팔 수십 개가 튀어나와 이아나의 팔과 다리를 덕지덕지 붙잡았다.

이아나를 붙잡음과 동시에 테일런의 가슴에서 거대한 또 다른 것이 튀어나왔다.

콰아아아아아앙!

이아나의 몸이 멀찍이 떨어진 바위산에 처박혔다. 거센 충돌로 단단한 바위산의 절벽에 금이 갔다.

"크윽."

이아나는 검을 세운 채 눈앞에 나타난 수십 개의 커다란 이빨들을 보고 있었다.

……익숙한 드래곤의 머리였다. 테라노우딘의 붉은 머리는 깨물고 있는 이아나를 그대로 집어삼키려 했다.

터엉!

드래곤의 머리가 뒤로 날아갔다. 아르하드가 테일런의 속박을 포기하고 날아와 드래곤의 머리를 차 낸 것이다.

튕겨 나가는 머리 뒤로, 멀끔해진 모습의 테일런이 파칼라투아 기사단과 함께 사라지는 장면이 보였다. 이아나는 테일런이 사라지기 직전에, 본능적으로 영계를 열어 그의 영혼을 보았다.

이아나는 곧장 토기를 느꼈다.

'저게 뭐야.'

영혼의 세계에서, 테일런은 끔찍한 몰골이었다.

그의 영혼은 인간의 형태였으나, 그 영혼 안에는 또 하나의 세상이 도사리고 있었다.

셀 수 없을 정도로 많은 영혼들이 쓰레기처럼 구겨진 채 아우성치고 있었다. 특히 그의 상처가 있었던 부위에는 갖가지 색깔의 영혼 수십 개가 강제로 밀어 넣어져 상처를 메우고 있었다.

이아나는 어지러워져서 잠시 눈을 감았다가 떴다.

사아아아…….

테일런은 사라지고 없었고, 그녀를 붙잡고 있던 징그러운 팔들과 멀리 떨어져 나간 드래곤의 머리는 죽음의 신력으로 증발하며 땅을 오염시켰다.

"……."

구속에서 풀려난 이아나가 바위산에서 떨어져 내려 바닥에 착지했다.

방금 보고 느낀 것들의 정체가 뭘까?

전투가 끝나자 이아나의 옆구리와 상처들에서 다시 피가 흐르기 시작했다. 숨을 고르며 이아나의 옆을 지키고 있던 아르하드가 제가 더 쓰라리다는 듯 안타까이 바라보았다.

"생각은 접어 두고 치료부터 해. 다른 곳으로 이동할까?"

안 그래도 황무지였던 땅은 완전히 엉망이 된 데다 싸움의 여파로 불안정하여 휴식을 취하기엔 좋지 않았다.

"괜찮습니다. 당신은 테일런의 기운을 추적해 주세요."

이아나는 창백한 얼굴로 숨을 몰아쉬며 정좌를 하고 앉았다. 테일런과의 싸움에서 혼신의 힘을 다했다. 이대로 쓰러져서 쉬고 싶었지만 상황부터 정리해야 했다.

후와아아아악!

붉은 신력이 검은 신력을 몰아내고 정령을 불러냈다.

[아악!]

정령들은 불려 나오자마자 황무지를 뭉글뭉글 메우고 있는 죽음의 기운에 비명을 질렀다.

[이게 무슨 일이야. 악! 이아나, 또 다쳤어.]

[아프겠다. 빨리 치료하자.]

정령들은 덜덜 떨며 이아나의 상처에 들러붙으려 했다. 하지만 정령들이 이아나의 상처에 다가설수록 그들의 순수한 몸은 검게 시들거나 타들어 갔다.

[으으윽.]

이아나는 제 옆구리에 검은 기운이 여전히 거머리처럼 달라붙어 있음을 깨달았다. 정령왕인 카고마인이 정화의 불길로 없애려 해도 너무나 짙어 소멸이 잘 되지 않고 있었다.

파아앙!

이아나가 옆구리에 제 신력을 밀어 넣어 죽음의 기운을 떨쳐 내고 나서야 정령들은 이아나의 몸과 하나가 될 수 있었다. 토우와 이니스는 깨끗한 피와 육신을 연성했고, 카고마인과 시웨아는 정화의 불길을 일으켜 테일런의 기운을 없앴다.

꽤 오랜 시간이 지났다. 눈을 감고 제가 아는 모든 방법을 동원해 테일런의 위치를 추적해 본 아르하드가 눈을 떴다.

"기운이 아예 증발했다. 이 세상엔 없어."

"추적이 되지 않는 곳, 이라면."

이아나가 말하다 말고 터진 옆구리에서 통증을 느끼며 인상을 찌푸렸다. 아르하드가 정색하며 상처를 살폈다.

"왜 이렇게 치료가 늦어."

[오염된 부분이 너무 많아…….]

[다치자마자 바로 치료하면 좋았을 텐데.]

부상을 무시하고 싸운 결과는 지독했다. 상처가 덧났을 뿐만 아니라, 독처럼 스며든 테일런의 기운이 장기까지 더럽힌 상태였던 것이다.

그래도 긴 시간을 소요하며 공을 들이자 완치할 수 있었다.

이아나가 끙, 하고 앓는 소리를 내며 자리에서 일어났다.

"저도 테일런전을 대비해서 임시 육체 연성을 하는 방법을 배워 두는 게 좋을까요?"

"다치지 않는 게 최선이지만 응급처치로 배워 두면 괜찮겠지. 집중을 잃는 순간 연성한 육체가 사라져서 상처를 입을 때와 똑같은 고통을 받는다는 게 단점이지만, 그 점만 주의하면 쓸 만해. 하지만 마나가 아닌 네 신력으로 육체 연성을 하는 방법을 배워야 해."

마나는 현재 아르하드만의 힘이 아니었다. 마나로 신체를 구성했다간 테일런이 그걸 이용해 역공할 수도 있었다.

"그건 나중 일이고, 지금 상황에 대해서 이야기해 보자. 일단, 너 새 기술을 익혔어? 테일런과 이사벨라의 상처가 육체 연성으로도 수복이 안 되던데."

이아나가 진중하게 고개를 끄덕였다.

"새 기술, 영혼 베기입니다."

영혼 베기라는 말을 듣는 순간 아르하드는 그것이 대충 어떤 기술인지 파악할 수 있었다.

영혼과 육체는 강하게 연결되어 상호작용한다. 영혼이 육체의 형태를 따라가듯, 육체도 영혼의 상태에 강한 영향을 받는다.

물리적인 힘으로는 보통 영혼을 벨 수 없었다. 육체를 베어도 영혼은 멀쩡한 상태로 존재하며 육체를 원래 상태로 회복시키려 한다. 그러다가 상처의 회복이 너무 늦어지면 영혼의 형태가 상처 입은 육체에 맞춰 변하는 것이 순리였다.

그런고로, 이아나가 영혼을 베면 영혼이 베인 상태기 때문에 강제로 육체를 회복시키려 해도 다시 상처가 터지고 허물어진다. 이아나의 영혼 베기에 당하면 완전 회복하기 위해 시간이 아주 많이 소요될 것이다.

그런데…….

"테일런은 네게 영혼을 베이고도 곧바로 회복했지."

"네. 아주 이상한 방법으로요."

이아나는 눈앞에서 목격했던 일련의 과정을 떠올렸다.

테일런의 팔 상처에서 몬스터의 팔이 튀어나와 베었더니 거기서 생기 없는 인간의 팔 수십 개가 또 튀어나왔다. 가슴 상처에서는 갑자기 테라노우딘의 머리가 튀어나왔다.

그 장애물들 너머로 본 테일런의 영혼 안에는 영혼들의 지옥이 있었다. 이아나가 그에게 입힌 영혼의 상처에는 다른 영혼들이 그 자리를 꾸역꾸역 메워 육체 수복을 가능케 했다.

"어디서 그 많은 영혼들을 삼켰을까요."

"답은 정해져 있지."

아르하드와 이아나는 동시에 말했다.

"아카식 레코드."

이아나의 표정이 딱딱해졌다.

"드래곤들은 라오스와 칸데메이온의 분신체들이니 드래곤 넷을 흡수했다면 아카식 레코드로 가는 방법을 터득했을 수도 있겠습니다. 아까 전에 놈이 만든 차원의 틈도 아카식 레코드로 가는 문이었고, 지금 놈이 있는 곳도 아카식 레코드겠군요."

"어때. 네가 한번 가 볼 수 있겠어?"

"권능으로도 문을 열 수 있긴 한데 부담이 커요. 며칠만 시간을 주십시오. 현재 영혼을 베는 경지에 이르렀고, 아까 전에 직접 경험해 보기도 했으니 조금만 더 수련하면 아카식 레코드도 제 힘으로 열 수 있을 것 같습니다."

이아나가 허리춤에 손을 얹고 땅이 꺼져라 한숨을 쉬었다. 땅속 깊숙한 어딘가를 향하는 그녀의 눈빛이 싸늘했다.

"놈은 그 많은 영혼들을 삼켜서 뭘 하려는 걸까요."

"그 무게를 감당할 수만 있다면 아주 많은 일들을 할 수 있겠지. 생물을 인공적으로 만들어 낼 수도 있을 거야."

"생물을요?"

"생물의 구성 요소는 신체, 심장, 영혼. 여기서 신체와 심장은 어떻게든 연성할 수 있어. 생명 창조가 신의 영역이라 치부되는 건 영혼만큼은 인위적으로 만들어 낼 수 없기 때문이야. 하지만 테일런이 영혼을 강제할 수 있다면 생명 창조가 가능해져."

"……."

"그렇게 창조된 생물은 갓 태어난 것처럼 백지상태일 거다. 그 상태에서 테일런의 검은 기운에 오염되어, 세뇌 마법까지 거치면 살아 있는 살육 병기가 되겠지."

이아나는 잠시 침묵하다가 한 번 더 한숨을 쉬곤 결연하게 중얼거렸다.

"수련을 좀 더 열심히 해야겠습니다."

지금도 무리하고 있을 텐데 더 무리하겠다니.

"아카식 레코드로 빨리 가 봐야겠어요. 라오스와 칸데메이온이 걱정됩니다. 아카식 레코드에 있겠다고 했었는데."

아르하드는 걱정되어 말리고 싶었지만 상황상 쉬엄쉬엄하라고 도저히 말할 수 없었다. 그가 겨우 걱정을 밀어 내고 오늘 얻은 정보들을 애써 복기하고 있을 때였다.

"전하!"

한 무리의 사람들이 우르르 굴러 나왔다.

"이, 이아나 님."

"이아나 님, 라이즈 경 맞으시지요?"

사람들이 절박한 듯, 기대하는 듯, 반짝이는 시선을 이아나에게 쏟았다.

아르하드의 싸움을 훔쳐보러 왔다가 얼떨결에 이아나의 싸움까지 지켜보게 된 이그나이츠의 정예병들이었다.

그들은 똑똑히 보았다. 바하무트 황제를 압도적으로 몰아붙이던 이아나의 실력을.

이그나이츠 병사들은 지금의 상황이 기쁘면서도 벅찼고, 믿기지 않았다. 이아나 본인이 맞다고 확신하면서도, 일 년 넘게 부재했던 그녀가 갑자기 튀어나와 바하무트 황제와 치고받고 싸운 지금의 상황을 이해하기 어려웠다.

"본인입니다."

이아나는 그들의 의심에 쐐기를 박아 주었다.

"아니, 이렇게 멀쩡하시면서 그동안 왜……."

병사들은 얼떨떨해져서 환호성을 내지르지 못했다.

"깨어난 지 얼마 되지 않았습니다."

"아……."

병사들은 무심코 고개를 주억거리다 하나둘 깨달음을 얻어 멈칫했다. 오늘 목도했던 그 경악스러운 싸움이, 최근에 깨어난 사람의 실력이라고? 그런 데다 바하무트의 황제를 몰아붙이기까지 했다고?

병사들의 낯빛에 서서히 환희가 들어차기 시작했다.

이아나가 부재했던 일 년.

그녀의 강함을 의심했으나, 오늘부로 모든 불경한 마음이 씻겨 사라졌다. 병사들의 심장에 승리에 대한 믿음이 깃들었다.

"이그나이츠의 대기사다."

"멀쩡하잖아."

이그나이츠 병사들 뒤로 어느새 뒤따라온 혁명군들이 이아나를 구경하며 속닥거렸다.

"멀쩡하다 못해 괴물이던데⋯⋯."

이아나를 괴물이라 칭하면서도 그들의 눈빛에는 동경 한 줄기가 깃들어 있었다.

지금 여기에 있는 사람들은 이그나이츠군과 혁명군 중에서도 강한 축에 속하고, 보다 강해지는 것에 뜻을 둔 무인들이다.

실력의 격차가 너무 커서 이아나와 테일런의 전투가 눈앞에서 펼쳐지는데도 전투 과정을 세세히 보지는 못했다. 하지만 포기하지 않고 악착같이 지켜봄으로써, 무인으로서 소중한 깨달음을 얻을 수 있었다.

그리고 그들이 추구해야 할 지향점이 이아나라는 사실도 똑똑히 깨달을 수 있었다.

동경하지 않을 수가 없었다.

"제가 자리를 비운 동안 다들 고생이 많았습니다. 이그나이츠가 건재한 건 여러분을 비롯한 이그나이츠의 모두가 노력한 덕분이겠지요. 감사를 표합니다."

"아닙니다. 내 나라를 지키기 위해 노력하는 건 아주 당연합니다!"

"실언했군요."

살짝 미소 지은 이아나가 제 앞에 선 이그나이츠 병사들의 어깨를 한 번씩 짚어 주었다.

"앞으로 더 힘든 싸움들이 이어질 것이라 예상됩니다. 저는 제 소임을 다하고자 노력할 테니 여러분도 부디 힘써 주십시오. 우리 함께 힘을 합쳐 승리합시다."

"예!"

무인들의 최정상에 있는 이아나가 그들을 우리라 칭하며 격려하자 이그나이츠 병사들은 깊은 소속감과 유대감을 느꼈다. 그동안 고생한 것들이 싹 씻겨 나가는 것만 같았다.

이아나의 시선이 혁명군을 잠시 향했다.

"당신들도 원하는 것을 얻길."

이그나이츠 병사들을 대할 때의 따뜻함은 오간 데 없고 별다른 온기가 담기지 않은 사무적인 말은 차갑기까지 했다.

"아, 예, 예……."

혁명군들이 말을 더듬었다.

혁명군은 오늘 이아나를 처음 보았다. 이아나의 첫인상은 매우 강하고 차가웠다.

차갑다는 것이 나쁜 뜻은 아니었다. 혁명군 입장에서는, 타국민에게는 정 없고 자국민에게는 자상하다는 점이 매우 인상적으로 다가왔다. 무시무시한 황제를 패퇴시킬 정도로 강함에도 강압적으로 굴지 않아 공포스럽지 않다는 점에 가슴이 술렁거렸다.

이그나이츠의 왕 아르하드도 마찬가지다. 혁명군은 아르하드가 전투의 여파에서 다른 사람들이, 특히 이그나이츠군이 휘말리지 않도록 중간중간 보호해 줬다는 사실을 알고 있었다.

자기 국민들을 벌레만도 못한 취급을 해 온 바하무트 황족과는 다르다. 혁명군은 문득 서글퍼졌다.

그때, 이아나의 검지에서 연락용 반지가 반짝였다.

[긴급사태야.]

에이지였다. 목소리가 무척 다급했다.

[실종됐었던 엘리가 발견됐는데 상태가……]

"냐아, 냐아. 냐아!"

이아나와 아르하드가 국경 외곽에 도착했을 때, 엘리는 온몸이 새까맣게 오염된 채 바닥에 쓰러져 있었다.

"냐아! 니양!"

닛시가 엘리 곁에서 서글프게 울었다. 엘리의 손바닥을 핥기도 하고 깨물기도 했지만 엘리는 요지부동이었다.

닛시의 맑은 눈에 그렁그렁 차오른 눈물이 털을 적시며 바닥으로 뚝뚝 떨어졌다. 엘리를 두들기는 닛시의 흰 다리는 새카매져 있었다.

"헤레이스 말론, 닛시가 갑자기 미친 듯이 뛰쳐나가더래. 그래서 따라가 봤더니 엘리가 지금 이 상태로 쓰러져 있고 다른 일반인들도 쓰러져 있었다는 거야."

에이지는 이아나가 오자마자 상황을 설명했다.

"일반인들은 어떻게든 병동으로 옮겼는데 엘리한테는 손을 댈 수가 없어서 이렇게 둘 수밖에 없었어. 지금 사람들의 출입은 통제하고 있어. 근방 전체가 오염된 상태야.”

“이아나 양. 어떻게 해요?”

넛시를 애써 말리고 있던 헤레이스는 창백한 얼굴이었다. 옆에서는 사키가 진땀을 흘리며 엘리의 몸에 신력을 불어넣고 있었다.

하지만 엘리의 몸을 중심으로 뭉글뭉글 퍼지는 검은 기운은 쉽게 사그라질 기세가 아니었다.

이아나가 거친 걸음으로 다가가며 정령 넷을 모두 불러냈다.

화르르륵!

정령들은 아무것도 묻지 않고 이아나의 뜻을 따랐다.

카고마인과 시웨아는 그녀의 신력을 바탕으로 이 근방에 들어차 있는 악독한 기운을 깡그리 정화했다.

토우와 이니스는 엘리의 몸에 녹아들어 자신들의 몸이 타들어가는 것도 아랑곳 않고 치료를 시작했다.

이아나는 한쪽 무릎을 꿇고 앉아 새까만 엘리를 안아 들었다. 몸이 썩어 들어가고 있어 눈 코 입도 제대로 보이지 않았다.

하지만 이아나는 알 수 있었다.

지금 이 아이는 엘리가 아니라 라오스의 형태였다.

‘테일런…….’

오늘 지겹도록 싸워 지긋지긋해진 테일런의 기운이 라오스에게서 진동했다.

이아나는 라오스를 품에 힘껏 끌어안았다. 생명과 힘 그 자체인 자신의 신력을 라오스에게 넘치도록 밀어 넣었다.

신력은 폭우로 무섭도록 불어난 강처럼 텅 빈 라오스의 몸에 흘러들어 가 바다가 되었다.

이아나의 적안에 불이 확 붙었다.

'꺼져!'

화아아아아악!

라오스의 몸에서 열기가 폭발했다. 신의 몸에 깃들어 있던 검은 기운이 강한 바람과 함께 쫓겨 나갔다.

라오스의 몸 색깔이 새하얗게 돌아왔다. 그러자 정령들의 작업에도 탄력이 붙었다.

이아나는 개안한 영안으로 라오스의 영혼을 보았다. 거뭇거뭇했다. 단순히 신력을 밀어 넣는 것만으로는 오염된 영혼까지 어떻게 하지 못했다.

"냐……. 냐……."

이아나는 옆에서 가늘게 우는 닛시의 머리에 손을 얹었다. 그러자 먹물이 묻은 것처럼 검던 발이 씻겨지듯 도로 새하얘졌다.

상황을 정리한 후 라오스를 성내 빈 방의 침대로 옮겼다.

라오스는 육체가 완치되었음에도 깨어나지 못했다. 삶에 의욕을 잃어 혼수상태가 되었던 에이지와는 다른 경우였다. 영혼이 현세에 제대로 붙어 있으니 그저 지독하게 지친 것뿐이었다.

이아나가 라오스의 이마에 손을 짚었다.

"왜 성으로 들어오지 않고 국경 밖에 있었던 걸까요."

"국경 방어 체계는 기본적으로 바하무트 일족을 원천 봉쇄하도록 설계되어 있고, 강제로 진입하려 하면 극심한 타격을 입게 되어 있어. 설계할 때 이 애도 참가했고, 그 사실을 아니까 들어오지 못했겠지."

라오스를 가만히 바라보고 있던 이아나가 입을 열었다.

"테일런의 단독 행동일까요, 칸데메이온의 배신일까요?"

머릿속에서 저울질하고 있던 가정들을 내밀었다.

라오스는 분명 이아나와 테일런의 싸움이 끝날 때까지 칸데메이온과 함께 있겠다고 했는데 혼자서 현세로 돌아왔다. 그럼 칸데메이온은?

"그건 라오스의 입으로 이야기를 듣거나 아카식 레코드에 직접 가 보기 전까진 알 수 없겠지."

이아나는 침대를 손가락으로 툭, 툭 두들겼다.

칸데메이온이 배신했을 거라는 생각은 들지 않았다. 느낌이 그랬다. 하지만 무작정 확신할 수는 없는 노릇이니 일단 아카식 레코드의 문을 여는 데 집중해야겠다 싶었다.

며칠 후.

이아나는 마침내 아카식 레코드의 문을 열 수 있게 되었다.

현재, 이아나는 앞길을 가로막는 장애물 하나 없어 시간을 들여 노력만 하면 만족스러운 결과를 얻는 경지였다. 테일런 덕분에 경험도 해 봤겠다, 시공간 차원을 찢어발겨 아카식 레코드를 강제로 개문하는 건 어렵지 않은 일이었다.

이아나가 수련하는 동안, 아르하드는 며칠 내내 밤을 새우다시피 해서 테일런의 기운과 기술을 분석했다. 아르하드는 온 힘을 다해 이아나를 보조하며 테일런을 위기로 몰아넣으면서도 정보를 수집했고 성과는 매우 좋았다.

분석은 며칠 만에 마무리 단계에 이르렀다.

정리하자면, 테일런의 검은 기운은 죽음의 힘이 깃든 오염된 신력이었다.

일단, 이 힘에 닿으면 온갖 질병들로 온몸이 썩어 들어가 순식간에 죽음에 이른다. 신력이 즉 생명이니 이 얼마나 모순되는 말인가 싶지만 질병 대부분이 외부 미생물로 인해 발생한다는 점을 고려하면 그리 이상하지도 않았다.

게다가 테일런의 검은 기운에 깃든 악감정과 무서운 살의는 영혼을 오염시킨다. 웬만한 사람은 이 기운에 닿자마자 공포 혹은 살의에 미쳐 정신 자체가 망가져 버릴 수 있었다.

말로만 설명해도 끔찍한 이 기운으로 어떤 무서운 일들이 가능할지는 이아나가 아카식 레코드에 다녀온 후 더 명확해질 것이다.

아르하드는 대테일런 대책도 함께 준비하기 시작했다.

추적, 방어, 공격.

첫 번째, 추적.

이번 전투에서 수거해 온 이사벨라와 테일런의 피와 살점, 뼛조각들을 마법사단에 맡겼다. 도르시아니가 개발한 일인 추적술은 샤일린스전에서 효용을 증명했고 그 자료를 기반으로 하면 그들을 추적하는 기술을 개발하는 것도 어렵지 않았다.

두 번째, 방어.

라오스의 몸에 찌들어 있던 테일런의 기운이 지독했다지만 풍기는 기운을 쬔 것만으로 너무 많은 사람들이 무기력하게 쓰러졌다. 그렇게 무방비하게 국민이 죽는 꼴을 볼 수는 없는 노릇이었다. 그래서 일반용과 전투용으로 나누어 방어 융합술을 고안하기 시작했다.

세 번째, 공격.

아르하드는 적의 전투 형태가 크게 변할 것이고, 전투는 조금 더 어려워질 것이라 예측했다. 그리고 테일런은 이아나와 아르하드가 상대할 테지만 자잘한 적들은 다른 사람들이 맡아 줘야 했다. 그러려면 이쪽도 적의 변화에 걸맞은 공격 방식을 구비해야 했다.

마지막으로, 아르하드는 이런 대치 상태에 더는 수동적으로 끌려다니고 싶지 않았다. 그래서 그의 모든 지식을 동원하여 테일런과 완전히 상반되는 쪽으로 제 힘을 단련하기 시작했다.

대책 준비는 초기 단계였다.

라오스가 깨어나거나 이아나가 아카식 레코드에 다녀와서 보다 더 명확한 정보를 주면 본격적으로 대책을 세울 예정이다.

"고생하시네요."

"테일런에게 틈을 안 주려면 어쩔 수 없지."

아르하드는 표정에서부터 지친 기색이 역력했다. 정보 분석부터 대책 수립에 공격술과 방어술 고안까지 해야 하니 그 아르하드조차도 피곤할 수밖에 없었다.

"이 싸움이 어서 끝났으면 좋겠습니다."

이아나는 아르하드를 품에 안은 채 등을 토닥여 주었다. 아르하드는 눈을 감고 사랑스러운 붉은 머리칼에 뺨을 비볐다.

"나도……."

이아나에게 안겨 있는 것만으로도 힘이 났다.

한동안 아르하드를 부둥켜안고 있던 이아나는 그를 놓아주며 방 한쪽을 흘긋 쳐다보았다. 이아나와 아르하드가 피나도록 노력하는 동안, 라오스는 깊은 잠에 든 채 깨어나지 못했다.

"정말 안 깨어나는군요. 가기 전에 이야기를 들을 수 있었다면 좋았을 텐데요."

"그만큼 지독한 일을 당했다는 거 아니겠어."

아르하드가 이아나의 양어깨에 손을 올린 채 진지하게 눈을 마주쳤다.

"테일런이 아직 거기 있을 수도 있으니 절대 경계 태세를 늦추지 마. 위험하다 싶으면 바로 빠져나와야 해."

"그럼요."

"마음 같아서는 같이 가고 싶은데……."

"그러면 안 된다는 걸 알면서도 그런 소리를 하시는군요."

둘 다 자리를 비운 이그나이츠에 테일런이 쳐들어오면 정말 큰일이었다.

"네가 알아서 잘하겠지만, 임무보다는 네가 우선이야. 알지?"

"네."

이아나는 웃었다. 이렇게 강해졌는데도 똑같이 걱정해 주는 그가 좋았다.

이아나는 아르하드와 세게 손을 맞잡았다.

"다녀오겠습니다."

"다녀와."

그와 깊은 신뢰감을 주고받은 이아나가 라이즈를 허리춤에서 빼 들었다.

"후……."

이아나가 심호흡했다.

라이즈는 이아나의 호흡에 맞춰 그녀와 하나가 되었다.

호흡은 바람이 되어 이 세상을 직물처럼 짜고 있는 가느다란 선들 중 하나로 흘러들었다.

집중력이 극한에 이르렀다.

라이즈가 한 치의 어긋남도 없는 깨끗한 선을 그리며 천천히 내려왔다.

파지지지직.

아무것도 없는 허공이 번갯불이 튀는 듯한 요란한 소음과 함께 찢어졌다. 이아나는 차원의 틈으로 단숨에 뛰어들었다.

시야 속 풍경이 손바닥 뒤집듯 다른 세상으로 변했다.

고오오오오오.

이아나는 허공에서 아래로 떨어져 내렸다. 목적지는 영혼들이 모여 있는 아카식 레코드의 중앙부였지만, 아카식 레코드가 불안정한 탓인지 엉뚱한 위치에 문이 열렸다.

하지만 떨어지면서 아카식 레코드를 전체적으로 살펴볼 수 있으니까 오히려 잘되었다.

몸을 회전하며 공간 구석구석을 살핀 이아나가 한숨을 삼켰다. 아카식 레코드는 이아나가 알던 모습과 달리 엉망이었다.

아카식 레코드는 모래시계 구조이다. 최상부에는 순행의 세계가, 최하부에는 역행의 세계가 있으며 교차하는 중앙에는 시간이 뒤죽박죽 뒤섞인 영혼의 세계가 존재한다.

그리고 최상부에서 중앙, 중앙에서 최하부에 이르기까지의 공간에는 태초부터 현재에 이르기까지, 세계에서 발생한 일들에 대한 모든 기록들이 존재했다.

몇 번 오진 않았으나, 올 때마다 틈 하나 없이 기록들로 빼곡히 들어차 있어 위압감을 자아내던 아카식 레코드는 무한의 도서관이라 일컬어도 모자라지 않았다.

그런데 지금은 딱 봐도 뜯어 먹힌 것처럼 공간 자체가 찢어진 채 여기저기 텅 비어 있었다.

뿌드드득.

빈 공간은 다른 무언가로 메워지지 못했고, 기록들로 채워진 공간들은 자기들끼리 붙으며 공백을 없앴다. 아카식 레코드는 이런 과정을 거치면서 점점 쪼그라들고 있었다.

아카식 레코드 전체에서 불안정한 진동이 발생했다. 이아나는 곧 무너질 건물 안에 있는 느낌을 받았다.

'아카식 레코드도 파괴되어 사라질 수 있나? 그리되면 세상은 어떻게 되는 거지?'

목적지인 중심부가 가까워졌다.

이아나는 추락 속도를 늦추며 안력을 높여 곧 닿을 중심부를 내려다보았다. 예상했던 대로 영혼의 요람에 가득 흐르며 탄생에 기여하던 신력은 고갈되어 있었고, 영혼의 수도 예전에 봤을 때보다 극도로 적었다. 적다 못해 거의 없었다.

'지금 있는 것들도…… 영혼이 아닌 것 같은데.'

모든 신경을 아카식 레코드 중심부에 집중하자마자, 이아나의 온 영혼에 경종이 거세게 울렸다.

쏴아아아악!

이아나가 검을 휘두르기도 전에, 검은 기류가 촘촘한 그물처럼 엮이며 아카식 레코드 전체를 둘러쌌다.

서걱!

한발 늦은 베기가 차단막에 닿았다. 며칠 전 테일런을 베었을 때처럼, 베어도 또 벨 게 무수히 남아 있는 괴이한 감각이 검날에 감겨들며 끝까지 베이지 않았다.

결국 시야는 한 치 앞도 보이지 않는 암흑으로 가려졌다. 정말 무섭도록 고요하면서도 사악한 암흑이었다.

'테일런이 있다.'

이아나는 전투태세를 갖추며 사방을 경계했다.

며칠 전에 맞붙었을 때, 분명 제가 조금 더 우월했었다. 그래서 자신이 아카식 레코드에 오자마자 테일런이 도주해서 마주치지 못할 가능성이 크다고 생각했다.

그런데 이렇게 대놓고 싸움을 걸어오다니? 자신 있다는 건가?

'놈은 어디에……'

테일런의 기척을 찾기 위해 감각을 곤두세우자, 뼛속을 넘어 영혼까지 싸늘해졌다.

우우우우우…….

바람이 텅 빈 동굴을 지날 때 나는 소리가 메아리쳤다. 정신을 놓은 사람이 내는 의미 없는 웅얼거림처럼 알아들을 수 없는 말소리들이 사방에서 울려 퍼졌다.

그러나 그 속에는 명확한 뜻을 품은 말들도 있었다.

"죽어……."

"죽어라……."

명확한 살의가 수만 개의 바늘처럼 찔러 왔다.

이아나는 신력으로 몸을 감싸며 스스로 불꽃이 되었다.

빛으로 어렴풋이 밝혀진 공간은 끔찍했다.

헤아릴 수 없을 정도로 많은 생물들이 아카식 레코드를 가득 채우고 있었다. 해변의 모래알보다 많은 눈알들이 빛을 잃은 채로 이아나를 보고 있었다. 이아나를 향해 각양각색의 머리를 들이밀고 있었다. 팔을 뻗으며 다가오고 있었다.

'정신 공격인가?'

서걱!

이아나는 제게 가장 먼저 다가온 생물을 베었다. 비명은 없었지만 살점과 뼈를 베는 감촉이 매우 생생했다. 환상이 아니었다. 실체가 있는 육체였다.

평범한 육체는 아니었다. 그것들에게선 생기가 단 한 점도 느껴지지 않았다.

사아아아악!

라이즈가 찬란한 원을 그렸다. 빛이 고리처럼 퍼져 나가며 사방을 밝힌 후 그곳에서 꿈틀거리고 있던 것들을 베고 사라졌다.

이아나는 육안과 영안을 모두 활용해 제가 벤 것들을 낱낱이 관찰했다.

'검은 신력으로 구성된 인위적인 신체.'

생물들의 물질적 형태는 케이거스 드미트리의 키메라처럼 인간인지 괴물인지 모를 성의 없는 생김새가 대부분이었다. 하지만 그런 괴상망측한 형태 말고도, 인간, 엘프, 드워프, 수인, 어인, 짐승, 곤충, 몬스터 등 평범한 외양도 섞여 있었다.

'심장을 대체하는 핵.'

핵은 마법으로 만들어진 돌이었다. 울룩불룩한 형편없는 모양의 핵은 그들의 가슴에 틀어박힌 채 심장의 역할을 대신하고 있었고 핵에는 영혼이 하나씩 깃들어 있었다.

'검게 오염된 영혼.'

영혼들은 테일런의 검은 신력에 풍덩 잠겼다 빠져나온 것처럼 새카맸다. 그의 사념에 지배당하는 영혼들은 그들 본연의 빛을 잃고 어둠에 잠겨 있었다.

아르하드의 예측이 사실이 되었다.

'테일런 놈, 아카식 레코드의 영혼을 이용해 비정상적인 생물을 창조할 수 있게 되었구나!'

테일런은 아카식 레코드에서 자아는 있지만 의식은 없는 영혼들을 삼켜 제 것으로 만들었다. 그 영혼을 아무렇게나 생성한 육체에 심으면 그것이 즉 생물이었다.

"그렇게 창조된 생물은 갓 태어난 것처럼 백지상태일 거다. 그 상태에서 테일런의 검은 기운에 오염되어, 세뇌 마법까지 거치면 살아 있는 살육 병기가 되겠지."

아르하드가 했던 말이 떠올랐다.

"죽어."

"죽어."

"죽어!"

죽으라는 말밖에 모르는 죽음의 괴물들이 선명한 살의를 표출하며 달려들었다.

괴물들은 테일런의 분신인 양 그와 똑같은 기운을 풍기고 있었다. 테일런이 여기 있는 건 분명한데 괴물들이 너무 많아 놈의 위치를 특정할 수가 없었다.

서걱!

이아나는 달려든 놈들을 베어 넘긴 후 차원을 쪼개 아카식 레코드의 출구를 만들어 보려 했다. 그러나 차원의 상흔 너머로는 세상이 없었다. 그저 무한한 어둠이 펼쳐져 있을 뿐이었다. 이 공간 전체가, 세상과 완전히 단절된 테일런의 영역이었다.

이아나는 무작정 베었다.

베고, 또 베어도, 베야 할 것이 수없이 남아 있는 듯한 불쾌한 감각만 검날에 남았다.

"……."

이아나는 문득 베는 것을 멈추고 고개를 들어 셀 수 없이 많은 존재들을 멀거니 쳐다보았다.

사방에서 히히히히…… 웃는 소리가 들려왔다. 이아나는 저 웃음소리가 어디선가 저를 조롱하고 있을 테일런의 감정과 동조한 결과물이라는 것을 알 수 있었다.

네가 여기서 나갈 수 있을 것 같아?

이 공간 전체에서 이아나를 먹고 말겠다는 끈끈한 욕망이 뻗어 왔다.

[넌 함정에 빠졌어.]

[넌 나갈 수 없어.]

[넌 오늘부터 여기서 우리와 함께 있는 거야.]

익숙한 목소리가 환청인지 뭔지 모를 말들을 유혹하듯 귓가에 속닥거렸다.

이아나가 웃었다.

'헛소리.'

테일런이 여기서 어떤 힘을 얻었고, 어떤 덫을 놨든 상관없었다. 놈이 설령 아카식 레코드의 모든 것을 집어삼켰다 할지라도 상관없었다.

이아나는 어떤 위기에 처하더라도 빠져나갈 자신이 있었다. 지지 않을 자신도, 죽지 않을 자신도 있었다. 과신도 허세도 아닌 스스로에 대한 정직한 평가였다.

이런 상황은 함정 축에 들지도 못한다. 극한의 수련이라면 수련이겠지. 테일런이 다른 사람들을 노리지 않고 제게 집중해 준다니 차라리 잘되었다.

'베고, 또 베어도, 계속 벨 것이 남아 있다고?'

이아나가 검을 바로 세웠다. 검날 뒤로 적안이 빛을 발했다.

'그럼 벨 것이 없을 때까지 베겠다!'

어둠 속 유일한 불꽃이 세상을 집어삼킬 기세로 용솟음쳤다.

베었다.

베고, 또 베고, 한 번 더 베었다.

벤 다음, 베어서, 베어 넘긴 후, 베었다.

베었고, 베었으나, 베었음에도, 끝없이 베었다.

끝이 보이지 않았다. 시간이 얼마나 흘렀는지도 알 수 없었다.

퍼걱!

이아나는 다섯 놈을 한꺼번에 베어 핵을 깬 다음, 흘러나온 까만 신력을 모조리 흡수했다.

적들은 통각이 없는 듯 팔다리가 베여도 공격을 멈추지 않았기에 중심점인 핵을 부숴야만 했다.

하지만 깨부수기만 하면 신력으로 잠깐 흩어지기만 했다가 어딘가에 있을 테일런의 마법에 의해 다시 핵으로 만들어졌다. 신력은 권능, 신술, 생명 활동으로만 소모되므로, 핵을 부수고 다시 만드는 과정에서 테일런의 신력은 일절 소모되지 않았다.

그러니 핵을 부수기만 할 게 아니라 신력까지 강탈해야 했고 테일런의 오염된 신력을 흡수하는 이아나의 몸과 영혼은 점점 거뭇해졌다.

영혼을 베어 영혼을 아예 소멸시키는 방법도 있었다.

하지만 이아나는 그러지 않았다.

이 가엾은 영혼들은 테일런에게 강제로 이용당하고 있다.

어떤 영혼은 새로 태어날 날만을 기다리고 있었을 것이고, 어떤 영혼은 휴식을 취하며 편히 쉬고 있었을 것이다.

그런데 테일런에 의해 모든 영혼 순환 구조가 망가졌고 영혼들은 길을 잃었다.

그렇기에 길 잃은 그들을 베지 않을 것이다.

그것이 그녀의 신념이었다.

이아나는 미련할 정도로 핵을 부수고 신력을 흡입했다. 어둠에 찌든 신력을 심장에 쌓으며 강제로 자신의 것으로 만들었다.

하지만 검은 신력이 흡수되는 속도가, 이아나가 흡수한 검은 신력을 제 것으로 만드는 속도보다 빨랐다.

이아나는 점점 새까매졌다.

어느 순간, 검은 기운은 이아나의 강인한 육체와 부동의 영혼에 영향을 미치기 시작했다. 이아나는 외부뿐만이 아니라 내부에서도 싸워야만 했다.

[강해지고 싶다.]

[강해져야 한다.]

[강해질 것이다!]

검은 괴물은 이아나가 품은 강함에 대한 열망을 크게 키웠다.

[왜 강해지고 싶은 거지?]

검은 괴물은 열망의 근원을 찾아내고자, 이아나의 밑바닥에 있던 존재를 강제로 긁어냈다.

여기, 작고 어린 여자애가 있다.

아이는 몰래 우는 것에 지쳐 스스로를 죽였고, 검을 쥐고 다시 태어나 독기를 품었다.

[약해, 너무 약해. 약하면 아무것도 할 수 없어.]

[조롱당하더라도 듣지 못한 척해야 하고 상처받더라도 아프지 않은 척해야겠지.]

[약하면 상처받아 죽을 뿐이야.]

울고 있는 여자애는 인형처럼 입을 뻐끔거렸다. 증오와 공포가 목구멍까지 차올랐다. 이아나는 정신이 가물가물한 와중에도 의아함을 느꼈다.

'나는 더는 이런 이유로 강해지고 싶지 않은데.'

괴리감을 느낀 순간 여자아이의 얼굴을 뒤덮고 있던 가면이 산산조각 났다. 아이는 더는 울지 않고 미소 짓고 있었다.

그러자 검은 괴물은 이아나의 밑바닥을 파헤쳐 또 다른 존재를 끄집어냈다.

여기, 살의에 그득 찬 여자가 있다.

[누가 내 위에 있는 것을 참을 수 없어.]

[패배 따위는 인정하지 않을 거야! 이기고 말겠어. 당신보다 강해져서 내 앞에 무릎 꿇려 비웃어 주겠어.]

[검술에서만큼은 내가 최고여야 해. 내겐 검밖에 없으니까!]

일그러진 얼굴의 여자는 악에 받친 채 바득바득 우겨댔다. 열등감과 질투가 이성을 마비시키려 했다. 이아나는 어깨를 으쓱였다.

'이것도 이젠 내가 강해지고 싶은 이유가 아니야.'

이아나가 부정하자 여자의 얼굴에 덧씌워졌던 가면이 흩어졌다. 여자는 그저 즐거운 호승심과 열정으로 신이 나 있었다.

검은 괴물은 이아나의 기저에서 부정적인 근원을 더는 찾아내지 못하자 지상으로 올라왔다.

이젠 사라지고 없는 과거의 감정들을 토대로 한 지상에는 철옹성이 있었다. 그리고 꼿꼿하게 서서 성문을 지키는 현재의 이아나가 있었다.

철옹성에 찾는 것이 있으리라 감지한 검은 괴물은 안으로 침투하려 했으나, 가로막고 선 이아나가 워낙 꼿꼿하고 단단해서 그럴 수 없었다.

이아나가 철옹성 안에 뒀을 '강해지고 싶은 이유'에 도저히 닿을 수가 없었기에 괴물은 이아나 본인에게 대놓고 물었다.

[강해지고 싶나?]

강해지고 싶어.

[왜?]

강한 게 좋으니까.

현재의 이아나가 답했다. 그러자 검은 괴물은 그녀의 영혼 깊숙이 깃든 용암의 몸집을 강제로 키우기 시작했다.

[그렇다면 강해져.]

[강해져라!]

[누구보다 강해져라!]

맞아.

강해져야지. 강해져야 해. 강해질 거야. 누구보다도 강해질 거야. 강해지고, 또 강해지고, 계속 강해질 것이다. 강해진 것보다 더 강해질 거고, 그보다도 강해질 거다.

이아나는 강박적인 기분에 숨이 가빠 왔다.

강해지고 또 강해져도 또 강해져야 한다니. 왜 이렇게 강해지라는 거야? 언제까지 강해져야 하는 거야? 날 왜 이렇게 몰아붙여? 죽을 때까지 강해지라는 거야?

이아나는 숨이 멎을 듯 목이 졸린 표정을 지으며 거친 숨을 뱉었다.

그것 참……

이아나의 표정이 짜릿해졌다.

좋네.

이아나의 숨결 한 자락까지 희열로 축축하게 젖어 있었다. 강해지고 싶은 사람에게 강해지라는 채찍질은 달콤한 통증으로 남을 뿐이다.

[너, 나랑 동류였군.]

검은 괴물이 만족한 듯 미소 지었다. 이아나도 그에게서 동질감을 느꼈다.

[그렇다면 이리로 와라.]

[나와 함께하면 더 강해질 수 있다.]

[우리, 함께하자.]

어둠이 이아나가 먹음직스럽다는 듯 입을 벌렸다.

이아나가 괴물에게 손을 뻗다 말고 멈칫했다.

눈앞에서 한 남자가 아른거렸다.

그녀를 언제나 지탱해 준 한 남자가 있다.

언제나 그녀의 지향점이 되어 준 남자가 있다.

그녀가 눈앞의 괴물처럼 되지 않도록 길잡이가 되어 준 남자가 있다.

가슴 깊이 품은 그 남자. 미치도록 사랑하는 그 사람.

이아나는 세상에서 가장 강한 그를 이기고 싶었고, 세상에서 가장 사랑하는 그를 지키고 싶었다.

'난 강해지고 싶어. 강한 게 좋으니까.'

이아나가 손을 내리며 뒤를 돌아보았다.

'강해지고 싶어.'

철옹성에 가둬 두고 꽁꽁 숨기고 있던 그녀의 남자가 나와 있었다. 사랑하는 그가 붉은 꽃 한 송이를 내밀고 있었다.

'그건 당신과 행복해지고 싶어서이기도 해.'

난 너와 달라!

이아나가 괴물을 등지고 그에게 달려갔다. 그가 내민 꽃을 함께 쥐었다.

그들의 주변으로 수없이 많은 꽃봉오리들이 올라왔다. 꽃들은 태양의 햇살처럼 찬란한 황금의 빛으로 피어났다.

콰아아아아아아아앙!

불길이 폭발했다.

생명의 기운이 온몸으로 퍼져 나가며 오염시켰던 기운을 모조리 불살랐다. 이아나의 영혼은 다시 거대한 불꽃이 되었다. 붉은 신력은 수만 줄기의 번개처럼 터져 나가 사방을 초토화시켰다.

"이 빌어먹을 새끼. 수작 작작 부리고 직접 나와라."

이아나의 눈동자 안에서 화염이 활활 탔다. 영혼의 빛이 그 안에 그대로 담겨 있었다.

"나타날 때까지 강탈해 주마!"

이아나는 또다시 무수히 오랜 시간 동안 검을 휘둘렀다.

영혼의 불꽃은 점점 더 맹렬히 타올랐다.

이아나의 검은 더욱 날카롭고 정교해졌다. 섬세해지고 파괴력을 더해 갔다. 그녀는 위기 속에서 더, 더 높은 단계로 진화하고 있었다.

많은 시간이 흘렀다.

심연을 빨아 마신 이아나의 영혼은 암흑과 적광이 혼잡스럽게 뒤섞인 혼돈의 색이 되었다. 하지만, 몸이 썩어 들어가며 한계를 외친다 해도, 영혼이 오염되어 정신이 망가지기 일보 직전이라 해도, 그녀의 심장에 피어 있는 불꽃만큼은 결코 꺼지지 않았다.

서걱!

이아나는 눈앞의 적을 기계적으로 베었다. 그녀는 지금 단 하나의 목적만으로 움직이고 있었다.

테일런, 죽인다!

그 욕망은 점점 더 커져만 갔다.

콰과아아아아아앙!

이아나의 검신에서 검기가 뻗어 나가 한쪽을 후려갈겼다. 초점 흐린 눈이 희번덕거렸다. 정신이 극한에 몰려 있는 와중에도 이아나는 변화를 민감하게 감지했다.

얕다.

이것이 끝을 의미하는 건지, 테일런이 계략에 변화를 준 건지는 알 수 없지만 상황이 변한 건 확실했다.

[정말 대단하군. 감탄했다!]

그때, 공간 전체에서 테일런의 신경질적인 목소리가 웅웅 울렸다. 목소리에는 가식적인 웃음기 하나 없었다.

[너를 확실하게 잡을 수 있는 덫을 놓았다고 생각했는데…… 정말 엄청난 괴물이군.]

콰아아아아아아.

어둠의 장막이 한 점을 중심으로 걷히기 시작했다. 이때까지 싸워 왔던 무한의 군세가 곳곳에 생성된 차원의 틈들로 빠져나가고 있었지만 이아나는 목표물 외의 존재에 관심이 없었다.

이아나는 오로지 한 점만을 향해 달려들었다.

콰과아아아앙!

이아나의 붉은 검과 테일런의 검은 창이 충돌했다.

키기기긱.

빠직, 빠직, 빠직.

무기들이 맞물린 채 서로를 갉았다. 강한 에너지가 담긴 파동이 사방으로 터져 나갔다.

죽인다, 죽인다, 죽인다!

이아나는 온몸이 썩어 들어가는 상태에서도 눈빛만큼은 형형했다.

검과 창이 살짝 떨어졌다.

그리고 빛보다 빠른 속도로 충돌하기 시작했다.

꽈광! 꽈과광! 꽈광!

세상을 부술 힘을 품은 검은 창, 사념에 물든 수많은 영혼들, 괴물의 거대한 뿔과 발톱, 극독이 묻은 날카로운 이빨과 채찍 같은 혓바닥.

이아나는 그 모든 것에 검 한 자루로 맞섰다.

썩어 들어갈 뿐 생채기는 없던 이아나의 몸에 물어뜯긴 상처가 하나둘 늘어났다. 깨끗하던 테일런의 몸에도 검으로 베인 깊은 상흔들이 새겨졌다.

쿠구구구구궁!

거대한 두 힘의 충돌로 발생한 충격파가 아카식 레코드를 두들겼다. 천칭조차 감당할 수 없는 강력한 충격파에 얻어맞은 아카식 레코드가 거세게 진동했다. 붕괴의 전조였다.

"……."

항상 오만했던 테일런은 잔뜩 흐트러져 무표정했다. 미소가 사라진 입가는 딱딱해졌다.

'대체 여기서 뭘 더 어떻게 해야 널 먹을 수 있는 거지?'

테일런은 이아나 때문에 극도로 예민해져 여유를 잃었다. 그의 눈빛이 매우 무서웠다.

쿠구구구…….

아카식 레코드가 눈에 띌 정도로 축소되었다.

테일런은 여기에 더 있을 수 없다 판단하여 차원의 틈을 갈라 아카식 레코드를 빠져나갔다.

이아나는 테일런을 쫓았다. 테일런이 이아나가 따라오지 못하도록 검은 기운으로 막았지만 이아나는 이미 그의 등 뒤에 바짝 따라붙은 후였다.

그들이 도착한 곳은 바하무트의 제도, 타칼론의 중심부인 황성 안이었다. 이아나는 방해 하나 받지 않고 테일런의 영역 중에서도 심장부에 도달한 것이었다.

콰과과광! 콰광!

테일런의 영역에서 전력이 한껏 약화되었음에도 이아나의 검은 멈출 줄을 몰랐다. 살의에 잔뜩 찌든 이아나는 테일런, 테일런의 성, 테일런의 힘 그 모든 것을 부수려 들었다.

쩌적, 쩌적, 쩌적.

황성도 아카식 레코드처럼 무너질 듯이 진동했다.

테일런은 제 심장이 적에게 그대로 노출되어 버린 듯한 섬뜩함을 느꼈다. 미끈한 얼굴에 한 줄기 금이 갔다.

"……여기까지다!"

테일런이 온 힘을 쏟아부어 이아나를 타칼론 밖으로 추방했다. 이때까지, 이아나에게 욕망하는 테일런이 이아나를 밀친 적은 단 한 번도 없었다. 싸우면 싸우고 피하면 피했지 끔찍해하며 진심으로 물리친 건 이번이 최초였다.

테일런의 접근에만 익숙했던 이아나는 추방이라는 배척에 맥없이 당해 버렸다.

콰아앙!

이아나가 타칼론 밖으로 나가떨어지자마자 제도 타칼론의 문이 완전히 봉쇄되었다.

이아나는 흐느적거리며 일어나 타칼론의 성벽으로 달려들었다. 흉흉한 검으로 타칼론의 성벽과 문을 세차게 두들겼다. 하지만 암흑의 기운으로 요새화된 타칼론은 이성을 잃은 이아나의 공격에 쉽게 뚫리지 않았다.

그래서 이아나는 입을 벌렸다.

"하아아아아……."

휘오오오.

타칼론을 덮고 있던 검은 기운이 이아나의 입속으로 빨려 들어갔다. 붉은 신력과 검은 신력이 휘몰아치며 거대한 바람이 되었다.

파괴적인 폭풍이 하늘을 무너뜨릴 기세로 휘몰아쳤다.

"하아아아……."

태풍의 핵에는 눈에서 벌건 불길을 뿜어내는 한 마리의 새카만 괴물이 있었다.

괴물의 공격은 매우 위협적이었다.

동시에, 괴물은 스스로를 부수고 있었다.

그놈을 죽인다.

죽인다!

죽인…….

살의로 미쳐 가던 이아나의 뒤에서 따뜻하고 익숙한 온기와 힘이 엄습했다.

"이아나!"

단 한 번의 부름이었다.

"아."

이아나는 스스로를 되찾았다.

"으으윽……."

이아나가 아르하드의 품에서 머리를 부여잡았다. 머릿속이 찢어질 것 같았다. 몸이 터져 나갈 것 같았다.

아르하드는 온몸이 으스러지기 직전인 이아나를 부둥켜안고 안전한 장소로 이동했다.

"하아, 하아, 하아."

"이아나, 정령을 불러!"

이아나는 아르하드의 말을 듣지 못했다.

이를 악문 아르하드가 난생처음으로 정령을 불렀다.

아르하드와 정령들은 여전히 데면데면했고, 정말 필요하지 않으면 대화도 나누지 않았었다. 하지만 지금, 아르하드는 간절하게 그들을 불렀고 정령들은 그 간절함에 바로 응답했다.

[아이고, 이아나!]

[몸이 왜 이래…….]

[또 다쳤어! 엄청 말랐어! 어헝헝.]

정령들은 아르하드가 공급하는 그의 신력을 다급하게 받아먹고 이아나의 몸에 한가득 달라붙었다.

[아야아아아!]

[아파! 라오스보다 수십 배는 더 심각하잖아!]

이아나의 몸을 흠뻑 적신 검은 신력은 정령들과 접촉하자마자 그들의 깨끗한 신체를 불태웠다. 정령들은 고통스러워하며 검게 타들어갔다. 정령들은 테일런의 신력을 이기지 못했고 그들의 힘은 이아나에게 닿지 못했다.

"......"

아르하드는 이아나의 얼굴을 붙잡았다. 이아나의 몸을 당겨 안았다. 새카매서 이목구비도 제대로 구별 가지 않는 얼굴에서 입술을 찾아 제 입술을 느릿하게 가져갔다.

입술이 맞물렸다.

입술을 짓누르듯 문질렀다. 벌려진 입술 너머로 깊숙이 침범했다.

그는 은밀한 접촉을 통해 그녀의 영혼을 침식한 검은 신력을 깊이 빨아 마셨다. 부둥켜안은 몸을 제 품 안으로 집어넣으며 어둠을 쥐어짜냈다.

그의 광활한 우주는 무저갱의 암흑을 집어삼켰다. 그리고 찬란하고 따스한 황금의 생명을 연인에게 불어넣었다.

화아아아아......

불꽃의 붉은빛과 찬란한 황금빛은 한 몸처럼 엉켜 들었다. 상쇄되지 않고 조화롭게 융합하며 궁극의 기운이 되었다. 세상에서 가장 아름답고 눈부시면서 무엇보다도 강력한 에너지였다.

아르하드의 희생 덕분에 이아나의 몸을 잠식하고 있던 검은 신력의 농도가 현저히 낮아졌다. 정령들은 이아나와 아르하드가 만들어 내는 빛을 멍하니 지켜보다가, 퍼뜩 정신을 차리고 이아나를 치료하기 시작했다.

썩어 가던 몸에 새살이 돋아나고, 오염된 피 대신 신선한 피가 흘렀다. 죽음의 기운 대신 생생한 생명의 기운이 온몸에 들어찼다.

꽤 오랜 시간이 지난 후에야 이아나의 몸과 영혼이 정상으로 돌아왔다.

"으, 으으."

이아나는 지독하게 지쳐 정신을 놓기 직전까지도 테일런에 대한 살의로 몸을 떨었다.

이 빌어먹을 놈. 이 짜증 나는 놈. 이 질긴 놈!

테일런이 욕망을 뛰어넘을 정도로 초조함과 지긋지긋함을 느끼듯이, 이아나도 인내심의 한계를 넘어설 정도로 짜증과 징그러움을 느끼고 있었다.

테일런과 전투를 치른 건 이걸로 세 번째였다. 그렇게 싸워 댔는데도 결국엔 양패구상이었다.

다음번이 정말 마지막이다. 정말로 끝이다.

다음에 만나면 진짜로 죽여 버릴 것이다.

다시 만날 때까지 강해지고 또 강해지리라.

놈을 죽이기 위해서!

그때, 아르하드가 이아나의 손을 붙잡아 왔다.

"이아나, 아무것도 생각하지 말고 일단 쉬어."

아르하드는 이아나를 소중히 감싸 안고 그녀의 이마에 제 뺨을 비볐다.

"……."

그 부드러운 보살핌에 몸이 정화수에 푹 잠겼다 나온 것처럼 분노와 살의가 씻겨 내려갔다.

이아나는 순식간에 온순해졌다.

흐물흐물하게 녹아내린 채 아르하드의 턱 끝에 머리를 툭 대고 눈을 감았다.

무적의 방패처럼 안전한 품.

그녀의 하나뿐인 평온한 집.

너무 좋았다.

문득, 테일런이 열어젖힌 차원의 틈을 통해 불사의 군세가 세상으로 퍼져 나가던 장면이 떠올랐다. 세상에 난리가 나지 않았을까?

'아르하드가 잘 막았겠지.'

그 생각을 끝으로, 이아나는 까무룩 기절했다.

이아나는 일주일 만에 깨어났다.

"한 달이요?"

이아나는 정말 오랜만에 제대로 된 식사를 하며 자신이 아카식 레코드에서 보낸 시간을 전해 듣고 믿을 수 없어 되물었다.

"그래."

"……."

이아나가 옆에 앉아 있는 아르하드를 슬쩍 곁눈질했다. 그의 뺨이 기억하고 있던 것보다 조금 해쓱해진 걸 보니 사실인 듯했다. 의도한 바가 아님에도 괜히 머쓱하고 미안했다.

"걱정 많이 하셨나요."

"당연한 소릴 하는군. 그래도 테일런과 계속 싸우고 있을 거라고는 생각했어. 테일런도 한 달 동안 나타나지 않았으니까."

한숨을 쉰 아르하드가 그동안 했던 마음고생을 이아나에게 내비쳤다.

"나 혼자서 아카식 레코드를 여는 시도도 해 봤는데, 절대 안 열리더군. 라오스도 안 깨어나고, 뭘 어떻게 할 수가 없어서 내 할 일을 하며 꼼짝없이 기다리고만 있었다. 그러다 갑자기 타칼론에서 너와 테일런의 위치가 잡혀서 가 보니 난리가 나 있었고. 지금도 난리가 났고."

이아나가 숟가락을 입술로 가져가다 말고 멈칫했다.

"저 이렇게 평화롭게 식사하고 있어도 되는 겁니까?"

"내가 네가 자리를 비운 동안 대비를 잘 해 뒀으니까 괜찮아. 우리나라는 문제없어."

다른 나라는 문제가 있다는 소리였다.

이아나는 그릇들을 마저 깨끗이 비운 후, 자세를 바로 했다. 아르하드도 손에 깍지를 끼며 이아나를 똑바로 쳐다보았다.

"자, 식사도 했겠다. 네게 무슨 일이 있었는지 처음부터 끝까지 다 이야기해 줘."

고개를 끄덕인 이아나가 아카식 레코드에서 보고 느꼈던 것들을 아르하드에게 그대로 전달했다.

첫째, 테일런이 아카식 레코드에 있던 신력, 영혼, 시간의 기록들을 모두 삼켰다.

둘째, 예견했던 대로 테일런이 비정상적인 생물들을 창조했다. 아카식 레코드 중심부에서 테일런의 영역에 갇혔는데 놈의 군단이 공격해 왔다. 그 수가 헤아릴 수 없이 많아 베고 베다가 어느 순간부터 시간 감각을 잃었다.

셋째, 반쯤 이성을 잃은 상태로 테일런과 싸우다가 아카식 레코드가 붕괴될 것 같아 놈을 따라 아카식 레코드를 빠져나왔다. 나오니 타칼론이라 때려 부수려 했다.

한 달 동안 겪었던 일을 이야기하는 건데도 짧고 굵직했다. 기계적인 파괴의 반복이었기 때문에 딱히 설명할 게 없었다.

아르하드의 얼굴이 어쌔 창백해졌다. 아르하드가 손을 뻗어 테이블 위에 놓여 있던 이아나의 손을 단단하게 쥐었다.

"정말 고생했다. 많이 힘들었겠구나."

"아뇨. 힘들긴 했는데, 생각보다는……."

이아나는 말을 하다 말았다. 잘 생각해 보니 정말 힘들었던 것 같았다. 어느 순간부터는 체력이 고갈되어서 정신력으로만 겨우 버텼고 정신력도 바닥났을 땐 환각을 이용한 테일런의 유혹에 넘어가 그 손을 잡을 뻔했었다.

이아나가 제 손을 덮고 있는 아르하드의 손 위에 다른 손을 또 올려 꼭 잡았다.

"힘들었지만 당신을 사랑했기 때문에 버틸 수 있었어요."

아르하드 입장에서는 정말 뜬금없는 고백이었다. 아르하드의 얼굴이 확 달아올랐다.

"넌 예고도 없이 갑자기 그런 말들을 하더라. 좋긴 한데 심장에 안 좋아…… 물론 하지 말라는 건 아니야."

이아나가 생긋 웃자 아르하드는 헛기침을 하고 말했다.

"이제 저도 당신의 이야기를 듣고 싶습니다."

이아나가 훨씬 더 치열하고 위험한 일들을 하다 왔지만, 아르하드 쪽이 할 이야기가 더 많았다.

아르하드는 이아나와 테일런이 맞붙었을 때 얻은 정보로 거의 모든 미래를 예측했고, 암울한 미래에 대한 대책을 세운 상태였다. 그리고 이아나 덕분에 한 달이라는 긴 준비 기간이 주어져 계획했던 대책을 현실화할 수 있었다.

아르하드는 중요한 내용만 정리해서 이야기해 줬다.

"테일런과 이사벨라의 추적술을 개발하는 데 성공했어."

그들이 이 세상을 벗어나지 않는 한, 이제 놈들이 어디에 있더라도 얼마든지 찾을 수 있었다.

"일반인이 테일런의 기운에 버틸 수 있는 방어술을 개발했고."

테일런이 작정하고 공격한다면 절대 버틸 수 없겠지만, 단순히 닿았을 뿐인데도 쓰러져 죽는 불상사는 피할 수 있다. 비전 투원들이 배우기엔 어려운 기술이었지만 그래도 살기 위해서는 모두가 필수적으로 배워야 했다. 아르하드는 이 기술을 이그나이츠뿐만이 아니라 다른 나라에도 배포했다.

"테일런이 창조할지도 모르는 생물의 특징을 예측해서 그들을 효과적으로 상대할 수 있는 공격법과 각종 무구들을 개발했어."

군대에는 심장만 집중적으로 공략하는 훈련을 시켰다.

근접 공격수들에게는 다른 부위는 도외시하고 심장만 공격하는 기술을 가르쳤다. 궁수들에게도, 느리더라도 한 발 한 발 집중해서 심장을 쏘는 훈련을 하라 명했다. 마법사와 정령술사들에게도 심장을 파괴하는 기술들을 적극적으로 익히게 하였다.

전투 중에 한 부위만 노리는 것은 고난도였다. 매우 비효율적이었기 때문에 사람들은 지시에 의문을 느꼈지만, 그래도 아르하드를 믿고 열심히 따랐다.

이와 더불어, 아르하드는 테일런의 기운과 상극인 정령술과 신술을 이용한 무구들을 대장장이들에게 제작하라 명했다.

"여기까지가 내가 바하무트와 싸우기 위해 준비한 것들이야."

"당신이 저보다 더 고생하신 것 같은데요."

한 달 만에 이 많은 일들을 하느라 힘들었을 것 같았다.

"둘 다 엄청 고생한 거지."

아르하드가 이아나의 손등을 만지작거렸다.

"이제 한 달 동안 무슨 일이 있었는지 말해줄게. 일단 바하무트 황제가 이그나이츠의 대기사에게 패퇴해서 도망쳤다는 소문이 전 세계에 퍼졌어."

이아나와 테일런이 맞붙었을 때 그 싸움을 목격했던 사람들이 퍼뜨린 소문이었다. 아르하드와 에이지는 그 소문에 날개를 달아 주었고, 소문은 단숨에 퍼져 대륙 전역을 진동했다.

이그나이츠의 이아나가 깨어났다!

깨어난 지 얼마 되지도 않아 황제와 싸워 이겼다!

소문이 사실이라는 걸 증명이라도 하듯 테일런은 이후 한 달 동안 나타나지 않았고, 혁명군은 들썩였다. 이그나이츠 국민들은 아르하드에게 진실을 바랐으며, 아르하드는 사실이라 답해 주었고, 국민들은 환희에 휩싸였다.

이그나이츠의 모두가 이아나를 직접 보고 싶어 했다. 하지만 이 지긋지긋한 싸움을 끝내기 위해 극한의 수련을 하고 있다는 아르하드의 전언에, 국민들은 아쉬움을 달랠 수밖에 없었다.

이아나를 불신하는 사람들도 여전히 있었지만, 대부분은 캄캄한 어둠 속에서 별 하나를 발견한 것처럼 희망을 가졌다. 대륙에 드리운 암운이 걷힐 낌새가 슬슬 보이는 듯했다.

"이스피와 에블린을 우리 성에 데려다 놓고 카니츠를 페르제 누스 기사단에서 이탈시켰어."

그동안, 카니츠는 부지런하고 우직한 이미지를 이용해 바하무트 중앙군들 사이에서 은근슬쩍 훼방을 놓고 불신을 심었다. 이스피도 타칼론의 인맥들을 통해 아닌 척 이그나이츠의 좋은 점들을 알리고, 바하무트의 안 좋은 소문을 퍼뜨렸다.

카니츠와 이스피 부부는 매우 훌륭하게 임무를 수행 중이었으나, 아르하드의 본능은 그들이 바하무트에 더 있으면 위험해질 것이라 경종을 울렸다.

카니츠와 이스피는 아르하드가 상황을 최대한 설명하고 이주를 진지하게 권유하자 결국 따랐다. 현재 바하무트 제국의 분위기는 말로 형언할 수 없을 정도로 엉망이었기 때문에 카니츠와 이스피가 여행을 떠난 척 몰래 이탈하는 건 일도 아니었다.

"세 사람, 지금 성에 있는 건가요?"

"그래. 나중에 찾아가 봐."

이아나가 안도의 한숨을 쉬었다. 카니츠 가족은 이아나의 치명적인 약점이었다. 그 약점을 바하무트에 둔 것이 늘 불안했었는데 이제 걱정할 필요가 없었다. 그들이 무사히 제 곁으로 돌아와서 다행이다. 정말로 다행이었다.

"고맙습니다."

"고맙긴. 그리고 네가 기절해 있던 일주일 동안……."

이아나와 테일런이 아카식 레코드에서 돌아온 이후, 세상은 또다시 요동쳤다. 심장을 터뜨려야만 죽는 정체불명의 생물들이 세상 곳곳에 나타났기 때문이었다.

그것들은 대화가 통하지 않았다. 살생만을 갈망해 무작정 달려드는 그놈들은 굶주린 아귀 떼 같았다. 그들은 고통을 느끼지 않을 뿐만 아니라 강하기까지 했다.

위의 성질만으로도 기절초풍할 것 같은데 정말 경악스러운 부분이 하나 더 있었다.

놈들 중에, 죽은 걸로 알려진 사람들이 섞여 있었다. 그림으로만 보았던 조상, 수명을 다해 눈은 감은 조부, 부모가 오열하며 가슴에 묻은 아이……. 죽고 없어야 할 망자를 발견했다는 소식이 전 대륙에서 들려왔다.

테일런이 창조한 생물들이 망자를 닮은 이유는 놈이 최대한 영혼의 형태에 맞춰 육체를 만들어 줬기 때문일 터였다. 하지만 사람들은 이 사실을 알지 못하기에 극히 혼란스러워했다.

그렇게 테일런의 군단은 세상에 큰 혼란을 일으켰다.

그리고 테일런은 봉쇄된 타칼론에 이틀 동안 틀어박혀 있다가 세상으로 다시 나왔다.

"테일런이 이번엔 세계 자체를 흡수하기 시작했어."

이아나는 순간 두통을 느꼈다.

"정말 끝이 없군요……."

획기적이다 못해 경악스러운 방식이었다. 승기를 잡았다 싶었는데 승부의 결과는 다시 불분명해졌다. 테일런이 가슴에 품은 강함에 대한 열망은 정말, 적이라도 감탄할 만한 수준이었다.

"그 미친놈이 세계를 대체 어떻게 흡수하고 있다는 건지 감도 안 잡힙니다."

"나도 말로 설명하긴 어려워서, 네가 직접 봐야 할 것 같다."

이아나가 수긍한 후, 마지막으로 궁금한 것을 물었다.

"라오스는 아직 잠들어 있나요?"

"아니. 네가 아카식 레코드에서 돌아왔을 때 깨어났어. 이야기는 네가 깨어나면 같이 듣기로 했고. 지금 엘리의 모습으로 일하고 있다."

이아나가 벌떡 일어났다.

"그걸 제일 먼저 말씀해 주셨어야죠. 지금 당장 만나러 가요."

문이 열렸다.

"그러지 않아도 돼요. 제가 왔으니까요."

라오스-엘리가 닛시와 함께 들어왔다.

"냐!"

닛시는 달려와서 이아나의 다리에 뺨을 비볐다. 이아나는 허리를 숙여 닛시의 몸을 쓰다듬어 주었다가 안쓰러움을 느꼈다. 마음고생을 심하게 했는지 몸이 많이 말라 있었다.

엘리도 마찬가지였다. 몸은 정상으로 돌아왔지만, 표정은 몹시 우중충했다. 이전의 밝은 모습은 하나도 찾아볼 수 없었다.

"어서 와."

이아나는 엘리를 데려와 테이블에 앉히고, 맞은편에 아르하드와 나란히 앉았다.

"엘리라고 부를게."

"편하신 대로 불러 주세요."

"그래. 엘리, 아카식 레코드에서 무슨 일이 있었는지 말해 줘. 그리고 칸데메이온은 어디 갔어?"

이아나는 아카식 레코드에서 칸데메이온의 비늘 한 조각도 발견하지 못했다. 아카식 레코드에는 테일런과 그의 군세만이 있었다. 그 상황이 시사하는 바가 뭘까?

"혹시 칸데메이온이 널 배신하고 테일런 쪽에 붙었니?"

"아니요."

엘리는 테일런이 아카식 레코드에 쳐들어왔던 날을 회상했다.

"칸은 저를 살렸어요."

❦

이아나를 떠나보낸 후, 라오스와 칸데메이온은 오랜만에 나란히 앉아 아카식 레코드의 전경을 내려다보고 있었다.

라오스는 칸데메이온에게 물었다.

"칸, 너는 내가 밉지?"

"늘 말했던 거지만 밉기도 하고, 밉지 않기도 하고."

라오스는 가끔씩 칸데메이온, 제가 칸이라 부르는 그림자 같은 존재에게 이 질문을 던지곤 했다. 그리고 칸도 늘 똑같은 대답을 주었다.

"내가 죽었으면 좋겠지?"

"늘 말했던 거지만 죽길 바라기도 하고, 죽지 않길 바라기도 하고."

라오스와 칸의 대화는 늘 이런 식이었다. 칸은 늘 애매하게 답을 하곤 했다.

"······."

라오스는 하얀 소년인 저와 상반되는 검은 소녀를 물끄러미 쳐다보았다.

라오스가 태어날 때, 라오스와의 균형을 맞추기 위해 강제로 태어난 정반대의 존재가 칸데메이온이다.

칸의 상징과 능력은 죽음과 끝이지만, 역설적이게도 그는 죽을 수 없다. 칸이 진정한 자신을 찾기 위해서는 라오스가 죽어야만 했다.

하지만 칸은 라오스를 죽이려 하기는커녕 하고 싶은 대로 하도록 가만 내버려 두었다. 라오스가 저지른 행동 때문에 발생한 불균형을 균형으로 다시 맞추기만 했을 뿐이다.

라오스가 입을 다물고, 칸과 함께 보내 온 아득히 오랜 세월을 돌아보았다.

강한 힘에는 강한 대가가 따르는 법이다.

라오스는 위대한 힘을 지니고 태어난 대가로 천칭으로부터 균형에 대한 사명을 부여받았어야 했다. 모친 로베르슈타인이 그랬던 것처럼······.

하지만 라오스에게는 사명이 주어지지 않았다.

라오스가 사명 없이 멋대로 굴 수 있었던 건 그의 그림자에서 탄생한 칸데메이온이 대신 모든 의무를 짊어졌기 때문이다. 그는 죽는 그 순간까지 라오스를 따라다니며 라오스와의 균형을 맞춰야만 했다.

"고마워."

"뭐가?"

라오스는 칸의 어깨에 천천히 머리를 기댔다. 유리알 같은 검은 눈동자가 제 어깨 위에 놓인 하얀 머리통을 향했다.

"넌 말은 나쁘게 해도 언제나 내가 원하는 대로 하게 해 줬잖아. 나를 죽이려 들지도 않고."

"……."

"수없이 오랜 시간 동안 너와 함께했지만 난 네가 무슨 생각을 하는지 잘 모르겠어. 하지만 네가 날 아껴 준다는 건 알고 있어."

칸데메이온은 신성시대 멸망 후 라오스의 곁을 유일하게 지켰던 가족이었다. 누구보다 먼 존재였지만 누구보다 가까운 친구였으며, 무서운 적이었지만 친밀한 보호자이기도 했다.

칸은 라오스를 물끄러미 내려다보다가 다시 고개를 들었다.

"내가 널 먼저 죽이려 하지 않아도 넌 언젠가 죽을 거다. 이 세상 모든 것에는 언제나 끝이 있으니까. 나는 그저 끝에 서서 죽음을 향해 다가오는 네 삶을 지켜볼 뿐이다."

"기다리는 게 지겹진 않아?"

"기다리는 건 딱히 지겹지 않다. 내가 짊어진 강한 의무가 지겨울 뿐이지. 네 뒤치다꺼리를 하는 건 상관없지만 강제로 해야 한다는 게 지루해."

그들은 천칭에 얽매인 거대한 두 축, 결국 천칭의 손바닥 위에 있었다. 죽기 전까지는 천칭에서 벗어날 수 없었고 세상을 위해 벗어나서도 안 되었다.

"그래도 너는 언제나 '끝'을 바라고 있지?"

"맞아."

라오스가 피식 웃었다.

'그래서 먼 옛날에 내기를 시작했었지.'

세상이 어떻게 될 것이냐에 대한 의견 차는 늘 있었지만, 그것으로 심하게 싸우진 않았다. 가벼운 말다툼 정도였다.

이 의견 차를 빌미로 먼저 '내기'를 제안한 건 라오스였다.

흥미를 느낀 칸데메이온은 바로 수락했다. 내기의 대가는 뭐냐는 칸데메이온의 질문에 상대방이 원하는 걸 무조건 하나 이뤄 주는 게 어떠냐고 라오스가 대답했다.

칸데메이온은 자신이 이기면 그에게 죽음을 요구할 거라고 말했었다. 라오스는 웃었었다. 칸데메이온은 라오스에게 네가 원하는 건 뭐냐고 물었었다. 라오스는 아직 잘 모르겠다며 얼버무렸었다.

하지만 사실, 원하는 건 내기를 제안할 때부터 정해져 있었다.

"칸, 우리 내기 말이야. 혹시 아직도 세상이 파멸할 거라고 생각해?"

칸은 대답하지 않았다.

"있지. 난 이 세상 모든 존재에게는 끝이 있고, 또 끝이 있어야 한다는 네 말에 동의해. 끝이 없으면 신성시대의 신들처럼 무뎌지기만 할 뿐이야. 끝이 있어야 더 아름답고 열정적인 삶을 살아갈 수 있어. 끝이 있어야 새로운 시작이 있을 수 있어."

"······."

"내가 구축한 이 세상에도 끝은 분명 있을 거야. 그 끝이 지금은 보이지 않고, 당분간은 확장할 거라 예상할 뿐이지. 하지만 우리의 내기는 '악마의 심장 문제가 해결된 직후의 세상이 어떤 방향으로 향할 것인가'였으니 내기는 내가 이길 거야."

혼자 주절거리던 라오스는 목소리를 서서히 줄이다가,

"미안해."

마지막으로 칸데메이온에게 사과했다.

"왜 사과하지?"

"넌 언제나 내게 휘둘려 줬잖아. 있지, 칸. 이제야 말하는 건데 난 내기의 결과에 상관없이."

라오스가 눈을 감았다.

"이제 그만 네게 죽음을 선물하고 싶어."

칸은 라오스의 말을 듣자마자 코웃음 쳤다.

"그냥 죽고 싶다고 말해."

"그런 걸지도 몰라."

라오스가 칸의 목덜미에 어리광을 부렸다.

"난 너무 오래 살았고, 지쳤어. 그리고 난 이 세상에 천칭의 균형에 지배당하는 '신'이 더는 필요하지 않다고 생각해. 이 세상은 천칭과 동등한 위치에서, 균형에 순응하면서도 불합리한 균형과는 싸우려는 의지의 존재들이 이끌어 가야 해."

"······."

"내가 할 일은 끝났어. 엄마와 아빠의 끝을 봤으니 소망도 더는 없어. 난 이제 이아나와 아르하드, 그 두 사람의 삶을 지켜보다가 이만 죽고 싶어. 하지만 칸, 네가 만약 살고 싶은 거면 말해. 네가 죽고 싶을 때까지 살아 줄게."

"넌 언제나 바보 같고 어리석어."

칸이 핀잔을 놓았다. 라오스는 말없이 웃을 뿐, 더는 대꾸하지 않았다.

라오스와 칸데메이온은 이아나가 돌아간 직후 정말로 세계에 간섭하지 않았다. 아카식 레코드에 앉아 세상이 돌아가는 꼴을 지켜보았다. 그들의 힘을 부여한, 자식 같은 드래곤들이 테일런에게 잡아먹혀도 손을 쓰지 않았다.

"어째 내기가 내 쪽으로 유리하게 흘러가는 것 같은데. 테일런이 하는 걸 보니 이 세상이 멸망하는 것도 얼마 남지 않은 것 같군."

"하지만 이아나와 아르하드가 있잖아. 이아나와 아르하드는 눈부시게 강해지고 있어. 이아나는 뭐든 벨 수 있게 될 거고 아르하드는 뭐든 지킬 수 있게 될 거야. 이젠 우리도 감당할 수 없겠어. 아, 저기, 바하무트가 엉망이 되어 가고 있는 걸 봐. 사람들도 변하고 있어."

그러다 바하무트의 황태후 샤일린스가 죽었다.

그녀의 영혼은 아카식 레코드로 떨어져 내려 역행 시공간으로 빨려 들어갔다. 샤일린스의 영혼은 과거를 한차례 거치고 영혼의 세계로 올 것이다. 그리고 삶에서 쌓았던 업보를 그대로 돌려받게 될 것이다.

"엄청난 고통을 받을 거야. 그 여자가 죽인 죄 없는 존재의 수가 한둘이 아니니."

하지만 그들이 예상하지 못했던 일도 있었다.

드래곤을 전부 흡수한 테일런이 아카식 레코드에 침범한 것이다.

테일런은 다리에 검은 생명을 두르고 구름 같은 아카식 레코드의 중심부에 발을 디뎠다. 예전에 칸데메이온이 데려와 줬을 때 잠깐 보았던 영혼과 시간의 세계를 느릿하게 둘러보았다.

"다시 봐도 신비로운 곳이로군."

테일런은 이 거대한 세계가 마음에 들었다. 그리고 이 거대한 세계마저도 어쩌지 못하는 절대자가 되고 싶었다.

우우우우우…….

영혼들은 무의식중에도 불길한 침입자를 경계했다. 불안에 떨며 테일런의 주변으로 비어 있는 원을 만들며 물러났다.

하지만 소용없었다.

심호흡을 한 번 길게 한 테일런은 영혼들을 닥치는 대로 먹어 치우기 시작했다. 그의 안으로 집어삼켜진 영혼들은 검게 오염당했다. 영혼들은 소리 없는 비명을 질러 대며 고통을 호소했다.

테일런은 아카식 레코드에 남아 있는 기록들도 뜯어 먹고 새로운 탄생을 위해 아카식 레코드에 흐르고 있던 신력도 모조리 들이마셨다.

아카식 레코드가 테일런에 의해 황폐화되고 있었다.

본연의 자질에, 악마의 힘과 바하무트의 힘이 더해졌다. 드래곤 네 체를 집어삼키고 영혼들까지 먹어 치웠다. 테일런은 라오스와 칸데메이온조차도 정체를 종잡을 수 없는 미지의 어둠이 되어 가고 있었다.

"여기까지 쳐들어와 저런 짓을 하다니. 저놈도 정말 대단해."

멀리서 그 모습을 지켜보고 있던 칸이 손에 턱을 괸 채 흥미롭다는 듯 중얼거렸다.

"아……."

멀리서 그 모습을 지켜보고 있던 라오스의 표정이 창백해졌다. 라오스의 몸이 움찔거렸다.

"손대지 마라, 라오스."

칸이 라오스에게 경고했다.

"네가 나서면 나도 나설 수밖에 없다. 내가 마지막 균형을 맞춘 것으로 우리가 해야 할 일은 끝났다. 네가 말한 대로, 이 세상은 지금 세상을 살아가는 자들의 몫이야."

"……."

테일런의 만행은 계속되었다.

아카식 레코드를 지배하는 천칭은 테일런을 저지하지 않았다. 균형의 대척점은 의지. 천칭은 기본적으로 영혼의 의지에 손을 대지 못한다.

"테일런이 저러는 것도 하나의 의지야. 저놈을 막아야 할 건 우리도, 천칭도 아닌 또 다른 의지여야 한다."

알고 있었다. 라오스는 땀으로 젖어 드는 제 두 손을 꾹 잡았다. 눈앞의 참혹한 광경 앞에서 눈을 감았다. 이아나와 아르하드가 어서 어떻게든 해 주기를 바랐다.

"여기 있으면 말려들 수도 있겠군. 나가자."

칸이 라오스의 손을 잡아당겼고, 라오스는 고개를 끄덕였다.

하지만 갑자기 나타난 테일런이 가로막았다.

"가길 어딜 가."

테일런은 그들의 존재를 이미 알고 있었다. 기척을 감추고 있었지만 어찌 모르겠는가. 애초에 테일런이 아카식 레코드에 온 건 드래곤들의 상위 개체인 칸데메이온과 라오스를 잡아먹기 위해서였고, 들어오자마자 그들의 기척부터 찾은 상태였다.

얌전히 있기에 영혼들부터 먹어 치웠지만 도망간다고 하면 말이 다르다.

테일런은 칸데메이온의 조그마한 모습을 위아래로 훑었다.

"혼돈의 드래곤 칸데메이온. 그게 네 인간형인가?"

"수많은 형태 중 하나이지."

대수롭지 않게 말한 칸이 테일런에게 박수를 쳐 주었다.

"강함을 갈망하는 네 거대한 욕망에 정말 감탄했다. 설마 네가 여기까지 올 줄이야."

"네가 힘을 준 덕분이기도 하지."

테일런이 싸늘한 듯, 상냥한 듯, 웃으면서 말했다. 테일런의 시선이 칸데메이온의 옆에 있는 하얀 소년을 향했다.

"네 옆에 있는 것이 '라오스 신'이로군. 생각보다 훨씬 더 작고 볼품없는걸."

테일런이 위쪽 순행의 세계 속 이아나를 가리켰다.

"저기 라이즈 경보다도 훨씬 약해 보여."

그럴 수밖에. 애초에 라오스는 그리 강하지 않았다.

죽음은 라오스의 소관이 아니었다. 법칙과 약속, 구축과 유지, 삶과 생명이 그의 힘이었다. 그런 라오스가 세상을 파괴할 만큼 강대한 힘을 가졌을 리가 없지 않은가.

"드래곤도 신도 아닌 저 여자가 마지막 적이 되겠군."

테일런이 입술을 비틀었다.

"너희는 여기서 내게 먹혀 줘야겠다."

테일런의 강대한 힘이 몰아쳤다.

칸데메이온과 라오스는 전력을 다해 저항했으나 결국 당했다. 테일런의 힘은 이미 그들을 넘어선 상태였다.

테일런은 칸데메이온과 라오스를 속박하고 천천히, 아주 천천히 그들의 힘을 먹기 시작했다. 어둠의 기운에 타격을 크게 입어 움직이지도 못하는 라오스보다는 죽음의 힘에 익숙하고 더 강력하여 저항할 여력이 있는 칸데메이온이 먼저였다.

테일런에게 영혼을 뜯어 먹힌 칸데메이온이 흐느적거릴 뿐 움직이지 못하게 되었을 무렵. 테일런이 이아나 때문에 세상 밖으로 나가는 일이 생겼다.

"너는 가라, 라오스."

칸은 모든 힘을 끌어 모아 라오스의 속박을 없앴다.

"칸……. 너는……."

"난 이미 늦었다. 내 영혼은 이미 테일런에게 모두 넘어갔다. 여기 있는 난 찌꺼기야. 나는 이제 어쩔 수 없이 이 싸움에 다시 개입하게 되겠지."

"……."

"이왕 이렇게 된 것, 어쩔 수 없다. 라오스, 이아나에게 가라. 가서 내가 테일런에 의해 세상에 개입하는 만큼, 너도 개입해라."

칸데메이온이 제 모든 힘을 불사르며 세상으로 통하는 문을 열었다. 라오스가 그곳으로 기어가며 돌아보았다.

"칸, 꼭…… 꼭 구해 줄게."

"그러든가 말든가……. 아, 그리고."

칸데메이온이 마지막으로 흠, 하고 웃었다.

"가서 이아나에게 내가 약속을 어긴 게 아니라는 것도 전해."

"……그렇게 된 거예요."

엘리는 모든 이야기를 마치고 테이블 위의 손을 꼭 모아 쥐었다. 꼼지락거리는 손과 땀이 찬 손바닥에는 조마조마한 마음이 실려 있었다. 이아나와 아르하드를 번갈아 바라보며 데굴데굴 구르는 동공과 꾹 다물린 입술은 초조했다.

"칸데메이온과 다른 드래곤들을 구하고 싶어요."

"어떻게? 칸데메이온은 불사의 존재니 살아 있다 쳐도 다른 드래곤들도 살아 있는 거니?"

엘리는 조심스레 고개를 끄덕였다.

"네. 테일런이 그들의 영혼뿐만이 아니라 심장도 삼켰거든요. 그들의 힘을 온전한 상태로 쓰기 위해서요."

존재의 힘을 백 퍼센트 발휘하기 위해서는 영혼뿐만이 아니라 그 영혼의 심장도 필요했다.

영혼만 강탈하고 심장은 파괴하면 악마의 파편처럼 아주 쉽게 힘을 뽑아 쓸 수 있으나 힘은 약화된다. 심장까지 강탈하면 영혼이 자아를 자각하고 있는 상태를 유지하므로 힘을 뽑아 쓰긴 어려우나 힘 자체는 완전했다.

테일런은 더 큰 힘을 얻기 위해 후자의 방법을 선택했고 그의 지배력은 너무나 강해 단점은 문제가 되지 않았다. 그리하여 테일런은 현재 드래곤의 심장을 통째로 흡수하여 공유한 상태로, 강력한 지배력을 행사하여 그들의 힘을 뽑아 쓰고 있다.

"그럼 엘리. 드래곤들을 살리려면 어떻게 해야 하지?

"드래곤들의 심장은 테일런의 심장과 공유된 상태로 그 부근에 붙잡혀 있어요. 융합된 수준으로 가까이 붙어 있죠. 드래곤의 심장들을 빼내서, 해방시킨 드래곤의 영혼을 심장에 불어넣은 후 신체를 만들어 주면 살릴 수 있어요."

엘리가 눈을 내리떴다.

"테일런이 자기 심장 주변에 방패처럼 둘러놓은 드래곤의 심장을 하나하나 온전하게 뜯어내야 한다는 말이에요."

즉, 테일런의 심장에 다섯 번이나 유효타를 날려야 한다는 뜻이다.

"쉽지 않은 일이에요. 저기, 이아나……."

"걱정 마. 나도 드래곤들을 살리고 싶어. 어떻게든 해 볼게."

이아나는 엘리가 무슨 걱정을 하는지 알았다.

이아나에게는 드래곤들을 살릴 의무가 없었고, 또 굳이 살리기 위해 생고생을 할 이유도 없었다. 엘리는 그 사실을 너무나 잘 알기에, 이아나가 도와주지 않을까 봐 긴장하고 두려워하고 있었다.

하지만 이아나는 드래곤들을 동정했다.

균형을 유지하기 위해 억겁에 가까운 세월을 오지에 붙잡혀 있었던 드래곤들이다. 그런데 풀려난 지 얼마 되지도 않아 또다시 테일런에게 자유를 빼앗기다니 가엾지 않은가. 평소에 표는 내지 않았으나 드래곤들의 안타까운 처지에 마음이 안 좋던 차였다.

"감사해요."

엘리의 낯빛이 화사하게 밝아졌다. 이아나는 그 변화가 마음에 들었다.

"테일런이 삼킨 아카식 레코드의 영혼들은 어떤 상태야? 혹시 테일런의 영혼과 섞이거나 합쳐지는 거 아니야?"

"아뇨."

엘리는 단호하게 고개를 저었다.

"각기 다른 영혼은 절대 융합되지 못해요. 공존할 수 있을 뿐이죠. 이건 천칭조차 어찌하지 못하는 절대 진리예요."

"그렇구나. 그럼 테일런으로부터 해방된 영혼들은 이후에 어떻게 돼?"

"제가 데리고 있다가 나중에 다시 아카식 레코드로 보낼 거예요. 그리고 저는 테일런이 먹어 치운 세계의 기록들도 돌려받아 아카식 레코드를 정상화하려 해요. 저를 도와주시겠어요?"

"당연히 돕지. 그런데 엘리, 혹시 지금 아카식 레코드가 어떤 상태인지 알고 있니?"

이아나가 테일런을 뒤따라 나올 때 극도로 불안정해진 아카식 레코드는 붕괴하려 했었다.

"네. 중심부와 시공간 사이의 공간이 극도로 줄어서 면적이

아주 넓은 종이 두 장을 겹쳐 놓은 것 같은 상태예요. 축의 길이가 0에 가까운 상태죠."

"소멸한 건 아니야?"

"아시다시피 아카식 레코드는 순행 시공간과 역행 시공간, 그리고 중앙의 정지 시공간으로 이루어진 차원이에요. 시공간이 존재하는 한 아카식 레코드가 소멸하지는 않아요. 아카식 레코드가 쪼그라든 건 시공간 사이의 공간이 수축해서 그래요."

"왜 그렇지?"

"그 공간에는 세계의 기록들이 쌓이고, 쌓일수록 공간이 팽창해요. 그런데 테일런이 그 기록들을 모두 가져가는 바람에 다시 수축한 거예요. 그러니까 세계의 기록만 돌아오면 얼마든지 정상화할 수 있어요."

"그렇구나. 좋아. 알았어. 성심을 다해 널 도울게."

이아나가 손에 깍지를 낀 채 엘리를 똑바로 쳐다보았다.

"그래서, 넌 뭘 할 수 있지? 아니……."

이젠 엘리 본인에게 물을 차례다.

"뭘 할 거야? 지금처럼 구경만 하고 있을 건 아니지?"

"당연히 세상이 원상 복구되고 칸이 테일런에게서 빠져나오기 전까진 제가 할 수 있는 모든 것을 할 거예요."

엘리가 제 허벅지 위에 올라와 앉아 있는 닛시의 등 위에 손을 얹었다. 닛시는 엘리의 손이 떨리는 걸 느끼고 고개를 들어 냐, 하고 울었다. 힘내라는 뜻이었다.

엘리가 닛시의 머리에 뺨을 한 번 비비곤 어깨를 폈다.

"제가 뭘 해야 할지를 생각해 봤어요. 먼저, 이때까지 해 왔던 것처럼 보조직들을 보조하면서 전투에 도움이 되는 새로운 기술들을 적극적으로 개발하려 해요. 저보다 이 세계의 법칙을 더 잘 아는 사람은 없으니까."

"많은 도움이 되겠군."

"두 번째로, 테일런이 제 신력, 그러니까 자연 신력을 가져가지 못하도록 최대한 막아 보겠습니다."

"아예 못 쓰게 막을 수는 없는 거야?"

"아예는 불가능해요. 아시다시피 신력은 강한 지배력에 의해 얼마든지 색이 변할 수 있으니까요, 저는 테일런보다 약해서 그럴 수 없어요."

"너는 법칙의 신이잖아. 법칙으로 정하면 되지 않아? '테일런이 네 신력을 쓰지 못한다.'라고."

"그에게 칸데메이온이 있으니 불가능해요. 칸데메이온은 제 법칙을 얼마든지 없앨 수 있지만 그러려면 저와의 의지 싸움에서 이겨야 하기 때문에 세상의 법칙에는 쉽게 손대지 못해요. 하지만 자기에게 직접적으로 가해진 제 법칙 정도는 얼마든지 무력화할 수 있어요."

"그렇구나. 그럼 테일런이 네 신력을 가져가는 걸 어떻게 막겠다는 거야? 네가 최대한 통제하려는 거니?"

"네. 그리고 저는 제 신력을 누군가가 자유롭게 쓸 수 있도록 권한을 부여할 수 있어요."

엘리가 두 손을 앞으로 내밀었다.

"당신들에게 임시로 그 권한을 부여하겠습니다. 추가로, 정령들도 제 신력을 마음대로 사용할 수 있도록 임시 법칙을 만들

거예요. 지금 당장."

사아아아아.

엘리의 눈이 백광으로 물들고, 백색의 신력이 엘리의 벌려진 두 손 사이로 모여들었다. 엘리가 무언가를 조작하는 것처럼 손가락을 현란하게 움직였다.

까드득.

어디선가 수많은 톱니바퀴들이 맞물리는 소리가 났다.

즉시, 이아나는 엄청난 변화를 느꼈다.

세상에 퍼져 있는 어마어마한 양의 신력이 제 것처럼 느껴졌다. 손가락을 한 번 까딱하면 이 세상에 존재하는 모든 신력이 이쪽으로 몰려들 것 같았다.

"자연 신력은 당신들에게 큰 힘이 되어 줄 거예요."

"……그렇군."

엘리가 손을 뻗었다. 네 개의 자연이 작은 손 위로 바람개비처럼 모여들었다.

[라오스!]

이아나만이 불러낼 수 있었던 네 정령왕이 불려 나와 엘리의 팔에 처덕처덕 붙었다.

[오랜만이야!]

[어떻게 그렇게 감쪽같이 다른 애처럼 굴 수 있어?]

[정말 몰랐네.]

[바보, 바보, 바보!]

정령들은 엘리를 치료할 때 엘리가 라오스라는 걸 알았다. 그리고 그가 불러 주기만을 기다리고 있었다. 정령들은 엘리를 타박하면서도 다정하고 따뜻한 관심을 보였다.

엘리가 생긋 웃었다.

"정확히 말하자면 오랜만은 아니지만, 응. 오랜만이야. 상황이 좋지 않으니까 용건부터 말할게. 너희의 도움이 필요해."

엘리는 정령들에게 테일런이 자연 신력을 더는 자유롭게 흡수하지 못하도록 저지선이 되어 달라 부탁했다.

테일런의 기운은 정령의 기운과 그야말로 엄청난 상극이었고, 정령이 테일런을 끔찍해하듯 테일런도 정령들에게 몸서리를 치기 때문이었다.

[으, 그놈과 닿기도 싫지만 어쩔 수 없지!]

[그가 이 세상에서 사라질 때까지 노력해 볼게.]

엘리는 스스로에게 아자아자 기합을 넣는 정령들에게 또 하나의 부탁을 했다.

"그리고 돌아다니다가 테일런의 군대로 인해 다치는 사람들을 발견하면 즉시 치료해 줘. 전투가 어려워 보이면 도움도 주고, 자연정화도 부탁해."

[그거야 우리 전문이지.]

"신력은 충분하지?"

[충분하고도 남아. 쓸데없이 본체로 돌아다녀도 되겠는데?]

[아, 평생 이렇게 펑펑 쓰면서 살고 싶다!]

칭얼거리는 정령들을 지켜보던 엘리가 쓴웃음을 지었다.

"그건 안 돼. 너희는 위대한 권능을 가진 대신 그에 상응하는 조건이 생긴 거고, 이 법칙을 유지하려면 많은 대가가 필요해. 지금은 테일런이 칸의 힘을 마구 쓰는 상황이니 아무런 페널티

없이 이런 법칙을 만들 수 있지만, 칸이 돌아오면 이 법칙은 없앨 거야."

[으응. 알아.]

"미안해."

[어? 네가 미안할 게 뭐가 있어? 그냥 투정 부린 거야. 우린 지금도 충분히 만족해!]

정령들이 미안해하는 엘리에게 앞다투어 괜찮다며 난리를 쳤다. 힘없이 웃어 보인 엘리가 다시 이아나를 보았다.

"세 번째로, 아까 말씀드렸듯 테일런의 속박에서 풀려난 영혼들을 모두 제 곁으로 데려와 보호할 거예요."

"속박에서 풀려난다는 건?"

"망자의 핵을 깨면 영혼은 일시적으로 자유가 되어요. 그 직후 원래라면 아카식 레코드로 가겠지만, 지금은 테일런의 지배력 때문에 다시 그에게 돌아가려 할 거예요. 그렇게 되기 전에, 제가 자유가 된 영혼들을 제 곁으로 데려와 보호하겠습니다. 최선을 다할게요."

이아나의 표정이 점점 질려 갔다.

"마지막으로, 테일런이 칸데메이온의 힘을 이용해 저지르는 일들을 만회하는 데 제 모든 힘을 써야 해요."

"칸데메이온이 정확히 무슨 일을 할 수 있지?"

"칸은 혼돈과 허무의 힘을 가졌어요. 이 세상을 무질서하게 만들고 존재하는 것을 허무로 되돌릴 수 있죠. 앞서 말씀드렸듯 저와 의지 싸움에서 이기면 세상의 법칙조차도 없앨 수 있어요."

엘리가 한숨을 깊이 쉬었다.

"이 세상의 구조와 모든 법칙은 철저한 계산 끝에 완성한 것들이에요. 함부로 더하거나 없애면 세상에 난리가 나죠. 저는 테일런이 없애는 법칙을 즉시 다시 만들어 낼 겁니다. 그리고……."

"그리고?"

"칸과 저는 일정 권역에서 시간의 힘을 어느 정도 차단할 수 있어요. 그리하면 권역에서 쓸 수 있는 시간의 양이 줄어요. 예를 들면 안에서의 1분이 바깥에서의 60분과 같아지는 거죠. 저희는 사는 게 지겨워서 시간이 빨리 가길 바랄 때마다 그 힘을 쓰곤 했었지만…… 테일런이 그 힘을 당신과의 싸움에서 활용할 수도 있어요. 제가 곁에 있다가 대부분 정상화하겠지만, 싸우실 때 유념하셔야 해요."

이아나는 예전에 칸데메이온의 권역에 들어갔을 때 아주 잠깐 있었을 뿐인데도 바깥세상의 시간이 이 주가 지나 있던 것을 떠올렸다.

"또 있어?"

"칸은 제가 이 세상에 존재하는 한 '불사'예요. 여기서 불사란, 영혼이 신력이 없어도 자각 상태를 유지할 수 있고, 영혼의 그릇인 심장이 터져도 다시 복구되는 것을 뜻해요. 칸을 흡수한 테일런도 그 능력을 가지게 될 거예요. 그러니 테일런을 죽이려면 그 전에 칸을 꺼내야 해요."

이아나와 아르하드는 엘리의 말 한마디 한마디를 경청했다. 특히 아르하드는 대화의 주체에서 빠진 채 종이에 열심히 수식과 글을 써 내려가고 있었다. 엘리가 주는 정보들과 약속하는 도움을 바탕으로 전략을 짜는 중이었다.

"칸의 능력에 대한 정보와, 제가 칸을 상대로 할 수 있는 것들은 이게 전부예요."

이아나는 드디어 끝났다 싶어 눈 위로 손을 짚으며 소파에 몸을 푹 기댔다.

방에 한동안 침묵이 감돌았다.

손으로 눈을 덮은 채 복잡한 생각들을 차곡차곡 정리한 이아나가 손을 떼었다.

"엘리, 라오스. 너."

이아나는 몹시 신기하고 놀라웠다.

"정말 대단한 일들을 할 수 있구나."

정말로 놀랐다. 이때까지 엘리로서 '인간'이라는 범위 내에서 행동할 뿐 신으로서의 위엄은 일절 보여 준 적이 없어 별로 기대는 하지 않았는데, 확실히 창조주는 창조주였다.

"그만큼의 대가가 따를 뿐이죠."

쓰게 웃은 엘리가 다시 진지한 표정을 지었다.

"그런데 정말 마지막으로 하나 더. 칸이 아닌, 바하무트와 테일런의 능력에 대해서 유념해 두셔야 할 게 있어요. 혹시 테일런이 세상을 집어삼키고 있다는 거 아시나요?"

"아까 아르하드에게 들었다. 그게 왜?"

"테일런은 세상, 즉 '순행 차원'을 삼키고 있어요. 즉, 시간과 공간의 힘도 흡수하고 있다는 거예요."

갈수록 태산이었다.

"칸과 저의 시간 차단 능력은 약과예요. 칸과 저도 시간 자체에는 어떻게 손을 댈 수 없는데…… 정말 대단하죠. 공간은 그렇다 쳐도, 만약 테일런이 시간의 힘에도 손을 댈 수 있게 된다면, 그땐 저도 어떻게 할 수 없어요."

"말만 들어선 세상을 삼킨다는 게 어떤 건지 감이 안 와."

"지금 같이 가 볼까?"

아르하드가 즉시 손가락을 튕겼고, 그들은 어느새 썩어서 검게 물든 땅 위에 발을 딛고 서 있었다.

"여긴 테일런에게 일정 부분 먹힌 구역이야."

이아나가 발로 땅을 툭툭 두들겼다.

"땅은 오염됐다는 것만 빼면 생각보다 멀쩡한데요."

"이아나, 하늘을 봐."

이아나는 아르하드의 말을 따라 고개를 들어 하늘을 보았다가, 몇 년 전에 보았던 오싹한 장면이 지금 이 자리에 구석구석 재현되어 있는 것을 목격할 수 있었다.

"하늘 곳곳에…… 구멍이 나고 금이 가 있군요."

지금은 낮이므로 하늘은 푸르렀다.

그런데 푸른 하늘 곳곳에 보기만 해도 소름 끼치는 부분들이 있었다. 아무것도 없는 심연의 구멍들과, 빙하의 크레바스처럼 쪼개진 암흑의 틈새들이 모골을 송연하게 했다. 하늘은 마치 구석구석 부서지고 쪼개진 알껍데기 같았다.

공백에는 구름도, 별도, 달도, 태양도, 빛도, 없었다.

전에 테라노우딘의 등을 타고 세상의 반대편으로 갔을 때 보았던 하늘과 비슷했다.

"저건 말 그대로 무한한 '허무'예요. 아무것도 없죠. 유한한 '존재'의 시공간 밖에는 허무가 무한히 뻗어 있어요. 테일런이 시공간을 흡수하는 바람에 허무가 드러난 거예요."

엘리는 품안의 닛시가 애착 인형이라도 되는 것처럼 꼭 껴안으며 불안감을 달랬다. 닛시의 온기와 보들보들함이 엘리를 포근히 위로했다.

한동안 하늘을 바라보던 이아나가 낮은 목소리로 말했다.

"머리가 아픈데, 이건 확실하게 알겠다."

"뭔가요?"

"테일런을 최대한 빨리 없애야 한다는 거."

중얼거리는 이아나의 목소리는 지극히 차분했다.

"그리고 다음번 싸움이 마지막이 될 거라는 거."

테일런은 정말 갈 데까지 갔다. 탐식으로 올라갈 수 있는 끝까지 올라섰다. 시간과 공간까지 먹어 치울 수 있게 된 그의 강함을, 이아나는 인정했다.

하지만……

'그럼에도 네게 질 것 같진 않아.'

맹신일까? 오만일까?

아니, 확신이다.

'이기기도 쉽지 않겠지만.'

이쪽이 조금 우월해졌다 싶으면 테일런은 생각지도 못한 방법으로 따라붙는다. 테일런은 이아나가 강해지는 만큼 세상을 미친 듯이 삼켜 이아나와 비슷한 수준을 유지했다.

하지만 한계의 차이는 명백했다.

테일런이 세상에 이미 있는 것을 먹어 치우는 탐식의 방법을 주로 이용하며 위로 오르는 반면, 이아나는 정신적인 토대를 기반으로 스스로의 날개를 갈고닦아 아무것도 없는 무한을 베어 가르며 위쪽으로, 더 위쪽으로 올라간다.

'너도 알겠지. 시공간 이상으로 네가 먹을 수 있는 건 없어.'

시공간 밖은 무한한 공백뿐이다. 아무것도 없으니, 테일런이 강해지기 위해 먹을 것도 없었다.

'네가 시공간을 먹도록 내버려 두지도 않을 거고.'

이런 상태에서 그가 이아나 이상으로 강해지는 방법은 두 가지뿐이다.

자신의 방식대로 어떻게든 이아나를 먹거나.

이아나의 방식처럼, 끝없는 인내심과 불같은 노력으로 스스로를 갈고닦아 강해지거나.

전자는 불가하니 후자를 택할 텐데, 이아나는 인내심과 노력에 한해서는 누구에게도 지지 않을 자신이 있었다. 이번 사건을 통해 테일런도 아주 잘 알았을 터였다. 계속 싸우면 결국 승리는 이아나에게 있었다.

그러면 빠르게 세상을 먹어 치운 후, 더 늦기 전에 이아나에게 승부를 걸어올 것이다.

삼세판으로도 결판이 나지 않았으니, 다음번에는 끝을 볼 때까지 끝나지 않는 연장전에 돌입할 것이다.

끝이 다가오고 있었다.

끝이라는 단어가 풍기는 냉기에 말초신경의 끝까지 얼어붙는 것 같았다.

차가워진 손끝에 온기가 닿았다. 이아나가 고개를 천천히 돌리자 시선 끝에 아르하드가 있었다.

"끝까지 함께 힘내자."

끝. 끝. 끝.

모든 것에는 끝이 있다.

하지만 끝이 존재함에도 그 끝이 보이지 않는 것들도 분명 존재한다. 한 존재가 죽는 그 순간까지 끝나지 않는 뭔가가 있다면, 그것이 바로 영원, 유한한 존재와 무한한 허무가 융합한 궁극의 진리가 아니겠는가?

이아나에게는 아르하드의 사랑이 그런 존재였다.

이아나의 입가에 미소가 맺혔다.

"네."

이아나는 영원한 사랑을 심장에 담았다. 그의 사랑은 장작이 되어 영원히 꺼지지 않을 불꽃을 피운다.

이아나의 눈동자에 무한이 깃들었다.

정보 확인, 문제 분석, 대책 수립이 모두 끝났다.

이제는 정말 모두가 각자의 위치에서, 해야 할 일에 최선을 다하는 일만 남아 있었다.

엘리는 이아나에게 하겠노라 약속했던 것들을 열심히 수행하고 있었다.

눈에 보이는 것은 역시 기술 개발이었다.

엘리는 법칙을 근간으로 하여 현재의 기술보다 더 나은 기술들을, 또다시 그보다 더 진보된 기술들을 개발했다. 이그나이츠에서는 불세출의 천재가 났다며 난리였다.

"사키 씨가 저를 많이 도와주고 계세요."

엘리가 발견된 날, 에이지와 사키는 엘리의 본모습을 목격했었다. 에이지는 처음에는 몰랐다가 뒤늦게 헤레이스에게 듣고서야 엘리의 정체를 알고 경악했지만, 라오스의 신도였던 사키는 그날 즉시 엘리의 정체를 눈치챘다.

그 후, 엘리의 간호나 보조는 사키가 나서서 도맡아 하고 있었다.

"라오스 신이시여, 어째서 이 사태를 두고 보고만 계십니까!"

"어서 저희를 구원해 주십시오!"

그 무렵, 사람들은 라오스를 찾으며 울부짖고 있었다. 라오스 대신전은 북적거리는 사람들로 북새통을 이루었다. 기도만 하면 이 사태가 해결되기라도 하는 것처럼 그의 신상 앞에서 엎드려 하루 이틀 사흘…… 피골이 상접하도록 기도하며 라오스의 강림을 기원했다.

하늘이 없어지고 있다. 죽었던 자가 살아 움직이고 있다.

세상에 일어나서는 안 될 일들이 일어나고 있으니 신을 찾을 수밖에 없었다.

무엇보다 라오스는 실체가 없는 미신이 아니라 실제로 존재했던 '진짜'였다. 사람들은 라오스가 어딘가에 살아 있을 거라고 믿고 있었다.

하지만 몇 날 며칠이 지나도, 라오스는 나타나지 않았다.

수십, 수백, 수천의 존재가 죽어 나가도 라오스는 사람들 앞에 모습을 드러내지 않았다.

"신이시여, 신이시여……."

엘리는 사람들이 아무리 울부짖어도 자신이 라오스라는 걸 드러내지 않았다. 지금 여기서 라오스라는 걸 드러냈다간 사람들이 모두 그에게 의지하게 될 테니까.

엘리는 그런 상황을 바라지 않았다.

"신은 이 세상에 없다!"

그래서 사람들이 신을 원망하며 그의 존재를 부정하기 시작했는데도 귀를 닫고 눈을 감았다.

정령들이 자연 신력을 마음껏 쓸 수 있게 되었다는 사실이 밝혀지자 이게 바로 신의 은총이라고 주장하는 사람들도 있었다. 하지만 엘리의 부탁에 정령들은 입을 다물었고, 에이지는 정보를 꼬아서 퍼뜨렸다.

정령들이 일시적으로 자유롭게 자연의 신력을 쓸 수 있게 되었다. 한데 이건 정령왕들이 무너져 가는 세상을 안타깝게 여겨 본신의 정신력을 갉아먹으며 힘을 쓰는 것이다. 진실은 이렇게 교묘하게 둔갑되었다.

"기도만 해서는 해결되지 않아!"

"하긴, 이때까지 살면서 힘들 때 신이 도와준 적이 있었나? 내 힘으로 아득바득 해결했지."

신이 응답하지 않자 결국 신전에서 손을 털고 밖으로 나가는 사람들이 생겨났다. 하나는 둘이 되고 둘은 넷이 되었다.

스스로의 힘으로 이 위기를 헤쳐 나가야 한다. 마침내 사람들은 절대적인 신에 의지하는 대신 현실을 바라보기 시작했다.

"엘리. 이대로 두고 보고만 있을 거예요?"

"사키 님, 이게 맞아요. 사람들은 누군가에게 의지하는 게 아닌, 스스로 자기 삶을 책임져야 해요. 위기를 이겨 내기 위해서는 본인이 노력해야 한다는 의식을 가져야 해요."

사키는 무척 안타까워했지만 엘리는 당연히 그래야 한다는 듯 담담하게 반응할 뿐이었다.

"하지만 엘리, 힘든 사람에게는 최후의 보루, 정신적 지주가 필요해요. 그런 게 종교의 역할이에요."

"네. 그런데 신은 정말로 '정신적 지주'로서만 역할을 해야 해요. 종교를 통해 안정을 얻는 것에서 그쳐야만 해요. 정말 할 수 있는 것을 모두 했는데도 무력할 때만 최후의 수단으로 신의 기적을 기원해야 해요. 그 기적이 일어날 일은 없겠지만요."

"……."

"사람들은 신이 아닌 현실을 바라봐야 해요."

엘리는 매우 단호했고, 사키도 안타까울 뿐 이해했다.

"실망했나요?"

"아니에요. 저도 당신의 뜻에 전적으로 동의합니다."

사키가 공손하게 수그렸다.

"당신의 말이 저의 진리인 것을요."

"사키는 저를 따르지 않아도 될 만큼 멋진 사람이에요. 종교에서 벗어나 자신의 삶을 찾아가는 건 어떤가요."

"저는 당신이 남긴 말들에 감명받아 종교에 귀의했습니다. 에이지 님이 이아나 님을 따르듯 당신을 믿고 따릅니다. 저는 당신의 종, 당신이 원하는 바를 세상에 전파하겠습니다."

"그런가요. 고마워요."

엘리가 옅게 미소 지었다.

그리하여 현실로 눈을 돌리게 된 사람들은 이 사태가 벌어지기 전 아르하드가 내놓은 대책에 지극히 많은 관심을 보였다. 아르하드가 철저한 계산 끝에 만들어 낸 대책들은 이 비현실적인 싸움에 엄청난 도움이 되었다.

"언니."

엘리는 이아나를 다시 언니라고 부르기 시작했다. 그리고 그녀에게 또 다른 정보를 추가로 주었다.

"테일런은 이사벨라도 흡수했어요. 이사벨라의 영혼과 심장을 통째로요. 드래곤과 같은 방식이에요."

어쩐지 그날 이후 안 보이더라니.

"이사벨라는 테일런의 안에서 비교적 자유로운 자아를 유지하고 있어요. 테일런이 흡수한 것들을 억압하고 통제하면서 그를 돕고 있죠."

엘리는 경고도 했다.

"테일런이 시공간을 삼킬 수 있게 된 것도, 아르하드와 심장을 공유하고 이사벨라가 자기 안에 들어옴으로써 바하무트의 피가 유일해진 덕분이에요. 바하무트의 능력은 포식으로 강해지고, 진화해서 더 큰 뭔가가 되는 것. 테일런은 그 힘까지 자기 것으로 만들었어요. 조심하세요."

"알려줘서 고마워."

이아나는 더없이 침착했다.

테일런과 싸우면서 많은 깨달음을 얻었다.

테일런과 싸울 땐 그 어떤 일에도 무너지지 않는 단단한 신념과 냉철한 이성이 필요하다. 놈이 어떤 공격을 하더라도 신념과 이성을 유지하며 스스로를 통제해야 한다.

이번 싸움에서는 테일런을 향한 살의로 이성을 잃고 눈이 멀어 버렸다. 그 대가는 테일런의 생존과 무너져 버린 육체였다. 아르하드의 도움을 받고서야 살아날 수 있었다.

'그러면 안 돼.'

이아나는 반성하며 또다시 수련장에 칩거했다.

그녀의 안에는 상승을 향한 광포한 욕망이 도사리고 있다. 그 욕망의 고삐를 쥔 채 방향과 속도를 조절하는 건 이아나의 이성이었다.

욕망과 이성은 한 끗 차로 공존하며 이아나에게 더 높은 경지로 질주하기를 부추겼다.

이아나는 마다하지 않았다.

소요 시간은 그렇게 길지 않았다.

그동안, 에이지와 정보국은 온 대륙의 정보를 수집했다.

수집한 정보에 의하면 현재 바하무트 제국은 사실상 반 토막이 났다.

테일런은 타칼론을 봉쇄한 후 대규모 숙청을 벌였고 이에 바하무트 황가를 진심으로 따르는 귀족들만 살아남았다.

혁명군은 날이 갈수록 많아졌다. 카니츠와 이스피는 도망치면서 자신과 뜻을 통하던 괜찮은 중앙 귀족들을 데리고 나왔는데, 그들은 자신의 세력과 함께 바하무트 혁명군에 몸을 담았다.

테일런이 망자의 군단을 이끌기 시작한 이후부터는, 중립을 유지하고 있던 지방 귀족들도 황가로부터 등을 많이 돌렸다.

라랏슈아와 타로를 비롯한 특공대는 여전히 바하무트 군대에 각성제와 유도제를 살포하는 임무를 수행하고 있었으며, 정신을 차린 바하무트 군인들도 회의감을 느끼고 군대에서 우수수 떨어져 나갔다.

즉, 바하무트 제국은 현재 바하무트군과 혁명군으로 뚝 쪼개진 상태였다.

도르시아니는 테일런 추적에 집중했다.

"어렵네."

테일런의 위치는 수십 갈래로 나뉘어져 세계 전역에서 나타났다. 망자들의 영혼은 테일런에게 오염된 상태이며, 육신은 그의 오염된 신력으로 만들어졌다. 테일런의 기운이 물씬 난다는 뜻이다.

이 때문에 테일런의 위치를 특정할 수 없었다. 아주 강하게 나타나는 곳이 여러 군데 있었으나 무엇이 테일런이라고 확실하게 말할 수 없었다.

하지만 이것은 장점이기도 했으니…….

망자들의 위치가 정확하게 나타났다.

이아나가 수련을 마치고 수련장에서 나왔을 때는, 그 위치들을 표시하는 마법 지도가 완성된 상태였다.

이아나는 넓은 복도를 큰 보폭으로 성큼성큼 가로질러 걸었다. 목적지인 회의실까지 길게 깔린 붉은 카펫은 구김 하나 없이 빳빳했다. 오늘부터 그녀가 쉼 없이 달려가야 할 길의 모습처럼 말이다.

끼이익.

이아나가 문을 열었다.

회의실 중앙의 둥근 테이블에는 아르하드가 이미 앉아 있었다. 그 옆에는 로안느에서 온 슈나이더와 안젤리나가 조용히 자리 잡고 있다가 작게 미소 지으며 인사했다.

이아나가 착석하자 아르하드가 손을 들어 테이블의 중앙에 위치한 수정을 가리켰다. 수정에 빛이 은은하게 서리더니, 둥근 테이블 주위에 놓인 의자 위로 마법으로 만들어 낸 제각기 다른 사람들의 얼굴이 담긴 화면들이 하나씩 떴다.

그들은 이그나이츠, 로안느와 연합한 국가들의 수장들이었다.

"회담을 개최하겠습니다."

모두의 시선이 아르하드를 향했다가, 그 옆에 앉아 있는 이아나에게 쏠렸다.

이그나이츠는 동부와 남동부에서, 로안느는 남부와 남서부에서 거의 모든 싸움을 진두지휘하고 있었다. 이그나이츠와 로안느를 제외한 연합의 모든 국가는 홀로는 버틸 수 없어 그들의 지원과 지시를 받으며 버텨 왔다.

따라서 근 일 년간 회담의 주인공은 항상 아르하드와 슈나이더 두 사람이었으나 오늘은 달랐다.

이아나가 깨어났기 때문이다.

수장들은 마법 너머로 이아나를 물끄러미 바라보았다. 오랜만에 보는 이아나에게서는 중간에 마법이 끼어 있음에도 절로 몸이 움츠러드는 위압감이 풍겼다. 젊다는 점은 그녀의 강함에 조금도 흠을 내지 못했다. 이아나는 강하다. 그뿐이었다.

건재하다 못해 전보다 훨씬 더 강해진 이아나를 보는 수장들의 눈망울이 희망으로 일렁거렸다.

"……."

이아나는 화면에 뜬 얼굴들을 낱낱이 살폈다. 하나같이 피곤해 보였다.

강력하고 무서운 적들과의 전쟁, 금방이라도 무너질 것 같은 불길한 세상.

당연히 피로감을 느낄 수밖에 없지 않은가.

그러나 그들에게 있어 가장 힘들었던 부분은, 본인들이 적에 비해 너무나 약해서 이 전쟁에서 오로지 버티는 것밖에 할 수 없다는 무력감, 그리고 버티더라도 이 전쟁이 언제 끝날지 알 수 없다는 절망감이었을 것이다.

이아나는 그들의 감정을 이해했다. 하지만 이제부터는 그 감정들을 버려야 했다. 그들에게도 이 전쟁을 끝내기 위해 해야 할 일이 있었다.

"오늘 여러분과 공유할 정보들이 있습니다."

아르하드는 현 대륙의 상황에 대해서 납득시킬 수 있는 선에서만 대략적으로 설명했다.

망자의 군단의 정체, 테일런이 하고 있는 일들…….

꼼꼼히 설명하자면 끝이 없었다. 특히 이아나가 어떻게 이토록 강해졌고, 테일런이 어떻게 세상을 먹고 망자를 불러낼 수 있는지에 대해서는 삼 일 밤낮을 떠들어도 다 이야기할 수 없었고, 이해할 수도 없을 터였다.

하지만 누구도 두루뭉술한 점을 지적하지 않았다. 곧이어 제

시된 명확한 해결책이 무척 흥미로웠던 탓이었다.

"망자들은 이제 다시 부활하지 않을 것이고, 정령들은 우리를 도울 것입니다. 망자들에게 안식을 주고 테일런을 물리친다면 망가진 세상은 복구할 수 있습니다."

아르하드는 설명하기 어려운 점들은 라오스 신전의 '성물'들을 소모함으로써 가능하다며 둘러댔다. 이아나와 극소수의 인물만 성물의 정체가 뭐였고, 지금은 어찌 되었는지 알고 있었기 때문에 전혀 문제가 되지 않았다. 사람들은 그저 신이 남긴 마지막 안배였다며 감탄만 했다.

"그러니 여기 있는 모두가 힘을 합쳐 해야 할 일이 있습니다. 망자들을 죽음으로 되돌려 보내는 것입니다."

아르하드는 테이블 중앙에 도르시아니가 제작한 지도를 펼쳤다. 지도 위로 수없이 많은 점들이 꾸물거리며 움직이고 있었다.

"이 지도에는 망자들의 위치가 표시됩니다. 망자들은 테일런의 힘으로 움직이며, 이들에게 안식을 주는 만큼 테일런의 힘도 줄어듭니다. 이 지도를 각국에 한 장씩 배포할 테니 최선을 다해 망자들을 원래 있던 곳으로 되돌려 보내십시오."

각국의 수장들이 지도를 유심히 들여다보았다.

망자는 기본적으로 행동이 몹시 굼떴다. 몇 번 싸워 본 결과, 생명에 대한 살의와 증오만 충만했을 뿐 지능은 매우 낮은 듯했다. 충분히 싸울 수 있었다.

[알겠습니다.]

[저희도 드디어 할 수 있는 일이 생겼군요.]

그들은 그저 살아남기 위해 발버둥 치는 게 아닌, 전쟁을 끝내기 위한 전투에 한 명의 전사로서 참석할 수 있어 힘이 났다.

"그리고 점들 중에서도 유독 검은 점들이 있습니다."

얼룩처럼 명도가 다양한 회색빛의 점들 중에서도 유난히 새카맣게 빛나는 점들이 몇 군데 있었다. 아르하드는 그 점들을 손가락으로 짚었다.

"이런 곳들에는 테일런이 있을 수도 있습니다. 이곳들은 라이즈 경과 라이즈 기사단이 맡습니다. 망자를 없애다 보면 테일런이 나타날 텐데, 그때도 라이즈 경이 전면에서 나설 겁니다."

지도를 향해 있던 수장들의 시선이 이아나를 향했다. 한순간 침묵이 맴돌았다가, 누군가 무거운 입을 열어 물었다.

[라이즈 경, 바하무트 황제를 이길 수 있다고 자신하십니까?]

이아나가 테일런을 물리쳤다는 소문이 돌 때만 해도 싸움이 드디어 끝나겠다 싶었다. 하지만 테일런은 강력한 힘으로 무장하고 재등장하여 세상에 암운을 드리웠다.

"그가 현재 얼마나 강한지 가늠할 수 없으니 확언할 수 없습니다. 하지만 절대 패배하지는 않습니다."

이아나는 수장 한 명 한 명과 눈을 마주하며 강하게 말했다.

"여러분은 제가 테일런과의 싸움에 집중해서 이길 수 있도록 힘을 보태 주십시오."

수장들이 맡겨 달라는 듯 강하게 고개를 끄덕였다.

[최선을 다해 싸우겠습니다.]

[라이즈 경도 힘을 내 주십시오.]

모두가 전투에 대한 의지를 불태우며 회담이 끝이 났다. 수정의 불이 꺼진 후, 슈나이더가 웃는 듯 우는 듯 복잡한 표정으로 한숨을 쉬었다.

"이게 정말로 마지막 싸움이기를 누구보다 바라."

이그나이츠가 움츠러든 후부터 대륙의 평화는 로안느가 책임지고 있었다. 이는 아무리 뛰어난 능력을 갖춘 슈나이더라 할지라도 매우 힘겨운 일이었다.

"망자들과의 싸움은 부하들에게 맡기고, 너와 왕녀는 마지막 테일런전에 집중해라. 나와 함께 전면에 나서야 할 테니까."

아르하드가 슈나이더에게 얇은 종이 묶음을 내밀었다. 슈나이더는 흥미로운 표정으로 묶음을 받아 팔락팔락 넘겼다.

"이게 전에 말했던 기술들인가?"

"그래."

로안느 왕족은 라오스의 용아병이자 가디언이다. 이아나와 아르하드 다음으로 강력한 힘을 가졌으므로 그들이 도와준다면 최후의 전투를 좀 더 원활하게 수행할 수 있었다. 아르하드는 전략을 설계하며 로안느 왕족들에게도 역할을 부여했다.

"흠……."

슈나이더는 아르하드가 고안한 기술의 원리를 읽어 내리며 감탄하기도 하고 묘하게 질투하기도 했다.

"열심히 훈련해야겠군. 하지만 네 명령만 따르는 건 자존심이 상하니 나름대로 싸울 방법도 고안해 보겠다."

질투심은 긍정적인 경쟁심으로 승화했다.

책자에는 전략에 대한 설명도 섞여 있었다. 책자를 모두 읽은 슈나이더가 고개를 들어 이아나를 쳐다보았다.

"공격은 라이즈 경에게 맡겨 두고 그 외 모든 것들을 다른 이들이 나눠 책임지는 전략이로군."

"그게 가장 효율적이니까."

"그렇군. 라이즈 경이니까 가능한 전략이야."

슈나이더가 작게 미소 짓더니 자리에서 일어났다.

"이렇게 여유 부리면 안 되지. 안젤리나, 가자."

"네, 오라버니."

안젤리나는 언제부턴가 로안느의 든든한 전력이 되어 있었고, 중요한 회의가 있을 때마다 민생을 돌보는 왕비 레리트 대신 슈나이더를 따라다니고 있었다.

안젤리나가 이아나를 흘끔 바라보더니 빠른 걸음으로 다가가서 이아나를 꽉 안았다.

"당신은 언제나 앞에 서 계시는군요."

안젤리나는 평화롭던 시절, 학술원의 수련장에서 이아나의 등 뒤를 따라 달리던 시기를 떠올리고 있었다. 그때처럼, 옆에 서기는커녕 최전방에 선 이아나를 따라가기만 급급한 것 같았다.

"저도 최선을 다할 거예요. 제가 할 수 있는 선에서, 당신의 짐을 나눠 지기 위해 노력할게요."

이아나는 안젤리나를 마주 감싸 안아 주었다. 안젤리나는 이미 이아나에게 든든한 사람이었다.

"안젤리나, 함께 힘내요."

안젤리나는 '함께'라는 단어에서 이아나가 저를 어떻게 인식하고 있는지를 느끼고 웃었다. 안젤리나는 이제 이아나의 뒤에 있지 않았다. 이아나의 옆에 있었다.

"언제 들어도 기쁜 말이에요."

안젤리나는 이아나를 한 번 더 꼭 안고는 포옹에서 벗어났다.

회담이 파하고, 이아나는 오랜만에 기사단 훈련장을 찾았다.

그중에서도 이그나이츠의 최고 기사단이자 이아나의 기사단이라 할 수 있는, '라이즈 기사단'을 찾았다.

라이즈 기사단은 특수한 위치에 있었다.

기사들 중에서도 검사들의 명예직으로, 단원들은 속해 있는 기사단이 따로 있었다. 정기적으로 치러지는 라이즈 시험에서 상위권 성적을 기록하면 라이즈 기사단에도 이름을 올릴 수 있는 것이다.

그렇게 라이즈 기사단에 속하게 되면 주기적으로 이아나의 지도를 받는다. '최강의 기사단'이라는 호칭이 아닌 지도 때문이라도 라이즈 기사단에 속하고 싶어 하는 검사들은 부지기수였다.

그들의 재능과 노력, 거기에 최강의 검사인 이아나의 가르침까지 더해지니 라이즈 기사단 기사들의 실력은 쑥쑥 성장했고, 어느 시점부터 기사단에 고정적인 멤버가 생겼다.

부단장은 라이언이었다.

적을 만들지 않는 서글서글한 성격과 개성적이고 제멋대로인 이들을 통제할 수 있는 통솔력, 성실함과 포용력, 날카롭고 섬세한 눈썰미 등등…….

학술원의 검술학부에서도 그 장점이 아주 돋보였던 라이언은 인간 군단의 젊은 사령관이 되었을 뿐만 아니라 라이즈 기사단에서도 그 장점을 아주 넘치도록 발휘했다.

기사단 모두가 좋아하는 라이언은 기사들의 만장일치로 정식으로 부단장에 임명되었다.

일반 기사들로는 혜레이스를 비롯한 검술학부 엘리트들, 코니아를 위시로 한 수인 최강자들, 베니타 팔콘과 같은 제1 기사단 멤버들, 그 외 기사단에서 특출한 능력을 선보이는 기사들 등이 있었다.

라이즈 기사단의 기사들은 단장인 이아나를 진심으로 존경하고 따른다. 각자 개성이 강하지만, 강함을 숭상하는 건 같았다.

라이즈 기사단은 이아나의 명령에 따라 임무 중에서도 가장 위험한 임무를 수행하게 되지만 이건 그들에게 아무 문제도 되지 않았다. 이번에도 마찬가지였다.

기사들은 단상 위에 선 이아나를 눈부시다는 듯 바라보았다. 이아나도 그들을 한 명 한 명 바라보았다. 선망이 서린 그들의 눈동자에 약간의 미안함을 느꼈다.

솔직히 말해서, 이아나는 주기적으로 지도했던 것 외에는 라이즈 기사단을 방치한 것이나 다름없었다.

이그나이츠 왕국을 건국하자마자 바하무트로 떠나서 개인 임무를 수행했고, 임무가 끝난 다음부터는 이사벨라와 샤일린스를 쫓아다니며 그들을 막았다. 그다음에는 일 년 동안 잠들어 있었던 데다가, 깨어난 후부터는 개인 수련에 매달렸다.

그동안, 라이즈 기사단은 단장 대리인 라이언의 지시에 따라 정기적으로 훈련만 했다. 단장인 이아나와 함께 임무를 수행한 적은 없었다.

하지만 오늘부터는 다르다.

"여러분은 지금 이 순간부터, 라이즈 기사단으로서 이 전쟁이 끝날 때까지 나와 함께한다.”

이아나의 선언에 기사들의 눈이 반짝반짝 빛났다.

“일어났을 때부터 잠들 때까지, 여러분은 나와 함께 지옥 같은 전쟁터를 쏘다닐 것이다. 정신이 나갈 때까지 싸울 거고, 싸우지 않는 날에는 지쳐 나가떨어질 때까지 훈련할 것이다.”

함께하게 된 이 순간부터 지옥 길이라니, 이아나는 미안했지만 어쩔 수 없었다.

“아⋯⋯.”

기사들 대부분이 동요했다. 부정적인 의미에서 동요한 게 아니라 너무 기뻐서 들썩이는 것이었다. 이아나의 말이 끝나지 않아서 환호하지는 못했지만 흥분해서 콧김을 펑펑 뿜어내는 사람들도 있었다.

그들은 '좋다!'라는 마음을 눈빛, 몸짓, 기세 등으로 한가득 표현했고, 이아나는 자신이 착각했다는 것을 깨달았다.

여기 있는 사람들은 남다른 상승 욕구를 지녔다. 검으로 이루고자 하는 바는 각자 다르나, 기본적으로는 이아나처럼 강해지는 것에 미쳐 있었다. 강해지기 위해서는 어떤 고난도 마다하지 않을 터였다.

이아나는 미안함을 모두 털어 낸 후 미소 지었다.

“우리의 검으로 적들을 물리치자.”

단상 아래의 기사들이 고양되었다.

“우리의 힘으로 이그나이츠와 소중한 사람들을 지키자.”

기사들이 제 허리춤의 검을 꽉 붙잡았다. 그들은 강함에 미쳐 있었지만, 동시에 그들이 뿌리박은 이그나이츠에 자부심을 가지고 있었으며, 소중한 사람들이 살아가는 이그나이츠를 사랑했다.

콰직!

이아나가 라이즈를 빼 들어 바닥에 꽂았다. 손잡이 위로 손을 올리고 하늘 머나먼 곳까지 뒤덮은 암흑을 노려보았다.

"가자!"

～⌒♡⌒～

회담 후, 현재 상황의 정보가 세계 곳곳으로 퍼져 나갔다.

그리고 그저 살아남기 위해 싸우던 사람들의 의식이 서서히 변화하기 시작했다.

"우리가 하는 일이 죽은 사람을 또 죽이는 게 아니라 그들을 원래 있어야 할 곳으로 되돌려 보내는 일이래."

"망자가 아름다운 빛으로 흩어지는 게 그래서일까?"

망자와의 싸움이 죽고 죽이는 무의미한 살육전이 아니라, 죽음의 안식에서 억지로 끌려 나온 망자들을 돌려보내는 투쟁이라는 인식은 신성한 대의가 되었다.

"바하무트 황제가 세계를 망치고 있대. 그런데 우리 모두가 희망을 잃지 않고, 자기가 할 수 있는 선에서 최선을 다하면 세계는 다시 복구될 거래. 저기 찢어진 하늘도 다시 멀쩡하게 되돌아온대."

강력하고 무자비한 테일런을 상대로 아무것도 할 수 없다는 무력감이 아닌, 미력한 자신들도 할 수 있는 게 있다는 깨달음은 의욕이 되었다.

"싸웁시다!"

"포기하지 말아요!"

포기하지 않고 다 같이 노력하면 이 지긋지긋한 싸움을 정말로 끝낼 수 있다는 희망은 투지가 되었다. 이 모든 긍정적인 것들이 사람들이 힘을 낼 수 있게 해 주었다.

변화는 일반인들뿐만이 아니라 국가 수장들에게도 있었다.

"여기는 우리가 맡겠소. 정탐해 보니 이쪽은 우리의 힘만으로도 할 만해 보이더군."

국가 수뇌부들은 도르시아니가 제공한 지도를 기반으로 본격적인 공략을 시작했다.

적이 강하다고 나타나는 곳은 이그나이츠와 로안느가 맡고, 그 외 조무래기들은 약소국이 맡기로 협의가 끝났기 때문에 각자 책임져야 할 지역이 나누어져 있어 공략으로 인한 분쟁은 발생하지 않았다.

"이 전쟁만 끝난다면, 내 죽을 때까지 전쟁의 전 자도 언급하지 않겠소."

각국의 수장들은 끊이지 않는 싸움에 지쳐 있었으므로 자신들이 살아 있는 한 전쟁은 벌이지 않을 것이라 천명했다.

물론, 이 호기로운 약속이 싸움에 지쳤기 때문만은 아니었다. 대륙 너머 펼쳐져 있는 광활한 노다지들을 생각하면 좁은 땅에 갇혀 서로 아웅다웅 싸울 틈도 없었다. 주인 없는 빈 땅에 깃발만 꽂으면 곧바로 국토가 되는데 좁은 땅덩어리 하나 차지하겠다고 싸우는 건 멍청한 짓이었다.

게다가 망가진 국가 체계 복구며, 새로운 세계에 적응하기 위한 기술 개발이며 해야 할 일들이 부지기수로 널려 있는데 싸움질할 시간이 어디 있겠는가?

"테일런만 사라지면……."

"그놈만 없어진다면……."

세계는 구세대의 막을 내리고 신세대로 나아가려 한다. 테일런은 그 길을 막고 있는 마지막 장애물이었다. 테일런만 사라진다면 전 세계적으로 무궁무진한 미래가 펼쳐질 예정이었다.

새로운 땅과 개척, 새로운 힘과 개발.

기회!

로안느와 바하무트 두 강국 체제로 돌아가던 세계의 정세는 이미 끝난 지 오래였고, 고인 물에서 벗어나 도약할 수 있는 기회들이 테일런이라는 장애물 뒤에 놓여 있었다.

"힘을 내요!"

모두가 서로를 격려하며 이 전쟁을 끝내기 위해 노력했다. 전투원들은 온 힘을 다해 싸웠고, 정령들은 그들이 죽지 않도록 곁을 머물며 도왔으며, 무구를 갈 줄 아는 대장장이들은 날카로운 무기와 단단한 방패를 제작하여 그들을 보조했다.

옷을 짓는 재주가 있는 사람들은 찢어진 옷을 기웠고, 건축에 한 솜씨 하는 사람들은 무너진 담장을 바로 세웠다. 식물을 가꿀 수 있는 사람들은 꽃과 나무를 심었고, 아름다운 목소리를 가진 음유시인들은 사람들의 피폐해진 마음을 달래고자 노래를 불렀다.

모두가 각자의 위치에서 할 수 있는 것을 했다. 반드시 살아남아 미래를 보겠다는 듯 의지와 의욕을 불태웠다.

균열이 간 하늘, 결집하는 몬스터들, 되살아난 망자들.

이해할 수 없고, 해결하기도 어려운 위기들이 암흑으로서 그들의 눈을 가렸지만 사람들은 절망하지 않았다.

쪼개져 가는 하늘을 올려다볼 때면 공포가 일지만 사람들은 바삐 손을 놀리며 두려움에서 벗어났다. 망자들이 무시무시한 꼴로 덤벼도 이미 한껏 오른 기세는 꺾이지 않았다.

물론 앞이 오직 암흑뿐이었다면 절망했을지도 모른다.

하지만 그들의 앞에는 암흑을 헤쳐 나가기 위한 길이 명확하게 제시되어 있었다. 무서운 절대자인 테일런을 막아 줄 방패가, 베어 낼 검이 있었다.

희망은 광휘가 되어 절망의 암흑을 가른다.

그렇게, 누군가의 의도와는 다르게, 시간이 흐를수록 사람들은 점점 더 의욕적으로 변해 가고 있었다.

로안느의 외곽 지역에 있는 구호소.

"끝이 없어!"

구호소의 책임자인 시엔은 꽥 소리를 지르며 망자의 핵을 창으로 찔렀다.

팡!

창의 날붙이 끝에서 작은 폭발이 일어나 핵을 헤집어 놓았다.

"흐으으……."

시엔에게 쇄도하던 망자의 날카로운 손이 멈칫하더니 힘없이 아래로 떨어졌다.

'하나, 둘, 셋, 넷, 다섯.'

푹 뒤집어쓴 투구의 구멍 안쪽에서 날카로운 눈빛이 반원을 그리며 주변을 빠르게 훑었다. 꽉 움켜쥔 창이 빛처럼 움직였다.

팡! 팡! 팡! 팡! 팡!

"하아아아아……."

핵을 파괴당한 망자들이 한숨 같은 숨결을 길게 뱉었다.

시엔이 마주하는 망자들의 표정은 언제나 엄청난 증오와 살의로 찌들어 있었다. 하지만 핵을 파괴당한 망자들은 잔뜩 지쳐 녹초가 된 얼굴로, 그러나 개운한 표정으로 눈을 감았다. 시엔은 그런 망자들을 볼 때마다 가슴이 저렸다.

시엔이 조용히 중얼거렸다.

"쉬세요."

후우우우우욱.

그들의 육체는 가슴에서부터 반짝거리는 백색 빛으로 화했다. 반짝반짝 명멸하며 하늘 어디론가 흘러들어 가던 빛은 눈 몇 번 깜빡이는 사이 완전히 사라졌다.

시엔은 심호흡을 한 후 뒤돌아섰다.

"그으으으……."

고통에서 구해 줘야 할 망자들은 아직도 많았다.

시엔은 입술을 꾹 깨물었다. 구호소는 전투에서 부상을 입은 사람들을 모아서 치료하는 곳이다. 세계를 부유하는 정령들이 전쟁터에서 부상자를 발견할 때마다 치료해 주고는 있지만 그 효율은 망자들로부터 멀어질수록 좋았기에 각국은 곳곳에 치료를 위한 구호소를 마련해 두고 있었다.

하지만 치유로 인해 생명력이 집중되고 있는 구호소는, 생명을 탐하는 망자들과 몬스터들의 주된 공격 목표가 되기도 했다. 부상자들을 데려와야 하니 전쟁터에서 멀찍이 자리 잡을 수도 없었다. 아무리 전쟁에서 죽고 죽인다 할지라도 의료 시설만큼은 건들지 말아야 한다는 불문율은 망자들과 몬스터들에게는 통하지 않았다.

따라서 어떤 구호소든 싸움의 한복판에 있었고, 시엔이 책임지고 있는 구호소도 마찬가지였다.

'그래도 이 주변엔 약한 군대밖에 없었는데…….'

방심했다. 이쪽은 로안느에서도 인구수가 적은 외곽 쪽이라 적들의 공세가 덜했고 방비도 부족했다. 그런데 갑자기 강한 적들이 몰아쳐 왔고, 구호소를 지키던 아군은 빠르게 무너졌다.

그때, 저 멀리서 부하가 허겁지겁 달려오는 게 보였다.

"시엔 님! 지도 확인 결과 강력한 망자의 군단이 이쪽으로 자리를 옮겼다고 합니다. 본대에서 지원군을 최대한 빨리 보내 주겠다는 답이 왔습니다. 마침 근처에 연합군 측 기사단이 있다고 합니다."

"그래?"

시엔의 표정이 확 밝아졌다.

"빨리, 빨리 와라."

방금 전에 답을 받았음에도 초조했다. 일분일초가 일 년 같았다. 아군이 한 명 한 명 쓰러지는 걸 목격할 때마다 공포가 물밀듯이 밀려왔다.

'아냐. 초조해할 거 없어, 시엔. 온다고 했으니까 올 때까지 무서워하지 말고 할 수 있는 일을 하면서 버티면 돼.'

지원군이 온다면 오는 것이다. 공포에 잡아먹혀 무력하게 있지만 말고, 할 수 있는 것을 하며 살아남기. 그러다 지원군이 온다고 하면 그들을 믿고 버티기. 그것이 그녀와 그녀가 속한 단체의 신념이었다.

"여러분, 지원군이 오고 있습니다!"

시엔이 목이 터져라 외쳤다.

"싸우면서 버티면 살 수 있어요! 겁에 질려 등을 돌리지 말아요! 각자 위치를 지키세요! 우리가 무너지면 구호소 안의 부상자들도, 우리도 모두 죽어요!"

"예!"

구호소에 있는 병사들은 대부분이 시엔의 부하들이었고, 병사들은 시엔의 지시에 따라 악착같이 버텼다.

"저기! 시엔 님, 괴……!"

정신없이 싸우던 시엔은 옆에 있던 부하의 비명 소리가 점점 작아지고 있다는 것을 깨닫고 고개를 홱 돌렸다. 부하는 여전히 소리를 지르고 있었다. 그러나 소리는 들리지 않았다.

시엔은 그가 겁에 질린 채 가리키는 곳을 보았다. 시엔의 낯이 창백해졌다.

아주 강력한 망자의 군대에는 사악한 괴물이 한 마리씩 있다고 한다.

그것은 몬스터도 아니고, 밤의 어둠도 아닌, 괴상망측한 새까만 괴물이다. 괴물에게는 먹어 치울 대상을 보는 눈이, 그 대상을 붙잡을 손이, 그를 씹어 먹을 입이 수십 수백 개가 달려 있다고 한다. 괴물은 시간과 공간까지 빨아 마시며 이 세상의 모든 것을 집어삼킨다고 한다. 소리마저도 먹어 치운 듯 그 주변에서는 어떤 소리도 나지 않는다고 한다.

말로만 들었던 그 괴물이 세상을 어둠으로 물들이며 저 멀리서 다가오고 있었다.

'세, 세상에.'

시엔은 달달 떨었다. 귀가 멀어 버린 듯 아무 소리도 들리지 않았다. 원초적인 공포가 시엔을 발끝부터 머리끝까지 꼬챙이로 꿰뚫었다. 눈에 눈물이 차올랐다.

'시엔, 정신 차려! 살 수 있을 거야. 지원군이 온다고 했잖아. 그때까지 버텨야 해. 조금이라도 더 멀어지면 살 수 있어.'

어둠이 엄습하는 속도는 매우 빨랐다. 하지만 시엔은 창을 꽉 움켜쥐고 앞으로 달려 나갔다. 소리가 전달되지 않으니 행동할 수밖에 없었다. 공포로 주저앉아 버린 부하들을 때리고 잡아끌며 어둠으로부터 멀어지려 했다.

시엔은 뒤통수 바로 뒤까지 어둠이 다가온 것을 느꼈지만 포기하지 않고 정신을 차린 부하들과 함께 도망쳤다. 다가온 어둠이 수백 개의 손 중 하나를 뻗었다. 하지만 괴물의 손은 시엔에게 닿지 못했다.

시엔은 도망치다 말고, 제 그림자가 앞으로 쭈욱 길어지는 것을 발견했다. 저도 모르게 뒤를 돌아보았다.

그녀는 저 멀리 지평선에서, 어둠을 밀어내는 일출의 빛을 어렴풋이 보았다.

빛의 근원을 중심으로, 가로로 길고 가느다란 붉은 광선이 이쪽으로 몰아쳤다.

푸화아아아악!

궤적은 괴물을 한 번에 반 토막 내고 시엔과 부하들을 위협하던 망자들까지 쓸어버렸다.

반 토막 나고도 죽지 않은 괴물이 번들거리는 눈들로 빛의 근원을 쏘아보았다. 수십 개의 눈동자들이 한쪽 방향으로 데구루루 굴러가는 것을 목격한 시엔이 털썩 주저앉는 순간이었다.

콰아아아아앙!

붉은 불꽃 수백 줄기가 광선처럼 쏟아져 괴물을 폭파했다.

시엔은 눈이 멀어 버린 줄 알았다. 온 세상이 하얗게 변해 아무것도 보이지 않았기 때문이다.

"살았다."

아무것도 보이지 않는 대신, 소리가 돌아왔다.

안도했더니 이번엔 환희의 눈물이 찔끔 났다. 시엔은 마지막으로 본 붉은 기운이 누구의 것인지 아주 잘 알고 있었다.

하얗게 변했던 시야가 서서히 원래대로 돌아왔다.

"하아앗!"

빛과 함께 나타난 기사들이 손에 쥔 검을 힘차게 휘두르고 있었다. 흑색의 간소한 갑주를 차려입은 그들은 망자들을 원래 있어야 할 곳으로 보내고 있었다.

"라이즈 기사단……."

그들의 갑주를 보자마자 어떤 기사단인지 알아챈 시엔이 어느새 제 곁에 서 있는 사람을 발견하고 흠칫했다. 서서히 시선을 들어 올렸다.

"당신이 이 구호소의 책임자, 시엔입니까?"

태양의 화염보다 더 강렬한 적안, 빛과 함께 휘날리는 짧은 적발. 냉정하다 싶으면서도 한없이 든든한 목소리.

시엔은 몇 년 전에 만났던 앳된 소녀의 모습을 눈앞의 기사에게서 발견하고 벌떡 일어나 투구를 홱 벗어 던졌다. 갈색 머리카락이 어지럽게 흐트러졌다.

"네, 네! 이아나 님!"

시엔은 멈칫한 이아나를 반짝이는 눈으로 바라보았다.

"저기, 저기…… 갑자기 이런 말씀을 드리는 게 당혹스러우시겠지만…… 저는 당신을 만난 적 있어요. 다시 만나면, 다시 한 번 감사 인사를 드리고 싶었어요."

이아나는 시엔의 얼굴을 뚫어져라 쳐다보았다. 모르는 얼굴이었다.

"오 년 전쯤, 당신은 저희를 구해 주셨어요."

이제는 시엔뿐만이 아니라 그녀의 다른 부하들도 이아나를 선망의 눈으로 바라보고 있었다.

'오 년 전…….'

이아나는 시간의 흐름이 살짝 헷갈렸다. 그동안 시간 왜곡을 일으킨 사건들이 몇 개 있어 기억만 되짚어 봐서는 그때 무슨 일이 있었는지 잘 떠오르지 않았다.

"단장님. 우리가 학술원 1학년일 때예요."

마침 옆을 지나가고 있던 헤레이스가 말을 보탰다.

"……."

이아나는 그 말을 듣고 그 시기를 떠올려 봤지만, 그때는 몸을 사리고 있었기 때문에 특별히 누굴 구해 준 적이 없었다.

"드워프가 있었던 블랙폭시의 특별 경매였어요."

이아나가 기억을 못 하는 눈치이자 시엔이 웃으면서 말했다.

"아. 그때……."

정확한 시기를 들으니 생각났다. 그날은 카마트로스의 주인으로 활동하던 아르하드를 처음으로 맞대면했던 날이었다. 팔을 잃고 절망하던 첸델프에게 카란켈에 데려다주겠다고 약속했던 날이기도 했다.

그때, 첸델프를 구하는 김에 잡혀 왔던 사람들도 겸사겸사 밖으로 데리고 나왔었다. 아르하드와 첸델프 사건에 비하면 너무나 사소해서 콕 집어 말해 주지 않았다면 기억해 내지 못했을 것이다.

"저는 그때, 당신에게 구해 달라고, 가지 말라고, 갈 거면 차라리 데려가 달라고 부탁했던 여자들 중 한 명이었어요."

시엔은 두 손으로 창대를 꽉 붙잡았다.

"당신은 움직이지 말고 기다리고 있으라고, 안전할 거라고, 반드시 데리러 오겠다고 하셨죠. 당신은 그 약속을 지켰고, 저희는 그 지옥에서 빠져나올 수 있었어요."

이아나는 시엔의 말을 듣고 나서야 그때의 상황이 새록새록 떠올랐다.

"그날 밤 보았던 보름달과 당신의 뒷모습은 제게 깊은 감상을 남겼어요."

당신처럼 강해지고 싶었어요. 강해져서 다시는 그런 일을 겪고 싶지 않았어요. 어려운 일을 겪고 있는 사람이 있다면, 당신이 저를 구해 준 것처럼 저도 구해 주고 싶었어요.

그래서 당신처럼 강해지는 걸 목표로 힘을 길렀어요. 저보다 훨씬 어린 당신도 그렇게 강한데, 제가 강해지지 못할 게 뭐가 있겠냐는 마음으로요.

"세상에, 제가 창술에 꽤 괜찮은 재능이 있었지 뭐예요."

시엔이 후훗 하고 웃음을 흘렸다.

이아나는 시엔이 입고 있는 단단한 갑옷과 손에 쥐고 있는 길쭉한 창을 바라보았다. 예리한 창날의 끝에서부터 창대를 타고 굴러떨어진 시선이 멈춰 선 곳은 굳은살이 가득한 두 손이었다.

이아나가 멀리서 봤을 때, 시엔은 누구보다 열심히 싸우고 있었다. 또한 괴물 앞에서 절망하는 사람들을 격려하고 지휘하며 전투를 훌륭하게 이끌었다. 만약 시엔이 없었다면 이 구호소는 이아나가 도착하기도 전에 잿더미가 되었을 것이다.

지금의 시엔만 봐서는 오 년 전 겁에 질려 구해 달라고 매달리던 사람을 연상하기는 어려웠다. 그만큼 노력했다는 뜻이었다.

시엔의 갑옷 왼쪽 가슴 부위에는 로안느의 문양이 새겨져 있었다.

"로안느의 병사가 되었습니까?"

"아뇨. 사설 단체 소속인데 이 전쟁이 끝날 때까지만 국가의 명을 받으며 구호소를 꾸리기로 했어요."

"사설 단체?"

선망의 대상인 이아나가 관심을 가져 주자 시엔은 잔뜩 상기되어 제 옆에 서 있는 부하의 어깨에 손을 얹었다.

"그날 구출된 사람들이 뜻을 모아 창단한 단체예요. 블랙폭시 놈들이 특별 경매 이름에 걸맞게 능력자들을 많이 납치했던 터라 창단은 어렵지 않았답니다."

시엔은 제가 속한 단체가 해 온 일들을 상사에게 보고하듯 열심히 떠들었다.

시엔의 단체는 노예들을 해방하고 그들의 재활을 지원하는 일을 주로 했지만, 블랙폭시 같은 암흑가 조직 때문에 어려운 일을 겪는 사람들도 조용히 도와 왔다.

그들은 이아나의 소문을 좋게 만든 일등 공신이기도 했다.

흔치 않은 붉은 머리칼의 여성 검사, 이아나의 정체는 수소문하자마자 바로 알 수 있었다. 그들은 온 사방에 이아나를 열렬히 칭찬해 댔고, 이아나에 대한 나쁜 소문이 들려온다 싶으면 진심으로 화를 내고 변호했다.

또한, 그들은 이아나가 로안느에서 카마트로스로서 블랙폭시와 싸울 때 누명을 뒤집어썼던 카마트로스를 옹호하고 블랙폭시와 싸우는 데 힘을 보태기도 했었다.

"공명정대하신 슈나이더 전하께서 노예제도를 철폐하신 후부터는 국가에서 지원을 받아 어려운 사람들을 돕는 데 집중하고 있답니다. 큰 봉사 단체로 이름을 떨치고 있지요."

"좋은 일을 하고 계시는군요."

이아나가 노력을 알아주자, 시엔은 벅차오르는 환희에 헐떡거렸다.

"이게 전부, 전부 다 이아나 님이 그때 저희를 구해 주신 덕분이에요."

시엔 주변에 주르륵 서 있는 사람들도 맞다는 듯 빠르게 고개를 끄덕였다.

"그 당시에도 이런 말을 했을 겁니다. 저는 당신들을 데리고 나왔을 뿐이라고. 그 이후 당신들이 이룬 것들은, 제가 아니라 당신들의 노력 덕분입니다."

그때 두려움에 떨던 그들을 윽박지르다 겹사겹사 구해 준 이아나로서는 격한 감사 인사를 듣고 있자니 조금 머쓱했다. 시엔은 단호하게 고개를 저었다.

"만약 이아나 님이 그곳에 없었다면 저희는 노예로 팔려 가 험한 꼴을 당했겠지요. 죽었을지도 모릅니다. 귀찮아서 내버려 두실 수도 있었어요. 하지만 저희를 안전하게 밖으로 데려가 주셨죠. 저희는 그날 밤 봤던 달을 잊을 수 없어요."

시엔이 빛나는 눈으로 이아나를 바라보았다.

"만약 블랙폭시에게 상처받은 상태로 방치되기만 했다면, 저희는 그곳에서 빠져나왔다 하더라도 누군가를 돕겠다는 마음을 가지지 못했을 거예요. 사람이 무서워서 경계하고 피해 다녔을 거예요."

그런데 당신이 구해 주심으로써, 저희는 선의를 되찾았어요. 사람을 다시 한번 신뢰할 수 있게 되었어요.

"그때, 은혜를 갚겠다는 저희에게 당신은 한 게 없다며 그저 잊으라 하셨죠."

하지만 어떻게 잊겠어요. 당신은 우리의 영웅이고, 당신이 우리를 구해 준 그날은 삶의 전환점인걸요.

"은혜를 갚고 싶어도, 날이 갈수록 위대해지는 당신께 보은할

만한 것이 없었죠. 그래서 그냥 열심히 살았어요. 그러다가 언젠
가, 기회가 닿으면 다시 한번 감사 인사를 전하고 싶었습니다."

시엔과 그 뒤에 있던 사람들이 이아나에게 허리를 숙였다.

"감사합니다!"

다시 허리를 편 시엔이 밝게 웃었다.

"이아나 님의 활약은 늘 즐겁게 전해 듣고 있습니다. 지금도
큰일을 하고 계시지요. 저희는 약해서 이아나 님을 직접 도울
수는 없지만, 현재 할 수 있는 일들에 최선을 다하겠습니다. 그
때처럼 웅크려 울지만은 않는답니다."

"잘된 일이군요."

이아나가 살짝 웃었다. 시엔은 얼굴을 살짝 붉히고는 헛기침
을 하며 고개를 돌렸다. 그러다 사방에 산재한 부상자들을 발견
하고 눈매를 날카롭게 세웠다.

"바쁘실 텐데 붙잡아서 죄송했습니다. 부디 힘내세요. 그럼!
저도 일하러 가겠습니다!"

"부상자를 구호소 내로 옮기고 치료하는 겁니까? 돕겠습니다."

이아나는 기사들에게 부상자들을 구호소로 옮기라 명하고, 어
느새 튀어나와 땅을 정화하고 부상자를 치료하고 있는 정령들에
게 자신의 신력을 나누어 주었다. 이아나의 강력한 신력은 테일
런의 기운을 몰아내는 데 엄청난 위력을 발휘했고, 탄력을 받은
정령들은 더욱 빠르게 일했다.

"시엔 님, 저희를 지켜 주셔서 감사합니다."

부상자들은 자신들을 포기하지 않은 시엔에게 울먹거리며 감
사 인사를 건네었다. 시엔이 만약 망자들을 막지 않고 줄행랑을

쳤다면 그들은 이미 죽어 있었을 것이다.

이아나는 뿌듯해하는 시엔과 그녀의 부하들을 뒤에서 가만히 지켜보았다.

이아나가 별 뜻 없이 구해 준 것이, 그들에게는 큰 의미로 남았다. 나비의 작은 날갯짓은 머나먼 땅에서 태풍으로 변했다. 그리고 그 땅에서 태풍을 경험한 나비들의 날갯짓은 또다시 어디선가 거대한 바람이 되고 있었다.

"이아나 님, 그때 감사했습니다!"

이아나는 전투지에서, 혹은 휴식을 위해 간간이 방문하는 마을들에서, 감사를 표하는 사람들을 적지 않게 만날 수 있었다.

"자릿세가 밀렸다며 구타당하고 있던 제 앞에서 그놈들을 단칼에 베셨습니다. 얼마나 통쾌했는지 모릅니다."

카마트로스의 주인으로서 블랙폭시의 아지트들을 부수고 조직원들을 처리하고 다녔을 때.

"죽었다 싶었는데, 눈 한 번 깜빡했더니 코앞에서 침을 질질 흘리고 있던 몬스터가 두 동강 나 있지 뭡니까. 말로만 듣던 검은 바람! 그때 유행했던 탈리스만도 가지고 있습니다."

검은 바람이라는 이름으로 활동하며 몬스터 게이트를 파괴하러 바삐 돌아다녔을 때.

"황태후 샤일린스가 저희 마을을 파괴하려 했을 때 마법을 검으로 후려쳐서 걷어내 주셨지요."

무차별적인 학살을 저지르려는 바하무트 황족을 쫓아다니며 공격을 막느라 정신없었을 때……

갖가지 사건에서 이아나에게 구원받은 많은 사람들이 감사 인사를 전했다. 이아나는 기억하지도 못하는데 말이다.

"이그나이츠의 지원 덕분에 바하무트 황족과 싸울 수 있었습니다. 감사합니다."

심지어 바하무트 제국에서도, 이아나가 이그나이츠의 대표라는 이유로 제국민들이 인사를 했다.

사람들의 감사 인사는 현세대 최강인 이아나에게 잘 보이려는 행동이 아니라 모두 진심이었다. 구원을 받고도 바람처럼 바삐 움직이는 이아나에게 제대로 감사 인사를 할 틈이 없었는데 우연히 만났으니 뒤늦게라도 하는 것이었다.

"우리의 영웅, 이아나 이그나이츠 라이즈 경!"

이아나는 슈나이더의 명을 받아 로안느의 최전선에 서 있는 젤로니언 차이판 공작도 종종 만날 수 있었다. 슈나이더가 즉위한 후 공작이 된 그와 그의 기사단은 언제나 위험한 곳에 있었으므로 이아나와 자주 마주치는 것은 이상한 일이 아니었다.

"라이즈 경이 검은 바람이었다는 걸 뒤늦게 공작님께 듣고 얼마나 놀랐는지 모릅니다. 차이판 영지의 위기를 막아 주셨다지요. 정말로 감사합니다."

"갈 곳이 마땅히 없으면 차이판 영지로 오시라 했던 제 입을 때리고 싶습니다. 하하."

기사들은 멋쩍어하면서도 이아나에게 깊이 감사했다.

"라이즈 경, 존경합니다!"

무를 숭상하는 그들은 이아나를 매우 좋아했다.

"저는 처음부터 알아봤다 이겁니다."

특히 오래전, 알라카모라 숲에서 이아나와 함께했던 프레드릭 홀트와 제2 기사단의 기사들은 이아나의 무력뿐만이 아니라 삶에도 깊이 매료된 상태였다.

가문에서 경멸받으며 자라 온 소녀가, 커다란 미노타우로스 떼로부터 팔이 부러지는 것까지 감수하며 작은 아이를 구하고, 학술원 검술학부에서 정상을 차지하더니, 세계에서 가장 위대한 기사가 되었다. 매료될 수밖에 없었다.

"라이즈 경, 이렇게 만난 것도 인연인데 가르침을 받고 싶소만……."

겔로니언은 이아나와 마주칠 때마다 부끄럼 한 점 없이 조언을 구했고, 조언을 바탕으로 노력하여 확연히 강해졌다. 그런 겔로니언에게 가르침을 받는 기사들도 강해진 건 마찬가지였다.

그렇게 강해진 겔로니언과 그의 기사단은 그 후 로안느의 방패라는 이름에 걸맞게 로안느를 수호하고 있었다.

기사들뿐만이 아니었다.

이아나는 공작을 따르는 무리 중에서 병사 페터와 용병 그렉을 만났다. 그들은 '라이즈 경에게 머리를 밟혔던 사람들의 모임'을 만들어 친목을 다지고 있으며, 위기가 있을 때마다 힘을 합쳐 열심히 싸우고 있다며 웃었다.

이아나는 감사 인사를 받으며, 누군가의 작은 행동이 다른 누군가의 삶의 흐름을 크게 바꿀 수 있다는 것을 깊이 느꼈다. 그리고 그들의 작은 힘이 또 다른 누군가에게 큰 영향을 미칠 수 있다는 것도…….

이아나에게 가장 큰 영향을 받은 사람들은 이그나이츠의 사람들이었다. 특히 이아나에게 감화되어 이아나의 나라에 소속된 이들 말이다.

"제가 할 수 있는 일이라면, 뭐든 최선을 다하겠습니다."

"승리를 위한 무구를 만들겠다!"

"죽는 그 순간까지 앞장서서 물어뜯을 것이여!"

"세계에 녹음과 평화를 가져오겠어요."

"손길이 닿기 어려운 깊은 바다는 우리가 책임질게."

인간도, 드워프도, 수인도, 엘프도, 어인도.

"우리의 삶을 위해서 검을 들겠다!"

모두가 이그나이츠의 정의를 따라 최선을 다하고 있었다.

다들 이아나를 영웅이라 칭했지만, 이아나는 생각이 달랐다. 이아나는 그들처럼 현재 할 수 있는 일에 최선을 다할 뿐이다. 만약 이아나가 영웅이라면, 최선을 다하는 한 명 한 명이 모두 영웅일 터였다.

"돌진!"

이아나는 라이즈 기사단을 이끌고 온 세상을, 세상에서도 가장 위험한 곳들을 누볐다. 패배의 기운만이 감돌았던 전장에서 아군의 멱살을 부여잡고 승리로 끌어올렸다.

"산개!"

이아나의 지시에, 그녀의 등만 보고 따라가던 기사들이 흩어져 검을 빼 들었다.

승리의 파육음이 전장에 난무하기 시작했다.

싸움은 기사들에게 맡겨 두고, 이아나는 빠르게 돌아다니며 전황을 살폈다.

"바칼, 왼쪽!"

"알았다!"

기사들은 강력한 적을 상대로 서로 협력하기도 하고, 홀로 적 수십 명에 둘러싸인 채 무아지경으로 검을 휘두르기도 했다.

"끝까지 봐. 시선을 떼지 마!"

"이를 악물고, 주저앉지 마라!"

"내가 자리를 비웠을 때, 너희가 내 역할을 대신해야 한다. 정신 똑바로 안 차려?"

"어떤 위기에 처하더라도 독기를 잃지 마."

"두려움을 잊어라. 승리만을 곱씹어라."

이아나는 채찍질만 거듭하다 죽기 직전에만 구해 줬다.

"너희는 이그나이츠의 검이다!"

기사들의 든든한 뒷배이면서도 잔혹한 교관이 되어, 독이 오른 기세에 더 뜨거운 불을 붙였다.

기사들은 전투가 끝나고도 늘어질 틈이 없었다. 최소한의 휴식만 취한 후 바로 훈련에 돌입했기 때문이다.

"팔에 조금 더 힘을 빼라."

"네가 가로 베기를 할 때는 한 발 앞으로 나가."

이아나는 한 명 한 명에게 제각기 다른, 개인에 특화된 조언을 건네며 기사들을 지독하게 훈련시켰다. 그들의 상태를 꿰뚫어 보고 한층 더 성장할 수 있도록 길을 잡아 주었다.

그렇게 기사들의 빛을 찾아 성장시켜 주는 것 또한 이아나에게는 훌륭한 수련이었다.

힘과 속도 등 각종 신체 능력, 인내력과 부동심 등의 정신력, 개성적인 성격, 갈고닦아 온 기술, 익숙한 습관, 치명적인 약점, 추구하는 신념 등등의 갖가지 요소들이 복합적으로 뒤섞여 한 사람의 무인이 된다.

이아나는 기사들 한 명 한 명을 주의 깊게 관찰한 다음 몇 가지 문답을 던지는 것만으로도 그들의 '본질'을 완벽하게 파악할 수 있었고, 최고의 조언을 해 줄 수 있었다.

예전에도 카니즈와 헤레이스 등 최측근들을 지도한 전적이 있지만, 그때와 지금은 달랐다. 온갖 진리를 섭렵한 데다 한계를 뛰어넘은 지금의 이아나는 다른 것들을 볼 수 있었다.

기사들을 통해 누군가의 본질을 꿰뚫어 보는 능력에 익숙해졌다. 이제는 집중해서 딱 보기만 하면 척이었다. 이 능력은 미지의 존재가 되어 가는 테일런과의 싸움에서 엄청난 도움이 될 것이다.

하지만 이런 통찰력을 키운다는 이유만으로 기사들을 훈련시키고 있는 것은 아니다.

테일런은 세계를 집어삼킴으로써, 이아나는 스스로의 빛을 갈고닦음으로써 강해지고 있다. 그들은 현재 아득한 최상위에서도 정점에 위치해 있다. 거기서도 각자가 생각하는 무한을 향해 끝도 없이 강해지고 있다.

이아나는 시간만 충분하다면 테일런을 이길 자신이 있었지만 싸움은 코앞으로 다가와 있었다.

현재, 그들은 정확한 무게를 재지 못하고 정신없이 왔다 갔다 하는 저울 침과 같다. 뱅글뱅글 돌아가는 시계의 시침과도 같다.

이리 기울었다 저리 기울었다 하는 천칭이라고도 할 수 있다.

실력이 극심하게 비등하여, 지지는 않지만 승리도 장담할 수 없다. 싸움의 결과는 실력 차이가 아닌 아주 작은 방심과 찰나의 행운에 달려 있다 해도 과언이 아니었다.

이아나는 이 싸움에서 반드시 이겨야만 했다. 하지만 지켜야 할 것들이 많다는 점이 이아나의 약점이었고, 테일런은 분명 이 약점을 노릴 터였다.

이런 싸움에서 최소한의 피해로 승리를 거두려면 어떻게 해야 할까?

'나 혼자서는 안 돼.'

이아나는 한 사람이었기 때문에 손이 부족했다. 아르하드가 이아나의 싸움을 지원하고 피해를 막는 등 많은 역할을 할 테지만 그 혼자서는 벅찼다.

테일런의 무자비한 군단과 싸워 줄 사람들이 있어야 했다. 비전투원들을 안전하게 보호해 줄 사람들이 필요했다.

유사시에는 이아나를 보조하여 테일런의 행동을 조금이라도 방해해 줄 사람들도 있으면 좋았다. 누군가의 작은 행동이 다른 누군가의 삶의 흐름을 크게 바꿀 수 있듯, 거대한 균형을 무너뜨리는 것은, 누군가의 작은 무게만으로도 충분했다.

이아나는 그 역할을, 이그나이츠에서 그녀와 뜻을 함께하는 사람들에게 맡기기로 했다.

"강해져라!"

"한계를 넘어서고, 또 넘어서라!"

라이즈 기사단은 정말 이 이상 구르는 건 불가능하다 싶을 정도로 굴렀다.

"우왝!"

이그나이츠에서도 강한 이들만 모인 기사단임에도 토하는 사람이 부지기수였고 개중에는 기절하는 사람도 있었다. 만약 정령들이 회복시켜 주지 않았다면 그대로 몸져누웠을 것이다.

기사들은 이아나를 무섭다는 듯이 바라보았다.

'저 독종.'

'저렇게 미친 훈련을 하니까 그렇게 강한 거겠지……'

'학술원 훈련 때가 생각나네. 우웁.'

너무 힘들었다. 하지만 어느 누구도 도망치지 않았다. 볼멘소리를 하지도 않았다. 이를 악물거나 간간이 욕설만 뱉을 뿐 눈앞이 흐려지는 한이 있더라도 질주하는 이아나를 쫓아갔다.

모두 알고 있었다. 여기서 가장 노력하는 건 이아나였다. 가장 늦게 잠들고 가장 일찍 일어났으니까. 제일 힘든 것도 이아나였다. 짊어진 책임감과 부담감이 이만저만이 아닐 테니.

이아나가 이렇게 혹독하게 몰아치는 게 마지막 전투를 앞두고 있기 때문이라는 것도 알았다. 그들이 그 전투에서 활약하길 바라고 있다는 것도 알았다. 그러니 절대로 멈출 수 없었다.

무엇보다, 기사들은 지금 상황이 검사로서 눈부시게 성장할 수 있는 최악의 위기이자 최고의 기회라는 걸 직감했다. 그들은 이아나 덕분에 스스로가 하루가 다르게 무섭도록 성장하고 있다는 걸 자각하고 있었다.

'기분 좋다.'

'난 내가 충분히 강하다고 생각했는데, 그보다 훨씬 더 강해

질 수 있었구나…….'

기사단 모두가 힘들어하면서도 즐거워하는 와중에, 즐겁다 못해 광기에 물들어 집착으로 활활 타오르는 사람들이 있었다.

'죽을 때까지 쫓아갈 거야.'

'충성이다, 충성!'

학술원 출신, 거기서도 이아나와 함께 훈련했던 사람들이었다.

그들은 이아나와 함께했던 삼 년간, 특히 마지막 일 년 동안 이아나의 삶을 지켜보며 그녀에게 뼛속 깊이 감화되었다. 이아나를 선망하던 그들은 이그나이츠의 건국 준비 단계부터 소문을 듣고 따라와서 건국에 힘을 보탰고, 무수한 위기들로부터 이그나이츠를 지키며 이아나의 지도를 받았다.

그들은 이아나와 함께라면 뭐든 할 수 있다는 벅찬 설렘과 강해지고 싶다는 지독한 욕망을 품었다. 그리하여 지옥까지 따라갈 거라고 스스로에게 되뇌고 있었다.

'죽겠는데 최고예요, 최고라고요. 이아나 양.'

학술원 때처럼 창백한 얼굴로 토하면서도 눈물을 줄줄 흘리며 좋아하는 헤레이스가 아주 좋은 예시였다.

그 후로도 무수히 많은 전투가 이어졌다.

당연히 테일런 쪽도 손 놓고 당하고만 있지는 않았다. 작정하고 심각한 기습을 가한 적도 있고, 매우 위험한 함정을 파서 위기에 빠뜨린 적도 있으며, 인질을 잡고 협박한 적도 있었다.

공격 대상은 주로 이아나였다.

아카식 레코드에서처럼, 어둠은 갖가지 방법으로 이아나를 교묘하게 노렸다.

하지만 이아나는 꺾이지도, 굴하지도, 위축되지도 않았다. 테일런 본인이 아닌 이상 이아나의 앞길을 막을 수 있는 존재는 없었다.

테일런의 군단에게 공격당한 다른 사람들도 힘을 합쳐 위기를 이겨 냈다. 이렇게 테일런이 공격에 실패하는 경우가 늘어나면서, 라오스의 곁으로 돌아가는 망자의 수는 급증했다. 사람들도 자신감을 얻어 갔다.

그러던 어느 날이었다.

"찔러!"

푸우우욱!

사방에서 쇄도한 라이즈의 기사들이 어둠의 괴물의 몸통을 일시에 찔렀다. 괴물의 소름 끼치는 시선과 집요한 손길, 먹어 치우려는 입들을 요리조리 피하며 거리를 재다가, 리더가 신호를 주자마자 통렬한 일격을 가한 것이었다.

그중, 헤레이스의 검극은 괴물의 핵에 닿아 있었다. 헤레이스는 이를 악물고 검 손잡이에 힘을 꽉 주며 검극에 걸려 있는 핵에 온 신경을 집중했다.

빠지지직.

콰아아아아!

핵이 부서지고, 세상을 집어삼키던 괴물은 폭발하듯 검은 연기가 되어 흩어졌다.

기사들은 폭발의 여파에 나가떨어져 땅을 굴렀다가 벌떡 일어나 검을 하늘 높이 들었다.

"이겼다!"

"우와아아아!"

이아나는 멀리서 기뻐하는 기사들을 지켜보았다.

이아나는 개인 훈련뿐만 아니라 합동 훈련도 시키고 있었다. 대상은 테일런의 분신체라 할 수 있는 어둠의 괴물이었다.

거대한 망자의 군단에는 괴물이 한두 마리씩 있었다. 놈들은 세상을 집어삼키는 주범들이었다. 하지만 괴물에게도 약점은 있었다. 세상을 먹어 치우는 무서운 괴물이라 할지라도 결국 동력의 근원 역할을 하는 핵심이 필요했다. 핵 말이다.

초반이나 위급할 때는 이아나가 직접 괴물을 해치웠지만 이제 중소형 괴물은 기사들도 힘을 모으면 충분히 상대할 수 있었다.

제각기 다른 빛을 가진 기사들이 조화를 이루며 힘을 합치는 모습은 세상에서 아주 아름다운, 그리고 매우 질기고 강력한 태피스트리 같았다.

이아나는 이 태피스트리가 전투에서 어떤 방식으로든 활약해 주기를 기대하며 지도를 펼쳤다.

어떤 술수를 부린 건지, 어둠의 괴물들은 테일런과 연결되어 있는 것처럼 보였다. 괴물을 죽이면 그들이 삼킨 것들이 튀어나와야 할 텐데, 괴물은 배 속이 빈 것처럼 아무것도 남기지 않고 소멸하곤 했다. 삼킨 것은 어딘가에 있을 테일런에게 옮겨 간 것일 터였다.

이아나의 눈이 빠르게 지도를 훑어 내렸다. 처음 지도를 봤을 때는 대륙의 반 이상이 검은 점으로 뒤덮여 있었는데 점의 수가 많이 줄었다.

하지만 아직도 많았다. 이아나와 라이즈 기사단이 처리해야 할 아주 새카만 점들도 많았다.

'테일런……'

이아나는 손가락으로 그런 점들을 짚어 보았다. 테일런이 있을 만한 곳에 다니며 헤아릴 수 없이 많은 전투를 했는데도 테일런 본인을 만날 수 없었다.

'역시 타칼론에 있나.'

이아나는 지도에서 유독 새까맣게 물들어 있는 놈의 본진을 툭툭 건드렸다.

'거기에서 괴물들의 눈을 통해 나를 지켜보고 있는 거겠지.'

싸움의 시기는 언제인가?

"……?"

그때, 이변이 발생했다.

지도에서, 검은 점들이 바람에 휩쓸린 먼지들처럼 빠르게 소멸하고 있었다.

"이아나 님!"

부하의 놀란 외침에 이아나가 고개를 들어 앞을 보았다가 미간을 좁혔다. 괴물은 죽였지만 아직 처리하지 못한 망자들은 다수 남아 있었다. 그런데 지금, 망자들의 몸이 검은 연기가 되어 흩어지고 있었다.

이아나의 반지에서 빛이 어른거렸다.

[이아나, 변화를 느꼈어?]

아르하드였다.

"네. 망자들이 한 번에 소멸했습니다."

이아나는 지도를 다시 한번 보았다.

지도는 매우 단순 명료해져 있었다. 지저분하게 분산되어 있던 점들이 소멸한 대신, 그 점들을 모조리 한데 끌어모은 것처럼 거대한 흑점이 생겼다. 지도에 구멍이 뻥 뚫린 것 같았다.

"타칼론에 힘이 집중되었군요."

[그래. 놈이 전략을 바꿨다는 거지.]

이아나와의 결투를 피하며 더 많은 망자를 모으고 세계를 삼키려 했던 테일런은 계속 이렇게 힘을 분산시켜 싸우면 제 힘에 손실이 있을 뿐임을 깨달은 듯했다.

이아나는 하늘을 바라보았다.

열심히 싸웠지만, 테일런도 그동안 걸귀처럼 세상을 먹었다. 하늘의 균열은 예전보다 훨씬 더 심해져 있었다.

"대기하고 있어라."

긴장한 기사들을 대기시켜 놓고, 이아나는 아르하드의 도움을 받아 타칼론으로 텔레포트했다.

고오오오오오…….

테일런의 기운으로 뒤덮인 바하무트의 제도, 타칼론은 정말 지독하리만큼 새까맸다.

'놈의 군세가 버글거리는군.'

타칼론은 까만 개미들이 득실거리는 거대한 개미집 같았다.

개미들 중에는 망자의 군단만 있는 게 아니었다.

자발적으로든 강제로든 테일런을 따르는 온갖 몬스터들과, 생생하게 살아 있는 인간들도 매우 많았다. 갱생이 가능한가 싶을 정도로 새카맣고 구정물 같은 영혼의 빛을 가진 인간들이었다.

황태후 샤일린스가 전 국민 앞에서 화형당한 사건.

혁명군의 득세와 바하무트 대귀족들의 이탈.

테일런이 최근에 행한 피의 숙청.

이런 갖가지 사건들 때문에 현재 대다수의 바하무트인들이 혁명군이 되거나 다른 나라로 망명했다. 그런데 저들은 빠져나올 기회가 있었음에도 타칼론에 남았다. 진심으로 테일런을 따르는 놈들이라는 뜻이다.

이아나의 서늘한 눈빛이 그들을 훑었다.

'두 번의 기회는 없다.'

그때, 특이한 부분이 이아나의 눈에 띄었다.

'저건…… 길?'

어둠의 기운이 모여 있지 않은 부분이 존재했다. 그 부분은 일직선으로 뻗어져 길의 모양을 하고 있었다. 누군가에게 편히 오라며 길을 뻥 뚫어 놓은 것처럼 말이다.

이게 이아나에게 보내는 초대장이 아니면 무엇이겠는가.

"끝장을 보자는 거군요."

이아나가 속삭이자 아르하드가 반지 너머에서 그래, 하고 대답했다.

이아나는 라이즈 기사단에게 돌아갔다. 기사들은 차분한 태도로 이아나의 지시를 기다리고 있었다.

아니, 차분한 게 아닌가? 기묘할 정도로 조용한, 모순적일 정도로 싸늘한 흥분이 그들의 어깨 위에 내려앉아 있었다.

이아나가 손수 갈고닦은 기사들은 형형한 기세로 그녀를 바라보고 있었다.

그들의 눈빛은 검신처럼 올곧았고, 검날처럼 예리했다.

그들은 예감한 듯했다.

이아나는 심호흡을 길게 한 후 선언했다.

"때가 왔다."

전 세계에서, 싸울 수 있는 사람들 대부분이 타칼론을 중심으로 집결했다.

테일런, 아니 대륙에 수백 년간 공포로서 군림한 바하무트 황족과의 마지막 싸움이 될 예정이라고 했다. 이 싸움에서 지면 세계는 테일런의 손아귀에 떨어질 것이고, 그렇게 되면 세상이 어떤 꼴이 될지 모르기에 사람들은 극도로 긴장한 상태였다.

타칼론을 뒤덮은 어둠은 영원히 끝나지 않을 듯한 밤 같았다. 타칼론을 몰래 정찰했다가 겁을 먹고 전력을 슬쩍 빼려는 나라들도 있었다. 아르하드와 슈나이더가 양체처럼 구는 나라에는 싸움이 끝난 후 엄청난 불이익을 주겠다고 경고하자 그런 동향은 금방 사그라졌지만 말이다.

"이 전투는 결과가 어떻든 역사에 길이 남을 거요."

"바하무트가 이기면 역사가 없어질 텐데? 반드시 이겨야지."

세계에서 내로라하는 무인과 마법사들은 군대에 속하지 않았어도 자발적으로 앞다투어 이곳에 모였다. 세계의 운명을 결정 짓는 역사적인 전쟁에서 어찌 빠지겠는가. 죽는 한이 있더라도 싸워야 했다.

"제군, 이번 싸움은 뜻깊고 명예로운……."

"역사에 우리의 이름을 드높이는 위대한……."

"전설로 남을……."

약속 시간이 되기 전, 각 단체의 지도자들은 각자 맡은 구역에서 저를 따르는 사람들의 사기를 진작하고자 목에 핏대를 세우며 연설했다. 누구의 연설이든 명예, 역사, 위대, 전설, 사명, 구원 등의 단어들이 빠지지 않았다.

이그나이츠 군대도 긴장한 채 그들의 지도자가 단상 위로 올라오기를 기다렸다. 얼마 지나지 않아, 두 사람이 계단을 타고 올라와 단상 중앙에 우뚝 섰다.

전투 방식에 맞는 무장을 한 이아나와 아르하드였다.

테일런과 싸워야 하는 이아나는 활동성이 뛰어난 전투복 위로 얇은 미스릴 갑옷을 덧댄 차림이었다.

전장의 한복판에서 이아나와 테일런의 싸움에 아군이 휩쓸리지 않도록 방어하되 이아나를 지원하기도 하고 간간이 대형 공격기까지 날려야 하는 아르하드는 적당한 중갑 차림이었다.

아르하드를 옆에 두고, 이아나가 앞으로 나왔다. 기대감이 넘실거리는 이그나이츠 사람들의 눈길이 이아나에게 쏠렸다.

지금 이 순간, 이그나이츠의 모두가 이아나를 보았다.

타칼론에서 멀리 떨어진 이그나이츠 본토에서 승리를 기원하는 비전투원들도 신술로 구현되는 영상을 통해 이아나를 보고 있었다.

"저 사람이 이아나……."

이아나가 앞으로 나오자 다른 나라 사람들도 자신들의 수장에게서 시선을 떼고 이그나이츠 쪽으로 고개를 돌렸다.

위대한 검사, 이아나 이그나이츠 라이즈.

이 전쟁에서 가장 중요한 역할을 도맡은 것이 이그나이츠였으며, 이그나이츠에서도 테일런을 상대할 이아나였다.

이아나는 타칼론에서 불어오는 불길한 바람을 막으며 서 있었다. 이곳에 모여 이아나를 바라보는 사람들은 제각기 다른 감정들을 품었다. 하지만 그 감정들이 잔뜩 부푼 희망과 간절한 바람에 뿌리를 박고 있음은 분명했다.

"모두, 건국 때 내가 했던 말을 기억하는가?"

건국식에서 축배를 들었던 국민들은 당연히 그때의 감동과 지도자들이 했던 말들을 낱낱이 기억하고 있었다. 그 후 이그나이츠로 이주한 사람들도 귀가 아프도록 이야기를 듣고 눈이 시리도록 기록을 봐서 알고 있었다.

말 한마디 한마디가 이그나이츠의 근본이었다. 그런데 테일런과의 싸움을 앞둔 지금 갑자기 왜 그 말들을 기억하냐고 묻는 걸까?

"싸움을 앞둔 지금, 여러분이 우리의 정의가 무엇인지 상기해 주었으면 한다."

이아나는 심호흡을 하고 사람들을 쭉 둘러보았다.

"우리는 욕망하는 존재다."

우리는 늘 무언가를 성취하고자 하는 욕망으로 살아가며 우리가 욕망에 충실하는 건 당연하다.

"그리고 우리가 살아가는 이 세상은, 약육강식이라는 엄격한 섭리를 기반으로 움직인다."

하지만 욕망하기만 한다면 이지를 잃은 짐승과 다를 바가 뭔가. 생명을 탐하며 그저 죽이고 빼앗고자 하는 몬스터들과 뭐가 다르단 말인가? 세계가 절대적이라서 결코 거스를 수 없다면 우리의 삶이 기계의 부품과 다를 바가 뭐가 있단 말인가?

"욕망과 섭리만이 존재하는 세상은 단순하고 야만적이다."

이아나는 눈을 감았다가 천천히 뜨며 영계를 열었다.

"그러나 우리가 살아가는 세상은 다채롭고 변화무쌍하다."

사람들 한 명 한 명이 달랐다. 자신만의 색으로 빛나는 영혼들은 고유한 이름을 가진 꽃 한 송이었다. 그 꽃들이 어우러져 있으니 태양의 빛이 내려앉은 아름다운 들판 같았다.

"우리는 다른 존재들과 함께 살아가고 있으며 약육강식이라는 섭리를 거스르기도 한다. 어떻게 이럴 수 있을까. 그건, 정의로 욕망을 제어할 수 있고, 의지의 힘으로 섭리를 거역할 수 있기 때문이다."

욕망을 제어하고 풀어내는 방식, 그것은 바로 정의다.

섭리에 견줄 수 있는 가치, 그것은 바로 의지다.

"이 세상 모든 사람은 저마다의 정의로 욕망을 풀어내고, 의지의 힘으로 섭리와 다투며 살아간다. 저 테일런 헬칸 바하무트에게도 그만의 정의가 있으며 나에게도 나만의 정의가 있다."

저를 따르는 사람들을 바라보는 이아나의 눈빛은 투명한 수정처럼 맑고 추운 밤에 피워 놓은 모닥불처럼 따스했다. 검날 위로 뻗어 나가는 직선처럼 올곧고 어떤 파란에도 흔들리지 않을 만큼 견고했다.

"그리고 나는 이 세상이, 선의로써 함께 살아가는 세상이며,

함께하기에 더 강해질 수 있다고 믿는다!"

회귀 전, 마음을 닫고 홀로 살아갈 때보다 아르하드와, 다른 사람들과 선의로 교류함으로써 이아나는 더욱 성장하고 강해질 수 있었다.

"나는 불합리하고 부정한 일에는 끝까지 투쟁할 것이다. 내 명예와 삶을 중시하되, 타인의 것 또한 존중할 것이다."

죄지은 강자에게 강해지고 죄 없는 약자에게 약해질 것이다. 도전하는 자와 최선을 다해 싸울 것이고 승자에게 박수를 보낼 것이며 패자에게 관용을 베풀 것이다.

나와 함께 싸우는 아군을 목숨 바쳐 지킬 것이며, 내 것을 해치려는 적들을 힘껏 벨 것이다. 진심으로 용서를 비는 적에게는 단 한 번의 기회를 줄 것이며 참회하지 않는 적에게는 단호한 철퇴를 내리며 여러분과 함께 살아갈 것이다.

"나는 이기와 이타 사이에서 줄다리기하며, 욕망과 섭리의 고삐를 쥐고 신념이라는 검을 의지의 힘으로 휘두르며 살아갈 것이다."

이아나가 검을 세로로 곧게 세워 검극을 땅에 대었다. 대지에 뿌리를 박은 나무 한 그루처럼 우뚝 선 검 위로 두 손을 얹었다.

"그런 나는, 기사다!"

나는 마음껏 욕망하고, 세계의 섭리를 따르겠다.

그러나 휘둘리지 않고 내가 주도권을 쥐겠다.

불합리한 욕망과 섭리가 있다면 싸워서 승리하겠다.

나의 세계를 내가 옳다고 믿는 방향으로 이끌어 가겠다.

이아나는 그녀의 의지와 신념이 뿌리박을 정의를, 이그나이츠의 건국을 선포하던 그날처럼…….

"그것이 기사도다!"

기사도라 외쳤다.

"저기, 저 괴물을 봐라."

이아나가 테일런이 도사리고 있는 타칼론의 황성과 그의 군대를 손가락질했다.

"강해지기 위해서라면 세계를 파괴하는 것도 마다하지 않는 저 이기적인 괴물을, 날뛰는 말에 고삐조차 채우지 않고 파괴하는 데만 바쁜 저 무뢰배를 봐라! 힘에 취해 지배와 억압, 강탈과 파괴만이 정의라 외치는 저 괴물의 군대를 봐라!"

사람들은 타칼론을 두렵고 불안하다는 듯이 바라보았다.

"나를 봐라."

그들은 차게 질린 채 이아나를 보았다.

"스스로 품은 검을 갈고닦아 누구보다도 강해진 나를 봐라! 사랑하는 것들을 지키기 위해, 그들을 위협하는 적과 싸우기 위해 이 자리에 선 나를 봐라!"

이번엔 자신감과 안정감이 물밀듯이 찾아왔다.

"그리고 그런 나와 함께하고 있는 너희를 봐라!"

사람들은 타칼론을 볼 때와 이아나를 볼 때 너무나 다른 감정을 느낌을, 확실히 자각했다.

이아나가 질문했다.

"대답해라. 누구의 정의가 옳은가?"

"우리의 정의입니다!"

고함처럼 돌아온 답에는 망설임이 없었다.

"너희는 누구를 따르는가?"

"당신입니다!"

"그렇다면 다들, 검을 뽑아라!"

쨍——!

이아나가 검을 뽑아 하늘을 꿰뚫을 듯 높이 드는 순간 선명한 소리가 어둠을 가르며 모두의 심장에 닿았다.

"신념을 곧게 세운 채, 자신의 무기를 들어 올려라!"

다들 홀린 듯한 기분으로 각자의 무기를 들었다.

"나를 따르는 그대들 모두, 한 사람의 기사가 되어라! 이그나이츠의 기사들이여, 우리를 위협하는 저 적들과 싸워 우리의 정의가 옳음을 증명하자!"

이아나의 말이 끝나자, 누군가가 입을 열었다.

황혼이 이 땅에 내려앉으면 밤의 어둠이 세상을 곧 뒤덮지만……

이그나이츠 국민이라면 모두가 알고 있는 어구이며, 어린아이들에게는 짧은 동요처럼 불리고 있는 노래였다.

한 사람, 두 사람이 따라 부르기 시작했다. 노래는 점점 더 먼 곳에서, 그보다 더 먼 곳에서 흘러나왔다.

언젠가는 반드시 빛과 기쁨이 세상을 밝힐 것을 믿으며 멈추지 말고 나아갑시다.

꼿꼿한 통찰과 엄격한 힘으로.

올곧은 정의를 위해 불꽃처럼 싸워 나갑시다.

마지막은 의지를 다지는 고함과 같았다.

여기에, 기사들이 있습니다.

"증명하자!"

사람들이 함성을 질렀다. 이아나를 올려다보는 사람들의 시선에는 신뢰감이 한가득 담겨 넘실거리고 있었다. 그녀의 강함을 언제 의심했냐는 듯이 광적이었으며, 이아나만 따르면 뭐든 할 수 있다는 듯 일방적이었다.

이아나는 공백기 동안 잃었던 신뢰를 단숨에 극복했다. 하지만 그건 이아나가 바라는 것이 아니었다.

"여러분."

이아나가 한숨 쉬며 말했다.

"이렇게 자신만만하게 말해도, 저는 여러분이 생각하는 무패의 절대자가 아닙니다."

환호하던 사람들이 주춤했다.

"저는 완벽하지 않습니다. 부족한 것이 많은 사람입니다. 그러니 얼마든지 실수할 수도 있고, 실패할 수 있습니다."

사기를 북돋워도 모자랄 판에 갑자기 이런 약한 말을 하는 이유가 뭘까? 의아함을 느끼는 사람들을 이아나가 쭉 훑었다.

"그러니 여러분이 저의 부족한 부분을 채워 주십시오."

모두가, 이아나와 눈이 마주쳤다고 생각했다.

"제가 실수할 것 같으면 바로잡아 주십시오. 제가 실패할 것 같으면 도와주십시오. 여러분이 저의 기사가 되어 주십시오! 여러분과 함께하는 저는, 부러지지 않는 이그나이츠의 검이 될 것입니다."

와아아아아아아!

아까 전보다 훨씬 더 고양된 사람들이 고함을 질렀다.

뒤에서 이아나의 말이 끝나기를 기다리고 있던 아르하드가 다가왔다. 이아나와 그는 악수하듯 손을 맞잡았다.

"부디."

이아나의 속삭임에 아르하드가 이아나의 손등에 입술을 맞추었다. 맞닿은 부분을 통해 따뜻한 신력이 흘러들어 왔다. 이아나가 악의에 침식되어 갈 때 그녀를 건져 올린, 태양을 휘감은 광채와 같은 황금빛이었다.

"네 앞길에 승리가 함께하길."

이아나는 잡히지 않은 손으로 아르하드의 손을 들어 올려 그의 손등에 마주 키스했다.

"제 뒤를 부탁합니다."

이아나가 충만해진 기분으로 아르하드의 손을 놓았다.

즉시 타칼론으로 달려가기 시작했다.

마지막 전쟁의 시작이었다.

달려가는 이아나의 뒤로, 사람들이 따라 달렸다. 낌새를 알아차린 타칼론에서도 적들이 밀려왔다. 이아나가 달리는 길만 텅 비어 있었다.

이아나는 길을 따라 단숨에 타칼론의 심층부, 바하무트 황성으로 들어섰다. 바하무트 황성은 통째로 비어 있었다. 이아나는 아무 방해도 받지 않고 달렸다.

힘껏 달리다 보니 길이 금방 끝났다.

길이 안내한 곳은 거대하고 웅장한 홀이었다.

홀의 끝, 드높은 황좌에 테일런이 앉아 있었다. 그는 피보다 붉은 와인을 마시며 이아나를 기다리고 있었다.

"훌륭한 연설 잘 들었다."

테일런이 박수를 크게 쳤다.

"넌 대단해. 우리의 앞길을 사사건건 막아 온 로안느도, 숙적인 드래곤도, 숙원인 악마도 아닌 네가 최고다."

"유언은 그게 끝인가?"

테일런은 테이블에 놓여 있던 와인잔을 들어 올려 단숨에 비웠다.

쨍그랑!

이아나의 옆으로 날아온 잔이 산산조각 나며 깨졌다.

"산 채로 갖고 싶었지만 너를 제어할 자신이 없기에 먹으려했지. 지금도 여전히 너를 먹고 싶고."

테일런의 입에서 검은 연기가 흘러나왔다.

"그런데 이길 수 있다는 확신이 안 들어. 세계까지 먹어 가며 강해졌는데도 확신이 안 생겨. 뭘 어떻게 해도 마찬가지겠지."

그는 인간의 모습을 하고 있었지만, 그럼에도 더는 인간처럼 보이지 않았다.

"하지만, 네게 질 것 같지도 않다. 그럼 어떻게 해야 할까?"

테일런이 웃었다.

"답은 하나뿐이지. 모든 걸 걸고 싸워 보는 수밖에."

테일런이 후…… 하고 검은 연기를 길게 뱉었다. 연기는 거대한 홀을 순식간에 뒤덮고, 홀이었던 공간은 이지러졌다.

"네 말대로 누구의 정의가 옳은지 싸워 보자고."

마지막 승부였다.

테일런은 이아나 때문에 느껴 왔던 초조함을 내려놓았다. 그러자, 테일런의 가슴속에는 제정신이 아닌 듯한 유쾌함과 즐거운 경쟁심, 그리고 이아나를 향한 탐욕만이 남았다.

"옳은 사람이 이 전쟁에서 이길 테니 단순 명료하지 않은가."

이아나가 서 있는 곳이 발판마저도 사라지고 뱅글뱅글 돌아갔다. 이아나는 제 피부에 닿는 공간이 재구성되고 시간의 흐름이 꼬여 가는 것을 느낄 수 있었다.

으으으으으…….

으으으윽…….

수없이 많은 망자들이 등장했다. 그들은 검은 손을 뻗어 이아나를 붙잡았고, 곧이어 질척질척한 늪이 되며 이아나의 발을 잡아끌고 시야를 가렸다.

"아카식 레코드에서와 똑같은 상황이로군. 그때의 싸움에서 교훈을 얻지 못한 건가?"

"그건 두고 봐야 알겠지. 그때의 나와 지금의 나는 다르거든."

테일런이 황좌에서 일어나며 싱긋 웃었다.

그 말대로, 망자가 끝이 아니었다. 세계가 기이한 꼴로 변해 가고 있었다.

회색빛의 쇠사슬들은 하늘에 레이스처럼 치렁치렁하게 엮인 채 차르륵거리는 소리와 함께 움직였고, 구름처럼 떠 있는 톱니바퀴들은 엉망으로 뒤엉킨 채 왼쪽으로 회전했다가 오른쪽으로 회전하더니 몇 개는 부서졌다. 파편은 아래로 떨어지지 않고 위로 날아갔다.

태엽이 끽끽거리며 돌아가는 소리가 들리더니 망가진 장난감

병정들 수백 개가 길을 데굴데굴 굴러다녔다. 온갖 아름다운 노래들이 한꺼번에 뒤섞인 채 귀신의 울음소리처럼 들려왔다.

꽃이 활짝 피었다가 금세 지며 뱀이 되고, 부르르 떠는 뱀의 몸통에서는 수많은 다리가 돋아나더니 벌레가 되었다. 벌레는 개구리가 되어 땅을 펄쩍펄쩍 뛰어다녔다.

검은 불꽃에서 올라오는 검은 연기는 독거미가 되고, 이내 무수히 많은 뿔을 가진 짐승이 되었다. 짐승은 하늘을 향해 울부짖다 찢어발겨졌다. 뼈만 남은 채로 앞으로 달그락거리며 걸어갔다.

아카식 레코드에 쌓여 있던 기록이 뒤죽박죽으로 섞인 채로 법칙까지 무시하는 괴상한 세계였다. 테일런의 기운으로 이뤄졌기 때문인지 '테일런'이라는 존재를 하나의 세계로 형상화한 것 같았다. 이아나가 절대 이해할 수 없는 세계였다.

하나 분명한 건, 테일런 그 자체인 이 시공간이 그의 의지를 받들어 이아나를 적대하고 있다는 것이었다.

"괴상망측하군. 이것이 세계를 삼킨 네가 만들어 낸 새로운 시공간인가?"

"글쎄, 뭘까?"

이아나는 의미심장한 답변에 흔들리지 않고 라이즈를 바로 세웠다. 기세를 일으키며 테일런을 향해 검기를 날렸다.

콰아아앙!

이아나의 검과 테일런의 창이 수십, 수백, 수천 번을 맞붙었다. 이아나는 방어 위주로 테일런의 공격을 막아 내면서 앞의 테일런과 세계를 살폈다.

전투의 기본은 정보.

테일런을 무찌르기 전에 드래곤들의 심장부터 탈취해야 하니 육체와, 영혼과, 심장과, 힘…… 놈의 모든 것을 파악해야 했다. 극도로 예민해진 감각이 눈앞의 테일런을 분해하듯 샅샅이 분석했다.

이아나는 이상한 점들을 발견했다.

'이놈, 테일런 본인이 아닌가? 생각보다 둔하고 왼쪽 가슴에 심장이 없어.'

하지만 테일런 본인의 느낌이 너무 강했다. 테일런의 창조물이라기엔 핵이 없는 점이 이상했다. 망자의 군단과 함께 움직이던 어둠의 괴물도 테일런의 분신이었는데, 그놈처럼 자의로 움직이려면 핵이라는 동력원이 필요했다.

이것이 의미하는 바는 명확했다.

'이놈은 테일런의 손발이나 내장 같은 거야. 어딘가에 있을 테일런의 심장과 이어져 있는.'

그러면 테일런의 본체는 어디에 있을까? 이아나는 감각을 더욱더 예민하게 끌어 올리고, 더더욱 넓게 확장하며 검을 대각선으로 내리찍었다.

퍼걱!

테일런의 오른쪽 어깻죽지가 떨어져 나갔다. 전력을 다하는 테일런 본인도 아니고, 겨우 일부분일 뿐인 눈앞의 적은 이아나의 상대가 되지 않았다.

콰아아아아!

놈의 어깨에서 검은 팔 수백 개가 튀어나와 이아나를 움켜쥐려 했다.

이아나의 검이 회오리바람처럼 궤적을 그리며 그것들을 모조리 끊었다. 손들이 모조리 바닥으로 떨어져 퍼드덕거렸다.

콰드드득!

검은 손들이 뿌리를 박듯 땅을 움켜쥐자 그 끝에서 가시덩굴 같은 촉수들이 뿜어져 나왔다. 촉수들은 서로를 줄기줄기 엮더니 머리부터 발끝까지 새까만 망자들로 태어나 흐느적거렸다. 그중 한 명의 얼굴을 본 이아나의 미간이 꿈틀거렸다.

그때, 드래곤의 척추 같은 사복검이 이아나의 뒤에서 채찍처럼 날아왔다.

콰지직!

이아나가 피하자 사복검이 흙을 파헤치는 두더지처럼 땅을 거세게 후려치며 안쪽으로 깊숙이 박혀들었다.

하얀 등뼈들이 자맥질하는 고래 떼처럼 대지에서 자라나 이아나의 발목을 붙잡고 허리를 둘러매는 등 엉겨 붙었다.

행동에 제약을 받은 이아나가 잠깐 멈칫하는 순간, 뒤에서 누군가가 이아나의 심장을 노리며 엄습했다.

퍼어어엉!

이아나는 몸에 기합을 넣어 제 몸을 얽맨 사복검을 터뜨리고, 뒤로 돌며 사복검을 휘두른 존재도 베었다.

"안녕, 오랜만이야. 라이즈 경."

나지막하게 인사하는 여자의 잘린 옆구리에서는 피 대신 검은 기운이 독사의 독처럼 뚝뚝 떨어졌다.

이사벨라였다.

이사벨라의 옆구리는 바느질로 기워지듯 다시 이어졌다. 그녀가 혀로 입술을 끈적하게 핥았다.

"차가워라. 인사도 안 받아 주는 거야?"

이아나는 눈을 가늘게 뜨고 이사벨라를 주시했다. 라오스는 이사벨라가 테일런의 안에서 자유로운 자아를 유지하고 있다고 했었다. 그의 말처럼 이사벨라는 그냥 살아 있는 인간 같았다.

'하지만 이사벨라도 심장이 없군. 테일런과 똑같은 느낌이야.'

흐느적거리던 망자들은 어느새 땅에서 일어나 이아나를 빤히 쳐다보고 있었다. 놈들은 죄다 검은 머리카락과 검은 눈을 가지고 있었다.

그중에는 이아나가 아는 얼굴, 샤일린스도 있었다.

'저놈들은 선대 바하무트 일족들인가. 저놈들도 테일런과 이사벨라처럼 심장이 없어.'

이사벨라가 사복검을 팽팽하게 당겼다.

"오늘부턴 우리와 함께하게 될 텐데 얌전히 있어 줘."

이사벨라의 말이 끝나자마자 바하무트의 망자들이 이아나에게 일시에 달려들었다.

"너를 원해."

"너를 원한다."

"너의 그 강함이 탐난다."

"너의 힘을 내놔!"

달려드는 바하무트의 망자들은 이제껏 본 망자들 중 가장 강력했다. 하지만 이아나가 일부러 틈을 주지 않는 이상 그들의 공격이 이아나에게 닿을 일은 없었다.

그러자 바하무트의 망자들이 하나둘 합쳐지기 시작했다. 그리고 거대한 뱀으로 화했다. 뱀은 입을 쩍 벌린 채 이아나를 향해 쇄도했다.

[나의 일부가 되어라!]

바하무트의 시조, 괴물뱀 바하무트였다.

이아나는 다가오는 바하무트의 송곳니를 보며 확신했다.

'여기는 테일런의 몸 안이야.'

쏴아아아아아!

발을 딛고 있던 대지가 바다로 변해 버렸다. 이아나는 수면을 밟으며 뒤로 피했고, 공격에 실패한 바하무트의 몸은 바닷속으로 풍덩 빠지며 사라졌다.

'바하무트 황성 자체가 공간이 왜곡된 테일런의 몸이었어.'

길을 따라 황성으로 들어온 이아나는, 스스로 테일런에게 잡아먹힌 것이나 다름없었다.

이 시공간이 테일런 같다는 느낌을 받은 것도, 테일런과 이사벨라, 괴물뱀 바하무트의 심장이 없을 수 있는 것도 모두 여기가 테일런의 몸속이기 때문이었다.

이아나는 바닷속에 있는 바하무트와, 하늘 위에 둥둥 떠서 상황을 지켜보는 테일런과 이사벨라를 번갈아 보았다.

'그렇다면 이 세 놈의 몸은 이 세계 어딘가에 있을 놈들의 심장과 연결되어 있을 터.'

콰르르르릉!

그때, 세계가 일시에 녹아내렸다. 하늘도, 테일런과 이사벨라의 몸도, 촛농처럼 녹아내려 이 세계 전체가 끈적한 늪의 바다가 되었다.

이아나는 부지불식간에 검은 바닷속에 처박혔다. 빛줄기 하나 보이지 않고, 위아래 분간도 가지 않았다.

바다 전체가 하나의 생물처럼 박동했다. 해류가 해조류처럼 이아나를 휘감고 몸을 터뜨릴 기세로 압박했다. 세계 전체가 전심전력으로 이아나의 육체를 녹이려 하고 있었다.

숨을 쉴 수 없었다. 몸이 타들어 가는 것 같았다.

하지만 부동심의 경지에 이른 이아나는 한없이 침착했다.

'내 몸을 녹여 없앤 후 드래곤들처럼 심장과 영혼을 얻으려는 거군. 아주 안달이 났어.'

절호의 기회였다. 놈의 몸속 세계에 들어와서, 놈의 모든 것이 제게 덕지덕지 들러붙어 소화시키려 하고 있을 때 모든 것을 알아내야 했다.

'너의 과욕에 감사한다.'

이아나는 최소한으로만 몸을 보호하며 집중력을 극한까지 발휘했다. 한 치 앞도 보이지 않는 검은 바닷속에서, 테일런의 세계를 꿰뚫어 보는 이아나의 눈동자만이 요요하게 빛났다.

초월적인 감각은 테일런의 모든 것을 정보로 빚어냈다. 정보는 홍수처럼 범람하며 이아나의 머릿속으로 쏟아져 들어왔다.

두근, 두근.

심해 어디에선가 심장의 박동 소리가 들려왔다.

심장 하나가 아닌, 여러 개가 불규칙적인 화음을 만들어 내며 조용히 뛰고 있었다.

이아나가 숨을 길게 내뱉었다. 거품이 뽀그르르 올라왔다.

'됐어.'

파악이 끝났다.

테일런의 심장이 세계의 중심에 있다. 그리고 그 심장을 바하무트의 심장, 이사벨라의 심장, 칸데메이온의 심장이 감싸고 있다. 마지막으로 가장 바깥에 네 개의 드래곤의 심장이 있었다.

하지만 이아나가 있는 곳에서 테일런의 심장은 아득히 멀리 떨어져 있었다. 마치 우주의 시작점과 우주의 끝에 있는 것 같았다. 다른 심장들도 분명 테일런의 심장 근처에 있을 텐데 그의 심장과 멀리 떨어져 있는 것처럼 느껴졌다.

'시공간 왜곡인가.'

이아나는 얻은 정보를 기반으로 계획을 세웠다.

'라오스가 있어야 해.'

드래곤들을 구하기 위해선 라오스의 힘이 필요했다.

'일단 여기서 나가야겠군.'

이아나가 검을 고쳐 쥐었다. 절대 부러지지 않는 검, 라이즈는 이 무서운 세계에서 이아나와 하나가 되었다.

'흐름이 잡혀.'

드래곤들의 심장으로 향하는 길은 없었다. 시공간 왜곡의 힘과 모든 것을 무질서하게 흩트려 놓는 혼돈의 힘 때문이었다.

하지만 바하무트 놈들의 심장으로 향하는 길은 있었다. 바하무트 일족의 욕망 그 자체인 이 바다가 바로 길이었다. 그녀를 속박하고 있는 해류는 바하무트 일족의 심장과 이어지는 놈들의 혈맥과 신경 다발이었다.

'테일런의 심장까지 가는 건 무리야. 그렇다면 이사벨라와 바

하무트의 심장 중 하나를…….'

이아나의 기세가 달라진 걸 깨달은 바다가 사자처럼 으르렁거렸다. 더욱 필사적으로 이아나를 쥐어짰다. 하지만 소용없었다.

'벤다.'

이아나의 검술은 이 순간, 권능에 가까워져 있었다.

'후우우우…….'

속으로 심호흡한 이아나가 검을 당겨 베었다.

'가장 먼저, 바하무트다!'

단 한 번의 베기였다.

쩌어어억!

빛을 품은 붉은 초승달은 바다를 쪼개며 목적지를 향해 날아갔다.

콰르르르릉!

위험을 느낀 바다가 커다란 해일을 일으키며 붉은 검기를 세차게 막아섰다. 하지만 이미 나아갈 길을 정한 이아나의 검기는 검은 바다를 쪼개어 물거품으로 만들었다.

"이……!"

바다에서 튀어나온 테일런이 검기를 창으로 쳐내려 했지만 검기는 그의 몸과 창마저 베어 버리며 노도처럼 나아갔다. 검기는 빛의 속도마저 뛰어넘어 바하무트의 심장에 닿았다.

쩌어어어어억!

바하무트의 심장이 쪼개지며 파괴되었다.

즉시, 검은 바다가 증발하듯 소멸했다.

"……."

바다도, 하늘도 없는 무의 공간에서는 테일런이 이아나를 바라보며 홀로 서 있었다.

그는 무표정했다. 모든 감정이 비워진 그의 얼굴에는 이아나를 향한 탐욕마저도 사라지고 없었다.

"정말 안 되겠군. 너무 힘들어서 도저히 못 먹겠어."

테일런은 그린 듯한 실소를 머금으며 두 손을 들었다.

"내가 졌다."

테일런이 항복을 선언했다.

"너를 가지는 것도, 먹는 것도, 포기하겠다."

놈의 모든 정보를 파악한 이상 테일런의 말을 더 들어 줄 필요가 없었다. 이아나가 시공간 차원을 찢어 내기 위해 검을 내리그었다.

"……그러니 너를 죽이겠다."

테일런의 새카만 눈에 살의가 찰랑거리며 차올랐다.

이아나의 공격이 테일런의 뱃가죽에 닿기 전에 문이 열리듯 공간이 벌어졌다. 이아나의 공격을 외부로 내보낸 공간의 틈이 블랙홀이 되어 이아나를 빨아 당겼다.

이아나는 쫓겨나듯 밖으로 튕겨 나왔다.

내던져진 것처럼 추락하는 이아나의 동공에, 기괴하고 압도적인 절경이 그득 찼다.

놈은 아주 거대한 괴물이었다.

심연보다 깊은 눈에는 무한한 허무가 깃들었고, 거대한 입안으로는 엉망으로 뒤엉킨 시공간이 있었다.

드래곤을 닮았지만, 형태가 고정되어 있지 않은 검은 피부는 녹아 흐르는 용암처럼 거품이 일며 꿈틀댔다. 검은 소용돌이가 휘몰아치는 놈의 몸을 보니 놈이 원하는 대로 변형되리라고 어렵지 않게 예상할 수 있었다.

그는 드래곤을 넘어서는 최강의 용종, 혹은 그 이상의 무언가였다. 상식으로는 절대 이해할 수 없는 초월적인 존재였다. 그는 미지의 공포로서 이 자리에 군림하고 있었다.

놈이 웅크리고 있던 몸과 날개를 펴기 시작하자 검은 번개가 사방에서 빗발쳤다. 놈의 등에 돋은 날개 여섯 쌍에서 압도적인 힘이 뿜어져 나왔다. 하늘과 땅을 잇는 검은 소용돌이들이 대지를 휘돌고 검은 용암이 대지에서 터져 나와 흐르는 등 온갖 재해들이 발생했다.

이아나를 떨쳐 낸 미지의 괴물, 테일런이 하늘을 향해 입을 벌렸다.

고오오오오…….

테일런의 입속으로 세계가 회오리처럼 빨려 들어가려 했다.

그 즉시 어디선가 거대한 황금의 그물이 날아와 놈과 세계 사이를 차단했다.

"이아나!"

아르하드가 땅에 착지한 이아나에게 날아왔다. 이아나는 주변을 빠르게 둘러보며 벌떡 일어났다. 웬일인지 전쟁은 소강상태였다.

"제가 타칼론에 들어간 이후 며칠이 지났습니까?"

"닷새."

아르하드는 이아나가 타칼론으로 들어가자마자 타칼론이 검은 연기로 뒤덮이며 알의 형태가 되었으며, 지축을 울리는 심장 박동음을 내기 시작했다고 했다. 며칠 후, 검은 연기는 액체처럼 흘러내렸고 그 안에서 포궁에서 갓 태어난 듯한 괴물이 나타났다.

"하지만 놈은 꿈짝도 않고 웅크리고 있기만 했어. 내부에 심혈을 기울이는 것처럼 말이야."

아르하드는 테일런이라 추정되는 괴물이 내부에서 이아나와 싸우고 있다는 걸 쉽게 눈치챌 수 있었다. 그는 이아나를 지원할 작정으로 테일런을 있는 힘껏 공격했지만, 방어 태세를 취하고 있는 놈에게는 아르하드의 공격기가 통하지 않았다. 되레 공격에 담긴 힘을 테일런에게 흡수당하기까지 했다.

몇 번의 실패를 반복한 아르하드는 계획을 변경했다.

테일런은 이아나에게 맡기고, 놈이 얌전히 있는 동안 놈의 군세를 쓸어버릴 기회를 잡았다.

연합군과 바하무트군은 정말로 미친놈들처럼 싸웠다. 하지만 테일런이 침묵하는 바하무트군보다는 아르하드가 가세한 연합군이 훨씬 유리했다.

마히루스 호크를 비롯한 조인들은 하늘을 날아다니며 전황을 정찰했고, 정보를 제공받은 에이지와 정보국은 전술을 정리하여 지휘관들에게 전달했다. 시온 사벨릭스와 나일 사벨릭스가 사전에 깔아 놓은 트랩과 폭탄들은 훌륭하게 적들의 발목을 잡았다.

도르시아니, 하인리히, 엔슈이라 등 마법사들과 신술사들은 구사할 수 있는 모든 공격기를 퍼부었다. 라랏슈아는 타로와 사람들에게 온갖 보조 마법을 걸어 주었다.

뤼미에르와 엘프들은 시아이외의 궁수 부대와 협력하며 화살을 쏘았다. 압실롯과 수인들은 전투의 광기에 육체와 정신을 맡기고 전장을 종횡무진했다. 첸델프와 드워프들은 등에 무구를 잔뜩 짊어진 채 도끼를 휘두르고 이리저리 쏘다니며 망가진 아군의 무기들을 교체해 주었다.

정령들은 본체를 생성하여 테일런이 일으키는 재해에 맞서고 역공을 가했다.

대지 그 자체인 골렘, 토우는 대지를 붙잡아 지진을 막고 망자들의 몸을 대지로 묻었다. 바다를 통째로 퍼 올린 듯한 고래, 이니스는 대지를 적시는 독을 정화하며 사람들을 치료하고 홍수를 일으켜 적을 휩쓸었다.

전 세계 모든 용암을 응축한 듯한 거대 여우, 카고마인은 망자들을 물들이고 있는 악을 정화하고 적들을 지옥 불로 불태웠다. 하늘을 뒤덮은 새, 시웨아는 날갯짓하여 검은 기운으로부터 아군을 보호하고, 테일런이 일으키는 폭풍의 방향을 바꾸어 적들에게 날려 보냈다.

일방적인 싸움의 결과 위프헤이머 포테스타스 사후 황궁 마법사장이 된 기르초프 메라케르스가 마이마예 레비아제의 마법에 사망했다. 바하무트의 충성스러운 사령관 바카티오 제노이드는 압실롯의 주먹에 사망했다.

수많은 망자들이 라오스의 곁으로 돌아갔으며 이번 전투에서 죽은 적군의 영혼도 억지로 그에게 끌려갔다. 상황이 심각하게 흘러가자 살아남은 바하무트군은 등을 돌려 테일런 쪽으로 도망쳤고, 괴물의 몸은 놈들을 흡수하듯 빨아들였다.

그것이 현재의 상황이었다.

"아르하드. 테일런의 몸에 엘리와 함께 한 번 더 들어……."

퍼어어어억!

시공을 뛰어넘은 괴물의 꼬리가 이아나를 쳐서 멀리 내팽개쳤다. 나선을 그리며 태풍을 만들어 낸 꼬리가 아르하드를 순식간에 옭매더니 몸 전체를 부러뜨리려 했다.

퍼거걱!

단숨에 다시 날아온 이아나가 꼬리를 잘라 내고, 아르하드는 제 몸을 둘러싼 꼬리를 터뜨렸다. 이아나는 뼈가 바스러지는 듯한 통증을 참으며 외쳤다.

"엘리!"

엘리는 이름을 불리는 순간 이아나의 곁에 있었다.

"너와 함께 저놈의 안에 들어가야 해. 네가 내 옆에서 드래곤들의 심장까지 길을 만들어."

혼돈의 대척점은 법칙.

무한하고 불규칙한 혼돈의 힘이 길을 없앴다 할지라도, 엘리의 권능이라면 얼마든지 다시 길을 만들 수 있었다.

테일런의 몸 밖에서는 놈의 심장이 어디에 있는지 보이지 않았다. 또, 그의 내부 세계는 바깥 세계와 단절되어 있기에 밖에서는 엘리가 드래곤들의 심장으로 향하는 길을 만들 수 없었다.

놈의 세계로 들어가야 했다.

"알겠어요."

엘리가 결연히 고개를 끄덕이는 걸 확인하자마자, 이아나는 대지를 박차며 테일런에게 달려가기 시작했다.

테일런이 하늘로 날아오르며 이아나를 향해 입을 벌렸다. 그의 거대한 몸 곳곳에서 만들어진 수백 개의 입들도 동시에 입을 벌렸다.

콰아아아아!

일직선의 암흑 광선 수백 줄기가 온 세상으로 뿜어졌다.

아르하드는 미리 준비해 둔 방어막을 가동했다. 그의 역할은 테일런이 무차별적으로 흩뿌리는 공격기와 전투의 여파를 막는 것, 이아나를 믿고 제 역할에 충실해야 했다.

아르하드의 방어막에 수백 줄기의 소규모 광선이 충돌했다.

키이이이이이이이잉!

공기를 찢는 굉음이 난무하며 세상을 어지럽혔다. 가장 거대한 광선은 소음의 바다를 가르며 이아나에게 쇄도했다. 이아나는 땅을 짓뭉개듯 두 발에 힘을 주며 라이즈의 검면을 광선에 가져갔다.

지이이이이이잉!

광선은 라이즈의 얇은 검날에 반사되어 테일런 쪽으로 도로 날아갔다.

이아나는 허리를 살짝 숙인 채 광선이 그리는 길을 따라 달리다 방향을 확 꺾어 테일런의 오른쪽 다리로 도달했다.

탁!

이아나가 땅을 박차고 하늘로 날아올라 오른쪽 허벅지에 발을 디뎠다.

콰드드드득!

테일런의 몸에서 수만 개의 가시가 폭발적으로 돋아났다. 이아나가 저를 사정없이 찌르려 드는 가시를 잘라 내자, 잘린 표면에서 온갖 형태의 손 수백 개가 뻗어 나왔다. 손들은 허공에 뜬 이아나의 몸을 잡으려 하며 베인 상처를 순식간에 메웠다.

파지지지직!

모세혈관을 닮았으나 수천만 배 이상 거대한 번개 수천 줄기가 이아나에게 내리쳤다. 손들은 크라켄의 다리처럼 거대하고 진득한 촉수로 변하며 궤도를 어지럽게 바꾸었다. 촉수 하나하나에 이아나를 졸라 부러뜨리고, 짓뭉개 찌그러뜨리고, 찔러 구멍투성이로 만들려는 잔인한 의도가 담겨 있었다.

이아나의 몸이 빙그르르 돌며 원을 그렸다.

쓰걱!

궤적에 닿은 것들은 번개고 촉수고 뭐고 모조리 잘려 나갔다. 잘린 단면에서는 덩굴이든 사슬이든 무언가가 또다시 돋아났다.

캬아아아아아!

이아나와 테일런이 하늘과 땅을 오가며 싸우는 동안, 테일런의 몸 안에 숨어 있던 군세가 어둠을 헤치고 한꺼번에 뛰쳐나왔다. 아르하드의 지시에 따라 미리 준비하고 있던 연합군들도 그들에 맞서며 달려갔다.

2차전이었다.

모두가 이 싸움을 끝내기 위해 선전했다.

하지만 전쟁의 결말을 결정지을 최강자들의 싸움은 지지부진했다.

그냥 죽이기 위해 공격하는 것과, 모종의 목적 때문에 상대방을 살리면서 공격하는 것의 난도는 하늘과 땅만큼 차이가 난다.

테일런이 괜히 이아나를 먹는 것을 포기하고 죽이기로 결심한 게 아니었다.

지금은 그때와 상황이 역전되었다. 테일런은 이아나를 죽이기 위해 혈안이 되어 있었고, 이아나는 드래곤들의 심장을 탈취하기 위해 테일런의 안으로 들어가려 했다. 당연히 이아나 쪽이 불리했다.

하지만 이아나는 일찌감치 이러한 상황이 있으리라 예감했고, 그녀에게는 아껴 뒀던 노림수가 하나 있었으니…….

이아나와 아르하드의 눈이 마주쳤다. 아르하드가 하늘로 붉은 불꽃을 쏘아 올렸다.

"지금이다."

테일런의 발밑에서 이그나이츠 병사들과 싸우는 척하고 있던 자이겔런트 기사단의 기사들이 갑자기 테일런의 다리에 달라붙었다. 그들과 싸우고 있던 이그나이츠 병사들도 무기를 버리고 놈의 몸에 바짝 붙었다.

뿌드드득.

그들의 몸집이 쑥쑥 자라났다.

"잡아!"

테일런의 다리만큼 거대해진 그들은 테일런의 몸을 특수 제작한 거대한 밧줄로 칭칭 묶었다. 그들의 중심에는 타이탄이 있었다.

타이탄과 자이겔런트 기사단, 그들은 태어났을 때부터 롯소 산맥의 중심부에 조용히 자리 잡고 거대 몬스터들과 피 터지도록 싸우며 살아온 '거인족'이었다.

거인족은 무를 숭상했고, 승리를 즐겼으며, 최강의 생물인 드래곤 칸데메이온을 라오스와 동등한 신적인 존재로 섬겨 온 종족이었다.

그러나 어느 순간부터, 거인족은 과격파와 정통파 두 파로 나뉘어 싸우기 시작했다.

"드래곤도 몬스터일 뿐이다. 싸워서 이겨 보자."
"무슨 그런 불경한 소리를! 칸데메이온 님은 라오스 님과 같은 신이다!"

과격파는 칸데메이온을 몬스터 취급하며 쓰러뜨려 보자는 쪽, 정통파는 칸데메이온을 위대한 신으로 모시는 쪽이었다.

그렇게 갈등의 골이 깊어져 가던 어느 날, 롯소 산맥에 칸데메이온에게 도전하는 바하무트가 나타났다. 바하무트는 칸데메이온에게 큰 상처를 입고 금세 내쫓겼지만, 거인족은 바하무트의 정체를 꿰뚫어 보고 감탄했다.

진화를 거듭하여 마침내 위대한 용마저도 쓰러뜨리고자 하는 무서운 바다뱀. 바하무트가 지닌 잠재력은 어마어마했다.

과격파는 바하무트의 욕망에 기쁨을, 정통파는 두려움을 느꼈다. 과격파와 정통파는 바하무트 때문에 또다시 목에 핏대를 세우며 싸웠다.

"저자와 함께라면 드래곤도 무릎 꿇릴 수 있을 것이다."
"너희가 아무리 드래곤을 이기고 싶다 해도 저놈과 함께하는 건 아니야. 저놈은…… 그래, 드래곤을 이길 수도 있겠지. 하지만 언젠가 세상을 파멸시킬 거야."

과격파는 결국 드래곤을 이길 날만을 꿈꾸며 바하무트를 따라갔다. 바하무트 제국의 제2 기사단 자이겔런트의 초대 기사들이 된 것이다.

반대로, 정통파는 롯소 산맥에 남아 바하무트와 용종 몬스터를 연구하기 시작했다. 바하무트가 칸데메이온에게 살점과 뼈를 다량 남기고 간 탓에 재료는 충분했다.

"사악함으로 따지자면 바하무트를 따를 괴물이 없으며, 욕망의 괴물인 바하무트는 언젠가는 드래곤까지 잡아먹고 드래곤보다 강한 최강의 용종 몬스터가 될지도 모른다. 놈이 최강에 이르면 뭘 하겠나? 세계를 멸망으로 인도할 것이다. 우리는 놈을 막을 방법을 찾아야 해."

그렇게 오랜 세월이 흘렀다. 그러던 어느 날, 정통파는 세계의 흐름이 어딘가 달라졌음을 느꼈다.

"때가 다가오고 있다. 외부에서 정보를 수집해야 해. 타이탄, 인간 세상이 어떻게 변했는지 알아 와라. 과격파가 어떻게 지내고 있는지도 알아보도록."

거인족의 차기 수장인 타이탄은 롯소 산맥을 나섰다.
타이탄은 어수룩한 용병의 모습으로 세계를 쏘다니며 정보를 수집했다. 그러다 나일 사벨릭스를 만났고, 운명처럼 아르하드와 조우하며 카마트로스에 들어갔다.

타이탄-러스트의 가면에 그려진 검은 드래곤.

그것은 숭배하는 칸데메이온을 의미하기도 하고 쓰러뜨려야 할 바하무트를 의미하기도 했다.

타이탄은 과격파를 살피는 임무도 소홀히 하지 않았다.

순수했던 거인들은 몇 세대를 지나, 바하무트의 전투 병기가 되어 있었다. 라이프 중독으로 감정까지 잃은 상태였다.

그러나 종족 특성상, 그들은 여전히 강적과의 전투를 좋아했고, 과격파의 후손이기에 드래곤을 이길 날만을 꿈꾸고 있었다.

이그나이츠 건국 후 첫 전쟁에서, 타이탄은 자이겔런트 기사단과 첫 대면을 했고, 그들에게서 화합의 가능성을 보았다. 그 이후 동족이라는 핑계를 대고 지속적으로 접선하여, 단순한 논리로 그들을 꼬드기고 설득했다.

"바하무트는 결국 드래곤을 쓰러뜨릴지도 모른다."
"드래곤을 먹은 그는 최강의 용종이 되겠지."
"그때 함께 놈을 쓰러뜨려 보지 않겠나?"

자이겔런트 기사단은 쉽게 대답을 주지 않고 고민했다. 하지만 자이겔런트 기사들은 최강의 용을 이기겠다는 욕망을 품은 자들. 사실, 바하무트 일족과 힘을 합쳐 용을 꺾고 나면 바하무트 황족에게 도전하고 싶다는 속내도 없잖아 있었다.

이그나이츠가 개발한 각성제와 유도제로 바하무트의 세뇌와 라이프 중독에서 어느 정도 벗어난 자이겔런트 기사단은 결국 협력을 약속했다.

"기술을 쓴다!"

그리하여 지금 이 순간, 자이겔런트 기사단은 숙원대로 오지의 네 드래곤과 칸데메이온까지 합쳐진 최강최악의 용종 테일런과 맞섰다. 타이탄이 데려온 정통파 거인들도 합세하니 거인족 대통합의 날이라 하지 않을 수 없었다.

그들은 거인족의 오랜 용종 연구와, 아르하드의 테일런 연구를 결합해서 완성한 기술로 테일런의 행동을 방해했다.

[네놈들이 언젠가는 이렇게 나올 줄 알았지.]

테일런은 거인들을 비웃으며 무자비하게 짓밟고 짓뭉갰다. 아무리 거인들이 용종 연구를 열심히 해 왔고, 전투적으로 덤벼든다 할지라도 테일런에게는 개미들이나 다름없었다.

하지만 그들이 만들어 준 아주 미세한 틈은 이아나에게 기회로 찾아왔다.

이아나의 검이 육체를 넘어 영혼까지 베는 거대한 힘을 담고 테일런의 등에 떨어졌다.

푸화아아아아아아악!

움푹 팬 테일런의 상처에서 검은 연기가 폭사되었다.

"가자!"

이아나는 주변에서 맴돌고 있던 엘리의 손목을 잡고 상처 안으로 뛰어들었다.

테일런의 몸속 세계는 뒤죽박죽이었다.

우우우우우웅!

사방에서 생성된 블랙홀들이 이아나를 밖으로 쫓아내려 했다. 이아나를 소화할 수 없는 이상, 그녀가 몸 안에 있으면 테일런 쪽이 불리했다.

이아나는 블랙홀들이 빨아 당기는 힘에 저항하며 앞만 보고 달렸다.

"엘리!"

"네!"

엘리가 손가락을 부지런하게 움직이자 혼돈이 가지런하게 정렬되어 갔다. 이아나의 발 앞으로 단단한 길이 깔리고, 거리는 단숨에 좁혀졌다.

테라노우딘의 화염의 심장.

근처에 가자마자 이아나와 엘리를 통째로 태워 죽일 듯한 뜨거운 화염이 몰려왔다.

이아나는 망설임 없이 검을 화염의 중심에 찔러 넣었다. 화염은 검을 중심으로 사방으로 터져 나갔고, 텅 빈 공간에서 모닥불처럼 타닥타닥 타오르고 있는 붉은 심장이 나타났다.

프릴리아누의 빙설의 심장.

얼음보다 차가운 바다가 세상을 가득 메웠다. 이아나와 엘리를 집어삼킨 바다는 그들의 피와 살, 뼈와 심장까지 얼릴 기세로 냉각되었다.

이아나는 검을 쥔 손에 힘을 주어 기세를 일으켰다. 바다가 모조리 증발되며 밑바닥에서 한기가 어른거리는 푸른 심장이 드러났다.

가마다이안의 대지의 심장.

어마어마한 지진이 일어나고 있는 대지였다. 땅이 잘게 찢어지고 사방에서 진흙의 파도가 산사태처럼 몰려왔다.

이아나는 검을 들어 땅을 내리쳤다. 땅은 그대로 반으로 쪼개지며 깊숙이 파묻혀 있던 묵직한 갈색 심장을 내놓았다.

밀라니코네의 숲과 바람의 심장.

거대한 가시덩굴들이 자라나며 이아나를 붙잡으려 했다. 태풍이 몰려오고 사방에서 헤아릴 수 없을 정도로 많은 회오리바람이 불어닥쳤다.

이아나는 원을 그리며 빙그르르 돌았다. 휩쓸려 버린 가시덩굴과 바람이 다닥다닥 잘려 나가며 사방으로 날아가 버리자 태풍의 핵에 자리 잡고 있던 가벼운 녹색 심장이 튀어나왔다.

"헉, 헉!"

엘리는 드래곤의 심장이 나올 때마다 냉큼 회수하고 다음 심장으로 가는 길을 만들었다. 드래곤들의 영혼까지 가져가고 싶은 마음이 굴뚝같았지만 테일런이 영혼만큼은 절대 놓아주지 않았기에 심장만으로 만족해야 했다.

"후우!"

단순한 싸움이었지만 체력과 심력 소모가 어마어마해서 이아나가 거칠게 숨을 내뱉었다. 테일런의 힘까지 곁들여진 드래곤의 힘은 허투루 무력화할 수 있는 게 아니었다.

이제 칸데메이온의 혼돈의 심장만 남아 있었다.

엘리가 길을 만들었다. 이아나가 그 길 위로 발을 디디려던 순간이었다.

후와아아아아아아악!

강대한 혼돈의 힘이 순식간에 밀려들었다.

"위험해요!"

엘리가 이아나를 밀쳐 냈다. 밤의 어둠처럼 엄습한 혼돈은 엘리의 육신을 단숨에 가루로 만들어 버렸다. 그 자리에 남은 엘리의 영혼과 드래곤의 네 심장은 한순간에 너무나 큰 충격을 받아 소멸하기 일보 직전이었다.

"엘리, 정신 차려!"

이아나의 고함에 정신을 차린 엘리의 영혼이 온 힘을 다해 신체를 연성했다. 하지만 생성된 몸은 사방에 가득 찬 혼돈에 의해 금방 다시 가루가 되었다.

"아……."

엘리는 몇 번이고 다시 몸을 만들었지만 테일런이 작정하고 부리는 혼돈의 힘을 견뎌 내지 못하고 신음했다.

칸데메이온의 혼돈은 모든 것을 무질서하게 만드는 죽음의 힘이다. 여기에 테일런의 의지가 더해지고 시간이 가속되기까지 하자 그 위력이 무시무시했다.

이아나가 드래곤의 심장을 탈취하는 내내 빈틈을 노리고 있던 테일런이 기회를 놓치지 않고 제대로 가격한지라, 이아나의 살도 반쯤 썩어 버린 상태였다.

하하하…….

하하하하하…….

하하하하하하하하…….

혼돈 전체가 이아나를 비웃으며 시공간의 틈을 열었다. 혼돈이 엘리와 이아나를 서로 떨어뜨리려 함과 동시에 이아나만 틈으로 밀어 넣으려 했다.

혼돈은 엘리가 빼앗았던 드래곤의 네 심장뿐만 아니라, 엘리의 영혼까지 통째로 집어삼키려 하고 있었다. 이아나는 엘리를 부여잡고 틈으로 밀려나지 않기 위해 안간힘을 썼다.

너도 내게 먹혀 주려는 건가…….

혼돈이 이아나의 팔을 비틀고 목을 졸랐다.

"개소리."

이아나가 검을 바로 세웠다.

칸데메이온의 혼돈의 심장은 길 앞에 있다. 엘리는 수백, 수천 번 육체가 무너져 내리는 와중에도 필사적으로 길을 유지하고 있었다.

'괜찮아. 할 수 있어.'

테일런은 이아나의 의지가 얼마나 강한지, 그렇게 당하고도 제대로 가늠하지 못하고 있었다.

이아나는 엘리를 옆구리에 끼고 달리기 시작했다. 혼돈의 힘이 이아나에게 덮쳐들었다. 이아나는 살갗이 짓무르고 뼈가 깎이는 와중에도 그저 달렸다.

이 자식…….

당혹한 테일런이 내뱉는 욕설은 응원가나 마찬가지였다.

이아나는 금세 길의 끝에 닿았다.

칸데메이온의 혼돈의 심장.

무한한 혼돈이 공간에 뭉친 채로 이아나를 기다리고 있었다. 테일런의 악의가 담긴 혼돈이 이아나를 완전히 소멸시킬 기세로 덮쳤다.

이아나는 정신을 집중했다. 뼈가 닳아 없어지는 와중에도 그녀의 부동심은 흔들리지 않았다.

천칭도 베었던 이아나다. 혼돈이라는 이름의 허무도 얼마든지 벨 수 있었다. 이아나는 스스로를 믿었다. 검게 썩어 가는 몸에서 눈빛만이 밝게 빛났다.

허무를 베는 검.

그것은 존재의 힘이다.

심호흡을 한 이아나가 혼돈을 주시하며 제 모든 힘을 담아, 검을 위에서 아래로 그었다. 이 세상 모든 것을 베어 넘기는 이아나를, 누구도, 그 어떤 것도 막을 수 없었다.

쿠궁!

혼돈이 거력을 소멸시키지 못하고 두 갈래로 나뉘었다.

그 속에서, 검은 기류가 휘몰아치는 혼돈의 심장이 드러났다. 이아나는 필사적으로 다가가 심장을 움켜쥐어 옆구리에 낀 엘리에게 내밀었다. 엘리는 바들바들 떠는 손으로 심장을 받아 삼켰다.

심장을 모두 탈취한 이아나가 저를 내쫓으려고 테일런이 열어 놨던 시공간의 틈을 홱 보았다. 당연히 닫았을 줄 알았는데, 테일런이 칸데메이온의 심장을 탈취당하는 충격으로 잠깐 넋을 잃은 건지 여전히 열려 있었다.

이아나는 엘리를 꽉 끌어안고 몸을 날렸다. 바깥세상으로 나온 이아나는 그새 정신을 차린 테일런이 틈을 닫는 걸 목격할 수 있었다. 간발의 차이였다.

[놓칠 것 같나!]

하지만 테일런은 이아나를 놓아주지 않았다.

검은 기운이 떨어져 내리는 이아나를 집어삼켰다. 추락하는 이아나는 마치 검은 물방울에 갇힌 것 같았다. 검은 기운은 이아나의 신력 운용을 끔찍할 정도로 방해했다.

터어어어엉!

"크윽."

이아나는 기절한 엘리를 보호하느라 땅에 등을 그대로 박았다가 튕겨 나왔다. 온몸의 뼈가 산산조각 나는 듯한 충격이 이아나를 습격했다.

이아나는 눈을 깜빡였다. 사전적 의미 그대로, 사방은 암흑뿐이다. 테일런의 검은 기운은 정령들을 일절 차단하고 있어 바깥 세상임에도 치료받을 수가 없었다.

어쨌든 안쪽에 있을 때보다는 상황이 낫다. 이아나는 이를 악물고 자신의 신력으로 육체를 강제로 수복했다. 완전하진 않았지만 움직일 수는 있을 정도였다. 신력으로 육체를 수복하는 방법을 익혀 두지 않았다면 큰일 날 뻔했다.

[죽어라.]

위에서 엄청난 무게감이 덮쳐 오기 시작했다.

엘리를 뒤에 눕히며 벌떡 일어난 이아나가 검을 가로로 눕힌 채 강하게 쳐올렸다.

쿠우우우우웅!

검 위로 거대한 힘이 충돌했다. 테일런의 발이었다. 짓누르는 힘은 이아나를 찌부러뜨리려 했다.

뚝, 뚜욱.

어둠에서 진득한 촉수들이 뚝뚝 떨어져 구더기처럼 이아나에게 몰려들었다. 구더기들은 이아나의 발을 타고 올라와 그녀의 피를 마시고 살을 물어뜯었다.

"안 돼!"

엘리가 손에 하얀 기운을 실어 구더기들을 필사적으로 쳐냈다. 엘리의 손에 닿은 구더기들은 증발하듯 녹아내렸지만, 그 수가 끝이 없었다.

이아나는 신력을 검에 모조리 털어 넣었다. 강렬한 적색이 흑색과 충돌하며 누가 더 강한지 힘을 겨루었다.

당연히 상태가 좋지 않은 이아나 쪽이 절대적으로 불리했다. 얼마 지나지 않아, 검은 기운이 바늘로 찌르듯 붉은 신력을 침범하기 시작했다.

이아나의 손이 부들부들 떨렸다.

이마에서는 식은땀이 흘러내렸다.

'지지 않아.'

이제 와서, 이따위 일로, 아르하드도 아닌 너에게 진다고?

"웃기지 마!"

그때, 이아나가 심장에 고이 간직하고 있던 황금의 신력이 제멋대로 팔을 타고 흘러나왔다. 어루만지듯이 이아나의 손을 감싼 금빛은 검으로 천천히 스며들어 붉은빛과 엉켜들었다.

이아나의 검에서 태양의 빛보다 더 찬란하고 강렬한 광채가 뿜어져 나왔다. 빛은 이아나의 정신을 일깨우고 검에 힘을 더했다. 이아나의 눈빛이 일렁거렸다.

'아르하드······.'

왜인지, 검에 닿아 있는 테일런의 힘이 움찔거리고 있다. 암흑 덩어리의 농도도 훨씬 옅어진 것 같았다. 구더기의 수도 많이 줄었다. 심지어 황금의 신력은 이따금씩 암흑 덩어리의 틈을 비집고 흘러들어 와 이아나의 검에 힘을 보탰다.

'밖에 아르하드가 있다.'

힘이 났다.

"크으읍."

탄력을 받은 이아나가 이를 악문 채 테일런의 모든 것이 담긴 검은 기운을 천천히 밀어 올렸다. 투지로 불타는 이아나의 두 눈동자는 제 검에 담긴 찬란한 기운과 같은 빛깔로 타오르고 있었다.

이아나가 고군분투하고 있을 때, 어두컴컴한 새벽이 된 바깥 세상에서는 전쟁이 마무리되어 가고 있었다. 첫 전투에서 테일런 측의 피해가 너무 컸기 때문에 연합군 측이 매우 유리했고, 그들이 승리를 거머쥐는 건 어렵지 않았다.

테일런에게 힘을 받은 최상급 몬스터들과 괴물화한 파칼라투아 기사단은 상대하기 까다롭긴 했다.

하지만 최상급 몬스터들은 슈나이더와 안젤리나를 필두로 한 로안느의 병력에게 하나둘 정리당하고 있었고, 이미 아르하드에 의해 피해를 많이 입은 파칼라투아 기사단은 이아나에게 독하게 훈련받은 이그나이츠의 정예들, 라이즈 기사단에게 당해 하나둘 대지에 몸을 뉘일 수밖에 없었다.

그러던 와중에, 사람들은 이아나가 추락하는 것과, 테일런이 이아나를 검은 기운으로 가두는 걸 목격했다.

터어어어엉!

소름 끼치는 충돌음이 사방으로 퍼졌다.

그리고 즉시, 테일런의 거대한 발이 암흑 덩어리를 있는 힘껏 짓밟았다.

사람들이 아연실색하고 있을 때, 아르하드는 이아나를 밟고 있는 테일런의 다리로 날아갔다. 이아나가 들어 있는 암흑 덩어리는 찌부러지지 않은 채 버티고 있었다.

아르하드가 심호흡하며 제 기운을 검에 모조리 불어 넣었다.

쩌어어어억!

검이 테일런의 발 중앙에 내리꽂혔다.

[크악!]

검에서 뻗어 나온 검기는 테일런의 발을 그대로 관통하며 암흑 덩어리에 균열을 만들어 냈다.

아르하드는 테일런의 발을 짓밟은 채 이아나를 가둔 암흑 덩어리 안쪽으로 황금의 신력을 폭포수처럼 쏟아부었다. 상반되는 기운은 충돌하며 테일런에게 큰 충격을 주었다. 하지만 테일런은 통증을 무시하고 이아나를 죽이는 데 집중하며 발에 계속 힘을 주었다.

"어, 어떡해."

"싸워야 하나?"

모두가 두려워하며 멈칫거렸다. 그들은 이미 테일런의 군세와 싸우는 데 거의 모든 힘을 소진했다. 거인들조차 아까 테일런을 붙잡는 데 모든 힘을 소진하고 기진맥진해서 쓰러져 있었다.

"우리가 힘을 보태 봤자……."

아르하드의 공격도 무시하는 테일런에게 자신들이 악을 쓰며 공격해 봤자 무슨 소용이 있겠냐는 체념적인 마음도 있었다.

모두가 그러고 있을 때, 한 무리의 기사단이 눈을 희번덕거리며 테일런을 향해 질주하기 시작했다.

"가자!"

라이즈 기사단이었다.

그들은 죽음을 불사하고 테일런의 거대한 몸에 달라붙었다.

푹! 푹!

생명의 신력을 불어넣은 그들의 검이 테일런의 몸에 작은 바늘처럼 꽂혔다. 하지만 테일런에게는 개미들이 문 정도일 뿐, 별 영향이 없었다.

"죽어라, 이 괴물!"

라이즈 기사단이 선봉을 서자, 제가 맡은 구역의 적들을 정리한 무인들도 하나둘 테일런에게 달려들었다.

"일어나!"

타이탄이 거인들을 두들겨 패서 깨우자 상황을 파악한 거인들은 모든 힘을 쥐어짜내 벌떡 일어났다. 또다시 테일런에게 들러붙어 그의 몸을 거대한 무기로 후려치기 시작했다.

콰르르르릉!

마법사들과 신술사들은 조그마한 공격은 통하지 않는다고 판단, 최상급 마법 중에서도 대형 마법만 구현하여 테일런에게 퍼부었다.

"오라버니!"

"그래!"

슈나이더와 안젤리나가 손을 맞잡고 테일런을 향해 다른 손을 뻗었다.

파라라라라락!

은색으로 빛나는 새 수만 마리가 날아가 테일런의 시야를 어지럽히고 혜성처럼 테일런의 몸을 관통하더니 구멍을 뚫었다.

테일런의 눈이 짜증으로 물들었다.

개미들이 한꺼번에 겁을 상실하고 전력으로 달려드니 무시할 수 없을 정도로 매우 거슬렸다.

"헤레이스, 가!"

그때, 라이즈 기사단의 중심에서 헤레이스가 뛰어올랐다.

가장 용감하고, 가장 길게 인내할 수 있고, 가장 정신력이 강한 헤레이스가 라이즈 기사단이 펼치는 합격술의 중심이 되었다. 라이즈 기사단의 일원으로서 함께 활약하고 있는 코니아와 다른 동료들이 헤레이스의 발판이 되어 주었다.

퍼어어어억!

제가 지닌 신력도 모자라 라이즈 기사단의 신력까지 모두 실은 헤레이스가 테일런의 다리에 통렬한 일격을 날렸다.

[버러지가!]

테일런은 예전에 제 앞을 막아섰던 헤레이스를 기억했다. 개미들의 공격에 피로가 누적되어 있던 테일런의 분노가 폭발했다. 헤레이스의 눈앞에 있는 다리에서 입이 생겨나더니 헤레이스의 머리를 날릴 기세로 광선을 쏘고 마법을 퍼부었다.

퍼억!

헤레이스는 간신히 방어했음에도, 반쯤 정신을 잃은 채 로안느 진영으로 나가떨어졌다. 그곳에는 이미 누군가가 있었다. 헤레이스를 처음부터 끝까지 주시하면서 추락 지점을 정확히 예상한 그가 달려와서 헤레이스를 받아 주었다.

"감사⋯⋯."

헤레이스는 해롱거리다 고개를 세차게 저으며 저를 받아 준 이의 얼굴을 보았다. 뜻밖의 얼굴이었다.

"형⋯⋯님?"

로안느에서 활약하고 있는 츠레비스였다.

분노한 테일런이 헤레이스를 향해 또다시 광선을 날려 대는 것을 아르하드가 대부분 쳐내고, 그의 방어가 닿지 못한 공격들은 달려온 겔로니언이 방어했으며, 그것마저도 피한 공격은 츠레비스가 막아 주었다.

"넋 빼고 있지 말고 일어나. 네가 이러고 있으면 전력 손실이 크다."

"네, 네. 그렇죠."

츠레비스가 차분하게 말하자 헤레이스는 이게 꿈인지 생시인지 모르겠다는 얼굴로 다시 한번 감사 인사를 전하곤 라이즈 기사단으로 달려갔다.

"야아아아아악!"

테일런에 비하면 작은 힘들이었다. 하지만 그 힘들이 합쳐지니 이아나와 테일런의 아슬아슬한 균형을 허물기에 충분했다.

콰아아아아아앙!

테일런의 발밑에서 중화되고 있던 검은 기운이 마침내 깨졌다. 내부에서 별이 폭발하기라도 한 것처럼 찬란하고 강렬한 빛이 뿜어져 나왔다.

[으으으윽!]

빛은 거대한 작살이 되어 테일런의 발부터 머리까지 한 번에 꿰뚫었고, 테일런에게 큰 타격을 입혔다.

거기서 이아나가 엘리를 안고 튀어나왔다. 이아나는 본능적으로 아르하드의 곁을 찾아가 무릎을 꿇고 쓰러졌다.

콰아아앙!

테일런이 곧장 공격해 왔으나, 아르하드는 어렵지 않게 막아 냈다. 방어는 누구에게도 지지 않을 자신이 있었다.

아르하드는 이아나와 엘리를 안아 들고 테일런과 멀찍이 떨어진 산 위로 텔레포트했다.

"아, 아르, 하드."

상처 입은 육체를 임시로 메우고 있던 신력이 흩어지자 몸이 원래의 상처 입은 모습으로 되돌아왔다. 아르하드는 가타부타 말은 하지 않았지만 이아나의 꼴을 보고 아찔해졌다.

"치, 치료……."

이아나가 덜덜 떨며 말하자마자 정령들이 즉시 튀어나왔다.

[이아나아아악! 엘리이이이!]

[끔찍해!]

정령들은 울부짖으며 이아나와 엘리에게 자신들의 모든 힘을 쏟아부었다.

치료가 끝나자 이아나가 지끈거리는 머리를 짚었다.

"살았다."

이런 말을 잘 하지 않는 이아나지만 정말로 죽었다 살아난 기분이었다.

이아나는 잠깐 앉아 있다가, 라이즈를 들고 일어났다. 심장 탈취는 성공했고, 몸은 회복했다. 이제 테일런을 처치하는 일만 남아 있었다.

저 멀리 괴로워하고 있는 테일런이 보였다. 아르하드는 이아나가 구출되는 순간 병력을 뒤로 물렸고, 테일런의 주변은 텅 비어 있었다.

[크……윽.]

테일런의 상태는 이상했다. 몸이 터질 듯이 울룩불룩하고 있었다. 아무래도 과부하에 이른 듯했다.

그럴 만도 했다. 다수의 심장들이 망자들의 영혼과 집어삼킨 것들을 통제하고 있었는데 심장 한 개는 파괴당하고 다섯 개는 빼앗겼다. 저 안에 테일런 본인과 이사벨라의 심장밖에 남아 있지 않을 테니 통제가 어려울 터였다.

게다가 이아나가 테일런의 영혼에 치명타까지 입혔으니 어찌 상태가 멀쩡하겠는가.

"흐으으."

정신을 차린 엘리가 몸을 일으키며 테일런을 향해 손을 뻗었다. 그러자, 테일런의 몸에서 수없이 많은 영혼들이 빠져나와 엘리의 곁으로 오기 시작했다. 통제에서 벗어난 영혼들은 몹시 자유로워 보였다.

그런데 그중 많은 영혼들이 엘리의 인도를 따르지 않고 도로 되돌아가 테일런의 몸에 매달렸다. 영혼들은 의식이 없음에도 그들을 억압했던 테일런에게 본능적으로 분노하고 있었다. 그의 영혼에 매달려 그의 영혼을 무겁게, 더욱 무겁게 만들고 있었다.

이아나는 영안으로 테일런의 영혼을 주시했다. 드래곤들의 영혼이 테일런의 통제에서 벗어나려 몸부림치고 있었다. 하지만 테일런은 드래곤들을 놓아주지 않으려 발악했다. 드래곤들을 잃는 순간 이아나에게 곧장 질 테니 붙잡아야 했다.

그때, 이아나가 눈을 반짝였다.

이아나가 마지막으로 가한 공격은 테일런의 몸속에서 불씨가 되어 거대한 불길을 일으키고 있었다. 불길은 테일런의 영혼과 육체를 그슬리며 심장을 찾아 번지고 있었다.

이아나가 눈을 번뜩이며 검을 들고 일어났다.

'보인다.'

놈의 심장이 있는 곳이!

이미 균형은 어긋났다. 결과를 알 수 없었던 이아나와 테일런의 싸움은 다른 존재들의 작은 힘들이 더해짐으로써 이아나에게로 기울어져 있었다.

이아나가 발에 힘을 주는 순간이었다. 파르르 요동치던 테일런의 몸이 정적으로 멎었다.

테일런이 고개를 들더니 이아나를 똑바로 바라보았다. 이아나는 미치광이의 눈을 똑바로 마주 쳐다보았다.

혼란에 휩싸였던 테일런의 세계가 순식간에 정돈되고 있었다. 놈은 무슨 결심을 했는지, 기이할 정도의 강력한 의지로 모든 저항을 억제하고 있었다. 놈의 눈동자에 담긴 욕망은 이아나를 향하며 집요함의 극에 이르렀다.

이아나는 그 순간, 온몸이 서늘해지는 섬뜩함을 느꼈다. 그리하여 본능적으로 온기를 찾았다.

"아르하드."

이아나는 아르하드에게 손을 내밀었다.

"제게 당신의 신력을 주세요."

아르하드는 군말 없이 제 신력을 넘겨주었다.

꽝! 꽝! 꽝! 꽝! 꽝!

테일런이 제 몸에 들러붙어 있던 영혼들을 죄다 떨쳐 내며 이아나에게 향했다. 다른 놈들은 안중에도 없었다.

이아나는 이미 아르하드의 곁에 없었다. 가뿐해진 몸으로 빠르고 가볍게 산을 뛰어 내려가고 있었다.

아르하드는 테일런의 기세에서 위험을 느끼고 이아나와 테일런의 주변으로 제 모든 힘을 다해 방어막을 형성했다.

만약 아르하드의 방어가 조금이라도 늦었다면 테일런이 저지르고 있는 미친 짓에 휩쓸려 피해가 매우 컸을 것이다.

대지, 화염, 빙설, 폭풍, 소리, 공간, 번개, 조종, 인형, 정신…… 이 세상에 존재하는 공격 마법이란 마법들은 죄다 시전되었다.

헤아릴 수 없이 많이 생성되어 폭풍처럼 떠다니는 검은 창들 너머로, 장검, 단검, 비수, 화살, 할버드, 폭탄 등 세상에 존재했던 모든 무기들까지 생성되었다.

공격의 목표물은 오로지 이아나 하나였다.

이아나와 테일런이 충돌하기 직전, 테일런의 몸이 그대로 연기로 흩어졌다. 여전히 테일런에게 강제당하고 있는 망자들의 영혼들이 사방에서 한꺼번에 튀어나와 이아나에게 달려들었다. 그중에는 이지를 잃은 드래곤들의 영혼도 있었다.

천문학적인 숫자의 혼돈의 덩어리들이 오염된 물방울처럼 이아나를 향해 떨어져 내렸다. 혼돈의 덩어리에는 그가 아카식 레코드에서 삼킨 파멸의 기록들과 그 안에서 생겨나는 악의, 그리고 분해의 힘이 담겨 있었다.

공간은 왜곡되고, 시간은 방향을 잃고 뱅뱅 맴돌았다.

하나의 세계가, 오로지 이아나만을 죽이기 위해서 쇄도했다.

이아나가 가진 것은 오로지 저 자신과 하나가 된 라이즈, 검 한 자루뿐이었다.

하지만 그 검에는, 수많은 이들과 함께한 삶이, 그들과 주고받은 따뜻하고 강인한 감정들이, 아르하드와 깊게 나눈 사랑이 깃들어 있었다.

"후우우······."

이아나가 심호흡하며 검에 신력을 불어넣었다. 이아나가 지닌 거대한 불꽃에 아르하드의 광채가 은은히 깃들자 이아나의 힘은 찬란한 빛이 되어 검 위로 떠올랐다.

이아나는 빛나는 눈동자로 테일런의 본질을 꿰뚫어 보았다. 이아나가 그에게 심었던 영원의 불꽃이 꺼지지 않을 기세로 타오르며 길을 안내하고 있었다.

이아나가 검을 꽉 움켜쥐었다.

나는, 이 검으로 적을 벤다!

이아나가 검을 길게 휘둘렀다.

푸화아아아아아아아악!

빛의 궤적이 세상을 가로질렀다. 빛에 닿은 적들은 그게 무엇이든 모조리 베이고 소멸했다. 빛은 죄 없는 영혼들은 그대로 통과했다. 이아나의 검기는 적을 벨 뿐이어서 그들을 강제하고 있던 통제력만을 끊었다.

빛이 테일런의 심장 바로 앞까지 도달했다. 위협을 느낀 테일런이 모든 힘을 끌어모아 제 심장을 감쌌다. 눈부신 빛은 테일런의 시야를 가렸고, 테일런은 빛을 밀어내며 이아나의 위치를 찾아 헤맸다.

퍼억!

찾았을 땐, 어느새 한 마리 새처럼 날아온 이아나가 테일런의 심장을 찌른 후였다.

[크……윽.]

엄청난 충격으로 인해 테일런이 유지하고 있던 아르하드와 드래곤들과의 심장 공유 마법이 끊겼다.

콰아아아아아앙!

태양의 기운이 폭발하며 테일런의 거대한 몸을 터뜨렸다. 통제에서 풀려나 놈의 세상에서 벗어나기만을 바라고 있던 것들이 튀어 나가 제가 있어야 할 자리로 향했다. 드래곤도, 망자의 영혼도, 아카식 레코드의 기록도, 땅과 하늘, 시간과 공간조차도!

"애들아!"

엘리가 날아드는 드래곤들의 영혼에 심장을 심었다.

뿌드드드득!

심장을 되찾은 드래곤들은 원래의 육신을 형성했다.

자유로워진 드래곤들이 하늘을 빙글빙글 날아다니자 구멍 났던 하늘이 메워져 갔다. 모든 사람들이 신비로운 광경에 시선을 빼앗겼다.

아르하드만이 이아나와 테일런에게서 눈을 떼지 않았다. 테일런으로부터 많은 것들이 해방되었고, 테일런은 힘을 잃어 죽어 가고 있을 텐데도 그들이 있는 곳은 여전히 시공간이 일그러져 있어 안쪽이 제대로 보이지 않았다.

키이이이이이잉!

이아나의 앞에서는 견디기 힘들 정도로 강한 바람이 휘몰아치고 있었다. 검을 뽑고 싶어도 테일런의 가슴에서 뽑히지 않았다. 이아나가 디디고 선 테일런의 가슴은 이아나의 발과 영혼을 세게 붙잡고 있었다.

'대체……'

이아나는 긴장의 끈을 놓지 않으며 수없이 변화하는 그의 몸을 주시했다. 온갖 것으로 변화하던 테일런의 몸은 먹었던 것들을 죄다 뿜고 끝내 이아나에게 익숙한 인간의 형태로 돌아왔다.

이아나의 발밑에는 이제, '테일런' 혼자만 남아 있었다. 테일런이 피를 토했다. 놈은 분명 죽어 가고 있었다.

"죽겠군."

그런데 죽어 가는 테일런이 비소를 흘리며 이아나의 검을 두 손으로 꽉 잡았다.

"나 혼자 가진 않겠다."

테일런의 모든 의지가 이아나에게 향했다.

부지불식간에 냉기에 얻어맞은 이아나의 심장이 박동을 멈추었다. 이아나의 몸과 영혼이 기묘한 한기로 갑작스레 뻣뻣하게 경직되었다. 그들을 감싸고 있던 세상이 하얗게 물들며 시간이 멈추었다.

"같이 가자."

이아나는 지금 제게 무슨 일이 일어나고 있는지를 알아챘다.

테일런의 '권능'이었다.

이아나를 죽이고 말겠다는 지독한 의지는 '공멸'이라는 권능으로 빚어졌다. 마지막으로 싸우기 직전에 테일런의 기색이 심상찮다 싶더니 권능을 얻었던 모양이었다.

이아나의 몸에서 시간이 떠나가기 시작했다.

권능은 자아가 시전자보다 강한 상대에게는 통하지 않는다. 그런데 삶을 버리는 한이 있더라도 이아나만큼은 죽이고 말겠다는 테일런의 의지는 이아나의 의지와 우열을 가릴 수 없을 정도로 강했다. 이아나가 저항하고 있음에도 그녀의 시간은 조금씩 사라지고 있었다.

이아나는 굳어 가는 창백한 입술을 벌렸다.

"개소리 그만 지껄이고 너 혼자 죽어."

난 여기서 너를 끝장낼 거야.

그와, 모두와, 이 세계에서 행복하게 살아갈 거야.

얼어붙어 가던 이아나의 심장에서 작은 불길이 확 하고 일었다. 테일런의 권능에 영향을 받지 않은 아르하드의 신력이었다.

사아아아아······.

불길을 시작으로, 테일런의 권능이 만들어 낸 시공간의 차단막을 뚫고 온갖 빛깔의 작은 힘들이 몰려오기 시작했다. 반딧불처럼 조그만 신력 덩어리에는 이아나가 살아 있기를 바라는 이들의 의지가 담겨 있었다.

존재의 의지는 이아나의 세계를 지탱하며 죽음으로 허물어지는 것을 막았다. 이아나의 몸에 시간을 불어넣으며 그녀의 힘이 되어 주었다.

하지만 다른 존재들을 부수기만 하며 악착같이 위로 오르기만 한 테일런을 지지해 줄 이들은 없었다.

"하……."

테일런은 허탈했다. 생명을 바쳐서 얻은 권능이 신경도 쓰지 않았던 조무래기들의 힘 때문에 이아나에게 밀리고 있었다.

하찮은 놈들에게 방해당해 이아나에게 틈을 내주고 만 것은 이번 한 번뿐만이 아니었다.

"어이없군."

이아나와 테일런의 거대한 균형은, 티끌만 한 힘들이 이아나 쪽에 무게를 더함으로써 붕괴되고 말았다. 이해하기도 싫고 인정하고 싶지도 않았지만 사실이었다.

"누군가를 밟고 올라왔으면, 그들에 의해 네가 밟힐 수도 있다는 걸 알았어야지."

이아나가 제 모든 힘과 사람들이 전해 준 힘을 모아 검을 쥔 손에 힘을 주었다.

테일런의 심장이 경련했다.

테일런은 죽음을 앞두고 픽 웃었다.

"난 여전히 네 그 번지르르한 정의에 동의하지 않는다."

테일런은 죽는 그 순간까지 변하지 않았다.

"그러나 그 번지르르한 정의 때문에 결국 이 꼴이 되었으니

내 정의가 틀렸고 네가 옳았음을 인정하지.”

하지만 인정했다.

강자가 하는 모든 것이 옳다 믿기에 인정할 수밖에 없었다.

“내가 졌다.”

파삭!

이아나를 죽이기 위해 버티고 있던 테일런의 심장이 견디지 못하고 산산이 부서졌다.

파스스스스……

그의 몸도 먼지가 되어 덧없이 허물어졌다.

세계를 파멸로 몰아넣던 테일런 헬칸 바하무트의 최후였다.

“이아나!”

이아나의 세상이 누군가가 부르는 그녀의 이름과 함께 원래대로 돌아왔다.

와아아아아아아!

승리의 함성이 지축을 울리고 있었다.

이아나는 아르하드에게 와락 끌어안겼다. 이아나는 한숨을 길게 내쉬며 쓰러지듯 아르하드에게 기댔다. 그를 마주 안으며 그의 목덜미에 얼굴을 묻었다.

끝났다.

“당신, 이제 완전한가요?”

이아나는 아르하드의 품에서 편히 쉬고 싶었다.

유일해졌을 그의 건강한 심장 박동음을 들으며, 더욱 뜨거워졌을 황금빛 기운에 흠뻑 취한 채, 완전해졌을 그의 영혼을 만끽하고 싶었다.

"아."

아르하드가 곤란한 얼굴로 이아나를 품에서 떼어 냈다.

"테일런의 몸 안에 있던 다른 놈이 내 영혼을 가지고 갔다. 네가 위험해 보여서 추적하지 못했어."

이아나의 미간이 좁혀졌다.

'뭐지?'

제일 중요한 아르하드의 영혼 반쪽이 돌아오지 않았다니.

금방 이유를 찾아낸 이아나가 이마를 감싸 쥐었다.

"이사벨라가 남아 있었군요."

이사벨라는 테일런의 통제력이 풀리자마자 그의 패배를 직감하고 제 심장과 악마의 파편을 가지고 오라비의 몸에서 조용히 빠져나왔다.

"젠장!"

이사벨라는 산을 올랐다. 도망쳐 봤자 소용없었지만 그래도 도망쳤다. 어딘가에 숨어야 한다. 이대로 죽을 순 없었다. 살아서 바하무트의 부흥을 노려야 했다……!

이사벨라가 멈춰 섰다.

"제길……!"

이사벨라의 얼굴이 일그러졌다. 얼굴에서 땀이 뚝뚝 떨어졌다. 눈앞에, 가장 마주치고 싶지 않았던 최악의 적이 있었다.

이아나는 땅을 차며 이사벨라에게 쇄도했다. 마법을 쓸 새도 없었다. 이사벨라는 황급히 테일런의 몸 안에서 챙긴 단검을 꺼내 쥐었다.

챙!

두 검이 불꽃을 만들어 내며 맞부딪쳤다. 이아나의 검이 이사벨라의 손목 쪽으로 흘렀다. 이사벨라는 단검을 세게 휘어 올려 이아나의 검을 쳐내려 했다.

하지만 오히려 저가 뒤로 튕겨 나갔다.

충격을 완화하기 위해 허공에서 한 바퀴 돈 이사벨라가 텔레포트를 시전하며 즉시 도주하려 했다.

하지만 이아나가 검을 한 번 휘두르자 텔레포트의 배열은 세차게 깨졌고 이사벨라는 또 한 번 뒤로 튕겨 나갔다.

이사벨라는 섬뜩한 기분을 느끼고 단검을 세게 휘둘렀다.

챙!

세 번째로 충돌했다.

이아나의 눈이 싸늘하게 빛나는 순간, 이사벨라가 아차 하는 순간, 맞닿아 있던 이아나의 검이 이사벨라의 단검을 세게 쳐올렸고 강한 충격에 찢어진 이사벨라의 손아귀에서 단검이 튕겨 나갔다.

"흐읍."

이사벨라는 땅을 박차며 허공으로 도망쳤다. 하지만 이아나의 눈은 이사벨라의 궤적을 놓치지 않고 그녀를 따라 뛰어오를 준비를 했다.

이사벨라가 다급하게 만든 화염구들을 이아나에게 쏘았다. 강력한 위력의 화염구 수십 개가 궤도를 달리며 이아나에게 쇄도했다.

이아나는 검을 화염구의 중앙에 가져다 댔다.

피이이이잉!

원형의 화염구는 이아나의 검에 개화하는 꽃처럼 반구로 갈라졌고 속살을 드러내며 벌어졌다. 다른 화염구들도 마찬가지였다. 뱀이 허물을 벗듯 분리된 화염구들이 이아나를 비껴가 뒤쪽에서 폭발했다.

이아나는 그 틈을 비집으며 땅을 박찼다. 먼지와 부서진 돌멩이들이 따갑게 튀었다.

붉은 머리카락이 바람을 가르며 휘날리고, 이사벨라의 검은 머리카락이 추락의 낌새를 보이며 위로 솟구치려던 그때, 이아나와 이사벨라의 눈이 마주쳤다. 이아나가 이사벨라에게 도달하는 건 순식간이었다.

"이……!"

이사벨라의 눈이 공포에 물드는 순간 이아나의 검날이 사선으로 길게 그어졌다.

촤아아아악!

어깻죽지에서 허리까지 깊숙이 베었다.

"……아……."

피가 점점이 허공을 수놓았다. 이사벨라의 눈앞이 붉어졌다. 온몸이 충격으로 찌릿했다. 그다음에는 불에 타는 듯한 칼칼한 고통이 그녀의 온몸을 뒤집었다.

이 순간, 이사벨라는 체념했다.

'끝났어. 이 여자, 도저히 이길 수 없다고.'

덧없다.

"오라버니, 우리의 끝은 어디일까?"

악착같이 강해지고, 또 강해지며 최강의 자리에 올랐으나 끝은 이렇게 초라했다.

한 번 지고 나니, 그들에게는 남아 있는 게 아무것도 없었다. 모두를 짓밟고 먹으며 올라선 그들은 단 한 번의 패배로 모든 것을 잃고 추락할 수밖에 없었다.

이사벨라의 상흔에서 피가 붉은 꽃잎처럼 쏟아져 나왔다.

터어엉!

이사벨라가 죽은 까마귀처럼 빠르게 추락하며 대지에 등부터 박았다. 충격으로 대지가 푹 파였다.

이사벨라의 상처는 부서진 대지 위로 피의 거미줄을 짰다. 그녀를 받아들이지 않는 딱딱한 대지와의 충격으로 그녀의 몸이 튕겨 올랐다가 다시 떨어졌다.

이사벨라는 경련했다. 거미줄의 빈 공간을 점점 붉은 피가 적셔 들어갔다.

이아나가 이사벨라의 옆에 안착했다.

이사벨라의 입에서 피가 쿨럭, 하고 튀어나왔다. 땅으로 도로 떨어진 피가 추락한 빗방울처럼 산산이 부서졌다. 이사벨라가 하얀 얼굴로 마지막 웃음을 터뜨렸다.

"망……할! 그래, 너 잘났다!"

"깔끔한 결말이군."

이아나의 검이 불꽃에 물들었다.

그리고 그대로 이사벨라의 심장에 내리꽂혔다.

화르르르르륵!

이아나의 신력은 이사벨라의 몸을 가득 채우고 있는 상극의 검은 기운과 거세게 충돌하며 불꽃을 일으켰다.

이사벨라의 눈이 빛을 잃었다.

명백한 패배였다.

사르르륵……

이사벨라의 몸이 불태워지듯 가루가 되며 소멸했다. 핏방울만이 남아 이사벨라가 이곳에 존재했음을 증명했으나, 시간이 조금만 지나도 이 흔적조차 사라질 것이다.

이아나는 눈을 감고 입술을 벌려 길게 호흡했다.

마침내 마지막 까마귀까지 죽었다.

이아나는 숨을 고르며 검집에 라이즈를 넣었다.

철컹!

"……"

이윽고 제 팔에 달라붙은 채 비비적거리고 있는 길 잃은 영혼을 보았다.

아르하드의 영혼 반쪽이었다.

"이제 주인한테 돌아가자."

이아나는 제 품에 안겨 드는 영혼을 두 손으로 소중히 감싸 쥐었다. 돌아가기 위해 뒤를 돌았더니 그녀의 사랑이 보였다. 이아나를 따라잡은 아르하드가 숨을 몰아쉬고 있었다.

"여기 있습니다."

이아나는 아르하드에게 그의 영혼 반쪽을 내밀었다.

"……"

아르하드는 머뭇거리며 영혼에 손을 대었다. 영혼은 오랜 시간 떠돌아다니다 마침내 집을 찾은 아이처럼 펄쩍 뛰었다가 아르하드의 손안으로 흘러들어 갔다.

아르하드가 눈을 감았다.

그의 영혼이 마침내 완전해졌다.

침묵이 내려앉은 산 어디에선가, 새들이 지저귀는 맑은 소리가 들려왔다. 나뭇잎들 사이로 보이는 푸른 하늘에는 찬란한 광채가 자리 잡기 시작했다.

이아나는 눈을 깜빡이며 동쪽 하늘을 바라보았다.

어둠이 사라진 하늘에 아침이 오고 있었다.

"태양이 뜨고 있어요."

암흑의 시대가 끝나고 광휘의 시대가 시작되는 순간이었다.

−암흑과 광휘 편 終

36. 아도니스 편

36. 아도니스 편

"음……."

이아나는 신음을 뱉으며 무거운 눈꺼풀을 들어 올렸다. 사위가 어두웠다. 느릿하게 눈을 깜빡이며 빛이 새어 들어오는 창쪽을 보았다. 커튼이 쳐져 있어 그렇지, 밖은 낮이었다.

이아나는 푹신한 베개에 뺨을 묻고 멍하니 빛을 바라보았다.

'며칠이 지났지.'

모르겠다.

이아나는 가물가물한 기억 속을 헤엄쳐 과거로 돌아갔다.

바하무트 일족과의 싸움이 끝난 날.

이아나와 아르하드는 사후 처리를 마치고 승리에 미쳐 날뛰는 사람들을 이끌며 이그나이츠 본성에 귀환했다. 국고를 풀어 모두에게 마음껏 먹고 마시라 선언하고, 대기하고 있던 사람들에게 각종 업무들을 인계했다.

미친 듯이 웃고 떠들어 대는 사람들과 폭음을 하며 어울렸다. 그러다 이젠 정말로 푹 쉬어도 된다는 생각을 한 순간 그대로 주저앉고 말았다.

이아나는 가지에서 마지막 나뭇잎까지 모조리 떨어뜨려 낸 나무 같았다. 쉬지 않고 채찍질하며 너무나 열심히 달려온 그녀는 팽팽하게 유지하고 있던 이성과 긴장감을 잃은 순간 흐물흐물 녹아내렸다.

이아나는 아르하드의 부축을 받으며 성으로 돌아갔다. 깨끗이 씻은 후, 침실로 들어와 침대에 엎어졌다. 아르하드는 이아나를 끌어안고 재우려는 듯 등을 토닥거렸지만 이아나는 그 손을 붙잡고 그를 이글거리는 눈으로 바라보았다.

"이리 와요."

이성은 오간 데 없고 욕망만 남아 있었다.

"……."

이아나는 손으로 머리를 짚었다. 문득문득 깨어날 때마다 이렇게 며칠 째인지 가늠해 보는데, 결국엔 며칠인지도 모르겠고, 며칠이 지났더라도 상관없지 않은가 하는 방만한 생각으로 마무리된다.

대체 얼마 만에 이렇게 목표 의식 없이 유유자적하며 시간을 보내고 있는지 모르겠다.

'아마도 처음 아닐까.'

태어날 때부터 그녀의 삶은 사건의 연속이었다. 온갖 일을 다 겪으면서도 강해지겠다는 목표 하나만으로 투쟁하듯 살아왔다.

하지만 요 며칠은 그런 목표를 잊어버렸다.

이아나는 제 허리를 감싸고 있는 커다란 팔을 살짝 들어 올리며 돌아누웠다. 그림처럼 눈을 감고 있는 아르하드의 얼굴이 한눈에 들어왔다.

아르하드의 얼굴을 물끄러미 보고 있던 이아나의 얼굴이 조금 상기되었다. 며칠 내내, 모든 것을 잊고 아르하드와 함께했던 밤들이 떠올라 몸을 덥혔다.

내리깔린 속눈썹. 사랑과 열망으로 미쳐 가는 눈동자.

단단한 뼈대와 탄탄한 근육으로 완벽하게 짜인 육체의 곡선.

허벅지와 허리를 둥글게 쓰다듬어 올리는 굴곡지고 마디진 손가락.

목선과 쇄골을 느릿하게 지분거리는 유혹적인 곡선의 입술.

거친 호흡과 가쁜 숨결이 맞물리며 영혼을 덥혔다. 문질러지는 피부는 축축하게 젖어 들며 서로를 더욱 밀착시켰다. 팔과 다리는 질펀하게 뭉개지기도 하고 단단하게 얽히기도 하며 서로를 맛보았다. 두 심장은 가장 가까운 곳에 맞닿아 한 몸처럼 박동했다.

모든 위기에서 해방된 이아나와 아르하드는 서로의 세계만을 탐하고 오롯이 만끽했다. 깊고 짙은 사랑이 서로의 영혼을 충만하게 채웠다. 더는 가까워질 수 없을 만큼 맞붙어서 묵직한 안정감을 느꼈다.

그들은 서로를 강탈하고 빼앗기고 가지고 소유되며 더욱더 깊은 사랑 속으로 빠져들었다.

그 감각은 정말이지, 말로 형언할 수 없을 정도로 황홀하고 눈물이 날 만큼 행복했다.

이아나는 언제나 아르하드라는 남자를, 제가 오롯이 소유하고 있다고 생각했었다. 그리고 그 소유감에 더없이 만족했었다.

하지만 이아나는 며칠 내내 아르하드를 가지고 나서야 착각하고 있었음을 깨달았다. 머리가 녹아내리는 것 같다는 생각이 들 정도로 서로밖에 모르는 시간을 가지고서야, 이아나는 상대방을 오롯이 소유하는 것이 어떤 기분인지를 알 수 있었다.

"……."

그러면서 이아나는 제 안에 도사린 날것의 강한 욕망을 제대로 경험했다. 언제 어떤 상황에서도 욕망을 잘 자제할 수 있다고 여겼는데, 이성이라는 단단한 고삐에서 풀려난 욕망은 정말이지 무서웠다.

가져도, 가져도 부족했다.

가지고, 또 가져도 모자랐다.

고삐로 잡아채려 해도 날뛰어 대는 욕망은 쉬이 잡히지 않았다. 이아나는 결국 고결한 목표를 잃고 욕망에 미쳐 버렸다.

어젯밤은 정말 정신이 나간 것처럼 폭주해서 서로를 가졌다. 뇌가 녹아내리고 심장이 부풀어 터질 것 같다는 생각이 들 정도로 만족해 버렸다.

'아르하드도 그랬겠지.'

오늘은 정신이 또렷한 것이 다른 날들과 달랐다. 어제 너무 만족해서 이성이 돌아온 게 아닐까 싶었다.

'언제까지 이렇게 뒹굴면서 지낼 수는 없지.'

이아나의 손이 제 남자의 뺨을 쓰다듬었다.

지금도 아르하드를 덮쳐 버리고 싶다는 충동이 불쑥불쑥 들지만, 동시에 현실감각도 슬슬 돌아오기 시작했다. 이아나는 벌여놓은 일이 많아 이렇게 틀어박혀 지낼 수만은 없다는 사실을 상기했다.

'이성과 욕망의 균형을 맞추는 게 중요하군.'

일할 땐 열심히 일하고.

욕망이 들끓을 땐 아르하드를 가지고.

"……."

이아나의 손가락이 아르하드의 콧잔등을 쓸었다. 날렵한 콧대를 타고 코끝을 콕 찔렀다. 손을 살짝 떼었다가 손가락으로 입술 선을 따라 그렸다.

워낙 잘생겼다 보니 이렇게 얼굴을 빤히 감상하면서 어린아이가 예쁜 인형을 만지작거리듯 만지기만 해도 기분이 좋았다. 그가 지금처럼 감고 있던 눈을 천천히 뜨며 아름다운 금안을 드러낼 땐 설레기까지 했다.

"재밌어?"

"네."

사랑스럽게 웃은 이아나가 그의 턱 끝에 짧게 키스하곤 아르하드의 품에 안겨 들었다. 아르하드는 제 가슴팍이 세상에서 제일 편하다는 듯 폭 안겨 있는 이아나를 지극히 사랑스럽다는 표정으로 바라보았다.

아르하드는 차라리 정신을 놓고 싶을 정도로 행복했다. 이렇게 행복해 본 적이 없었다. 이때까지도 행복하다고 생각했었는데, 그에 비할 바가 아니었다.

"······좋아."

아르하드는 이아나의 머리칼에 코끝을 파묻고 탄탄한 허리선을 짓뭉갰다. 제 팔 안에 갇혀 있는 이아나의 감촉이 눈물겹도록 좋았다.

몇 날 며칠을 잤다 깼다 하며 그녀를 안았다. 해가 뜨고, 지고를 반복했지만 아르하드에게는 언제나 욕망에 눈이 먼 밤들만이 계속되었다.

그런데 오늘, 비로소 아침을 맞이한 것 같았다. 아르하드가 이아나를 꽉 안으며 중얼거렸다.

"정말 완벽한 아침이야."

그는 이제 조급하지 않았다.

아니, 이젠 조급해지더라도 상관없다는 말이 옳을 것이다.

아르하드는 이아나를 일렁이는 눈길로 바라보다 눈을 감았다.

열락의 밤은 언제고 올 테다.

그가 원한다면 언제든지 밤일 터였다.

옷차림을 정리한 이아나는 날짜 확인부터 했다.

'열흘이라니······.'

아무리 생각해도 어이없고 대단했다.

침실에서 나온 이아나와 아르하드는 이스피와 카니츠, 에블린을 제일 먼저 찾았다. 이아나는 아르하드의 손을 잡은 채 그들이 있다는 정원으로 들어가다 말고 멈춰 섰다.

"꺄아아!"

에블린이 맑게 웃으며 나비를 쫓아 뛰어다니고 있었다. 이스피와 카니츠는 티 테이블에 앉은 채 차를 마시며 에블린을 따뜻하게 바라보고 있었다.

마치 저와 동떨어진 곳에 있는, 한 폭의 아름다운 그림 같았다. 이아나는 어쩐지 가슴이 저려 왔다.

이아나와 아르하드의 존재를 가장 먼저 눈치챈 건 카니츠였다.

"아가씨. 전하."

카니츠가 벌떡 일어나자 이스피도 환히 웃으며 일어나 이아나와 아르하드를 맞이했다. 에블린도 고개를 갸웃거리며 허리를 굽혀 꾸벅 인사했다.

바하무트를 떠나 이그나이츠의 땅으로 와서 치료받은 에블린은 아주 건강해졌다. 사키가 이제 아무 문제없다 진단했을 정도였다.

티 테이블에 앉아 이런저런 이야기를 나누다가, 이아나가 작게 웃었다.

"이제 너희가 고생할 일은 없을 거다. 이그나이츠에서 행복해지기만을 바라."

"아닙니다. 제가 필요하면 언제든 불러 주십시오. 어떤 위험한 일이라도 상관없습니다."

"정말 필요하다면 부를 거다. 하지만 카니츠. 네게 있어 최우선은 이스피와 에블린, 그리고 너의 삶이다. 알겠지."

카니츠의 눈썹이 살짝 기울었다.

"항상 말씀드리는 거지만 아가씨도 최우선입니다만."

"맞아요. 아가씨! 서운해요! 대체 언제까지 우리 두 사람을 아가씨와 분리하실 거예요!"

이스피가 테이블에서 일어나더니 흥분해서 외쳤다.

"예전에도 말씀드렸죠. 저는 아가씨를 딸처럼 여기고 있다고요. 카니츠는 제 남편이고요. 그러니까 아가씨는 우리 두 사람에게 첫째 딸이나 마찬가지란 말이에요."

"아……."

이아나는 이미, 제가 아름다운 그림 속으로 들어와 있다는 것을 깨달았다. 그래서 시원하게 웃고 말았다.

"알았어. 하지만 그렇게 따지면 난 독립한 자식이야. 난 알아서 내 앞길 잘 가리고, 여기, 아르하드도 내 곁에 있어."

이아나가 아르하드과 마주 잡은 손을 들어 보였다. 이스피와 카니츠는 단단히 결합된 두 손을 따스하게 바라보았다.

"그러니까 독립한 다 큰 딸 말고 에블린을 좀 챙겨."

"그렇게 말씀해 주셔서 기뻐요. 아가씨가 저희를 버렸던 거, 트라우마로 남아 있단 말이에요."

"그건 이제 잊어 줘. 다신 안 그럴 테니까."

이스피가 다가와서 이아나를 꼭 안았다.

"그럼요, 그럼요. 이제 행복한 아가씨를 곁에서 맘 편히 지켜볼 수 있어서 이 유모는 너무 기쁘답니다."

이아나는 이스피를 마주 안았다.

회귀 전, 끝까지 그녀를 위했던 유모.

이아나가 카니츠를 곁눈질했다.

회귀 전, 그녀의 최후까지 그녀를 지켰던 기사.

"이아냐."

다리 쪽에서 혀 짧은 목소리가 이아나를 불렀다. 선량하고 순수한 눈동자가 이아나의 얼굴에 매달려 있었다. 에블린이 이아나의 다리에 찰싹 달라붙었다.

"온니!"

이스피가 깜짝 놀라 에블린을 향해 팔을 뻗었다.

"에블린, 언니가 아니라……."

"날 딸이라 해 놓고 새삼스럽게. 언니가 맞아."

이아나는 만류하려는 이스피를 저지하며 두 손을 들어 에블린을 안아 올렸다.

에블린이 행복한 표정으로 까르르 웃었다.

이아나도 마주 웃어 주었다.

최후의 최후까지 저를 위해 살아왔던 두 사람을 위해, 이 아이가 끝까지 행복하게 살아갈 수 있는 나라를 만들고 싶다. 그러기 위해 최선을 다할 것이다.

아르하드는 먼저 사무국으로 향하고 이아나는 정보국으로 가서 에이지를 만났다.

"으으으으음, 오랜만이네? 이아나 양? 너무 오랜만이다!"

에이지는 이아나를 보자마자 능글맞게 웃었다.

이아나는 무시하고 에이지의 얼굴을 살폈다. 그는 매우 바쁠 텐데도 무척 평온해 보였다. 그럴 수밖에. 그의 원수들이 죄다 죽었으니까.

"뭐야? 내 얼굴에 뭐 묻었어?"

에이지가 이아나의 이상한 반응에 불안해하든 말든, 이아나는 그를 빤히 쳐다보기만 했다.

아르하드와 밤을 지새우며, 바빠서 마음 편히 나누지 못했던 이야기들도 시간 가는 줄 모르고 나누었다. 모든 생각과 감정을 서로에게 풀어놓고 공유했다. 회귀 전의 어두운 이야기도 그중 하나였다.

회귀 전의 에이지는 바하무트 황족을 모두 처리하자마자 자결했다고 했었다.

이아나가 갑자기 두 손을 들어 에이지의 어깨를 움켜쥐었다.

"에이지. 병 없이 오래오래 행복하게 살아라."

"응? 무슨 뜻으로 하는 말이지? 헛소리 그만하고 일 열심히 하라고 압박하는 건가?"

"그런 거 같은데."

뒤에서 다가온 도르시아니가 이아나의 어깨에 팔을 대고 기대더니 속삭였다.

"전하, 정열적인 밤 잘 보냈어?"

도르시아니도 회귀 전에 아르하드에게 자발적으로 파편을 넘겨주고 죽었다던가?

왜 그랬을까? 어차피 아르하드에게 죽을 거라고 예상했기 때문일까? 회귀 전의 그녀에 대해서는 아르하드도 잘 몰랐기에 이 의문은 영원히 풀리지 않을 수수께끼였다.

이아나는 에이지의 어깨에 올리고 있던 손을 거두어 도르시아니의 어깨를 감쌌다.

"두 사람, 앞으로도 행복하게 잘 살았으면 좋겠다."

"전하가 낭만적으로 변한 걸 보니 밤이 환상적이었나 보네."

"그러게요. 그 인간 실력이 얼마나 출중한 거야?"

"그만 좀 해."

이아나가 결국 한마디 하며 놀림을 끊어 버리자, 에이지가 천천히 장난기를 내려놓으며 손을 내밀었다.

"이아나 양, 그동안 정말 수고 많았어."

"당신도 고생했다. 앞으로도 잘해 보자."

이아나는 그가 내민 손을 단단히 맞잡았다.

"당연하지! 내가 늙어서 골골댈 때까지 마음껏 부려 먹어 줘."

에이지가 진심을 담아 눈부시도록 맑게 웃었다.

"나도 끼워 줘."

도르시아니가 이아나와 에이지가 마주 잡고 있는 손 위로 제 손을 올렸다. 이 나라에서, 머나먼 미래까지 함께하자는 뜻깊은 약속이었다.

정보국에서 나온 다음, 이아나는 바로 훈련장으로 향했다.

수련을 재개하려는 건 아니었다.

이아나는 이때까지 정말 쉬지 않고 전력 질주하듯 달려왔다.

그리고 앞으로도 죽을 때까지 달릴 예정이었다.

하지만 지금은 몰아치던 클라이맥스가 막 끝난 참이다. 앞으로 나아갈 추진력을 얻기 위해서는 휴식을 충분히 취해야 했다.

잠시 숨을 고른 다음 다시 일어나리라.

그러니까, 이아나가 지금 훈련장으로 가는 건, 몸을 아끼지 않고 싸워 준 사람들에게 인사를 하기 위해서였다. 전투가 끝난 당일에는 술에 취해 정신이 없었고, 요 며칠은 아예 정신을 놔 버려서 정상적인 대화를 나눌 새가 없었다.

"아. 단장님!"

이아나는 훈련장으로 가다가 라이언을 만났다.

"이번 전쟁을 겪으면서, 단장님과 전하의 회유를 받아 이그나이츠 사람이 되길 정말 잘했다 싶었어요."

라이언은 이아나와 함께 훈련장으로 걸어가며 즐겁게 대화를 나누었다.

라이언. 검술학부의 부장이었던 그는 라이즈 기사단의 부단장이 되어서도 제멋대로 튀는 기사들을 훌륭하게 지휘했다.

이번에 이아나가 위기에 처해, 다들 망설이고 있을 때 "가자!"라고 외친 것도 라이언이었다고 했다. 마치 학술제에서, 고립되어 있던 그녀에게 꽃다발을 던졌을 때처럼 말이다.

아르하드에게 듣기로, 회귀 전의 라이언도 아르하드와 친분이 있었다고 한다. 아르하드의 광기를 저지하지는 못하고, 그저 방랑하며 불쌍한 사람들을 돕고 다녔다고 하던가.

그런 그가 이번 생에서는 이아나와 아르하드의 나라에 정착한 것이었다.

이아나가 라이언에게 손을 내밀었다.

"앞으로도 여기로 온 걸 후회하지 않게 해 주지요, 선배님."

"아직도 선배로 대우해 주시는 겁니까? 당연히 따라가지요, 후배님."

라이언이 이아나의 손을 마주 잡으며 씨익 웃었다.

훈련장에서는 전쟁이 끝난 지 얼마 지나지 않았는데도 많은 사람들이 훈련하고 있었다. 이번 전쟁은 사람들에게 결핍, 분노, 각오, 깨달음, 환희 등 수많은 감상을 남겼다. 특히 재능 있는 라이즈 기사단은 깨달은 바가 다른 이들보다 월등히 많았다.

"합! 합!"

이아나는 구슬 같은 땀을 흘리며 수련하는 기사들을 물끄러미 바라보며 감상에 잠겼다. 회귀 전, 저들은 어디에서 무엇을 하고 있었을까.

이아나가 딱히 존재감을 숨기지 않았기에, 훈련하고 있던 이들은 그녀를 바로 발견했다.

"단장님!"

쳐다보는 눈동자들이 광적인 선망으로 반짝거렸다.

이아나는 그 선망을 기분 좋게 갈무리했다.

"따로 인사를 못 한 것 같아서."

정신이 없어서 인사는 못 했지만, 이아나는 이들이 테일런과의 대결에서 틈을 파고들 기회를 만들어 주었다는 사실을 기억하고 있었다.

"다들 고맙습니다."

"아닙니다! 당연히 했어야 할 일입니다!"

기사들은 기뻐하면서도 이아나의 감사를 거부했다.

하지만 라이즈 기사단원 중 한 명인 코니아가 날렵하게 날아와 이아나의 앞에 섰다.

"고마우면 앞으로도 앞장서서 끌어 달라고. 죽어도 따라갈 거니께."

이아나가 웃었다.

회귀 전엔 어떠했든, 지금은 이아나의 사람들이었다.

"원하는 대로 매일, 죽기 직전까지 굴려 주지."

기사들의 안색이 창백해졌다.

하지만 안색과는 별개로 씰룩거리는 입가와 반달로 휜 눈매에는 기대감과 희열이 대롱대롱 맺혀 있었다.

훈련장에는 헤레이스가 없었다. 이아나는 왕궁 마법사들이 기거하는 마탑으로 향했다. 마탑 꼭대기로 가니, 하인리히와 헤레이스가 마주 앉은 채 차를 마시고 있었다.

"아, 이아나 양!"

헤레이스가 벌떡 일어나서 의자를 가져왔다.

"몸은 괜찮으세요?"

에이지와 도르시아니에게 된통 당했던 이아나는 헤레이스가 무슨 의도로 저 말을 하는 건지 잠시 고민했다.

"그렇게 힘든 전투를 끝마치셨는데, 조금 더 쉬셔야 하지 않겠어요?"

저 순진한 헤레이스를 에이지와 동급으로 취급하다니. 이아나는 속으로 헤레이스에게 사과하며 의자에 앉았다.

"괜찮아. 오히려 큰 골칫덩이를 해치워서 그런지 개운하고 가뿐해."

"그런가요? 하긴, 정말 강한 적이었어요."

헤레이스가 맞장구치며 의자에 도로 앉았다. 하인리히는 그런 이아나와 헤레이스를 인자한 눈빛으로 바라보고 있었다. 이아나는 하인리히를 흘끗 보았다.

회귀 전, 하인리히는 노환으로 죽은 게 아니라, 아르하드를 두려워하다 못해 죽이려다 역으로 격살당했다. 이아나는 그 이야기를 듣자마자, 학술원에서 하인리히가 악마의 파편을 설명할 때 내비쳤던 두려움과 회한을 떠올렸다.

'잔인해지는 아르하드를 지켜보며 공포심과 후회심이 극에 달해 일을 저지른 거겠지.'

하지만 지금 그의 늙은 얼굴은 평온하기 짝이 없었다.

여한이 없어 보여 불안할 정도였다.

"하인리히 님, 앞으로도 이그나이츠에 많은 도움을 주십시오."

"자네가 덕담을 다 하는군."

하인리히가 허허 웃으며 코끝의 안경을 올렸다.

"그래야지. 나는 오래도록 살며 죽을 때까지 이아나 양의 이그나이츠에 헌신할 것이네. 헤레이스가 결혼해서, 증손주를 대여섯 정도 볼 때까지 말일세."

"악, 할아버지……."

헤레이스가 얼굴을 붉히자, 이아나는 아주 옛날에 헤레이스가 했던 말을 떠올리고 피식 웃었다.

"애처가가 될 거라며? 자식들도 많이 있었으면 좋겠다며? 언제 결혼할래?"

"기, 기억하고 계셨어요? 그 꿈은 여전하긴 한데요. 아직은 제가 많이 부족한 것 같아서, 좀 더 검술에 집중하고 싶어요. 물론 놓치고 싶지 않은 분을 만나면 말이 달라지겠지만요."

쑥스러워하며 머리를 긁적이는 헤레이스를 보고 있자니, 이아나는 아르하드가 말해 준 회귀 전 헤레이스의 씁쓸한 결말이 새록새록 생각났다.

회귀 전, 헤레이스는 학술원에 들어가지도 못하고 검술을 아예 포기했다. 왕국의 하급 관리가 되어 검이 아닌 서류만 만지며 살다가 하인리히가 죽을 때 파편 공유 문제 때문에 함께 죽었다. 결혼도 하지 못했다.

그러나 지금, 헤레이스는 재능을 개화하여 이그나이츠에서 활약하고 있다. 테일런에게 두 번이나 맞서며 이아나를 지켰다.

몇 년 전만 해도 심약하기 짝이 없던 녀석이었다.

"왜 그렇게 쳐다보세요? 무슨 문제라도?"

헤레이스가 조심스레 물었다. 쳐다보는 시선이 지나치게 노골적이었기 때문이다.

"고마워서. 네가 나와 함께해 줘서 정말 든든해."

이아나가 솔직하게 말하자 헤레이스의 낯빛이 빛이 떨어진 듯 확 밝아졌다.

"제가 이아나 양에게 도움이 되었다니 기뻐요. 앞으로도 열심히 할게요."

"그래. 힘들어도 도망치면 안 된다."

"그럴 리가 있나요?"

헤레이스가 제 왼쪽 가슴 위로 손을 올렸다.

"저는 앞으로도 당신의 좋은 동료가 되어, 제 나라를 지킬 거예요."

헤레이스가 진심을 담아 웃었다.

"고마워요, 이아나 양. 저를 붙잡아 줘서요."

이아나는 마탑 계단을 내려가는 길에, 라랏슈아의 실험실에 들렀다. 문을 열자마자 라랏슈아가 타로의 품에 안긴 채 앉아 있는 꼴을 볼 수 있었다.

"사귀는 건가?"

이아나는 대놓고 물었다. 그런데 대답이 돌아오지 않았다.

"설마 아직도 연인이 아닌 건 아니겠지? 대체 뭘 하는 거야?"

"내가 둔함의 왕에 연애 초짜였던 이아나 양에게 그런 소릴 듣다니."

타로의 품에 꼭 안겨 있는 주제에 투덜거리는 라랏슈아를 보며, 이아나는 회귀 전의 매드 매지션 라랏슈아와 유령같이 서 있던 타로를 떠올렸다.

아르하드에게 그들의 회귀 전 이야기를 들은 이아나는 강한 충격을 받았다.

회귀 전, 라랏슈아는 아르하드가 하인리히를 죽이자마자 그에게 악귀처럼 덤벼들었다고 했다. 그때, 그녀를 지키려던 타로는 심장이 꿰뚫려 죽었고, 라랏슈아는 타로를 키메라로 만들었다.

즉, 이아나가 만났던 타로는 이미 죽은 사람이었던 것이다.

매드 매지션 라랏슈아가 보유했던 키메라들은 많았다. 그리고 그 수많은 키메라들에게 키스를 해 주었던 그녀였다. 그런 라랏슈아가 타로에게만큼은 절대 키스하지 않았던 것이 생각났다.

'무슨 심정이었을까?'

그때의 그녀를 잘 알지 못하기에 정확히 헤아릴 수는 없었지만⋯⋯.

"뭘 그렇게 보고 있는 거야. 한심하다 이거야? 우리한텐 우리만의 진도가 있거든?"

눈앞에 어른거리던 회귀 전의 두 사람이 사라지고, 현재의 두 사람이 선명하게 나타났다.

라랏슈아는 뚱하고 새침하게 굴면서도 얼굴을 붉히며 타로의 품에 안겨 있었고 타로는 무표정했던 그때와는 달리 지극히 행복한 얼굴로 헤벌쭉 웃고 있었다.

지금의 그들을 보니 어쨌든 다행이다 싶었다.

"타로, 지금 스물여섯 살이던가?"

"엉? 맞는데 갑자기 왜?"

타로가 의아하게 쳐다보자 시디얀의 뜨거운 사막에서 그와 나누었던 대화를 떠올린 이아나가 웃으면서 말했다.

"포기하지 않아서 다행이다."

"어? 쉿! 쉿!"

"포기? 무슨 소리야?"

라랏슈아가 눈을 날카롭게 뜨며 당황한 타로를 쳐다보자 이아나는 제가 말실수를 했음을 알고 문을 닫았다.

빠르게 마탑에서 나온 이아나는 마지막으로 사무국을 찾았다.

이제 만나야 할 사람들은 모두 왕성 밖에 있었기 때문에 사무국에 있을 아르하드에게 말해 두고 나가야 했다.

벌컥!

사무국에서 업무에 몰두하고 있던 관리들이 이아나를 보자마자 깜짝 놀라 벌떡벌떡 일어났다. 이아나는 앉으라 손짓하며 아르하드가 있는 책상으로 다가갔다.

"이아나."

큰 책상 위로 서류의 산을 쌓아 놓은 아르하드는 이아나와 헤어진 지 얼마 되지 않았는데도 반갑다는 기색이 완연했다.

"오랜만입니다."

그 앞에서 중요 서류를 결재받고 있던 리키젠은 바늘로 쑤셔도 눈썹 하나 까딱하지 않을 것 같은 얼굴로 이아나에게 안부 인사를 건네었다.

"푹 쉬셨어요?"

"그래. 너는 바빴겠군."

서로에게 곤란한 질문은 슬며시 넘어갔다.

"그럼요. 여기 눈 밑으로 내려온 다크서클 보이십니까?"

"맞아. 네 얼굴을 보자마자 눈 아래부터 보이던데."

리키젠은 한숨을 쉬며 눈자위를 손으로 꾹꾹 눌렀다.

"큰 위협으로부터 안전히 보호받은 만큼 저는 제 소임을 다해야 한다고 생각하고 자체 혹사 중입니다."

리키젠뿐만이 아니라, 전쟁이 끝난 후, 대부분의 전투원들은 끈 떨어진 인형처럼 멍하니 휴식을 취하고 있었고 보호받은 비전투원들은 도시를 복구하고 체계를 정상화하느라 정신없이 일하고 있었다.

"어차피 넌 죽을 듯이 일하는 거 좋아하잖아."

이아나는 서류 한 장을 잡고 훑어보았다.

아르하드가 방비를 철저히 했지만 이그나이츠에도 피해가 전무하진 않았다. 그리고 바하무트 멸망 이후 해결해야 할 국제적인 문제들도 쌓여 있었다.

이아나는 아르하드가 측은해졌다. 자신은 전투에만 몰두했지만 아르하드는 전투에, 수호에, 국정에, 개편에, 온갖 잡다한 일들을 죄다 도맡아서 하고 있었다.

"나도 오늘부터는 일하겠다."

"네? 무슨 소리 하시는 거예요. 좀 더 쉬세요. 한 달을 쉬어도 모자라실 판에."

"난 원체 부지런한 성격이라 쉬면서도 뭔가를 해야 해. 훈련은 당분간 쉴 거야. 하지만 국정 부분은, 내가 한참이나 뒤처져 있으니까 하루빨리 따라잡는 게 낫겠지."

이아나는 깨어난 이후 변한 세상을 한번 쓱 훑어보기만 했을 뿐 줄곧 전투만 해 온지라 국가가 어떻게 돌아가고 있는지 전혀 따라잡지 못하고 있었다.

"쉬엄쉬엄할 테니 걱정 마. 그리고 아르하드는 일하고 있잖아?"

"전하는 원래 하시는 일이 이거니까 그렇죠. 전쟁의 책임자였던 이아나 님은 전쟁이 끝났으니 푹 쉬셔도 되지만, 국정은 이제부터 시작이니 국정의 책임자신 전하는 일하셔야 합니다."

"너, 의외로 아르하드에게 가차 없구나."

충신인 줄만 알았더니 채찍을 들고 있었다.

리키젠이 정색하더니 이아나가 무슨 말을 덧붙이기도 전에 두꺼운 노트 한 권을 내밀었다.

"……이렇게 말하고는 있지만 가만히 있을 이아나 님이 아니라는 걸 알고 준비했습니다. 이아나 님이 부재하시는 동안 최신 정책들을 정리해 두었습니다. 쉬시면서 그거나 읽어 보세요."

리키젠이 친절을 베풀 때면 언제나 감회가 새롭다. 회귀 전에는 그녀를 죽일 듯이 싫어했던 녀석이 이렇게나 변했다. 아르하드가 말하길, 리키젠은 이아나가 생각하는 것 이상으로 정말, 정말로 그녀를 혐오하다 못해 증오했었다.

"왜 그러세요? 제 노트 표지에 무슨 문제라도?"

"아니. 학술원 때가 생각나서."

이아나가 설핏 웃으며 노트를 받아 들었다.

학술원 때부터, 리키젠의 요약본은 믿을 만했다.

"알았어. 그럼 세상이나 한번 둘러보고 오겠다."

"그냥 두 분 같이 다녀오세요. 전하도 나라가 어떻게 돌아가고 있는지 직접 보시고 서류를 처리하시는 편이 낫다고 생각합니다."

"사양하지 않지."

아르하드가 책상에서 일어나며 뒤쪽 옷걸이에 걸려 있던 재킷을 잡아챘다.

"아, 리키젠."

이아나를 뒤따라 문을 나서기 전, 아르하드가 리키젠에게 말했다.

"승전을 기념하는 큰 축제를 열 거다. 오늘부터 착수해."

"안 그래도 준비 중이었습니다."

주인이 말하지 않아도 알아서 척척 잘하는 훌륭한 관리, 리키젠이 씩 웃으며 고개를 숙였다.

이아나는 왕성에서 나오자마자 하늘을 올려다보았다.

하늘은 무슨 일이 있었냐는 듯 눈이 아프도록 새파랗고 맑았다. 하얀 구름이 양 떼처럼 동동 떠다니는 하늘이 새삼스레 너무 예뻐서, 이아나는 잠시 가만히 서서 하늘을 감상했다.

"아, 제가 넋을 놓고 있었군요. 가요."

이아나는 함께 멈춰 서서 하늘을 바라봐 주고 있던 아르하드의 손을 잡고 발걸음을 옮겼다.

이아나와 아르하드는 가장 먼저 세마스티어의 중심지, 프리실라와 시아이외가 점령한 쇼핑과 문화의 거리로 향했다.

천재 디자이너 프리실라를 중심으로 형성된 패션의 중심지와, 시아이외가 운영하는 극장, 미술관, 서점 등이 즐비하게 늘어선 거리는 늘 사람으로 북적였다. 최근에는 솜씨 좋은 드워프 장인들이 합세하여 조성한 세공품 거리도 성황이라나.

이아나는 프리실라의 의상실로, 아르하드는 시아이외의 사무실로 향했다.

"셀린!"

들어서자마자 프리실라의 높은 목소리가 쩡하니 울려 퍼졌다.

"이 레이스 거꾸로 박았잖아!"

"죄, 죄송합니다!"

"잘했어. 예쁘니까 이렇게 가자!"

"네?"

이아나가 문을 열고 의상실 안으로 들어서자마자 프리실라가 흠칫했다.

"이 기운은."

문 쪽으로 몸을 홱 돌린 프리실라가 완벽한 모델을 발견하고 펄쩍 뛰었다.

"나의 영웅, 이아나 양!"

프리실라가 팔을 벌리더니, 줄자를 들고 달려들었다. 이아나는 익숙하게 프리실라를 안아 들었다. 이아나의 허리는 어느새 줄자로 감겨 있었다.

"승전 기념으로 한 벌 맞추죠!"

프리실라가 웃으며 당당하게 외쳤다.

프리실라의 이아나 사랑은 유명했기에 의상실의 보조 디자이너들은 그녀의 유난에 놀라지 않았다. 그저 이 나라 최고의 기사이자 전쟁 영웅인 이아나를 선망하며 눈으로는 흘끗거리고 귀를 가까이 가져갔을 뿐이다.

"옷은 이미 많은데요."

"더 많아야 해요! 영웅은 옷이 많아야 한다는 거 몰라요?"

"그게 어디서 나온 논리죠?"

"프리실라 논리랍니다."

프리실라는 유행의 최첨단에 위치하며 유행을 창조하는 대륙 최고의 디자이너. 디자이너들은 영웅은 옷을 많이 가지고 있어야 한다는 프리실라의 막말을 진지하게 새겨들었다.

"나중에요. 아직 만나야 할 사람이 많습니다. 당신 남편도 만나야 하고."

"아아, 그렇구나. 그럼 빨리 만나야죠! 지금 바로 우리 자기 보러 가요."

프리실라가 이아나의 손을 잡고 문밖으로 데려갔다.

"그런데 저 일주일 넘게 이아나 양을 만나려고 왕성을 방문했는데 만날 수가 없었어요."

프리실라가 음흉하게 미소 지으며 속닥거렸다.

"야한……."

이아나는 프리실라가 한 단어를 뱉자마자 입을 틀어막고 시아이외의 사무실로 갔다.

도착하자마자 아름다운 건물 앞에서 기웃거리는 예술인들을 볼 수 있었다.

시아이외는 뛰어난 심미안으로 공연, 음악, 미술 등등 온갖 문화를 선도하며 예술을 지원했다. 그의 눈에 들고 싶어 하는 예술인이 한둘이 아니었다.

이아나와 프리실라는 뒷문으로 향했다.

"내 사랑! 자기야!"

프리실라가 사무실 문을 열자마자 팔을 벌리며 달려갔다. 소파에 앉아 아르하드와 대화를 나누고 있던 시아이외는 프리실라를 여유롭게 받아 안았다. 시아이외는 프리실라의 이마에 짧게 키스해 준 다음 이아나에게 우아하게 인사했다.

"이아나, 어서 오세요."

이아나와 시아이외는 경칭을 생략하고 친구처럼 편하게 지내기로 한 상태였다. 이아나는 아르하드가 다정하게 내민 손을 붙잡고 그의 옆에 앉았다.

"축제에 대해서 얘기하고 있었습니다. 리키젠이 며칠 전에 연락해서 축제 개최에 관해서 의견을 구하더군요."

리키젠은 축제를 열어야겠다고 생각하자마자 문화 사업의 선두 주자이면서 나라에 성심성의껏 이바지하는 동료, 시아이외에게 바로 연락한 상태였다.

"전하께서 축제 개최를 승인하시고 오늘 저를 책임자로 임명까지 하셨으니 본격적으로 준비하겠습니다. 전쟁 이후 가라앉은 분위기를 끌어올리는 데는 축제만큼 좋은 것이 없지요. 당신도 좋은 의견 있으면 언제든지 말씀해 주십시오."

이아나는 유려하게 말을 이어 가는 시아이외를 물끄러미 바라보았다.

회귀 전, 시아이외는 예상대로 시아이외 루리아 로안느라는 이름을 전부 버리고 바하무트로 떠났다.

뛰어난 궁술로 전쟁에 혁혁한 공을 세우기도 하고, 바하무트에서도 풍족한 문화생활을 영위했지만 그는 늘 냉소적이었고 표정에는 그늘이 드리워져 있었다고 했다.

하지만 이번 생에서 그는 시아이외의 이름으로 이그나이츠에 정식으로 귀화했으며, 프리더스라는 성을 가졌다. 프리실라를 감싸 안고 시시때때로 그녀의 작은 머리에 뺨을 대는 그는 몹시 여유롭고 행복해 보였다.

프리실라, 시아이외와 헤어진 후에는 외곽 쪽으로 나갔다.

중심지와 외곽의 중간 지역에는 식당가가 있었다. 이 거리에서 가장 유명한 음식점은 엘로냐의 낙원이었다.

"어서 오세…… 아아아앗!"

주인 단테가 나르던 접시를 바로 내려놓고 문 쪽으로 달려왔다. 식당 안에 있던 사람들도 자연스럽게 문 쪽을 보았다가 눈을 휘둥그레 떴다.

"이아나 님, 전하!"

단테의 외침을 들은 덴마도 주방에서 뛰쳐나와 인사했다.

"오시기만을 기다렸어요! 풀코스로 대접해 드리고 싶은데 시간 괜찮으세요?"

이아나가 학술원 재학 내내 단골로 이용했던 엘로냐의 낙원의 주인, 덴마와 단테는 이아나가 졸업하고 동부에서 건국을 준비하고 있다는 소문을 듣자마자 식당을 정리해 로안느를 떠났다.

삶의 터전을 버리는 건 쉬운 일이 아니었으나 당시 바하무트 때문에 로안느의 분위기가 심히 험악했고, 몬스터 때문에 난리도 났었던 터였다.

이아나를 몰랐다면 죽든 살든 고향인 로안느에서 계속 장사를 했을 테지만, 덴마와 단테는 자신들이 생각하기에 가장 강하고, 가장 책임감이 있는 이아나가 새로운 나라를 건국한다는 얘기를 듣는 순간 이주를 결심했다.

이그나이츠에 일찌감치 자리를 잡은 그들은 끊임없는 연구로 이종족들의 입맛을 사로잡았다. 맛도 값도 훌륭한 데다 이아나까지 자주 찾아왔기에 엘로냐의 낙원은 이그나이츠에서도 유명한 식당이 되었다. 요즘은 지점을 낼까 고민 중이라고 했다.

"지금은 할 일이 많아서 간단하게 점심만 해결하려 합니다."

이아나가 미소 지었다. 회귀 전부터 인연이 있었던 그들이 이 그나이츠에서 잘살고 있으니 기분이 좋았다.

"알겠어요! 이쪽으로……."

"이아나 양! 아르하드 전하!"

단테가 이아나와 아르하드를 귀빈석으로 데려가기도 전에, 구석에서 존재감을 발산하고 있던 압실롯과 그의 가족들이 그들을 불렀다.

"어떻게 그렇게 강해졌는지 얘기 좀 혀봐!"

압실롯은 이아나와 아르하드에게 자리를 내준 후, 흥분해서 이아나에게 질문을 쏟아부었다. 대부분이 전투에 관해서였다. 이아나는 꼼꼼하게 답해 주었고 압실롯은 만족할 수 있었다.

"요즘 뭐 하고 지내십니까?"

"맛집 탐방. 다른 수인 애들도 식도락에 눈을 떠 가지고 요새 식당마다 우리 애들로 북적거려."

평화를 되찾은 요즘, 수인들 사이에서는 맛집 탐방이 유행이었다. 특히 압실롯은 최근 아내 란카와 거대한 아들들을 데리고 식당가를 활보하며 식당 주인들이 좋아서 비명을 지를 정도로 지갑을 두둑이 불려 주고 있었다.

그가 요즘 꽂힌 맛집은 엘로냐의 낙원이었다.

"근디 이렇게 먹기만 하면서 지내는 것도 잠깐이여. 몸이 찌뿌둥혀서 안 되겄어."

짧은 평화에도 지루함을 느끼는 수인은 압실롯뿐만이 아니었다. 수인들의 전투 본능은 전쟁이 끝나고도 도무지 죽질 않아서, 그들은 부른 배를 손으로 두드리며 경기장으로 가서 자기들끼리 싸우기 일쑤였다. 그리고 이젠 그것도 지겹다 외치고 있었다.

"곧 탐험대를 꾸려서 애들 데리고 새로운 땅을 개척하러 갈 거여. 이그나이츠 땅을 알차게 넓혀 주겄다, 이 말이여. 몬스터 토벌도 할 거고."

몬스터는 사라지지 않는다. 그들은 이 세상 존재들이 서로를 잡아먹고 또 잡아먹는 이상 생겨날 수밖에 없는 이 세상의 필요악이었다.

"든든하군요."

"그렇지?"

이아나는 씨익 웃는 압실롯의 얼굴을 가만히 들여다보았다.

회귀 전, 아르하드는 블랙폭시와 위프헤이머, 그리고 바하무트 황족을 박살 낼 때 압실롯이 조용히 지원해 줬다는 얘기를 해 주었다. 그 후, 그는 서부 사막에 칩거하며 바하무트와 연합의 전쟁에 거의 개입하지 않았다.

그건, 아마도…… 친우인 무르시와 핀이 잘못되고 나서 인간 세상에 염증을 느꼈기 때문이 아니었을까.

"계산하고 오지."

아르하드가 자리를 비운 사이, 그가 이아나의 귓가에 속삭였다.

"이아나 양, 남편을 무릎 꿇리고 비웃으면서 얼굴을 발로 차는 작업은 어떻게 되어 가는 겨?"

이아나는 압실롯의 말을 듣고 옛날 일이 생각났다. 아르하드가 봐줬다는 생각에 우울감이 극에 달해 있을 때 압실롯에게 상담을 한 적 있었다.

"비웃고 발로 차는 건 안 됩니다."

"아, 말이 그렇다는 거지!"

이아나는 시기를 가늠해 보고 진지하게, 조용히 말했다.

"아마도, 조만간 한판 붙지 않을까 합니다."

이아나는 제 인생, 제 평생의 목표를 결코 잊지 않았다.

강함의 끝에 이르는 것.

그건, 아르하드를 이기는 것.

끝을 넘어, 제2막이라 할 수 있는 무한을 달리기 위해선 그를 꺾어야만 했다.

압실롯이 입을 씰룩거리며 웃었다.

"엄청 기대하고 있을게. 꼭 이겨!"

"한번 해 보겠습니다."

아르하드에게 이긴다는 생각만 해도 심장이 빠듯해졌다.

식당을 나온 다음부터는 세마스티어 외곽을 돌았다. 가장 먼저 들른 곳은 카트너 연구소였다.

카트너 연구소의 타릴과 린제이는 바뀐 세계에 맞춰 도시들을 최상으로 발전시키기 위해 머리를 맞댄 채 궁리하고 있었다. 타릴은 마도 공학 쪽을, 린제이는 자연 친화 쪽을 맡은 채 균형을 이루는 도시를 꿈꿨다.

"아이고, 어서 오세요."

타릴은 이아나와 아르하드가 연구소에 오자마자 설계도를 안고 부리나케 뛰어나왔다. 생애 최고의 투자자 겸 마법사인 아르하드에게 침을 튀기며 제 설계를 설명했다.

아르하드는 설명을 들으며 설계도를 유심히 바라보다가 몇몇 부분을 지적하며 수정안을 내놓았고, 타릴은 감탄하며 바로 기록했다.

"자금은 걱정하지 말고 최상의 결과물만을 생각해라. 그렇다고 해서, 너무 비효율적이고 보여 주기용밖에 되지 않는 물건을 내놓으면 곤란해."

"명심하고 있습니다."

브리핑을 마친 타릴이 설계도를 소중히 안고 다시 연구실로 들어가는 걸 확인한 후, 이아나와 아르하드도 연구소에서 발길을 돌렸다.

그다음엔 근처에 위치한 샬리노 연구소에 가서 사키와 엘프 비스토만다를 만났다.

"이아나 님, 아르하드 님."

사키는 진자이 왕국 대신관 미리암 엘더리아의 허가를 받고 이그나이츠에서 연구를 계속하기로 했다.

대격변 이후 정령들을 부르기가 한결 쉬워져 치료술의 새로운 지평이 열렸지만 뇌와 심장, 영혼과 정신 등 정령들이 쉬이 손댈 수 없는 영역도 있었다. 사키는 그것들을 연구하고 싶었고, 연구 시설은 이그나이츠가 최상이었다.

비스토만다도 숲을 떠나 연구소에서 기거 중이었다.

그들은 이아나가 찾아오자마자 고개를 숙여 인사했다.

"그동안 고생 많이 하셨습니다. 이아나 님 덕분에 삶을 이어 갈 수 있게 된 생명이 너무나 많습니다. 이아나 님을 시디얀의 사막에서 만났던 건 천운이 아닐까 싶습니다."

"저도 사키와 비타를 그곳에서 만나서 다행이라고 생각합니다."

만약 사막에서 사키와 조우하지 못했다면, 라이프의 존재도 늦게 알았을 테고, 블랙폭시 소탕도 늦었을 테고…… 어쨌든 만나지 못했을 경우 꼬였을 일들이 너무 많았다.

"사키, 비타. 앞으로도 잘 부탁드리겠습니다. 당신들의 손에 삶을 이어 갈 생명이 많을 테니까요."

"그럴 수 있었으면 좋겠군요."

자기가 했던 말을 돌려받은 사키가 옅게 미소 지었다. 비스토만다도 옆에서 귀를 쫑긋거리며 고개를 끄덕였다.

"국왕 전하, 연구소를 풍족하게 지원해 주셔서 감사합니다."

사키는 아르하드에게도 인사했다.

"전부 이그나이츠의 발전을 위해서지. 감사 인사는 결과로 대신했으면 좋겠군."

"실망시켜 드리지 않겠습니다."

사키가 굳게 다짐하며 손을 모아 쥐었다.

그다음부터는 이종족들이 주로 머무르는, 도심과 떨어져 있는 다른 도시들을 돌았다.

높은 지대에 위치한 하늘 도시.

창공에서 다양한 종의 새들이 날개를 활짝 펴고 날아다녔다. 이곳에는 조인들이 살아가고 있었다.

이아나와 아르하드는 그곳에서 시저, 마히루스를 만났다.

마히루스는 은퇴하고 동족의 품으로 돌아가 어린 조인들을 훈런시키며 여생을 보내기로 했다.

이아나는 몇 번이나 그의 혀를 고쳐 주겠다고 했지만 마히루스는 매번 거절했다. 회복을 하고 싶었으면 벌써 했을 것이라며, 이 상처는, 다시는 가족을 잃지 않겠다는 각오라면서 말이다.

'이그나이츠의 적들을 잡아내는 매서운 눈들과 적을 찢어발길 수 있는 날카로운 발톱들을 기르겠습니다.'

마히루스는 손짓으로 그리 말하며 웃었다. 조인들은 마법을 쓰지 않아도 하늘을 자유로이 날아다닐 수 있고 감각이 매우 뛰어나며 특히 눈이 매우 좋다는 이점이 있어 정찰에 유리했다. 인재를 육성하겠다는 마히루스의 다짐은 몹시 반가웠다.

이그나이츠 북부의 바다.

대륙이 변형된 결과, 이그나이츠의 북부에는 커다란 바다와 섬들이 생겼다. 이제는 어인들과도 왕래할 수 있었다. 어인들은 바다에서 대륙으로 나가려는 몬스터들을 막아 주고, 해산물을 팔기도 하며 사람들과 어울렸다.

바다의 중심에는 이제 이그나이츠 소속이 된 진리의 탑도 있었다. 탑주 시라우사와 마법사 엔슈이라는 여전히 진리를 열심히 연구 중이다. 세상의 구조가 변하면서 연구 대상이 너무 많아졌기 때문에 쉴 틈이 없었다.

"제발 뭐든 얘기 해 줘요! 궁금해 죽겠습니다!"

이아나와 아르하드는 그들의 애걸을 이기지 못하고 연구를 최대한 도와주기로 약속한 후 탑에서 빠져나왔다.

드워프들의 도시.

드워프들은 카란켈 바위 산맥에서의 느릿하고 여유로우면서도 한편으로는 답답하고 고루했던 삶을 잊었다. 새로운 무구를 개발하고 망가진 무기들을 고치느라 정신없었다. 이것만 끝내면 고향으로 휴가를 떠날 거라며 비명을 질렀지만 비명에는 즐거움이 담겨 있었다.

첸델프는 전쟁이 끝난 후, 왕성에서 휴가를 얻어 드워프들의 도시로 왔다.

"요즘 손가락 마디만 한 장식용 모형 검을 만들어 달라는 주문이 많이 들어온다고 해."

첸델프는 이아나의 라이즈를 슥삭슥삭 다듬어 주며 최근의 유행에 관해서 즐겁게 이야기했다.

"전에도 그런 주문은 많았지만 요 며칠 주문이 폭주한다더군."

"왜 그런 거죠?"

"검이 이그나이츠의 상징이니까. 이름을 새겨서 탈리스만처럼 품에 넣고 다니거나 목걸이로 만들어서 걸고 다닌다고 해. 원하는 디자인은 대부분 다른데, 라이즈의 모양만큼은 최고의 인기를 누린다는군. 제작자로서 뿌듯해. 자, 다 됐다!"

첸델프의 손길을 거친 라이즈는 번쩍번쩍 빛이 나고 있었다.

"이아나, 이제 이런 말 지겨울 수도 있겠지만……."

이아나가 좋아하는 모습을 가만히 지켜보고 있던 첸델프가 입을 떼었다.

"나를 구원해 줘서 고맙고, 내게 네 검을 만들 기회를 줘서 고맙고, 나를 네 나라에 받아 줘서 고맙고…… 정말 고맙고, 또 고맙다."

이아나는 첸델프가 눈물이 그렁그렁 맺힌 눈으로 하는 말을 가만히 듣고 있다가 고개를 끄덕였다.

"저도 감사합니다. 라이즈를 만들어 주시고, 제 나라에 와서 훌륭한 무구들로 제 나라 사람들을 지켜 주셔서 정말 감사해요. 서로 감사할 일뿐이군요."

이아나가 씩 웃으며 첸델프에게 손을 내밀자 첸델프도 눈물을 닦아 내며 웃었다. 첸델프가 이아나의 손을 꼭 붙잡았다.

"앞으로도 잘해 보자."

"그러죠."

악수를 마친 첸델프가, 이번에는 뒤쪽에서 둘을 지켜보고 있는 아르하드를 흘끗거렸다.

이제는 아르하드가 무섭지 않았다. 처음엔 너무 무서워서 온몸이 떨렸는데, 이젠 아주, 몹시, 매우 든든해서 근처에 머무르고 싶었다. 뭐가 변한 걸까?

어쨌든 이제 무섭지 않았다. 아니, 오히려 열망에 불타오르고 있었다.

"저기…….. 전하."

첸델프가 용기를 내어 말을 걸었다. 아르하드가 뜻밖이라는 듯 눈썹을 올렸다.

"무구 세트를 제작해서 전하에게 선물하고 싶습니다. 받아 주시겠습니까?"

최후의 날, 첸델프는 전쟁터에 있었다. 그리고 수많은 사람들을 보호하는 아르하드를 눈으로 직접 목도한 순간, 번개를 맞은 것처럼 영감을 받았다.

"이아나의 라이즈를 제작한 장인의 손이라면 훌륭한 물건이 탄생하겠군. 고맙게 받도록 하지."

아르하드의 허락이 떨어지자마자 첸델프가 두 손을 하늘로 뻗으며 만세를 내질렀다.

왕국에서 나가기 전, 마지막으로 샤우부 대삼림에 들렀다. 크기가 많이 축소되었지만 그래도 대삼림이라는 위명이 어울릴 정도로 거대한 산과 숲들이 지평선 너머까지 펼쳐져 있었다.

이아나와 아르하드는 엘프들이 거주하는 숲으로 갔다. 거기서 엘프 꼬마들과 함께 꽃에 물을 주고 있는 핀과, 뤼미에르와 이야기를 나누고 있는 무르시를 만날 수 있었다.

"누나다!"

핀은 이아나를 보자마자 벌떡 일어나더니 이아나에게 달려왔다. 호기심을 주렁주렁 단 엘프 꼬마들도 조심스레 와서 이아나와 아르하드를 관찰했다.

곧이어 뤼미에르와 무르시도 다가왔다.

"어서 오세요, 여러분."

뤼미에르는 아름다운 나무가 가지와 잎사귀를 지상에 드리우듯 허리를 숙여 인사했다. 무르시도 사람 좋게 웃으며 오랜만이라며 인사했다.

"이아나 님과 아르하드 님의 활약, 정말 감명 깊게 지켜보았습니다. 역시 제가 사람 보는 눈 하나는 정확하지요. 이아나 님은 물론이요, 아르하드 님도 임시 용병으로 고용했던 제가 아니겠습니까. 하하!"

"정말 대단하십니다."

무르시가 호탕하게 농담을 하자 이아나도 딱히 겸손하게 굴진 않고 맞장구쳐 주었다.

무르시는 이그나이츠에 귀화한 후로, 이그나이츠 내부보다는 다른 나라들과의 무역에 집중하고 있었다. 이그나이츠에서는 이종족의 물건이 흔하지만 외국에서는 아직 희귀했다.

특히 엘프의 물건은 이그나이츠에서도 많이 풀리지 않았는데, 이는 상단이 엘프와 거래를 트기가 쉽지 않았기 때문이다. 엘프는 신의를 중요시하는데 그 신의는 이미 무르시가 독점하고 있었다.

"누나, 제가 기른 나무 묘목 좀 봐 주세요."

핀은 요새 숲에 머물며 엘프 친구들에게 식물 기르는 법을 배우고 있었다. 순수한 엘프들은 핀을 제 가족처럼 아껴 주었기에 핀은 아주 즐거운 나날들을 보내는 중이었다.

이아나는 이제는 많이 커서 소년이 된 핀을 당겨 안아 토닥거렸다.

회귀 전의 핀은…… 아르하드가 말해 주길, 이아나가 미노타우로스로부터 핀을 구해 줬던 그날 위프헤이머의 수많은 제자들 중 한 명에게 잡혀가 실험체가 되었다고 했다.

얼마나 괴로웠을까.

무르시의 심정은 어땠을까…….

"누나? 무슨 일 있어요?"

이제 다 컸다고 쑥스러워하던 핀은 저를 안은 이아나의 팔에 힘이 꽉 들어가자 걱정스레 물었다.

"다행이다 싶어서."

"엘프 친구들이랑 잘 지내서요? 걱정 마세요. 다들 착해요."

핀이 다부지게 외치며 이아나의 품에서 벗어났다.

"그리고 저도 이제 외롭다고 우는 어린애가 아니에요!"

아직 꼬마인 주제에 까불고 있다.

그래도 기특하긴 해서 이아나는 그래, 그래, 하며 핀의 머리카락을 헤집었다.

숲속 깊은 곳에는 나무들이 마치 경배하듯 경계선을 만들고 있는 뻥 뚫린 들판이 있다. 그리고 들판 한가운데에는 모든 식물의 어머니, 세계수 페임드라가 덩그러니 자라고 있었다.

페임드라는 이아나가 로베르슈타인과 싸울 때 도운 이후부터 지금까지 쭉 잠들어 있었다. 이아나는 아직도 페임드라가 대답이 없는 걸 보고 한숨을 쉬었다. 아르하드가 이아나를 위로했다.

"영혼은 멀쩡해. 잠들어 있을 뿐이야. 걱정하지 마."

"제가 괜히 그때 조급해져서……. 깨어나면 다시 한번 사과하고 싶군요."

샤우부 대삼림에서의 용건을 마친 이아나와 아르하드는 숲을 빠져나가다 말고 뜻밖의 존재를 만났다.

"오랜만이군."

칸데메이온이었다. 고급스러운 원피스를 차려입은 칸은 고혹적인 소녀의 모습이었다. 양산까지 들고 있으니 영락없이 귀족 영애 혹은 부잣집 여식이었다.

칸데메이온은 혼자서 그들을 기다리고 있었다.

"라오스는?"

"떼어 놓고 왔다."

이 자식이 또 무슨 꿍꿍이지.

이아나가 의심스러운 눈초리로 훑어보자 칸데메이온이 양산을 접으며 용건을 말했다.

"할 말이 있다. 부탁도 있고."

천하의 칸데메이온이 부탁이라니. 이 자식이 훼방을 놓았던 것들을 생각하면 꿀밤이라도 한 대 놓고 무시하고 싶었지만 궁금하긴 했다. 이아나가 아르하드를 바라보자 아르하드가 뜻대로 하라는 듯 고개를 살짝 끄덕였다.

한숨을 쉰 이아나가 팔짱을 꼈다.

"들어나 보지."

칸데메이온과 약속을 잡은 후, 이아나와 아르하드는 북쪽에서 서쪽으로, 서쪽에서 남쪽으로 천천히 대륙을 순회했다.

바하무트 제국 멸망 후, 제국의 땅은 수십 개로 쪼개졌다. 다수의 혁명군 세력들이 나라를 세운 결과였다. 그중 가장 큰 나라는 에토닌. 이그나이츠와 협력했던 루트 도리안의 나라였다.

테일런을 편들었던 이들은 처형당하거나, 노예가 되거나, 어마어마한 보석금을 내고 겨우 자유가 되었거나, 맨땅으로 내쫓기는 등 대부분 비참한 길을 걸었다.

대륙에 드리운 죽음의 피로감이 어마어마해서 정말 악랄한 악인들만 처형하고, 대부분은 노예로 만들어 국가를 복구하는 데 이용했다. 대다수의 국가들은 여전히 노예제와 신분제를 유지하고 있었다.

자발적으로 미개척지로 떠나는 사람들도 많았다. 대륙에 지각

변동이 일어나면서 대륙을 가둔 울타리 같던 오지가 축소되었다. 오지에서 길을 잃게 만들던 드래곤들의 결계도 사라졌다. 오지에서 살던 몬스터 수도 대폭적으로 줄었다.

이때까지는 바하무트 때문에 제대로 된 모험이나 개척을 할 수 없었다. 테일런이 죽고 나서야, 사람들은 일확천금의 꿈과 권력의 야망을 품고 미개척지로 떠날 수 있었다. 자기 땅이라고 외치기만 하면 자기 땅이 되고, 보석이 잠들어 있는 광맥을 찾아도 제 것이었다.

이아나와 아르하드는 대륙을 순회하다가 테라노우딘, 가마다이안, 밀라니코네, 프릴리아누, 네 드래곤들도 만났다.

후우우우웅! 후우우웅!

드래곤들은 최근 하늘을 자유롭게 날아다니기만 했다. 일주일 넘게 날아다녀도 여전히 즐거운 모양이었다.

그들은 내려와서 이아나, 아르하드와 대화를 나누진 않았지만, 날갯짓과 꼬리로 인사한 후 먼 하늘로 날아갔다.

"로안느네요."

이아나와 아르하드의 마지막 목적지는 로안느였다. 로안느와 이그나이츠 사이에 있던 국가가 로안느에 편입되어 이제 두 국가는 국경을 맞대고 있었다.

로안느 국경 안으로 들어가자마자 아르하드가 던지듯 물었다.

"로베르슈타인 영지도 가 볼래?"

"용건이 없는데요? 가고 싶지도 않고요."

"거기 사람들이 너를 예전과 달리 생각한다는 걸 확인해 보고 싶지 않아?"

"굳이 확인할 이유가 있을까요?"

이아나가 진심으로 궁금해하자 아르하드가 어깨를 으쓱였다.

"널 괴롭혔던 놈들이 후회하는 걸 보고 싶다는 내 유치한 마음이지."

"그럴 필요 없어요. 그 사람들이 절 어떻게 생각하든 이제 저와 상관없는 사람들이니까. 얘기를 나누고 싶은 하르첸은 테오도르에 있고요."

모든 사람을 위해 대의적으로 이것저것 많이 하긴 했지만 이젠 끝났다. 이아나는 앞으로 제 사람들을 아끼고 사랑하는 데만 집중하고 싶었다. 그래서 이아나와 아르하드는 곧장 로안느의 수도, 테오도르로 향했다.

테오도르에 들어서자마자 느낀 감상은, 어색하다는 것이었다. 회귀 전엔 평생을 살았고 회귀 후엔 3년 동안 지냈던 테오도르인데도 이젠 세마스티어가 더 익숙했다.

그들은 왕성으로 가서 슈나이더를 만났다.

"어렸을 때부터 라이즈 경을 회유했어야 했는데."

근황과 연합에 대해 짧게 이야기를 나눈 후, 슈나이더가 한숨을 푹 내쉬었다. 아르하드가 못마땅하다는 듯 눈을 치켜떴다.

"가망 없다는 걸 알고 하는 푸념이니까 도끼눈 뜨지 마. 가진 자로서 너그럽게 봐 주는 게 어떤가? 아니면 아직도 날 경쟁자로 생각하는 건가?"

"경쟁심이라기보다는, 내 사람에게 치근덕거리는 이상한 놈을 경계하는 거지."

아르하드와 슈나이더 사이에서 번개가 튀었다. 연합으로 그렇게 많이 협력해 놓고도 여전히 사이가 그다지 좋진 않았다.

이아나는 아르하드가 함께 회귀했다는 걸 알고 나서야 슈나이더를 끔찍하게 싫어하고 경계했던 이유를 이해할 수 있었다. 그녀의 전 주군이었으니 얼마나 싫었을까.

"사감과는 별개로, 앞으로도 잘 부탁한다."

"이쪽도. 귀환하면 연락하겠다."

사적인 관계는 바닥보다 조금 나은 수준이었으나 공적인 관계에서는 나무랄 데가 없었다.

"라이즈 경은 정진해서 지금보다 훨씬 더 강해지길 바라. 아직 젊은데 앞으로 얼마나 더 강해질지 기대가 돼."

슈나이더는 이아나를 맑고 푸른 눈으로 바라보며 씩 웃었다. 푸념을 늘어놨던 것과는 다르게 지저분한 감정은 없었다.

슈나이더와 헤어진 이아나와 아르하드는 이아나의 스승 제라드 후플루드가 기거하는 사무실로 향했다.

"들어오십시오."

테라스의 흔들의자에 앉아 책을 읽고 있던 제라드가 사랑하는 제자 이아나와 그의 남편 아르하드가 걸어 들어오자 탄성을 흘리며 자리에서 일어났다.

"앉아 계세요."

"그럴 수야 없지."

제라드가 흐뭇한 미소를 지으며 아르하드에게 인사했다.

"이그나이츠 국왕 전하. 이렇게 뵙는 건 처음이군요. 처음 뵙겠습니다. 제라드 후플루드입니다."

"아르하드 라이즈 이그나이츠입니다. 말을 편히 하시지요. 이아나의 스승이신 당신은 제게도 귀인이십니다."

"아닙니다. 한 나라의 지존이신 전하께 제자의 남편이라는 이유로 말을 함부로 할 수는 없지요. 이게 편합니다."

"편하시다면 그리하십시오."

"전하께서는 말을 편히 하시는 것이……."

"저도 이게 편합니다. 저는 이아나를 옳은 길로 이끌어 주신 당신께 감사하고 있으며 당신을 존중하고 싶습니다."

조심스럽게 주고받는 말에는 서로를 향한 존중이 존재했다. 존중은 공통점인 이아나에 대한 애정을 기반으로 했다.

테이블에 마주 보고 앉은 후, 아르하드가 먼저 말을 꺼냈다.

"이아나가 소중하게 여기는 사람들은 제게도 무척 소중합니다. 도움이 필요하시다면 언제든 이그나이츠의 문을 두들기십시오. 제가 당신을 최선을 다해 돕겠습니다."

제라드가 웃었다.

"전하께서 이아나를 많이 사랑하시나 봅니다. 한낱 스승에 불과한 저를 이리 존중해 주시는 것을 보니."

"몇 마디 말로는 표현되지 않을 만큼 사랑하지요."

"그만해요."

이아나가 조금 민망해하며 아르하드의 어깨를 밀자 그는 사실을 말한 건데 왜 그러냐며 다정하게 웃었다. 그 미소에서는 이아나에 대한 사랑이 물씬 묻어나다 못해 달콤하게 뚝뚝 떨어졌다.

제라드의 흐뭇한 얼굴이 더더욱 흐뭇해졌다.

"참으로 보기 좋습니다. 이아나가 이리 좋은 분을 만나 다행입니다."

"저야말로 다행이지요. 이렇게 좋은 사람이 제게 와줘서."

"……."

이아나는 아무 말도 하지 않고 고개를 숙였다. 귓가가 새빨개진 채 제발 그만하라는 듯 테이블에 놓인 아르하드의 손 위에 제 손을 올릴 뿐이었다.

아르하드는 손을 뒤집어 그 손을 잡았다. 이아나는 아르하드를 잠깐 흘겨보았지만 가만히 손을 오므려 마주 잡았다.

제라드는 맞잡은 두 손을 보며 이제 아득하게만 느껴지는 과거를 회상했다.

성정이 따스함에도 가문의 냉대 속에서 차게 얼어붙었던 아이. 인간에 대한 뿌리 깊은 불신과 증오로 일평생 홀로 살아갈 것만 같던 소녀.

제자는 유모와 호위 기사의 보살핌 속에서 불신과 증오를 짓눌렀고, 좋은 친구들과 지내며 타인과 어울릴 수 있게 되었으며, 소중한 연인을 만남으로써 사람을 사랑하는 법을 알았다.

'정말 잘됐구나.'

제라드의 흐뭇한 미소는 절정에 이르렀고 그를 슬쩍 보았던 이아나는 쑥스러워서 이 자리를 벗어나고만 싶었다.

"이아나, 너의 활약은 늘 기쁘게 전해 듣고 있단다."

"별것 아닙니다."

"그게 아니지. 너는 대단한 업적을 세웠고 그건 누구도 부정하지 못해. 나는 네가 내 제자라는 사실이 정말 자랑스럽단다."

"……자랑스러운 제자인가요?"

이아나가 좀 더 칭찬받고 싶어 하는 얼굴로 물었다.

회귀 전, 제라드는 이아나의 인생에서 유일한 '어른'이었다. 어른은 많았지만 이아나가 인정하는 진정한 어른은 그뿐이었고 이아나는 그의 앞에서는 저도 모르게 아이가 되곤 했다. 이아나 본인은 의식하지 못하지만 회귀 후에도 그러했다.

"당연하지. 자랑스럽지 않은 적이 없었단다."

제라드가 끌끌 웃자 이아나의 얼굴이 해사해졌다.

"이아나."

"네."

"네 삶의 모든 것을 네 스스로 선택했느냐?"

이아나는 제라드의 가르침을 떠올리며 단호하게 대답했다.

"네. 당연합니다."

"그럼 네 삶은 네게 있어 최고겠구나."

이아나가 마주 웃었다.

"최고지요."

"행복하느냐?"

"네. 무척."

"좋구나. 정말 좋아."

제라드의 안에서, 안쓰러운 작은 소녀의 모습 위로 행복해서 미소 짓는 성숙한 어른의 모습이 덧입혀졌다. 앞으로 제자를 떠올리면 서글퍼지기보다는 덩달아 행복해질 듯했다.

슈나이더의 궁을 떠난 이아나와 아르하드는 안젤리나의 궁 안으로 들어섰다. 안젤리나는 요새 궁 밖에 마련한 제 저택에서 머물 때가 많았지만, 오늘은 왕궁 안에 있었다.

꽃들이 아름답게 흐드러지고 잎사귀들이 녹음을 드리운 정원 한가운데서는 티타임이 벌어지고 있었다.

티타임의 참가자는 안젤리나와, 하르첸과, 엘리였다. 닛시는 엘리의 곁에서 따스한 햇볕을 만끽하며 바닥에서 뒹굴거렸다.

"어서 오세요!"

미리 연락을 해 두었기에 티 테이블에는 이아나와 아르하드의 자리도 마련되어 있었다.

"우리 엄청 재밌는 얘기 하고 있었어요."

물어봐 주길 바라는 것 같아 이아나가 무슨 얘기냐고 묻자, 안젤리나가 눈을 빛냈다.

"혹시 이아나가 주인공인 책이 있으면 어때요?"

"책이요?"

"엘리가 바하무트전을 기점으로 세상이 계속 확장될 거래요. 우주도 더 커지고."

안젤리나도 엘리의 정체를 알고 있었다.

"그 원인이 되는 역사를 정확히 기록한 책이 있으면 좋을 것 같아요."

"그럼 역사서를 쓰면 되죠. 왜 절 주인공으로?"

"그냥 역사서는 재미없잖아요. 소설 형식이 좋아요. 로맨스도 있고! 역사도 있고! 세계관도 있는! 그리고 이아나 양이 역사의 흐름 한가운데에 있으니까 당연히 주인공이죠. 물론 요즘 당신을 주인공으로 한 소설은 많이 나오고 있어요. 영웅기도 있고,

로맨스 소설도 있고. 엄청 재밌어요. 하지만 픽션이 너무 많아요. 후대 사람들이 보면 대체 뭐가 진실인지 모를걸요?"

"이미 사관이 진짜 역사를 기록하고 있긴 합니다만……."

"거기에도 기록되지 않는 것들이 많잖아요."

안젤리나는 엘리, 하르첸과 친하게 지내면서 많은 진실을 들었다. 진실을 알게 되면 알게 될수록 안젤리나의 욕망은 커져만 갔다.

"그러니까 대중에 절대 공개할 순 없겠지만, 이그나이츠의 비밀 서고 한곳에 정말 모든 진실을 담은 책 한 권이 있었으면 좋겠다는 말이에요. 아, 책 한 권이 아니려나? 대서사시라서 막 열 권 넘는 거 아니야? 그래도 상관없죠!"

안젤리나가 주먹을 불끈 쥐었다.

"글쎄요……."

이아나는 괜찮다 싶으면서도 회의적이었다.

밝히기 어려운 비밀도 많았고, 무엇보다…….

"그런 책을 누가 쓰겠다는 거죠? 대중의 관심을 받을 수도 없고 서고에서 먼지만 쌓여 갈 그 책을."

"여기 세 사람이요!"

안젤리나가 당당하게 저와, 하르첸과, 엘리를 차례로 가리켰다.

"저는 로맨스! 하르첸은 역사! 엘리는 세계관! 자료 제공은 여러분과 이 세상에서 살아가는 사람들!"

벌써부터 역할 분배가 척척이었다.

"저는 돈이나 인기에는 관심 없고 그냥 좋은 이야기가 보고 싶어요. 그리고 혹시 알아요? 정말 먼 훗날, 수백 수천 년이 지나서 비밀 서고에서 그 책이 공개되어서, 사람들이 꺼내 읽는 고대소설이 될 수도 있지요! 세상이 확장되면서, 우주에 다른 세계도 생기고 있다니까 다른 세상 사람들이 읽을 수도 있지 않을까요!"

흥분해서 망상을 늘어놓던 안젤리나가 결국 이성을 잃었다. 이아나가 내켜 하지 않는 걸 발견한 하르첸이 웃으면서 말했다.

"그냥 우스갯소리로 있으면 어떻겠냐고 얘기하고 있는 거야. 심각하게 받아들이지 마."

"아뇨! 저 정말 진지해요!"

"안젤리나의 처음 고민은 이아나 너랑 더 친해지고 싶고 비밀 얘기도 하고 싶다는 거였어. 그 주제가 발전해서 이렇게 된 거야."

"마, 맞긴 한데. 그래도 진심인데."

안젤리나는 갑자기 시무룩해졌다.

"하르첸, 너 왜 진지하지 않았던 척해. 네가 벌써 제목도 지어 줬잖아. 괜히 이아나가 내키지 않아 하니까 빼는 거지?"

"그냥 맞춰 준 거지."

"나, 네가 말한 그 제목 정말 괜찮다고 생각하고 있었는데."

이아나가 하르첸을 바라보자 하르첸이 자연스럽게 시선을 피했다.

"뭔데요?"

이아나가 궁금해하자 안젤리나가 냉큼 말했다.

"아도니스요!"

확실히. 이아나의 삶을 지켜보았고, 그 꽃을 선물했던 하르첸만이 붙여 줄 수 있는 좋은 단어였다. 이그나이츠의 국화이자, 이아나의 삶과 그녀의 역사를 단번에 축약할 수 있는……

　"지금은 별생각 없네요."

　이아나는 거절했고, 안젤리나의 어깨는 처졌다.

　"그래도 한 번쯤은 생각해 보세요……. 포기하지 않을 거야."

　안젤리나는 금방 힘을 냈다.

　"그나저나 이그나이츠에서 큰 축제가 열린다면서요?"

　"벌써 들었습니까?"

　"시아이외 오라버니가 연락해 주었어요."

　시아이외는 안젤리나와 사이가 데면데면했으나, 밝고 붙임성 많은 안젤리나가 시아이외에게 계속 연락을 시도한 결과 가끔 그녀와 연락을 주고받고 있었다.

　"로안느랑 축제 기간이 겹치지 않는대요. 이그나이츠 축제 기간에는 이그나이츠에 있는 저택에서 지내야겠어요. 아주 기대하고 있답니다."

　안젤리나는 로안느의 왕녀였으나, 이그나이츠에 저택을 하나 사 두고 들락날락거리며 반쯤 이그나이츠의 국민처럼 지냈다.

　안젤리나가 한참 동안 즐겁게 축제에 대해 이야기하는 것을 들어 주던 이아나가 문득 시계를 보았다. 하르첸이 그것을 놓치지 않고 물었다.

　"혹시 바쁜 사람 잡아 둔 거야?"

　"바쁘진 않은데, 오늘 갑작스럽게 오후 약속이 생겨서. 미안하지만 곧 나가 봐야 합니다."

"아, 그래요? 그럼 티타임을 슬슬 마무리해요. 아쉽다⋯⋯."

"티타임은 언제든 또 가질 수 있잖아. 그렇지?"

하르첸이 이아나에게 조심스레 묻자, 이아나는 웃으며 긍정했고, 하르첸과 안젤리나의 안색이 확 밝아졌다.

"엘리는 데려가겠습니다."

"저요?"

엘리는 의아해하다 테이블 아래에서 잠들어 있던 닛시를 끌어안으며 자리에서 일어났다.

"책, 잘 생각해 봐요!"

하르첸과 안젤리나의 배웅을 받으며, 세 사람과 고양이 한 마리는 왕성을 나섰다.

"무슨 일 있어요?"

"가 보면 알아."

아르하드가 시전한 텔레포트가 빛이 되어 세 사람을 집어삼켰다. 엘리는 좌표를 확인하고 텔레포트 위치를 짐작했다.

'롯소 산맥 중심부? 칸? 갑자기 사라졌나 싶더니 무슨⋯⋯.'

아니나 다를까 칸데메이온이 앞에 서 있었다.

칸데메이온이 천천히 걸어와 엘리, 라오스의 앞에 섰다.

"라오스, 내기의 대가를 지불하지."

칸이 나지막하게 말했다.

"내기의 대가?"

라오스의 표정이 묘해졌다.

"지금?"

"그래. 내가 가장 원하는 '죽음'을 주는 것이 네 소원이라고 했었지.”

“야. 그 소릴 여기서……..”

“난 네 소원대로, 언젠가 내가 원하는 순간 네게서 죽음을 받아 가겠다.”

라오스는 영문을 알 수 없어 칸의 다음 말을 기다렸다.

“하지만 미련 많은 너의 죽음은 내가 바라는 게 아니야. 네 소망이 모두 이루어지고, 네게 아무 여한이 없을 때의 죽음을 바란다. 즉, 네가 정말로 바라는 걸 지금 이루어 주겠단 소리다.”

“대체 무슨 소릴 하는 거야.”

“로베르슈타인과 로이긴을 다시 보고 싶지 않나?”

생각지도 못한 말에 라오스가 헛숨을 들이켰다.

화아아악!

원래의 몸으로 돌아온 라오스가 이내 사납게 눈을 치떴다.

“칸, 이상한 짓 하지 마!”

“이상한 짓이 아니라, 네가 망쳐 놓은 두 존재의 삶을, 네 동의하에 정상 궤도로 되돌려 놓으려는 거다.”

“내가 망쳐? 정상 궤도로 되돌려 놔?”

칸이 들고 있던 양산을 접어 땅에 내려놓았다.

“이 세계는 탄생에서 죽음으로 흐르고, 죽음에서 새로운 탄생으로 흐른다. 로베르슈타인과 로이긴은 종말 때 죽어야 마땅했지만 네 미련으로 죽지 못했지. 아카식 레코드를 거치지 못하고 비정상적인 전생을 했어야 했으며, 끝내는 자신들의 완전한 소멸을 깨닫고 비정상적으로 사라져야만 했다. 라오스 너 때문에 그들의 삶은 엉켜 버렸어."

칸이 아르하드를 가리키며 실소를 머금었다.

"라오스, 우리는 한 균형에 얽매여 있고, 난 네가 저지른 일들을 처리해야 하지. 난 지금, 네가 망친 최초의 섭리를 수습하려 한다."

"그건 엄마와 아빠의 심장을 없앰으로써 해결하지 않았어?"

"아니."

칸이 오른쪽 발로 바닥을 쿵 내리찍자 대륙이 쪼개지며 아카식 레코드로 향하는 문이 열렸다. 아카식 레코드의 입구는 그곳에 있던 이들을 빨아들였다.

그들은 어느새 아카식 레코드의 중앙에 닿아 있었다. 테일런이 망가트렸던 아카식 레코드는 정상으로 되돌아와 있었다.

그곳에서, 칸이 두 손을 내밀었다.

사아아아아아…….

두 손 위로, 빛의 가루들이 모여들었다.

"닛시가 죽었을 때 네가 심장 가루를 강제로 모았던 것처럼, 나도 그들의 심장 가루를 모아서 너 몰래 봉인해 두었지."

생각지도 못한 상황에 라오스의 몸이 덜컥 멈추고, 닛시가 냐! 하며 으르렁댔다.

"그들의 혼돈의 조각은 이렇게 가루가 되면서 영혼과의 연결이 완전히 끊어졌다. 하지만 다른 기운을 섞어 새로운 심장으로 빚어낼 수는 있지. 가루 하나하나에 영혼의 흔적이 남아 있기 때문에 이것들을 성분으로 해서 새로 만든 심장에 원래 영혼을 다시 심으면 닛시처럼 과거를 기억하지만 과거의 인물은 아닌 존재가 되는 거고."

칸은 닛시가 다리에 매달려서 할퀴고 꽉 물어 대는 걸 무시하고 계속 말을 이어 갔다.

"하지만 이 방법은 틀려먹었어. 원래 영혼은 이미 완벽하게 이아나와 아르하드의 영혼이 되었으니까. 그래서 나는……."

칸의 주변으로 영적인 기운이 몰아쳤다.

"로베르슈타인과 로이긴이 '새로운 영혼'으로 탄생해 살아갈 기회를 주려 한다."

"난 이미 모든 미련을 버렸어! 왜 이러는 건데?"

라오스가 이성을 잃고 외쳤다.

"그냥 내버려 둬!"

"정말? 그럼 이 심장 가루들을 놓아 버릴까? 불균형의 소멸은 균형을 바로 맞추는 방법 중 하나니 난 상관없어."

칸이 손에 힘을 빼려 하자 라오스의 얼굴이 창백해졌다.

"이건 내가 섭리의 허점을 뚫어, 실패했던 그들과 너에게 주는 유일한 기회다. 선택해라, 라오스!"

칸의 눈이 검게 불타올랐다.

"이들을 이대로 아예 없는 존재로 만들지, 아니면 새로운 존재로서의 탄생의 기회를 줄지!"

"아, 아, 알았어. 내가 어떻게 해야 하는데?"

라오스가 울음을 꾹 참으며 떨리는 목소리로 물었다.

"하지만 어떤 방식으로든 이아나와 아르하드의 삶에 영향을 주는 건 절대 용납 못 해. 절대로! 그럴 바엔 포기하겠어."

"순리로 돌리기 위해 두 사람의 도움은 받겠지만 그들의 삶에 영향을 주진 않을 거다. 이미 저 둘에게 모두 설명하고 네가 원한다는 전제하에, 동의도 받았어."

칸이 라오스에게 두 손을 내밀었다.

"너도 동의한다면, 네 힘을 불어넣어 가루를 뭉쳐라."

라오스가 이아나와 아르하드를 바라보았다. 그들이 고개를 끄덕이자, 결국 라오스는 머뭇거리며 손을 뻗었다. 라오스의 인도를 받은 혼돈의 조각 가루들이, 뭉쳐서 심장의 형태가 되었다. 그러나 아직 심장이 된 건 아니었다.

"모체를 대신할 것을 만들어야지. 알껍데기로 감싸."

라오스는 칸의 지시에 따라 알껍데기를 형성하여 그저 뭉쳐 있을 뿐인 심장 가루를 감쌌다.

"손을 얹고 신력을 불어넣어라."

알에 손을 얹은 라오스가 멍하니 신력을 불어넣고, 칸도 아래에서 신력을 불어넣었다.

"이아나, 아르하드."

칸이 부르자 이아나와 아르하드가 다가와 알에 손을 얹었다.

그리고 로베르슈타인과 로이긴의 기억과 감정들을 하나하나, 그들이 이 시대에서 소멸하는 순간 했던 생각들까지 천천히, 일일이 죄다 떠올렸다.

얼마나 시간이 지났을까.

알 안쪽에서, 그저 뭉쳐만 있던 심장 가루가 꿈틀하며 반응하더니 다시 뭉치기 시작했다. 심장 주변의 신력이 심장과 공명하며 일렁거리더니 이아나와 아르하드가 떠올리는 것들을 모조리 흡수했다.

"심장이 제가 과거에 겪었던 기억과 감정에 반응한 거다."

심장은 영혼의 그릇이자 중심. 기억과 감정이라는 영혼의 흔적을 접한 그릇의 가루들은 원래 영혼이 귀환하여 자기들을 다시 하나로 만들어 주길 강하게 원했다. 하지만 영혼과의 연결은 뚝 끊어진 상태였다.

그럼에도 한데 뭉친 가루들은 강렬하게 원했다.

갈망은 주변의 신력으로 전해졌다.

영혼은 생을 강하게 원해 자아를 자각한 영체 덩어리다. 그리고 영체의 재료는 신력이다.

로베르슈타인과 로이긴의 기억에 생에 대한 열망이 깃들어 있다면, 갈망과 합쳐져 상승효과를 일으킬 것이다. 심장 주변의 신력은 영체로 빚어질 것이고 한데 뭉친 영체는 새로운 영혼으로 탄생할 것이다.

"끝이다. 이제 뒷일은 로베르슈타인과 로이긴이 생을 얼마나 열망했느냐에 달려 있다. 너는 알에 계속 신력이나 불어넣어 줘."

칸이 라오스에게 두 알을 떠넘겼다.

"다시 태어난 그들의 모습은 네가 아는 그들이 아닐 수도 있다. 많은 일들을 겪으면서 변했을 테니까. 그리고 알다시피 로베르슈타인의 심장에서 근원기는 내가 붙잡지 못해서 천칭계로 갔다."

라오스도 알고 있었다.

로베르슈타인의 근원기는 천칭계로 왔고, 그래서 칸데메이온이 이런 계획을 세우고 있었을 줄 몰랐던 것이다.

"근원기를 잃고 균형의 사명을 벗은 로베르슈타인의 새 영혼은 네가 알던 로베르슈타인과 다르게 행동할 가능성이 높다."

"……괜찮아."

"그리고 그들은 다시 태어난다면 우리가 구축한 섭리에 맞춰 살아야 할 거야."

"다 괜찮아."

라오스가 두 알을 끌어안으며 중얼거렸다.

"그래? 다행이군. 영혼 생성은 꽤 오래 걸린다. 수십, 수백 년이 걸릴지도 모르지. 아, 열망이 없다면 아예 태어나지 못할 수도 있으니 그건 알아 둬."

칸이 무심하게 경고한 후 하품했다. 그리고 제 발밑에 있던 닛시가 알로 달려가는 것을 보았다. 닛시가 로베르슈타인의 심장을 감싼 알에 달라붙어 서글프게 울었다.

"냐! 냐!"

닛시는 슬퍼 보이면서, 동시에 기뻐 보였다.

'아.'

그 장면을 지켜보던 이아나는 벼락을 맞은 기분이었다.

비로소, 닛시의 정체를 깨달았다.

이아나는 입을 열었다가 다물었다.

그 이름을 말하는 순간, 내가 알던 닛시는 사라져 버리겠지. 그게 저 존재가 바라는 일일까?

"닛시."

이아나가 부르자 닛시가 돌아보았다. 뛰어와서 이아나의 다리를 붙잡고 머리를 비볐다. 좋아 죽겠다는 듯.

"……."

이아나는 닛시의 푸른 눈동자를 들여다보았다.

언젠가는 터놓을 수도 있겠지만 지금은 아니다. 당사자가 원하는 것도 아닌 것 같고.

"닛시."

그래서 이아나는 이 존재를, 지금까지 그래 왔던 것처럼 닛시로 대하기로 했다.

"냐!"

닛시가 행복하다는 듯 대답하곤 다시 라오스에게 달려갔다. 라오스는 알들을 끌어안고 울고 있었다.

다행이었다. 어찌 됐든 저들이 행복해질 수 있는 날이 와서.

이아나는 이번엔 칸을 쳐다보았다.

"이러나저러나, 넌 라오스를 아끼는구나."

칸은 입술을 비뚜름히 세웠지만 부정하지는 않았다.

"처음부터 이럴 생각은 없었다. 생각이 바뀐 거지."

그 말을 하고 칸은 잠시 침묵했다.

"나는 사랑이라는 게 매우 우습고 약한 감정이라 생각했었다. 긍정적인 부분보다는 부정적인 부분이 많다고 여겼었고."

그러다 천천히, 제 속내를 드러내기 시작했다.

"나는 신성시대 때처럼 이 시대 또한 최악으로 치달을 거라고 비웃었다. 너희는 로베르슈타인과 로이긴의 연장선일 뿐이며, 그들과 똑같은 결말을 맞이할 것이라 여겼지."

칸이 이아나와 아르하드를 똑바로 쳐다보았다.

"하지만 아르하드가 위대한 시간의 기록을 지우는 힘을 가졌을 때부터, 그 생각이 흔들리기 시작했다."

[다시 사랑하게 된 건가?]

"……."

[수천 년간 쌓아 온 증오를 뛰어넘을 만큼?]

"다시라는 말은 옳지 않다. 그 여자는 로베르슈타인이 아니다. 나
도 로이긴이 아니고. 전생은 이용할 수 있는 수단일 뿐이지."

"아르하드가 롯소 산맥 중앙에 와서 심장이 부서지는 것도 마
다하고 위험한 바하무트를 상대로, 몸까지 망쳐 가며 본체화하
며 너를 구했던 날, 너희가 더는 로베르슈타인과 로이긴이 아니
라는 걸 깨달았지만 여전히 의심했지."

이아나를 시험하고 균형의 시련에 들게 했음에도, 이아나가
결국 어떻게든 천칭을 부수고 로베르슈타인의 심장을 파괴했을
때는 정말 아니라는 걸 인정했다.

"변하지 않을 거라 생각했던 로베르슈타인과 로이긴도 너희로
인해 변했다. 그리고 그들이 소멸하여 라오스가 슬퍼하는 걸 지
켜볼 땐, 나답지 않게 조금 안쓰럽다 생각했지. 그래서 심장 가
루를 모아 뒀던 거고."

그때부터, 칸은 서서히 내기에서 지고 있음을 느꼈지만 방해
하는 걸 포기했다. 그리고 마침내 이아나가 테일런을 죽였을 땐
내기의 패배를 온전히 인정했다.

"너희가 이겼다."

칸이 비스듬히 웃었다.

"어디 한번, 그 사랑으로 행복하게 잘 살아 보도록."

⤔⤙⬧⤘⤕

"하아아……."

이아나가 기지개를 켜며 시원한 바람을 만끽했다.

아르하드는 몸을 쭈욱 펴는 이아나를 뒤따라가며, 다정하고 따뜻한 시선으로 지켜보았다.

아카식 레코드에서 빠져나온 이아나와 아르하드는 이그나이츠로 귀환했다. 하지만 바로 왕성으로 돌아가진 않고 그들이 좋아하는 장소를 산책하고 있었다.

그 장소는, 이아나가 긴 잠에서 깨어나 처음으로 봤던 들판이었다. 노란 아도니스가 흐드러지도록 피어 있었던…….

그새 아르하드가 붉은 아도니스도 심어 놓아 들판은 이제 알록달록한 색으로 물들어 있었다.

쏴아아아아아…….

불어오는 바람이 풀과 꽃들을 포근히 뉘였다.

선선한 바람을 쐬며 하늘을 슬쩍 본 이아나가, 들판의 높은 곳에 위치한 나무 한 그루로 달려가 기대앉았다.

"앉아서 잠깐 쉬어요."

"그러자."

이아나가 원하는 것이라면 뭐든 해 주고 싶고, 이아나와 함께라면 뭘 하든 행복하기만 한 아르하드는 기꺼이 그 옆에 앉았다.

그들은 가만히, 먼 하늘을 바라보았다.

태양이 지평선 너머로 떨어지고 있었다. 곧 어둡고 평온한 밤이 찾아올 예정이었다.

낮과 밤의 경계선.

태양이 마지막으로 흩뿌리는 빛은 어둠과 섞여 들며 푸르렀던 하늘을 노을로 물들이고, 들판을 황금빛으로 물들였다. 붉고 노란 아도니스는 원래 하늘의 일부였던 것처럼 하늘과 닮은 색을 뽐내며 경계선을 무너뜨렸다.

이곳이 하늘인지, 땅인지, 꽃인지 알 수 없었다.

이아나와 아르하드의 눈동자에도 꽃이 담겨 있었다.

이아나는 행복했다.

이 시간이, 이 순간이, 벅차도록 좋았다.

"정말 많은 일이 있었네요."

이아나가 아르하드의 어깨에 천천히 머리를 기댔다.

"당신이 시간을 지우지 않았다면 없었던 일들이겠죠."

그가 시간을 지움으로써 이아나의 삶은 완전히 다른 길을 향해 나아갈 수 있었다.

"제게 기회를 줘서 감사합니다. 저를 포기하지 않아 줘서, 고마워요."

만약 아르하드가 이아나를 포기했다면, 이아나는 이런 행복감을 결단코 느끼지 못했을 것이다.

"네가 내게 맹세하지 않았다면 그럴 수 없었겠지."

아르하드가 이아나의 이마에 키스했다.

"내가 시간을 지웠다고 해도 네가 내게 와 주지 않았다면 다 소용없는 일이었겠지."

그가 제 안의 모든 사랑을 담아 이아나를 품에 끌어안았다.

"고맙다. 나를 사랑해 줘서. 내가 너를 사랑할 수 있게 해 줘서. 나를 행복하게 해 줘서."

그건 내가 할 말인데…….

"저야말로……."

이아나는 중얼거리며 아르하드를 마주 끌어안고 그의 가슴에 얼굴을 묻었다. 어쩐지 눈물이 날 것 같았다.

열심히 살아오길 잘했다.

회상하기도 하고, 추억하기도 하고, 잊기도 하고.

힘들어서 주저앉기도 하고, 화가 나서 발버둥 치기도 했지만 그래도 포기하지 않고 최선을 다해 달리길 잘했다.

행복은 언제나 한 송이 꽃처럼 길의 끝에서 기다리고 있었다.

"행복해요."

그리고 마침내, 이아나는 그 꽃에 닿았다.

-아도니스 편 終
-아도니스 完結

번외. 신화 편(4)

번외. 신화 편(4)

오랜만이에요, 여러분!

아이고, 삭신이야. 온몸이 아파요.

전 최근에 오랜 잠에서 깨어났는데 아직도 회복이 잘 되지 않아요. 하지만 세상이 평화로워졌으니 금세 건강해질 수 있을 거예요. 걱정하지 마세요!

이제 이야기가 얼마 남지 않았어요.

자, 마지막 이야기를 시작해 볼까요?

로는 제게 그동안 있었던 일들에 대해 말해 주었습니다.

로는, 제가 그녀의 배 속에 새로운 생명이 있음을 알려 준 이후, 아이를 어찌해야 할지 결심하지 못하고 갈팡질팡했다고 합니다. 그 상태에서 미쳐 버린 로이긴이 어찌 행동할지 몰라 두려웠다고 해요.

결국 로는 심판의 권능으로 로이긴이 찾아올 수 없는 장소를 찾았고, 천칭은 막대한 신력을 대가로 받고 그녀를 아카식 레코드라는 곳으로 안내했다고 합니다.

로는 그곳에서 '라오스'를 낳았습니다.

지금 손을 잡고 있는 아이가 바로 그 아이였습니다. 그런데 로는 제게 심각한 표정으로 말했습니다.

"이 아이의 권능이 심상치 않아. 세상의 법칙을 바꿀 수 있는 '법칙' 권능이야."

저는 조금 놀랐습니다.

"그리고 라오스를 낳을 때, 칸데메이온이라는, 로이긴을 닮은 아이가 불쑥 나타났어. 몹시 불길한 기운을 두른 그 애는, 무한한 파괴의 가능성을 품고 있었어. 지금은 얌전히 있지만 나중에는 무슨 행동을 할지 몰라."

로는 라오스가 조금 자랄 때까지 아카식 레코드에서 키우다가 세상으로 나왔다고 했습니다.

"페임드라, 난 두려워. 내가 또 무슨 짓을 저지른 게 아닌지 무서워! 하지만 나는 이 아이를 사랑해. 로이긴이 이 아이에게 무슨 짓을 저지르면 어쩌지? 이 아이가 죽으면……."

두서없이 뒤죽박죽 말을 꺼내는 로는 매우 불안정했습니다. 또 몹시 우울해 보였습니다.

"미래를 봐 줘, 페임드라. 내가 대체 어찌해야 하지?"

제가 생각하기에, 우리의 미래가 딱히 밝을 것 같진 않았습니다. 만약 미래를 봤는데 암울한 미래가 나오면 어쩌지요? 하지만 로가 원하니, 봐 줄 수밖에요.

하지만 제가 본 미래를 로에게 전달하려면 정령이 있어야 해요. 정령들은 지금 이 세상에 불려 나오지 못하는 상태고요.

"들을 수 있어. 들을 수 있으니까……."

어찌해야 하나 고민하던 차에 로가 절박하게 말했습니다. 저는 놀랐습니다. 로가 제 생각을 읽은 듯했기 때문입니다.

어떻게, 라고는 그 당시의 로에게는 상세히 묻지 않았습니다. 불안해하는 로에게 설명할 여유 따위는 없어 보였으니까요.

저는 권능을 발동해 로의 미래를 지정했습니다. 미래의 장면들은 단편적으로 뚝뚝 끊어지며 제 시야를 장악했습니다.

어?

그런데 미래는 정말 생각지도 못한 특이한 모습이었습니다. 미래의 세계는 지금의 신성시대와는 전혀 달랐어요. 생명이 넘쳐흐르고, 탄생과 죽음이 아주 자연스러웠죠.

로베르슈타인을 닮았지만 로베르슈타인과 다른 아이가 저로 추정되는 그루터기 근처에서 아주 어린 모습에서부터 차츰차츰 성장하는 장면이 시작이었어요.

그다음은 검은 천을 뒤집어쓴 두 사람이 서로를 '로'와 '안'이라고 부르며 적들과 싸우는 장면이었어요. 그들은 로베르슈타인과 로이긴의 기운을 희미하게 풍기고 있었습니다.

그런데 로베르슈타인과 로이긴과는 너무 다르게 생겼어요. 그

느낌도 너무 달랐고요.

그들이 서로를 마주 보며 구김살 없이 웃는 장면도 봤어요. 정말, 인상 깊을 정도로 행복해 보였어요.

안이라는 소녀가 태양을 닮은 검을 쥐는 장면을 끝으로 저는 머리가 너무 아파서 미래를 보는 것을 그만두었습니다. 그리고 제가 본 것들을 가감 없이 로에게 전해 주었어요. 그들이, 현재의 로베르슈타인과 로이긴이 아닌 것 같다는 얘기도요.

"로와 안……. 로, 안. 로와 안이라."

"로와안…… 느으으."

"로이긴과 로베르슈타인이 아닌, 로와 안……."

"로와아아아느……?"

라오스가 로의 집요한 중얼거림을 따라 합니다.

로가 제 품에 안겨 있는 사랑스러운 라오스를 내려다보네요. 라오스는 말을 배우려는 것 같았습니다.

"로아앙느으으."

"그래, 아가. 로와 안. 그게 내 미래라는구나."

아직 말을 제대로 하지 못하는 아이는 말꼬리를 늘어뜨렸습니다. 발음이 마음에 드는지 방실방실 웃으며 반복하네요.

로는 라오스를 가만히 내려다봅니다.

"지금의 세계와는 다른 세계라. 법칙의 권능을 가진 이 애가 세상을 바꾸나 봐. 그렇지? 나와 로이긴은 그 세상에서 다른 존재로 환생해서 살아가는 거고."

환생?

환생이라는 게 이 세상에 있었나요?

로는 아카식 레코드에서 세상의 비밀을 보고 왔나 봐요.

제 이야기를 듣는 내내 뭔가를 결심하듯이 차분하게 가라앉던 로의 눈빛이, 이제는 얼음장처럼 시렸습니다. 결코 녹아내리지 않을 얼음 같았어요.

로, 내가 본 미래는 그저 정해지지 않은 수많은 미래들 중 가장 가능성이 높은 하나일 뿐이야.

제가 다급히 말했지만 로는 다르게 받아들인 것 같았습니다.

"그래. 그러니까, 그 미래를 확실하게 가져야겠어."

그 이후, 로는 또다시 행방불명이 되었습니다. 모습을 감추기 직전에 한 번 만났는데, 로는 추종자인 르보니와 함께 있었어요.

그리고 몇 년이 지나……

"흐아아아앙!"

결국 신성시대에는 종말이 찾아오고 맙니다.

"엄마! 엄마!"

로이긴을 죽이고, 제 몸에 몸을 기댄 로는 미동이 없습니다. 심장의 박동은 멎어 가고 있습니다.

안녕, 친구. 결국 이렇게 되는구나……

저도 로를 따라 곧 소멸되지 않을까 했어요. 정신이 가물가물 했거든요.

"죽지 마, 죽지 마요! 죽지 말라고요! 흐아앙!"

그런데 라오스의 울음소리가 너무 서글프고, 마음이 아파서 자꾸 깨어났어요. 제가 부모를 모두 잃고 홀로 남은 이 아이를 이렇게 두고 가는 게 맞을까요?

아, 홀로 남은 건 아니네요. 라오스의 품엔 검은 도마뱀도 한 마리 있었어요.

"그만 울어. 머리 아프니까."

그런데 도마뱀이 라오스의 품에서 벗어나더니 라오스와 쌍둥이 같지만, 느낌은 정반대인 여자아이로 변했습니다. 아, 저 아이가 칸데메이온일까요?

음? 라오스, 무슨 짓이니?

라오스가 제 몸에 로의 심장을 봉인하고 있습니다!

봉인이 제 몸으로 밀려들어 오는 걸 느끼면서 저는 마침내 의식을 잃고 말았습니다.

제가 다시 깨어났을 땐 아주 많은 시간이 지난 후였어요.

귀가 뾰족한, 신을 닮은 존재들이 제게 정성껏 물을 주고 보듬어 주고 있었죠. 제가 어떻게 죽지 않았을까요? 신기하네요.

제가 깨어나자마자, 성장한 모습의 라오스가 찾아왔습니다.

"미안, 미안해."

울면서 사과하는 라오스의 영혼은, 아직 어린 아이였어요.

"있지, 페임드라. 예언이 뭐였어?"

라오스와 저는 많은 이야기들을 나누었습니다.

"로안느는 또 뭐였고?"

로안느가 아니라 로와 안이야. 진실을 말해 줬더니 라오스가 자기가 멍청이라며 눈물을 쏟네요.

"내가 잘못한 걸까? 지금이라도 봉인을 풀어야 할까? 엄마 아빠를 죽음으로 보내야 하는 걸까? 하지만 난, 다시 한번 엄마를 보고 싶어. 내 욕심인 걸까?"

저는 뭐라고 말해 줄 수 없었어요. 저도 정확한 미래는 몰랐거든요. 제 영혼이 너무 약해진 상태라 권능을 쓰는 것도 불가했어요. 아니, 권능을 쓸 수 있더라도, 다시는 미래를 보지 않으리라 각오했어요. 제 예언 때문에 이 사태가 벌어진 것 같았거든요.

저는 그 이후로도 몇 번이고 잠들었다가 깼다가를 반복했어요. 일어날 때마다 수십 년이 훌쩍 지나 있었죠.

그리고 마침내 아르하드가 태어났습니다.

거기에 반응한 로베르슈타인의 영혼이, 로이긴을 죽여야 한다는 본능으로 라오스의 봉인을 강제로 깼습니다. 그런데 그 여파로, 숨겨져 있던 로베르슈타인의 봉인이 풀렸습니다. 봉인 안에는 르보니가 있었습니다.

"르보니가 있었어?"

라오스는 정말 오랜만에 보는 르보니를 어찌해야 할지 몰랐던 것 같습니다.

라오스의 이야기를 들어 보니, 로는 라오스와 르보니를 친구로 만들어 주려 한 것 같았어요. 그런데 라오스와 르보니는 사이가 정말 나빴다고 합니다. 르보니는 라오스에게, "로 님이 야위어 가면서도 너를 챙기는 것이 너무너무 싫어.", "로 님이 아픈 건 다 너 때문이야."와 같은 말들을 반복적으로 했다고 해요.

라오스를 쥐 같은 놈이라 부르며, 쥐를 구석에 몰아넣은 고양이처럼 심하게 구박했다고 했어요. 로 앞에서는 사이좋은 척하면서요.

"나, 어떻게 해야 하지. 일이 어떻게 돌아가는 건지 모르겠어.

내가 끼어들면 무슨 일이든 꼬여 버릴 것 같고……."

겁에 질린 라오스는 르보니를 관망하고 맙니다. 그런데 이게 무슨 운명의 장난일까요? 방황하던 르보니는 로베르슈타인 저택에 들어갔고, 아이를 낳았습니다.

이아나의 탄생이었습니다!

아, 이아나! 안!

제가 예언에서 봤던 그 아이였어요!

일이 급박하게 돌아가기에 간신히 깨어 있었지만, 정신력이 한계에 달했던 저는 또 정신을 잃고 말았습니다. 다시 깨어났을 땐, 제 옛날 그루터기에 성장한 이아나가 있었어요.

저는 하루 종일 울고 웃는 그 애를 지켜보며 깨달았습니다. 역시 이 애는 로의 영혼을 가졌지만 로가 아니었습니다. 그저 가문에서 학대받는 불쌍한 아이였어요.

라오스가 로베르슈타인 가문에 강제로 지운 짐의 대가를, 이아나가 모두 받고 있었어요. 르보니의 분노까지 모두 다…….

여전히 어머니가 보고 싶었던 라오스는 발을 동동 구르며 어찌할 바를 몰라 했지만, 결국 지켜보기만 했습니다.

그 후로 많은 일들이 있었습니다.

전, 예언에서처럼 두 사람이 행복해지는 모습을 볼 수 없었어요. 이아나는 매일 불행하기만 하다 로베르슈타인 일족을 몰살하고 영지를 떠났습니다. 몇 년 뒤에는 아르하드가 저를 찾아와 윽박지르더니 제 몸을 통째로 불태워 버렸어요. 저는 이렇게 죽는구나, 씁쓸한 마음으로 정신을 잃었습니다.

그런데 저는 또 죽지 않았어요. 질기죠?

깨어났을 땐 놀랍게도 시간이 옛날로 돌아와 있었어요.

저를 찾아온 라오스가 모든 것을 설명해 주었습니다. 더는 이아나에게서 어머니의 모습을 찾지 않겠다는 다짐도 했어요. 뭔가가 달라질 것 같은 예감이 들었습니다. 저는 설레는 마음으로 친구들의 삶을 열심히 지켜보기로 했어요.

이아나는 예전과 달랐습니다.

아주 강인해졌지만, 감정적으로 메말라서 더는 누구에게도 사랑을 갈구하지 않았죠. 저는 그것이 너무 슬펐습니다. 누구라도 이아나와 함께해 줄 사람이 있었으면 했어요.

라오스는 르보니에 대해서 여전히 고민을 거듭하는 것 같았어요. 르보니에게 제 존재를 알릴까 고민하면서도 이아나의 삶에 끼어드는 일이 될까 봐 걱정했죠.

그리고 르보니가 비참하게 죽는 걸 지켜보면서, 결국 결심한 듯 르보니의 심장 가루를 회수했습니다. 시간이 좀 지나선 르보니의 영혼까지 데려와 고양이 닛시로 탄생시켰어요.

"날 쥐새끼라고 부르며 괴롭혔겠다. 당분간은 강제로 고양이로 있어 줘야겠어."

속내를 숨기고 심술궂게 말한 라오스는, 새끼 고양이 닛시가 놀라서 비명을 지르자 결국 모든 것을 털어놨습니다. 모든 사실 관계를 확인한 닛시가 나…… 하며 슬피 울었습니다.

"네가 이아나를 곤란하게 만들지 말아 줬으면 좋겠어. 너도 그럴 마음은 없겠지만, 그냥 이대로, 당분간만 이 모습으로 나랑 같이 이아나의 삶을 지켜보자."

그렇게 르보니, 아니 닛시는 얌전해졌답니다. '엘리'로 몸을 바꾸고 보육원에 들어간 라오스는 닛시를 괴롭히면서도 챙겨 주었죠.

그 이후로도 정말 많은 일이 있었습니다. 여러분도 아시다시피, 정말 정말 많은 일들이요…….

～੭◦◈◦੮～

제 이야기는 이걸로 끝입니다! 제가 하지 않은 이야기들은 여러분이 더 잘 아실 거예요. 그렇죠?

제가 긴 잠에서 깨어나자마자 라오스가 찾아왔었어요. 그 애는 알 두 개를 보여 주면서 정말 반가운 소식을 전해주었죠. 로베르슈타인과 로이긴이 새롭게 태어날 것이라나?

다행이다! 부디 이번 생에서는 행복했으면 좋겠네요!

"페임드라,"

앗, 반가운 목소리입니다!

이아나와 아르하드예요!

며칠 전에, 이아나가 찾아와서 제게 사과를 했어요. 절대 그럴 필요가 없는데 말이에요. 아르하드도 제게 사과했어요. 불태워서 미안하다면서요.

음, 그러고 보니 이 두 사람 성격이 정말 장난 아니군요.

두 사람 다 제 몸을 불태우려 했어요.

하지만 전 착한 나무니까 흔쾌히 용서해 주었답니다.

"안녕. 또 봐."

오늘은 제 몸 상태만 보고 가려나 봐요.

멀어져 가는 이아나와 아르하드를 보며 저는 가지를 흔들어 주었습니다.

사라락.

제 몸에 돋은 푸른 잎사귀들이 바람에 살랑거리는군요. 이아나와 아르하드가 나뭇잎 소리를 듣고 돌아보더니 웃습니다.

음, 좋아요. 아주 보기 좋습니다.

아!

전에…… 제가 로베르슈타인과 로이긴을 만나지 못하게 했어야 했나, 혼잣말로 중얼거렸던 적이 있지요?

아뇨. 절대!

그럼 저 두 사람도 없었겠지요.

지금 생각합니다.

저는 그랬어야 하는 게 맞다고요.

−신화 편(4) 終

종장

종장

사방에서 들뜬 함성 소리가 들려온다.

"조만간 정식으로 도전할 생각이긴 했습니다만."

잘 갈고닦은 라이즈에 제 얼굴을 한번 비춰 본 이아나가 검 너머로, 몸을 풀고 있는 아르하드를 바라보았다.

"축제 검술대회에서 붙게 될 줄은 몰랐습니다."

오늘은 이그나이츠의 승전 기념 축제의 마지막 날이었다.

이그나이츠 국민들은 축제 내내 미쳐 있었다. 아르하드가 축제 개회사를 하자마자 이제 그들의 나라가 이그나이츠 왕국이 아닌, 이그나이츠 제국이라고 선포했기 때문이다. 이번 축제는 승전 기념이기도 했지만 제국 탄생 기념 축제이기도 했다.

그리고 오늘은 검술대회 결승전이 있었다. 결승전의 주인공은 당연히 이아나와 아르하드가 아니었다. 이그나이츠의 권위 있는 대회가 될 검술대회의 우승자는 막대한 상품을 받고 내려갔고, 이제 축제의 막을 내리는 폐막식 행사로 이아나와 아르하드의 승부가 마련되어 있었다.

아르하드는 이아나가 언제 승부하겠냐고 물어봐도 대답을 피하기만 하더니 축제 이 주 전에 선언했다. 축제 마지막 날 한판 붙자고.

"네가 나한테 처음으로 졌던 곳이 검술대회였으니까."

이아나가 픽 웃었다.

"이번에도 그렇게 이겨 주겠다는 건가요, 아니면 제게 질 것 같으니 이왕 이렇게 된 거 마무리를 잘 짓겠다는 건가요."

"둘 다야. 이긴다면 그것대로 좋겠고, 져도 나쁘진 않겠지."

스르릉.

아르하드가 검을 뽑았다.

"시작할까?"

그가 진지하게 자세를 취하자, 이아나의 눈빛도 가라앉았다.

사위가 서서히 조용해졌다. 사람들이 입을 다무는 건지, 고도의 집중력으로 소음이 사라지는 건지 분간할 수 없었다.

적막한 경기장에서, 이아나와 아르하드는 그저 서로만을 바라보았다.

콰아아아아아아아아아앙!

그리고 적막은 굉음과 함께 사라졌다.

"세상에."

"으아아아아……."

경기를 지켜보는 사람들은 귀를 막으며 침음을 삼켰다.

고막이 찢어질 것 같은 날카로운 이명들과 천지를 뒤흔드는 폭발음이 경기장 중심에서부터 터져 나오고 있었다. 강력한 배리어들이 안쪽에서 튕겨 나오는 모든 것들을 열심히 차단하고 있는데도 사람들은 귀가 먹먹했다.

경기장만 지켜봐서는 도저히 이아나와 아르하드의 모습을 확인할 수 없었다. 너무 빨라서 충돌의 여파로만 그들의 위치를 짐작할 뿐이었다.

그래서 관람석 곳곳에 설치된 수정구들이 그들의 대결을 느리게 재구성하여 영상으로 재생했다.

보기만 해도 눈이 개안하는 최상급 기술들의 향연이었다. 검술뿐만 아니라 고난도의 마법과 신술들까지 장난처럼 펼쳐지고 있었다.

일반인들은 어지러워서 해롱거렸고 전투나 마법에 직업을 둔 사람들은 입을 떡 벌리고 침을 흘렸다. 보는 것만으로도 공부가 되기에 하나라도 더 얻어 가고자 눈을 부릅떴지만, 따라가기가 벅차 입을 멍청히 벌리기 일쑤였다.

이그나이츠 국민들이 대결을 지켜보며 느끼는 심정은 대부분 비슷했다. 벅찰 정도로 경이로운 승부를 보면서 그들은 정말로 안심했다.

다행이다!

저들이 적이 아니라 아군이라서.

이아나와 아르하드가 지배하는 이그나이츠는 그 어떤 나라보다 안전할 터였다.

"어?"

그러다, 사람들은 제 눈이 잘못된 줄 알고 눈을 비볐다. 과격한 승부가 아름다운 춤사위처럼 보이기 시작했기 때문이다.

이아나와 아르하드는 이 세상에 둘밖에 없다는 듯 서로에게만 열중했다. 상대를 이기고자 무서운 충돌을 이어 갔다.

그럼에도 춤처럼 보이는 이유는…….

왜일까?

그 충돌들은 울고 싶을 정도로 처절하고 간절해 보였다. 죽일 듯이 쏟아붓는 공격에서는 모순적이게도 서로를 향한 존중이 느껴졌다. 검격 하나하나에서 서로를 깊이 사랑하는 마음이, 너무나 아끼는 마음이 묻어났다. 두 사람이 이 승부를 즐기고 있음이 입가에 맺힌 웃음에서 드러났다.

그래서일 것이다. 춤으로 보이는 이유는.

경기장 위에서 그들이 충돌할 때마다 수천 송이의 꽃들이 흐드러지도록 피어나는 것 같았다.

햇살은 빛의 방울이 되어 샹들리에처럼 내려앉고, 산산이 부서지는 격돌음은 열정적인 음악이 되었다.

검무는 절정에 이르렀다.

마침내.

챙——!

누군가의 검이 하늘을 날았다.

누군가의 검이 목을 겨눴다.

챙그랑!

검 한 자루가 요란한 소리를 내며 뒤쪽으로 나가떨어졌다.

어깨가 크게 들썩였다.

땀이 비 오듯 흘렀다.

정적이 내려앉았다.

정적을 깬 것은 상기된 입술이었다.

"내가 이겼어."

믿기지 않는 혼란이 들어찼다.

"……내가 이긴 건가요?"

아르하드의 목에 검을 겨누고 있는 사람은 이아나였다.

검을 쥐고 있는 이아나의 손이 덜덜 떨렸다.

기대는 하고 있었고, 자신감도 있었지만, 모순적이게도 정말로 이길 줄은 몰랐다.

회귀 전의 아르하드는 언제나 그녀를 패배시켰던 적이었다. 회귀 후의 아르하드에게도 간신히 무승부만 이어 갈 뿐 이길 순 없었다.

그런데, 그런데…….

"네가 이겼어."

아르하드가 두 손을 들어 올리며 시원하게 인정했다.

그는 정말 최선을 다했다. 세상에서 가장 강한 적을 상대하듯 혼신의 힘을 다해 공격했고, 수많은 적들로부터 성을 지키듯 방어했다.

그러나 그는 졌고, 이아나는 이겼다.

이제 아르하드는 이아나를 이길 수 없었다.

그가 가로막고 있기엔 이아나의 날개가 너무나 컸다. 붙잡고 있기엔 날갯짓이 너무나 강했다.

"네가 이겼다니까."

시원하게 말해 줬음에도 이아나가 현실을 믿지 못하는 눈치라, 아르하드는 한 번 더 강조했다.

"네가 이겼어."

이아나가 천천히 검을 내렸다.

"네가 정말로 이겼어."

"……."

이아나는 계속 말이 없었다. 아르하드는 이아나가 여운을 만끽하고 있나 싶어 더는 말하지 않고 가만히 기다려 주다가, 극도로 당황했다.

이아나의 눈동자에 눈물이 고이고 있었다.

눈물은 뺨에 곡선을 그리며 흐르더니 곧이어 바닥으로 뚝뚝 떨어져 내리기 시작했다.

"이아나."

아르하드가 어쩔 줄 몰라 하며 이아나에게 다가오자, 이아나가 입술을 열었다.

"저는 그날, 정말로 후회하지 않았습니다."

나는 비로소 네게 졌음을 인정한다!
……그러나 결코 후회하지 않는다!

패배를 인정하면서도, 후회하지 않는다고 소리를 질렀던 그날이 떠올랐다.

"하지만 행복하지 않았어요."

강제로 삶이 도려내지는 와중에도 후회하지 않는다는 건, 최선을 다했기 때문이기도 하지만 삶에 더는 미련이 없었기 때문이기도 했다. 그날의 이아나는 행복하지 않았고, 소중한 것도 없었다. 그저 허무할 정도로 개운한 기분에 사로잡혀 미치광이처럼 웃었을 뿐이다.

　"지금은, 너무 행복해서 미칠 것 같습니다."

　아르하드를 이기지도 못하고 지긋지긋한 삶을 마칠 때는 웃음이 나왔는데, 너무 행복한 지금은 이상하게도 눈물이 나왔다.

　"제 모든 삶이 이날을 위한 것이었어요."

　이아나는 앞에 서 있는 아르하드를 힘껏 끌어안았다.

　"제가 당신을 이겼어요."

　"그래."

　"이겼다고요."

　"맞아, 이겼어. 대단해."

　"사랑합니다."

　"축하…… 응?"

　아르하드가 잘못 들었나 싶어 엉성한 소리를 내자 이아나가 미쳐 버리겠다는 듯 아르하드를 죽일 기세로 껴안았다.

　"사랑해요."

　"사랑해."

　"당신을 정말로 사랑해요. 미치도록 사랑해!"

　이아나가 가슴속 깊은 사랑을 담아 외쳤다.

　"아……."

　아르하드는 숨 막힐 정도로 포옹을 해 오는 이아나가 너무 기꺼워서 정신이 나갈 것 같았다. 너무 좋으면 머리가 백지장이 되어 버린다는 걸, 요즘 이아나와 함께하며 절절하게 느끼고 있었다.

아르하드의 영혼이 최고의 행복감으로 요동쳤다. 절망과 오기뿐이었던 마지막 날, 이제는 꿈처럼 느껴지는 그날의 광기는 빛으로 부서져 버렸다.

잃어버렸던 마지막 퍼즐이 채워진 것처럼, 결핍은 사라지고 빠듯한 만족감이 컵을 가득 채운 물과 같이 일렁거리며 심장에서 범람했다.

"나도 이긴 건가?"

아르하드가 이아나의 귓가에 속삭였다.

"맞아요. 인정합니다. 당신이 이겼어요."

이아나가 눈부시게 웃으며 아르하드의 품에서 빠져나왔다.

대신, 그의 손을 붙잡아 올렸다.

이아나가 아르하드의 손등에 제 입술을 가져갔다. 그의 손등에 낙인을 찍듯 키스하며 선명한 눈망울로 그를 바라보았다.

"이번 생엔 너의 기사가 되리."

내 안의 검을 당신에게 바치리.

그럼으로써 나의 신념과 삶, 그 모든 것을 그대와 함께하리.

그대를 존경하며, 사랑하리.

이 삶이 다할 때까지.

"저는 당신의 기사입니다."

이아나의 눈망울에서 불꽃이 활활 타올랐다. 밤은 그 뜨거움에 타 죽어도 상관없다는 듯 환희하며 불꽃을 삼켰다.

뜨거운 불꽃이 더 크게 타올랐다.

그렇게 이그나이츠 제국의 황후이자 세계 최강의 기사 이아나 이그나이츠 라이즈와 이그나이츠 제국의 황제 아르하드 라이즈 이그나이츠는 이겼다.

승리와 승리의 이야기였다.

—종장 終